# Edgar Allan Poe
# Die schönsten Erzählungen

Edgar Allan Poe

# Die schönsten Erzählungen

*Ausgewählt*
*und mit einem Nachwort*
*von Christina Salmen*

aufbau
AUFBAU VERLAGSGRUPPE

Aus dem Amerikanischen von Werner Beyer,
Felix Friedrich, Günther Greffrath, Elisabeth Seidel,
Günther Steinig und Gisela Tronjeck.

ISBN 978-3-351-03249-4

Aufbau ist eine Marke
der Aufbau Verlagsgruppe GmbH

1. Auflage 2008

Einbandgestaltung Andreas Heilmann und Gundula Hißmann, Hamburg, unter Verwendung eines Fotos von Kaz Chiba © Getty Images
Druck und Binden CPI – Clausen & Bosse, Leck
Printed in Germany

www.aufbau-verlagsgruppe.de

# Inhalt

# Der Mann der Menge

Ce grand malheur, de ne pouvoir être seul.
*La Bruyère*

Von einem gewissen deutschen Buche hat man zutreffend gesagt: »Es lässt sich nicht lesen.« Es gibt Geheimnisse, die sich nicht ausplaudern lassen. Menschen sterben bei Nacht in ihren Betten, pressen die Hände ihrer geisterhaften Beichtväter, blicken ihnen jammervoll in die Augen – und sterben mit Verzweiflung im Herzen und einem Krampf in der Kehle, weil sich ihre gräßlichen Geheimnisse nicht aussprechen lassen. Mitunter belädt sich das Gewissen mit einer furchtbaren Last, die sich erst im Grabe abwerfen lässt. So geschieht es, dass das innerste Wesen jedweden Verbrechens unenthüllt bleibt.

Als sich vor nicht langer Zeit ein Herbstabend auf London herabsenkte, saß ich an einem der großen Bogenfenster des Kaffeehauses D. Ich hatte einige Monate krank gelegen, befand mich aber jetzt im Zustand der Rekonvaleszenz; ich war in einer jener glückseligen Stimmungen, die so völlig das Gegenteil des Ennui sind: Stimmungen kühnster Begierden, wenn der Schleier vor dem inneren Auge zerreißt – das ἀχλὺς ἥ πριν ἐπῆεν – und der Verstand sich wie elektrisiert über seinen alltäglichen Horizont weit erhebt wie die lebhafte und doch lautere Vernunft eines Leibniz über die wirre und oberflächliche Rhetorik eines Gorgias. Schon das Atmen war eine Lust, und selbst Dinge, die an sich der Anlass zu Schmerzen sind, bereiteten mir ein wirkliches Vergnügen. Ich nahm an allem ein gelassenes, aber neugieriges Interesse. Eine Zigarre im Mundwinkel und eine Zeitung im Schoß, hatte ich mir den größeren Teil des Nachmittags damit vertrieben, Zeitungsannoncen zu lesen, die gemischte Gesellschaft im Saale zu studieren und durch die verräucherten Scheiben auf die Straße hinauszuspähen.

Es ist eine Hauptverkehrsader der Stadt, und sie war während des ganzen Tages sehr belebt gewesen. Sobald aber das Dunkel hereinbrach, nahm der Verkehr von Minute zu Minute noch zu. Als die Laternen aufflammten, drängten sich zwei dichte und ununterbrochene Menschenströme an der Tür vorüber. Zu dieser Abendstunde war ich nie vorher in einer ähnlichen Lage gewesen; daher erfüllte mich das brausende Meer der Köpfe mit einer köstlichen und neuartigen Erregung. Ich gab es schließlich ganz auf, mich um die Dinge innerhalb des Lokals zu kümmern, sondern überließ mich völlig der Betrachtung des Straßenbildes.

Zuerst nahmen meine Beobachtungen einen mehr abstrakten und verallgemeinernden Charakter an. Ich sah die Passanten als Masse und stellte sie mir in ihren Gesamtbeziehungen vor. Aber bald ging ich zu den Einzelheiten über und beobachtete mit peinlicher Aufmerksamkeit die unzähligen Verschiedenheiten der Gestalt, der Kleidung, des Ganges, des Gesichts und des Mienenspiels dieser Menschen.

Weitaus die Mehrzahl der Vorübergehenden trug ein selbstzufriedenes, geschäftsmäßiges Wesen zur Schau und schien nur daran zu denken, sich einen Weg durch das Gewühl zu bahnen. Ihre Brauen waren zusammengezogen, und ihre Augen schweiften lebhaft umher. Wenn sie von anderen Passanten angestoßen wurden, gaben sie keine Ungeduld zu erkennen, sondern brachten ihre Kleider in Ordnung und hasteten weiter. Andere, ebenfalls in stattlicher Zahl, waren rastlos in ihren Bewegungen, hatten gerötete Gesichter und sprachen mit sich selbst und gestikulierten, als ob sie sich im dichtesten Gedränge gerade besonders einsam vorkämen. Wenn sie am Weitergehen gehindert wurden, stellten sie plötzlich ihr Gemurmel ein, gestikulierten aber mit verdoppeltem Eifer und warteten mit einem abwesenden und etwas überbetonten Lächeln auf den Lippen darauf, dass die Personen, von denen sie aufgehalten wurden, ihren Weg fortsetzten. Wurden sie angestoßen, so verneigten sie sich umständlich vor den Leuten, die sie angestoßen hatten, und wussten sich, wie es schien, vor Verlegenheit nicht zu lassen. – Diese beiden großen Gruppen wiesen außer dem Gesagten keine besonderen Merkmale auf. Ihre Kleidung war von der Art, die man zutreffend als »anständig« bezeichnet. Ohne Zweifel waren sie Adlige, Kaufleute, Rechtsanwälte, Handelsleute und Börsenjobber – die Spitzen und die Masse der Gesellschaft –, teils müßige, teils rührige Menschen, die unter eigener Verantwortung ihre Geschäfte leiteten. Sie erregten meine Aufmerksamkeit nicht sonderlich.

Die Klasse der Angestellten war nicht zu verkennen, und hier unterschied ich zwei bemerkenswerte Gruppen. Da gab es zunächst die jüngeren Angestellten der im Augenblick florierenden Unternehmen – junge Herren in knappsitzenden Anzügen, mit glänzenden Schuhen, geöltem Haar und hochmütig geschürzten Lippen. Abgesehen von einer gewissen Gewandtheit im Auftreten, die in Ermangelung eines besseren Ausdrucks als

»Tintenkuli-Allüren« zu bezeichnen wäre, schien mir ihr Gebaren ein genauer Abklatsch dessen zu sein, was vor zwölf oder achtzehn Monaten der »letzte Schrei« gewesen war. Sie trugen die abgelegte Eleganz der Vornehmen zur Schau – besser lässt sich diese Klasse wohl nicht beschreiben.

Die Gruppe der höheren Angestellten gediegener Firmen – die »biederen alten Knaben« – war nicht zu verwechseln. Man konnte sie an ihren bequem gearbeiteten schwarzen oder braunen Röcken und Beinkleidern, ihren weißen Halsbinden und Westen, ihren breiten, soliden Schuhen und dicken Gamaschen erkennen. Sie hatten mehr oder weniger kahle Köpfe, von denen die Ohren infolge der komischen Gewohnheit, den Federhalter dort einzuklemmen, ein wenig abstanden. Ich bemerkte, dass sie ihre Hüte immer mit beiden Händen aufsetzten oder abnahmen und Uhren trugen, die an kurzen goldenen Ketten von plumper, altmodischer Form hingen. Sie hatten ein gekünstelt ehrbares Auftreten – wenn es überhaupt eine ehrbare Künstelei geben kann.

Ferner gab es viele Personen von flottem Äußeren, die ich mühelos als zur Zunft der Taschendiebe gehörig erkannte; mit diesen sind ja alle großen Städte verseucht. Ich betrachtete sie sehr eingehend und konnte es kaum verstehen, wie sie von wirklichen Herren für ihresgleichen gehalten werden sollten. Ihre weiten Manschetten und ihr übertrieben freimütiges Gebaren verrieten sie auf der Stelle.

Die Spieler, deren ich nicht wenige herausfand, waren noch leichter zu erkennen. Sie trugen die unterschiedlichsten Anzüge, von dem des gewissenlosen Taschenspielers mit samtener Weste, buntem Tüchlein, vergoldeten Ketten und Filigranknöpfen bis zu dem des betont schmucklosen Geistlichen, der ja den wenigsten Verdacht erregen konnte. Doch waren sie durch ihre gedunsenen, dunkelfarbigen Gesichter, ihre trüb verschleierten Augen und blassen zusammengepressten Lippen gekennzeichnet. Es gab noch zwei weitere Merkmale, woran man sie immer erkennen konnte: ihre gedämpfte Stimme im Gespräch und ihr ungewöhnliches Talent, den Daumen im rechten Winkel von den übrigen Fingern abzuspreizen. Sehr oft konnte ich in der Gesellschaft dieser Bauernfänger eine weitere Gruppe von Männern beobachten, die zwar etwas anders gekleidet, im übrigen aber Vögel vom gleichen Gefieder waren. Man konnte sie als Personen bezeichnen, die von ihrer Schläue lebten. Sie schienen sich in zwei getrennten Heerhaufen auf die Öffentlichkeit zu stürzen – nämlich als Dandys und als Militärs. Jene sind hauptsächlich durch ihre langen Locken und ihr Lächeln, diese durch ihre verschnürten Röcke und ihre finstere Miene gekennzeichnet.

Wenn ich auf der Stufenleiter der sogenannten Gesellschaft hinabstieg, so boten sich meiner Betrachtung noch dunklere und tiefere Dinge dar. Ich sah jüdische Hausierer, deren Habichtsaugen aus Gesichtern, die sonst nur kriecherische Demut zeigten, funkelten; robuste berufsmäßige Straßenbettler, welche ihre Genossen feineren Gepräges, die, nur von ihrer Verzweiflung getrieben, bei Nacht auf Almosen ausgingen, mit scheelen Blicken ansahen; gebrechliche, todbleiche Invaliden, deren letztes Stündlein nahe zu sein schien und die sich humpelnd und schlotternd durch die Menge wanden, allen flehentlich ins Gesicht blickend, als suchten sie einen möglichen Trost, eine verlorene Hoffnung darin; schüchterne junge

Mädchen, die nach langer Arbeitszeit spät in ein freudloses Heim zurückkehrten und eher weinend als entrüstet vor den Blicken der Rüpel zurückschraken, deren unmittelbarer Berührung sie nicht einmal ausweichen konnten; Dirnen aller Arten und Jahrgänge: die unzweideutige Schönheit in der Blüte ihrer Weiblichkeit, an Lukians Statue gemahnend, die außen aus parischem Marmor, innen aber aus Unrat besteht; die widerlichste und hoffnungslos verlorene Leprakranke in Lumpen; die verrunzelte, geschminkte und mit Juwelen behängte alte Vettel mit einem letzten Versuch, sich jugendlich zu gebärden; das halbe Kind mit unentwickelten Formen, das jedoch durch lange Anpassung zur Meisterin jener verruchten Koketterie ihres Gewerbes geworden ist und vor Ehrgeiz glüht, mit den älteren Genossinnen im Laster zu wetteifern; zahllose unbeschreibliche Trunkenbolde: einige in Lumpen, torkelnd und lallend, mit zerschundenen Gesichtern und glanzlosem Blick; andere in nicht zerrissenen, aber beschmutzten Kleidern, mit leicht schwankendem Gang, dicken, sinnlichen Lippen und gutmütig dreinblickenden roten Gesichtern; wieder andere in Stoffe gekleidet, die einst gut gewesen und sogar peinlich sauber gebürstet waren; noch andere mit unnatürlich festem und federndem Schritt, deren Gesichter entsetzlich bleich und deren wild blickende Augen gerötet waren und die auf ihrem Weg durch die Menge mit zitternden Fingern nach allem griffen, was in ihren Bereich kam; Pastetenhändler; Gepäckträger; Kohlentrimmer; Straßenkehrer; Leierkastenmänner; Affenführer; Balladenkrämer, und zwar Textverkäufer und Sänger; abgerissene Handwerker und erschöpfte Arbeiter aller Art – ein lärmendes und wimmelndes Durcheinander, das das Ohr verletzte und dem Auge weh tat.

Je mehr die Nacht hereinbrach, um so tiefer wurde auch das Interesse, das ich an dem Straßenbild nahm; denn es änderte sich nicht allein das Wesen der Menge (ihre gefälligeren Züge verloren sich allmählich mit dem gesitteten Teil der Bevölkerung, während sich ihre gröberen Merkmale deutlicher hervorhoben, da die späte Stunde allen möglichen Abschaum aus seinen Höhlen hervorgelockt hatte), sondern jetzt hatten auch die Strahlen der Gaslaternen, die sich anfangs schwach gegen den sterbenden Tag gewehrt, schließlich den Sieg errungen und das Ganze in ihr grelles, glänzendes Licht getaucht. Alles war ein schimmerndes Dunkel geworden – wie jenes Ebenholz, mit dem man den Stil Tertullians verglichen hat.

Die phantastischen Lichtwirkungen verleiteten mich dazu, einzelne Gesichter zu studieren. Wenn mir auch die Schnelligkeit, mit der die beleuchtete Menge an dem Fenster vorüberflutete, nicht erlaubte, auf jedes Gesicht mehr als einen Blick zu werfen, so schien ich doch in meiner damaligen besonderen Gemütsstimmung selbst in der kurzen Dauer dieses einen Blickes die Geschichte langer Jahre ablesen zu können.

Die Stirn an die Scheibe gepresst, lag ich dem Studium der Menge ob, als ein Gesicht in mein Blickfeld geriet (es gehörte einem verlebten alten Manne von etwa fünfundsechzig oder siebzig Jahren) – ein Gesicht, das wegen der absoluten Eigenart seines Ausdrucks sogleich meine ganze Aufmerksamkeit erregte. Nichts auch nur entfernt Ähnliches hatte ich je gesehen. Mein erster Gedanke war, wie ich mich erinnere, dass Retzsch, hätte er ihn gesehen, ihn seinen eigenen gemalten Verkörperungen des Teufels weit vorgezogen hätte. Als ich mich darum bemühte, das in dieser ersten kurzen Minute Erschaute zu zergliedern, formten sich krause und widerstreitende Gedanken in meinem Hirn; ich glaubte große Willenskraft, Vorsicht, Knausrigkeit, Raffgier, Gefühlskälte, Heimtücke, Blutdurst, Triumph, Lustigkeit, maßlosen Schrecken und große, ja grenzenlose Verzweiflung zu erkennen. Ich war wunderlich erregt, entsetzt und bezaubert. »Welche schreckliche Geschichte«, sprach ich zu mir, »ist in dieser Brust geschrieben!« Dann übermannte mich der heftige Wunsch, diesen Mann im Auge zu behalten, mehr über ihn zu erfahren. Eilig warf ich mir den Mantel über, griff nach Hut und Stock und ging hinaus auf die Straße, wo ich mir in der Richtung, die ich ihn hatte nehmen sehen, einen Weg durch die Menge bahnte; denn er war bereits verschwunden. Mit einiger Mühe fand ich ihn schließlich wieder und folgte ihm dicht auf den Fersen, sorglich darauf bedacht, seine Aufmerksamkeit nicht auf mich zu lenken.

Jetzt bot sich mir eine günstige Gelegenheit, sein Äußeres genau zu betrachten. Er war klein, sehr hager und offenbar sehr gebrechlich. Seine Kleider waren zerlumpt und schmierig; wenn er jedoch mitunter in den hellen Schein einer Laterne geriet, konnte ich feststellen, dass seine Wäsche, wenn auch beschmutzt, von feinem Gewebe war. Wenn mich mein Auge nicht täuschte, entdeckte ich durch einen Riss seines zugeknöpften und sichtlich aus zweiter Hand stammenden Mantels einen Diamanten und einen Dolch. Diese Beobachtungen steigerten meine Neugier, und ich beschloss, dem Fremden zu folgen, wohin er sich auch wenden würde.

Die Nacht war jetzt völlig herabgesunken, und über der Stadt hing ein dicker, feuchter Nebel, der allmählich in einen kräftigen Dauerregen überging. Dieser Witterungswechsel hatte eine große Wirkung auf die Menge, die in neue, heftige Bewegung geriet und unter einem Gewimmel von Regenschirmen Zuflucht suchte. Das Wogen, Drängen und Summen schwoll um das Zehnfache an. Ich selbst kümmerte mich nicht sonderlich um den Regen – ein altes Fieber, das in meinen Gliedern lauerte, ließ mich die Nässe eher als etwas gefahrvoll Angenehmes empfinden. Ich band mir ein Taschentuch vor den Mund und gab nicht nach. Eine halbe Stunde lang setzte der Greis unter Mühen seinen Weg auf der großen Verkehrsader fort. Hier musste ich unmittelbar auf seinen Fersen bleiben, wenn ich ihn nicht aus den Augen verlieren wollte. Da er sich niemals umdrehte, konnte er mich nicht gewahren. Dann bog er in eine Nebenstraße ein, die, obschon reichlich belebt, keinen so großen Verkehr zeigte wie die Hauptstraße, die wir hinter uns gelassen hatten. Hier änderte sich sein Verhalten auffällig. Er ging langsamer und weniger zielbewusst als vorher, wie zögernd. Wiederholt überquerte er die Straße ohne sichtlichen Zweck, und das Gedränge war noch immer so dicht, dass ich unmittelbar hinter ihm bleiben musste. Die Straße war lang und schmal, und fast eine ganze Stunde schritt er in ihr dahin. Die Passanten hatten sich allmählich ungefähr bis auf eine Zahl vermindert, wie man sie um die Mittagszeit auf dem Broadway unweit des Parks anzutreffen pflegt: so ungeheuer ist der Unterschied zwischen der Bevölkerungsziffer Londons und der der belebtesten amerikanischen Stadt. Ein nochmaliges Abbiegen führte uns auf einen hell erleuchteten und von Leben wimmelnden Platz. Wiederum änderte sich das Verhalten des alten Mannes. Sein Kinn sank auf die Brust herab, während seine Augen unter gerunzelter Stirn die Leute rundum, die seinen Schritt hemmten, anblitzten. Standhaft und unerschütterlich verfolgte er seinen Weg. Um so mehr war ich überrascht, als er nach der Überquerung des Platzes umkehrte und seine Schritte nochmals zurücklenkte. Und noch mehr befremdete es mich, dass er mehrere Male hintereinander den gleichen Weg zurücklegte, wobei er mich einmal, als er sich mit einer schroffen Wendung umdrehte, fast entdeckt hätte.

Mit dieser Betätigung brachte er eine weitere halbe Stunde zu, nach deren Ablauf wir weit weniger von Passanten aufgehalten wurden als zuvor. Der Regen fiel schnell, die Luft kühlte sich ab, und die Leute zogen sich in ihre Wohnungen zurück. Mit einer Gebärde der Ungeduld betrat der Wanderer eine verhältnismäßig einsame Nebenstraße. Diese eilte er ungefähr eine Viertelmeile weit mit einer Geschwindigkeit hinunter, die ich bei einem so alten Manne nicht einmal im Traum für möglich gehalten hätte, und es kostete mich Anstrengung, ihm zu folgen. Einige Minuten später erreichten wir einen großen, belebten Basar, mit dessen Örtlichkeiten der Fremde wohl vertraut zu sein schien und wo er wiederum, indem er sich ohne ein besonderes Ziel seinen Weg durch den Schwarm der Käufer und Verkäufer bahnte, sein früheres Gebaren zeigte.

Während der ungefähr anderthalb Stunden, die wir an diesem Platz verbrachten, musste ich, um in seiner Nähe zu bleiben, viel Vorsicht walten lassen, wenn ich nicht seine Aufmerksamkeit erregen wollte; glücklicherweise trug ich Gummiüberschuhe und konnte mich völlig geräuschlos bewegen. Nicht ein einziges Mal bemerkte er, dass ich ihn beobachtete. Er trat in verschiedene Läden ein, fragte nirgends nach einem Preise, sprach überhaupt kein Wort und starrte nur wild und ausdruckslos alle Gegenstände an. Ich war nunmehr über sein Betragen äußerst erstaunt und mehr denn je entschlossen, mich nicht von ihm zu trennen, bevor ich nicht einige Klarheit über ihn gewonnen hätte.

Als eine Uhr laut die elfte Stunde schlug, verließen die Leute in Eile den Basar. Ein Ladenbesitzer, der sein Gitter vorlegte, stieß den Alten an, und im gleichen Augenblick sah ich, dass er von Kopf bis Fuß erschauerte. Er lief auf die Straße zurück, spähte einen Augenblick ängstlich umher und durcheilte sodann mit unglaublicher Behändigkeit viele winklige und menschenleere Gassen, bis wir wiederum auf die große Verkehrsader hinaustraten, von der wir ausgegangen waren – die Straße des Hotels D. Sie bot jetzt nicht mehr den gleichen Anblick wie vorher. Sie war zwar noch immer von den Gaslaternen hell beschienen; aber der Regen fiel heftig herab, und nur wenige Menschen ließen sich sehen. Der Fremde erbleichte. Mit finsterem Gesicht ging er die vormals so belebte Straße ein paar Schritte hinauf, bog dann seufzend in der Richtung des Flusses ab, tauchte in einem Labyrinth von Gässchen unter und kam bei einem der großen Theater wieder zum Vorschein. Die Vorstellung war gerade zu Ende, und das Publikum drängte durch die Pforten ins Freie. Der Alte schien förmlich aufzuatmen, während er sich in die Menge stürzte; mir schien, als habe sich seine gequälte Miene in gewissem Grade aufgeheitert. Wieder sank sein Kopf auf die Brust herab; er war ganz so, wie ich ihn zuerst gesehen hatte. Ich bemerkte, dass er die Richtung einschlug, die die Mehrzahl der Theaterbesucher nahm; aber alles in allem bemühte ich mich vergebens, seine unberechenbare Handlungsweise zu verstehen.

Je weiter er dahinschritt, um so mehr schmolz der Trupp zusammen, und sein früheres Unbehagen und schwankendes Verhalten traten wieder hervor. Eine Zeitlang blieb er einer Gruppe von zehn oder zwölf Zechbrüdern dicht auf den Fersen; aber von diesen verlor sich einer um den anderen, bis nur noch drei in einer engen und düsteren Gasse, die wenig belebt war, zusammenblieben. Der Fremde hielt inne und schien für einen Augenblick in Gedanken verloren. Sodann folgte er mit allen Anzeichen der Erregung eilig einem Wege, der uns an die Peripherie der Stadt führte – in Gegenden, die von denen, welche wir durchschritten hatten, sehr verschieden waren. Es war das geräuschvollste Viertel Londons, wo alles den üblen Anschein bedauerlichster Armut, verzweifeltsten Verbrechens zeigte. Im schütteren Licht einer der spärlichen Lampen neigten sich hohe, alte und von Gewürm zerfressene Holzbauten ihrem Verfall entgegen; sie waren so wunderlich kreuz und quer gestellt, dass man kaum einen Durchgang erkennen konnte. Die Pflastersteine, von geil wuchernden Gräsern aus ihren Betten gehoben, lagen aufs Geratewohl umher. Fürchterlicher Schmutz gor in den Rinnsteinen. Die Luft war von Trostlosigkeit geschwängert. Während wir jedoch weitergingen, lebten menschliche Laute wieder auf, und zuletzt konnten wir ganze Scharen der verkommensten Bevölkerung Londons einhertaumeln sehen. Die Lebensgeister des Alten flackerten wie eine Lampe kurz vor dem Erlöschen noch einmal empor. Noch einmal wurde sein Schritt federnd. Als wir um eine Ecke bogen, drang uns plötzlich eine wahre Lichtflut in die Augen: wir befanden uns vor einem der gigantischen Vorstadttempel der Trunksucht – einem der Paläste des Dämons Alkohol.

Es war kurz vor Anbruch des Tages; aber ein Haufe wüster Zechgesellen drängte noch durch den protzigen Eingang hinein und heraus. Mit einem leisen Freudenschrei bahnte sich der Alte einen Weg ins Innere, zeigte sogleich wieder sein früheres Gehaben und schritt ohne sichtliches Ziel durch das Gewühl hin und her. Jedoch nicht lange; denn ein Drängen nach den Türen ließ erkennen, dass der Wirt für die Nacht schließen wollte. Es war mehr als Verzweiflung, was ich jetzt im Gesicht des merkwürdigen Wesens, das ich so ausdauernd studiert hatte, beobachten konnte. Aber er schwankte nicht auf seinem Wege, sondern lenkte seine Schritte sogleich mit wilder Entschlossenheit in das Herz des mächtigen London zurück. Lange floh er so in Eile dahin, während ich ihm in fassungslosem Erstaunen folgte – gewillt, eine Nachforschung, von der ich nunmehr geradezu besessen war, um keinen Preis einzustellen. Währenddessen ging die Sonne auf; und als wir wieder jenen belebtesten Platz der volkreichen Stadt, die Straße des Hotels D., erreicht hatten, bot diese ein Bild menschlicher Betriebsamkeit dar, das kaum hinter dem des Abends zurückstand. Und hier – lange Zeit – inmitten des von Augenblick zu Augenblick anwachsenden Tumults setzte ich die Verfolgung des Fremden beharrlich fort. Er aber ging wie gewohnt auf und nieder und verließ den ganzen Tag über den Wirrwarr dieser Straße nicht. Und als die Schatten des zweiten Abends herabsanken und ich zu Tode ermattet war, trat ich plötzlich vor den Wanderer hin und blickte ihm starr ins Antlitz. Er achtete meiner nicht, sondern setzte seinen feierlichen Gang fort, während ich, der Verfolgung ein Ende machend, in Gedanken versunken stehen blieb. »In diesem alten Manne«, sprach ich endlich, »sind das

Urbild und der Geist des tiefsten Verbrechens verkörpert. Er weigert sich, allein zu sein. *Er ist der Mann der Menge*. Es wird vergeblich sein, ihm zu folgen; denn ich werde über ihn und seine Taten nichts mehr erfahren. Das böseste Herz der Welt ist ein dickeres Buch als der ›Hortulus animae‹, und vielleicht ist es eine der großen Gnaden Gottes, dass ›es sich nicht lesen lässt‹.«

# Der schwarze Kater

Für die höchst sonderbare und doch so einfache Geschichte, die ich hier niederschreibe, erwarte ich keinen Glauben und erbitte ihn auch nicht. Es wäre Wahnsinn, da Glauben zu verlangen, wo ich meinen eigenen Sinnen nicht trauen kann. Wahnsinnig bin ich jedoch nicht, und ich träume auch ganz sicher nicht. Aber morgen muss ich sterben, und so möchte ich heute meine Seele entlasten. Es ist meine Absicht, der Welt in kurzer, bündiger Form und ohne Kommentar eine Reihe ganz alltäglicher Begebenheiten vorzutragen, deren Folgen mich zunächst in Schrecken versetzt, dann gepeinigt und schließlich vernichtet haben. Dennoch will ich nicht versuchen, sie zu deuten. Mir haben sie kaum etwas anderes als Grausen eingeflößt, vielen mögen sie indessen weniger schrecklich als vielmehr sonderbar erscheinen. Vielleicht wird sich später irgendein kluger Geist finden, der mein Hirngespinst als etwas Alltägliches erklärt – ein ausgeglichenerer, logischer denkender und weit weniger erregbarer Geist als der meine, der in jenen Begebenheiten, die ich mit Scheu beschreibe, nichts anderes erkennen wird als eine normale Verkettung höchst natürlicher Ursachen und Wirkungen.

Von Kindheit an galt ich als fügsam und gutmütig. Ich war so weichherzig, dass mich meine Kameraden zur Zielscheibe ihres Spotts machten. Ganz besonders gern mochte ich Tiere, und meine Eltern erfreuten mich mit einer großen Schar zahmer Haustiere. Mit ihnen verbrachte ich die meiste Zeit und war nie so glücklich, wie wenn ich sie füttern und streicheln durfte. Diese Neigung wuchs mit den Jahren und bildete im Mannesalter eine meiner Hauptfreuden. Denen, die jemals Zuneigung für einen treuen, klugen Hund empfunden haben, brauche ich wohl kaum zu beschreiben, wie tief oder wie stark die Freude ist, die uns aus diesem Gefühl erwächst. In der selbstlosen, aufopfernden Liebe eines Tieres liegt etwas, was dem unmittelbar zu Herzen geht, der häufig Gelegenheit gehabt hat, die erbärmliche Freundschaft und zerbrechliche Treue des Menschen zu prüfen.

Ich heiratete frühzeitig und war glücklich, in meinem Weib eine mir verwandte Sinnesart zu entdecken. Als sie meine Vorliebe für Haustiere erkannte, versäumte sie keine Gelegenheit, die reizendsten davon anzuschaffen. Wir hatten Vögel, Goldfische, einen schönen Hund, Kaninchen, ein Äffchen und einen *Kater*.

Letzterer war ein bemerkenswert großes, schönes Tier, ganz schwarz und erstaunlich klug. Kam die Rede auf seine Intelligenz, so erwähnte meine Frau, die im Grunde ihres Herzens nicht wenig abergläubisch war, oft den alten Volksglauben, dass alle schwarzen Katzen verwandelte Hexen seien. Nicht, dass es ihr damit je *Ernst* gewesen wäre; ich erwähne das auch nur, weil ich mich gerade jetzt zufällig daran erinnere.

Pluto – so hieß der Kater – war mein Lieblingstier und Spielgefährte. Ich allein fütterte ihn, und wo immer ich im Haus hinging, begleitete er mich. Ja, ich konnte ihn sogar nur mit Mühe davon abhalten, mir auf der Straße nachzulaufen.

So bestand unsere Freundschaft mehrere Jahre hindurch, während derer – ich erröte bei dem Geständnis – meine allgemeine Verfassung und meine Gemütsart durch den Teufel Alkohol eine gründliche Wandlung zum Bösen erfuhren. Von Tag zu Tag wurde ich launischer, reizbarer und rücksichtsloser gegen die Gefühle anderer. Ich ließ mich so weit gehen, meine Frau unbeherrscht anzufahren. Schließlich wagte ich es sogar, sie tätlich anzugreifen. Natürlich spürten auch meine Tiere den Wandel meiner Gemütsverfassung. Ich vernachlässigte sie nicht nur, sondern misshandelte sie auch. Für Pluto jedoch empfand ich immerhin noch so viel, dass ich davor zurückschreckte, ihn schlecht zu behandeln, was ich bedenkenlos bei den Kaninchen, dem Äffchen und sogar bei dem Hund tat, wenn sie mir rein zufällig oder aus Anhänglichkeit in den Weg liefen. Doch meine Krankheit gewann mehr und mehr Gewalt über mich – denn welche Krankheit ist dem Alkohol zu vergleichen! –, und mit der Zeit bekam auch Pluto, der nun alt und daher etwas mürrisch wurde, die Folgen meiner bösen Laune zu spüren.

Eines Nachts, als ich schwer betrunken aus einer meiner Stammkneipen in der Stadt nach Hause kam, bildete ich mir ein, der Kater gehe mir aus dem Weg. Ich packte ihn, und in seinem Schreck über meine Heftigkeit biss er mich leicht in die Hand. Augenblicklich ergriff mich eine wahrhaft teuflische Wut. Ich kannte mich selbst nicht mehr. Meine wahre Seele schien meinem Körper plötzlich zu entfliehen, und eine vom Branntwein genährte, geradezu satanische Rohheit durchrieselte jede Fiber meines Körpers. Ich zog ein Taschenmesser aus meiner Westentasche, klappte es auf, packte das arme Tier bei der Kehle und stach ihm bedächtig ein Auge aus der Höhle!

Ich erröte, ich brenne vor Scham, ich schaudere, während ich die verdammenswerte Grausamkeit niederschreibe.

Als mein Verstand am nächsten Morgen zurückkehrte und ich den Rausch der nächtlichen Ausschweifung ausgeschlafen hatte, empfand ich ein Gemisch aus Grauen und Reue über das Verbrechen, dessen ich mich schuldig gemacht hatte, doch war es nur ein schwaches und zwiespältiges Gefühl, von dem die Seele unberührt blieb. Aufs Neue stürzte ich mich in Ausschweifungen und ertränkte jede Erinnerung an die Tat im Wein.

Inzwischen erholte sich der Kater langsam. Die leere Augenhöhle bot wahrhaftig einen schrecklichen Anblick, aber er schien keine Schmerzen mehr zu leiden. Wie früher strich er im Hause umher; sobald ich mich aber näherte, floh er, wie zu erwarten, in höchster Angst. Noch besaß ich so viel Herz, dass mich die offensichtliche Abneigung eines Geschöpfs, das mich vordem so geliebt hatte, zunächst schmerzlich berührte. Dieses Gefühl verwandelte sich indessen bald in Erbitterung. Und dann kam, wie zu meiner endgültigen und unwiderruflichen Vernichtung, der Geist der *Verkehrtheit* hinzu, jener Geist, über den die Philosophie nichts sagt. Dennoch bin ich, wie von der Existenz meiner Seele, auch davon überzeugt, dass die Verkehrtheit eine der ursprünglichen Triebkräfte des Menschenherzens ist und zu den untrennbaren, elementaren Fähigkeiten oder Empfindungen gehört, die den Charakter des Menschen bestimmen. Wer hat sich nicht schon hundertmal bei einer törichten oder niedrigen Handlung ertappt, einzig und allein deshalb begangen, weil sie verboten war? Sind wir nicht all unserer besseren Einsicht zum Trotz ständig geneigt, das, was *Gesetz* ist, lediglich deshalb zu übertreten, weil wir es als solches erkannt haben? Dieser Geist der Verkehrtheit sollte also meinen Untergang herbeiführen. Es war das unergründliche Verlangen der Seele, *sich selbst zu quälen*, der eigenen Natur Gewalt anzutun, das Falsche allein um des Falschen willen zu tun, das mich weiterdrängte und das Unrecht vollenden ließ, das ich dem harmlosen Tier angetan hatte. Eines Morgens legte ich ihm kaltblütig eine Schlinge um den Hals und hängte es an einem Ast auf, erhängte es unter strömenden Tränen und mit bitterster Reue im Herzen, erhängte es, *weil* ich wusste, dass es mich geliebt, und *weil* ich fühlte, dass es mir keinen Anlass zu diesem Verbrechen geliefert hatte; erhängte es, *weil* ich mir dessen bewusst war, dass ich damit eine Sünde beging, eine Todsünde, die meine unsterbliche Seele so gefährdete, dass sie – sofern das möglich war – der unendlichen Gnade des barmherzigsten und schrecklichsten Gottes entrückt wurde.

In der Nacht, die auf diese höchst grausame Tat folgte, wurde ich von dem Schrei »Feuer« aus dem Schlaf gerissen. Meine Bettvorhänge standen in Flammen. Das ganze Haus brannte. Mit knapper Not entrannen meine Frau, eine Magd und ich der Feuersbrunst. Alles wurde vernichtet. Mein gesamter irdischer Besitz wurde verschlungen, und ich ergab mich von nun an der Verzweiflung.

Ich bin frei von der Schwäche, die einen Zusammenhang von Ursache und Wirkung zwischen dem Unglück und der Gräueltat herzustellen sucht. Doch zähle ich eine Kette von Tatsachen auf und möchte dabei nichts auslassen, was ein Bindeglied sein könnte. Am Tag nach der Feuersbrunst besuchte ich die Trümmerstätte. Die Mauern waren bis auf eine eingestürzt, und das war eine nicht sehr starke Trennwand ungefähr in der Mitte des Hauses, an der mein Bett mit dem Kopfende gestanden hatte. Der Bewurf hatte hier größtenteils der Einwirkung des Feuers widerstanden, was ich der Tatsache zuschrieb, dass die Fläche erst vor kurzem verputzt worden war. Um diese Mauer hatte sich eine dichte Menschenmenge versammelt, und viele Leute untersuchten offenbar eine bestimmte Stelle sehr eingehend und aufmerksam. Ausrufe wie »Merkwürdig!«, »Sonderbar!« und ähnliche erregten meine Neugier. Ich trat näher und erblickte, in die weiße Fläche wie ein Basrelief eingegraben, die Formen einer Riesen*katze*. Der Abdruck war geradezu wunderbar genau. Um den Hals des Tieres lag eine Schlinge.

Als ich zum ersten Mal dieses Gespenst – was sollte es anderes sein? – erblickte, war ich außer mir vor Staunen und Entsetzen. Doch schließlich kam mir die Überlegung zu Hilfe. Wie ich mich erinnerte, hatte der Kater in einem ans Haus grenzenden Garten gehangen. Auf den Feueralarm hin hatte sich sogleich eine Menschenmenge in den Garten gedrängt, und jemand musste wohl das Tier vom Baum geschnitten und durch ein offenes Fenster in mein Schlafzimmer geworfen haben, offenbar in der Absicht, mich aus dem Schlaf zu wecken. Durch den Einsturz der anderen Wände war das Opfer meiner Grausamkeit in die frische Putzschicht hineingepresst worden, und der Kalk hatte im Verein mit dem Feuer und dem Ammoniak des Kadavers das Abbild vollendet, das ich vor mir sah.

Wenn ich auch die eben geschilderte erschreckende Tatsache meiner Vernunft, wenn auch nicht meinem Gewissen, leicht erklären konnte, so machte sie doch einen tiefen Eindruck auf meine Phantasie. Monatelang konnte ich mich von dem Trugbild des Katers nicht befreien, und in dieser Zeit empfand meine Seele fast so etwas wie Reue, doch war es keine. Ich ging so weit, den Verlust des Tieres zu bedauern und in den üblen Spelunken, die ich jetzt ständig aufsuchte, nach einem anderen Haustier dieser Gattung zu suchen, das ähnlich aussehen und Plutos Platz einnehmen sollte.

Als ich eines Nachts halb betäubt in einer mehr als verrufenen Spelunke saß, wurde mein Blick plötzlich von einem schwarzen Gegenstand angezogen, der oben auf einem der riesengroßen Gin- und Rumfässer thronte, aus denen die Einrichtung des Raumes hauptsächlich bestand. Ein paar Minuten hatte ich bereits unverwandt auf den oberen Rand des Fasses geblickt und wunderte mich nun darüber, den Gegenstand dort oben nicht schon vorher bemerkt zu haben. Ich ging darauf zu und berührte ihn mit der Hand. Es war ein schwarzer Kater – ein sehr großes Tier –, ebenso groß wie Pluto und ihm bis auf eine Ausnahme täuschend ähnlich. Pluto hatte nirgendwo an seinem Körper ein weißes Haar gehabt, dieser Kater aber hatte einen großen, wenn auch nicht deutlich umrissenen weißen Fleck, der nahezu die ganze Brust bedeckte.

Auf meine Berührung hin erhob er sich gleich, schnurrte laut, rieb sich an meiner Hand und war von der Beachtung, die ich ihm schenkte, sichtlich entzückt. Dies nun war genau das Geschöpf, das ich suchte. Sogleich wollte ich das Tier von dem Wirt kaufen, der aber erhob keinen Anspruch auf den Kater, er wusste nichts von ihm, hatte ihn nie zuvor gesehen.

Ich streichelte das Tier weiter, und als ich nach Hause gehen wollte, zeigte es Neigung, mich zu begleiten. Ich ließ es gewähren und bückte mich im Laufen zuweilen, um es zu streicheln. Als es in mein Haus kam, gewöhnte es sich sofort ein und wurde gleich der Liebling meiner Frau.

Ich selbst aber spürte bald eine Abneigung gegen den Kater in mir aufsteigen. Das war genau das Gegenteil von dem, was ich erwartet hatte, aber – ich weiß nicht, wie und weshalb es geschah – die offensichtliche Anhänglichkeit, die er mir bewies, war mir lästig und zuwider. Allmählich wandelten sich diese Gefühle des Widerwillens und Verdrusses in bitteren Hass. Ich mied das Geschöpf; ein gewisses Schamgefühl und die Erinnerung an meine frühere Grausamkeit hielten mich davon ab, es zu misshandeln. Einige Wochen lang tat ich ihm nichts zuleide, noch quälte ich es. Allmählich aber, ganz allmählich betrachtete ich es mit unaussprechlichem Widerwillen und floh stumm aus seiner verhassten Gegenwart wie vor dem Hauch der Pestilenz.

Was zweifellos noch meinen Hass gegen das Tier verstärkte, war die Entdeckung, die ich an dem Morgen machte, nachdem ich den Kater mit nach Hause genommen hatte, dass es nämlich wie Pluto eines Auges beraubt worden war. Dieser Umstand jedoch machte den Kater meiner Frau nur um so lieber; denn sie besaß, wie ich schon erwähnte, in hohem Maße jene Güte, die einst auch mein charakteristischer Wesenszug und die Quelle vieler meiner reinsten und lautersten Freuden gewesen war.

Mit meiner Abneigung gegen diesen Kater schien seine Vorliebe für mich zu wachsen. Er folgte meinen Spuren mit einer Beharrlichkeit, die dem Leser schwer begreiflich zu machen ist. Sobald ich mich niedersetzte, hockte er sich unter meinen Stuhl oder sprang auf meine Knie und überhäufte mich mit seinen widerwärtigen Liebkosungen. Stand ich auf, um wegzugehen, lief er mir zwischen die Füße und brachte mich fast zu Fall, oder er schlug seine langen, scharfen Krallen in meinen Anzug und kletterte so bis zu meiner Brust hinauf. Obwohl ich mich bei solchen Gelegenheiten danach sehnte, ihn mit einem Hieb zu töten, hielt mich doch etwas davon zurück; teils war es die Erinnerung an mein früheres Verbrechen, vor allem aber – ich will es sogleich gestehen – die grenzenlose *Furcht* vor dem Tier.

Das war nicht unbedingt die Furcht vor einem körperlichen Schaden, und dennoch weiß ich nicht, wie ich sie anders erklären soll. Fast schäme ich mich – ja, selbst in dieser Verbrecherzelle schäme ich mich beinahe – zu bekennen, dass der Schrecken und das Grauen, die das Tier mir einflößte, durch das unsinnigste Hirngespinst, das man sich denken kann, gesteigert worden waren. Meine Frau hatte mich mehr als einmal auf das Aussehen des weißen Flecks aufmerksam gemacht, von dem ich schon berichtet habe und der der einzig sichtbare Unterschied zwischen diesem fremden und dem von mir getöteten Tier war. Der Leser wird sich erinnern, dass dieses weiße Mal zwar groß, doch in seinen Umrissen anfänglich ganz undeutlich war. Allmählich aber, fast unmerklich – mein Verstand suchte es lange Zeit als Einbildung abzutun – hatte es schließlich unerbittlich deutliche Umrisse angenommen. Das Mal stellte jetzt etwas dar, was zu nennen mich schaudert und um dessentwillen vor allem ich das Untier verabscheute und fürchtete und mich am liebsten von ihm befreit hätte, *hätte ich es nur gewagt*. Es war nunmehr das Abbild eines entsetzlichen, eines grausigen Gegenstandes – eines *Galgens*! O du düsteres, schreckliches Werkzeug des Grauens und des Frevels, der Seelenangst und des Todes!

Jetzt war ich wirklich elend, weit über das Maß alles

menschlichen Elends hinaus. Und ein *unvernünftiges Tier*, dessen Artgenossen ich verächtlich ausgelöscht hatte, ein *unvernünftiges Tier* war imstande, so unerträgliches Leid über *mich* zu bringen, über mich, einen nach dem Ebenbilde des höchsten Gottes erschaffenen Menschen! Ach, weder bei Tag noch bei Nacht kannte ich mehr den Segen der inneren Ruhe. Tagsüber ließ mich das Tier nicht einen Augenblick allein, und nachts schrak ich jede Stunde aus unbeschreiblichen Angstträumen empor, um den heißen Hauch von diesem *Etwas* auf meinem Gesicht zu spüren und sein Riesengewicht – einen Alpdruck aus Fleisch und Blut, den ich nicht abzuschütteln vermochte – ewig auf meinem *Herzen* zu tragen.

Unter dem Druck solcher Qualen erstarben die schwachen Überreste des Guten in mir. Böse Gedanken wurden meine einzigen Gefährten, es waren die düstersten und schlimmsten Gedanken. Die bisherige Launenhaftigkeit meines Wesens steigerte sich zum Hass gegen jedwedes Ding und gegen die ganze Menschheit, und bei alledem war es gewöhnlich mein Weib, das meine häufigen, plötzlichen und zügellosen Wutausbrüche, denen ich mich nun blind überließ, schweigend und geduldig ertrug.

Eines Tages begleitete sie mich wegen einer häuslichen Verrichtung in den Keller des alten Gebäudes, das wir jetzt unserer Armut wegen bewohnen mussten. Der Kater sprang mir auf der steilen Treppe nach und hätte mich fast zu Fall gebracht, was mich in rasende Wut versetzte. In meinem Zorn vergaß ich die kindische Furcht, die meine Hand bisher gelähmt hatte, packte eine Axt und holte zu einem Schlag gegen das Tier aus, der augenblicklich tödlich gewesen wäre, hätte er sein Ziel getroffen. Aber meine Frau fiel mir in den Arm. Ihr Dazwischentreten stachelte mich zu mehr als teuflischer Wut an, ich riss meinen Arm aus ihrem Griff und begrub die Axt in ihrem Schädel. Ohne einen Seufzer brach sie auf der Stelle tot zusammen.

Nach dieser scheußlichen Mordtat machte ich mich unverzüglich und mit klarer Überlegung daran, den Leichnam zu verbergen. Ich wusste, dass ich ihn weder bei Tag noch bei Nacht aus dem Hause schaffen konnte, ohne Gefahr zu laufen, von den Nachbarn beobachtet zu werden. So mancher Plan kam mir in den Sinn. Eine Zeitlang dachte ich daran, den Leichnam in ganz kleine Teile zu zerstückeln und sie zu verbrennen. Dann wollte ich im Boden des Kellers ein Grab schaufeln. Als nächstes überlegte ich, ob ich die Leiche nicht besser im Hof in den Brunnen werfen – oder ob ich sie wie Handelsware in der üblichen Weise in eine Kiste packen und von einem Dienstmann aus dem Hause holen lassen sollte. Schließlich fiel mir ein Verfahren ein, das mich weit besser als alle ändern dünkte. Ich beschloss, die Leiche im Keller einzumauern, so wie es im Mittelalter die Mönche mit ihren Opfern gemacht haben sollen.

Für eine solche Absicht war der Keller gut geeignet. Das Mauerwerk war leicht gebaut und erst vor kurzem mit einem groben Putz beworfen worden, der in der feuchten Kellerluft noch nicht hart geworden war. Überdies sprang eine der Mauern etwas vor, wo ein blinder Kamin oder eine Feuerstelle gewesen war, die ausgefüllt und den ändern Kellerwänden gleichgemacht worden war. Sicherlich konnte ich die Ziegelsteine an dieser Stelle leicht entfernen, den Leichnam hineinschieben und die Wand wieder wie zuvor zumauern, so dass kein Auge etwas Verdächtiges entdeckte.

Und in dieser Berechnung sah ich mich nicht getäuscht. Mit einem Brecheisen entfernte ich mühelos die Ziegelsteine, und nachdem ich die Leiche sorgsam gegen die innere Wand gelehnt hatte, stützte ich sie in dieser Stellung und richtete alles wieder her, wie es zuvor gewesen war. Mit aller erdenklichen Vorsicht beschaffte ich mir Mörtel, Sand und Haare, stellte einen Putz her, der sich von dem alten nicht unterschied, und überzog damit recht sorgfältig das neue Mauerwerk. Als ich damit fertig war, atmete ich befriedigt auf, weil alles in Ordnung war. Die Mauer zeigte nicht die geringste Spur einer Beschädigung. Den Schutt vom Boden räumte ich sauber weg. Triumphierend sah ich mich um und sprach zu mir selbst: »Hier wenigstens ist meine Arbeit nicht umsonst gewesen.«

Als Nächstes hielt ich Umschau nach dem Tier, das so viel Elend verursacht hatte, denn ich war nunmehr fest entschlossen, es umzubringen. Wäre ich ihm in diesem Augenblick begegnet, so hätte über sein Schicksal kein Zweifel bestanden, doch anscheinend war das schlaue Tier von der Heftigkeit meines Zorns gewarnt worden und hütete sich, mir in meiner gegenwärtigen Stimmung unter die Augen zu kommen. Unbeschreiblich, ja unvorstellbar war das tiefe, wonnevolle Gefühl der Erleichterung, das die Abwesenheit der verabscheuten Kreatur in meiner Brust auslöste. Auch während der Nacht zeigte sie sich nicht, und so schlief ich, seit ich sie ins Haus gebracht hatte, wenigstens eine Nacht ruhig und tief – ja, *schlief* sogar mit der Last des Mordes auf meiner Seele!

Der zweite und dritte Tag gingen dahin, und noch immer zeigte sich mein Peiniger nicht. Ich atmete wieder wie ein freier Mensch. Das Untier hatte in seiner Angst das Grundstück für immer verlassen! Ich sollte es nie mehr erblicken! Meine Glückseligkeit kannte keine Grenzen! Die Schuld meiner düsteren Tat störte mich nur wenig. Es hatte einige Nachfragen gegeben, aber die hatte ich geschickt beantwortet. Sogar eine Haussuchung war veranlasst worden, aber man hatte natürlich nichts entdeckt. Ich betrachtete mein zukünftiges Glück als gesichert.

Am vierten Tag nach der Mordtat kamen einige Polizeibeamte völlig unerwartet ins Haus und begannen das Grundstück von neuem gründlich zu durchsuchen. Da ich aber meines unauffindbaren Versteckes so sicher war, verwirrte mich das gar nicht. Die Beamten baten mich, sie bei der Durchsuchung zu begleiten. Kein Winkel und keine Ecke wurden übersehen. Schließlich stiegen sie zum dritten oder vierten Mal in den Keller hinunter. Ich zuckte mit keinem Muskel. Das Herz eines in Unschuld Schlummernden konnte nicht ruhiger schlagen als das meine. Ich durchmaß den Keller von einem Ende bis zum andern. Mit verschränkten Armen ging ich ruhig hin und her. Die Polizisten waren völlig zufriedengestellt und wollten sich schon verabschieden. Die Freude meines Herzens aber war zu groß, als dass ich sie hätte bezähmen können. Ich brannte darauf, meinen Triumph wenigstens mit einem Wort zu feiern und sie von meiner Unschuld doppelt zu überzeugen.

»Meine Herren«, sagte ich schließlich, als sie die Stufen hinaufstiegen, »ich freue mich, Ihren Verdacht zerstreut zu haben. Ich wünsche Ihnen Gesundheit und etwas mehr Höflichkeit. Nebenbei bemerkt, meine Herren, das – das Haus hier ist sehr gut gebaut« – in dem tollen Verlangen, irgendetwas leichthin zu sagen, wusste ich kaum, was ich überhaupt redete –, »ich möchte behaupten, ein *ausnehmend* gut gebautes Haus. Diese Mauern – Sie wollen schon gehen, meine Herren? –, diese Mauern sind ganz solide zusammengefügt.« Und hierbei schlug ich in geradezu wahnsinniger Prahlerei kräftig mit dem Stock, den ich in der Hand trug, genau auf die Stelle der Mauer, hinter der der Leichnam meines geliebten Weibes stand.

Aber möge Gott mich schützen und aus den Fängen des Erzfeindes erlösen! Kaum war der Widerhall meiner Schläge verklungen, da gab mir auch schon eine Stimme aus dem Grabe Antwort! Es war ein Schrei, zuerst gedämpft und gebrochen wie Kinderweinen, dann rasch anschwellend zu einem langen, lauten und anhaltenden Heulen, ganz ungewöhnlich und gar nicht menschenähnlich; ein Jaulen – ein wehklagender Schrei, jammernd und triumphierend zugleich, wie er wohl nur aus der Hölle steigen mag, wenn die Klagen der zur Qual Verdammten und das Frohlocken der bösen Geister über die Verdammnis wie aus einer Kehle dringen.

Es wäre töricht, von meinen Gefühlen zu sprechen. Ohnmächtig taumelte ich auf die gegenüberliegende Mauer zu. Für einen Augenblick waren die Männer auf der Treppe vor Schreck und Entsetzen wie gebannt. Im nächsten bearbeitete ein Dutzend kräftiger Arme die Mauer. Sie brach in sich zusammen. Der bereits stark verweste und mit geronnenem Blut bedeckte Leichnam stand aufrecht vor den Augen der Betrachter. Auf seinem Kopf saß, mit weit aufgerissenem rotem Maul und einem einzigen glühenden Auge, das abscheuliche Untier, dessen List mich zum Mord verführt hatte und dessen verräterische Stimme mich dem Henker überlieferte. Ich hatte das Ungeheuer in das Grab eingemauert!

# Das verräterische Herz

Allerdings … nervös, furchtbar nervös war ich und bin es noch; aber *müsst* ihr deshalb sagen, dass ich wahnsinnig sei? Die Krankheit hat mir die Sinne nicht abgestumpft oder zerstört, sondern geradezu verfeinert. Vor allem zeichnete sich mein Gehörsinn durch Schärfe aus. Ich hörte alles im Himmel und auf Erden, vieles sogar in der Hölle. Aber wie – bin ich deshalb wahnsinnig? Hört zu und gebt gut acht, wie klug und gelassen ich euch die ganze Geschichte erzählen kann!

Ich kann nicht sagen, wie mir der Gedanke zuerst in den Kopf kam; aber einmal drinnen, beherrschte er mich bei Tag und Nacht. Zu holen war nichts dabei. Leidenschaft empfand ich keine. Ich liebte den alten Mann. Er hatte mir nie etwas zuleide getan. Er hatte mich nie gekränkt. Sein Gold begehrte ich nicht. Ich vermute, dass es sein Auge war. Ja, gewiss war es das! Eins seiner Augen glich einem Geierauge. Es war blassblau mit einer krankhaften Trübung. Jedes Mal, wenn sein Blick auf mich fiel, gefror mir das Blut. Und so entschloss ich mich ganz, ganz allmählich, dem alten Mann das Leben zu nehmen und mich so für immer von diesem Auge zu befreien.

Darum geht es. Ihr haltet mich für verrückt. Verrückte verstehen nichts. Dagegen hättet ihr *mich* sehen sollen! Ihr hättet sehen sollen, wie klug ich vorging – mit welcher Vorsicht, Bedachtsamkeit und Tücke ich alles zu richten wusste! Nie war ich freundlicher zu dem Alten als in der

Woche, bevor ich ihn tötete. Allnächtlich um Mitternacht drückte ich die Klinke seiner Tür nieder und öffnete sie – oh, wie sacht! Und wenn die Öffnung gerade für meinen Kopf ausreichte, schob ich eine verdunkelte Laterne hinein, ganz, ganz verdunkelt, so dass kein Lichtschimmer herausdrang, und dann folgte ich mit dem Kopfe nach. Ach, wie hättet ihr gelacht, wenn ihr gesehen hättet, wie listig ich ihn hineinschob! Ich bewegte ihn langsam, ganz, ganz langsam vorwärts, so dass ich den Schlaf des Alten nicht störte. Es bedurfte einer ganzen Stunde, bis ich meinen Kopf so weit drinnen hatte, dass ich ihn in seinem Bett liegen sehen konnte. Ha! wäre wohl ein Wahnsinniger mit solcher Klugheit vorgegangen? Und wenn sich mein Kopf endlich im Zimmer befand, öffnete ich vorsichtig – oh, so vorsichtig – die Laterne – ihre Scharniere knarrten nämlich –, bis ein einziger, haardünner Strahl auf das Geierauge fiel. Das Gleiche tat ich in sieben langen Nächten, immer pünktlich um Mitternacht, aber stets fand ich das Auge geschlossen. Und so war es mir unmöglich, die Tat zu begehen; denn nicht der alte Mann quälte mich, sondern sein böser Blick. Und jeden Morgen, wenn der Tag nahte, trat ich dreist in sein Zimmer, redete ihn mit munteren Worten an, nannte ihn herzlich beim Namen und erkundigte mich, wie er die Nacht verbracht habe. Da seht ihr, dass er schon ein sehr gewitzter alter Mann sein musste, um zu argwöhnen, dass ich allnächtlich um zwölf, während er schlief, zu ihm hineinsah.

In der achten Nacht war ich beim Öffnen der Tür noch vorsichtiger als sonst. Der Minutenzeiger einer Taschenuhr bewegt sich schneller, als es meine Hand tat. Niemals hatte ich wie in dieser Nacht das Ausmaß meiner Fähigkeiten, meines Scharfsinns *gefühlt*. Ich konnte meine Triumphgefühle kaum unterdrücken. Zu denken, dass ich da stand, allmählich die Tür öffnete, und er ahnte meine heimlichen Handlungen und Gedanken nicht einmal im Traum! Ich musste bei diesem Einfall kichern, und vielleicht hörte er mich. Denn plötzlich bewegte er sich, wie erschreckt, im Bett. Nun denkt ihr wohl, dass ich mich zurückzog – o nein! Sein Zimmer war von pechschwarzer Dunkelheit erfüllt; denn aus Furcht vor Einbrechern hatte er die Läden fest verschlossen. Ich wusste also, dass er nicht sehen konnte, wie die Tür aufging. Und so öffnete ich sie immer weiter, immer weiter.

Mein Kopf befand sich schon drinnen, und eben wollte ich die Laterne aufblitzen lassen, als mein Daumen von dem Metallverschluss abglitt; da schnellte der Alte im Bett empor und schrie: »Wer ist da?«

Ich verhielt mich ganz still und sagte nichts. Eine volle Stunde lang bewegte ich nicht einen einzigen Muskel; ich hörte aber auch nicht, dass er sich wieder hinlegte. Horchend saß er aufrecht im Bett, wie ich selbst es getan, Nacht für Nacht, den Totenuhren im Gebälk lauschend.

Jetzt vernahm ich ein leises Stöhnen, und ich wusste, dass es das Stöhnen tödlichen Grauens war. So stöhnt man nicht vor Schmerz oder Kummer – o nein! es war der leise, halb erstickte Laut, der aus der Tiefe der Seele dringt, wenn die Bürde der Angst unerträglich geworden ist. Ich kannte den Laut wohl. Zu mancher Mitternacht, wenn alles schlief, quoll er aus meiner eigenen Brust empor, mit seinem schrecklichen Echo die Qual, die mich durchwühlte, vertiefend. Ich sage, ich kannte ihn wohl. Ich wusste, was der Alte empfand, und er tat mir leid, obwohl ich innerlich lachen musste. Ich wusste, dass er seit dem ersten leisen Geräusch, mit dem er sich im Bett umgedreht hatte, wach lag. Seitdem war seine Angst ins Maßlose gewachsen. Er hatte versucht, sie als grundlos abzutun; aber es ging nicht. Er hatte zu sich gesagt: Es ist nur der Wind im Schornstein – oder: Es ist eine Maus, die über den Fußboden läuft – oder: Es ist nur ein Heimchen, das ein einziges kleines Mal zirpte. Ja, er hat versucht, sich mit solchen Überlegungen Mut zu machen; aber alles war vergeblich gewesen. *Alles vergeblich*, denn schon war ihm der schwarze Schatten des Todes genaht und umschlang sein Opfer. Und der unheimlichen Wirkung dieses unsichtbaren Schattens war es zuzuschreiben, dass er, ohne etwas hören oder sehen zu können, die Anwesenheit meines Kopfes im Zimmer *fühlte*.

Als ich lange sehr geduldig gewartet hatte, ohne zu hören, dass er sich wieder hinlegte, beschloss ich, die Laterne um einen ganz, ganz kleinen Spalt zu öffnen. Ihr könnt euch nicht vorstellen, wie behutsam, wie heimlich ich dies tat, bis am Ende ein spinnwebfeiner, matter Lichtstrahl aus dem Spalt voll auf sein Geierauge traf.

Es stand offen, weit, weit offen, und ich wurde rasend, als ich es erblickte. Ich sah es ganz deutlich – von trübem Blau mit einem ekelhaften Schleier darüber, der mir das Mark in den Knochen erstarren ließ; aber vom Gesicht oder von der Gestalt des Alten konnte ich nichts sehen; denn geradezu instinktiv hatte ich den Strahl genau auf die verfluchte Stelle gelenkt.

Und nun – habe ich euch nicht gesagt, dass das, was ihr für Wahnsinn haltet, nur eine Überfeinerung der Sinne ist? –, nun, sage ich, drang an mein Ohr ein leises, dumpfes, hastendes Geräusch, wie von einer in Baumwolle gehüllten Uhr. Ich kannte dieses Geräusch nur zu gut. Es war der Schlag seines Herzens. Es steigerte meinen Zorn, wie der Trommelklang den Mut des Soldaten belebt.

Aber auch jetzt noch hielt ich mich zurück und blieb ruhig. Ich atmete kaum. Ich hielt die Laterne ohne Bewegung. Ich probierte, wie stetig ich den Strahl auf das Auge richten konnte. Unterdessen steigerte sich das höllische Trommeln seines Herzens. Es wurde jeden Augenblick schneller und schneller, lauter und lauter. Das Entsetzen des Alten *muss* ohne Maßen gewesen sein. Jeden Augenblick lauter und lauter, habe ich gesagt! – versteht ihr mich recht? Ich gab zu, nervös zu sein; ich bin es noch. Und jetzt in der Stille der Nacht, in der schrecklichen Lautlosigkeit dieses alten Hauses erfüllte mich das sonderbare Geräusch mit unsagbarem Grauen. Ja, einige Minuten bezwang ich mich noch und verhielt mich still. Aber das Schlagen wurde immer lauter! Ich dachte, das Herz müsse ihm zerspringen. Und nun wurde ich von einer neuen Angst gepackt – der Angst, dass ein Nachbar das Geräusch hören könne. Die Stunde des alten Mannes war gekommen! Laut schreiend riss ich die Laterne auf und sprang ins Zimmer. Er stieß einen quietschenden Laut aus – einmal nur. Im Nu zerrte ich ihn auf den Fußboden nieder und zog das schwere Bett über ihn. Dann lächelte ich in mich hinein, erfreut, dass ich die Tat so weit vollbracht hatte. Viele Minuten schlug das Herz wie erstickt weiter. Allein dies beunruhigte mich nicht; durch die Wand würde man es nicht hören können. Endlich war es still. Der Alte war tot. Ich zog das Bett weg und untersuchte die Leiche. Ja, tot war er, mausetot. Ich legte meine Hand auf sein Herz und ließ sie viele Minuten dort liegen. Da schlug nichts mehr. Er war mausetot. Sein Auge würde mich hinfort nicht mehr peinigen.

Wenn ihr mich immer noch für wahnsinnig haltet, so werdet ihr anders denken, wenn ich die klugen Maßnahmen beschreibe, die ich ergriff, um den Leichnam zu beseitigen. Die Nacht schwand hin, und ich arbeitete eifrig, stumm. Zuerst zerteilte ich die Leiche. Ich schnitt den Kopf, die Arme und die Beine ab.

Ich entfernte drei Dielen aus dem Fußboden des Zimmers und legte alles zwischen die Balken. Dann setzte ich die Bretter so ordentlich, so geschickt wieder ein, dass kein menschliches Auge – nicht einmal das *seine* – etwas Verdächtiges bemerkt hätte. Da gab es nichts abzuwaschen – keinen Fleck irgendwelcher Art – kein Blut. Dazu war ich viel zu vorsichtig gewesen. Ein Fass hatte alles aufgenommen. Haha!

Als ich die Arbeit beendet hatte, war es vier Uhr und noch so finster wie um Mitternacht. Mit dem Glockenschlag klopfte es an der Haustür. Ich ging leichten Herzens hinunter, sie zu öffnen – was sollte ich denn *nun* noch befürchten? Drei Männer, die sich mit vollendetem Takt als Polizisten vorstellten, traten ein. Während der Nacht hatte ein Nachbar einen Schrei gehört, und es war der Verdacht eines Verbrechens entstanden. Man hatte die Polizei benachrichtigt, und die Beamten waren zur Haussuchung beordert worden.

Ich lächelte, was sollte ich denn befürchten? Ich hieß die Herren willkommen. Den Schrei, sagte ich, hätte ich selbst im Traum ausgestoßen. Der Alte, erwähnte ich nebenbei, sei aufs Land gereist. Ich führte meine Besucher durch das ganze Haus. Ich bat sie zu suchen, *gründlich* zu suchen. Zuletzt nahm ich sie mit in *sein* Zimmer. Ich zeigte ihnen seine Schätze, sicher verwahrt, unberührt. Im Enthusiasmus meiner Zuversicht trug ich Stühle ins

Zimmer und schlug ihnen vor, sich *hier* von ihren Bemühungen etwas zu erholen. Ich selbst, durch meinen vollkommenen Sieg übermütig gemacht, stellte meine Sitzgelegenheit just dahin, wo die Leiche meines Opfers unter dem Boden ruhte.

Die Beamten waren befriedigt. Mein *Betragen* hatte sie überzeugt. Ich war ganz ruhig. Sie saßen da und schwatzten vertrauliche Dinge, denen ich vergnügt antwortete. Aber nicht lange, da fühlte ich, wie ich blass wurde, und wünschte, sie gingen. Mein Kopf schmerzte, und ich bildete mir ein, ein Klingen in den Ohren zu hören. Aber sie saßen immer noch da und plauderten. Das Klingen wurde deutlicher; es hielt an und wurde immer deutlicher, und ich sprach mutiger, um dieses Gefühl loszuwerden. Aber es hielt an und wurde bestimmter – bis ich schließlich herausfand, dass das Geräusch *nicht* in meinen Ohren war!

Ohne Zweifel wurde ich *jetzt* sehr bleich; aber ich sprach noch schneller und lauter. Unterdessen schwoll das Geräusch an – was konnte ich tun? Es war ein *leises, dumpfes, hastendes Geräusch, wie von einer in Baumwolle gehüllten Uhr*. Ich rang nach Luft, aber die Beamten hörten noch immer nichts. Ich redete drauflos – immer schneller – immer hitziger; aber das Geräusch nahm fortgesetzt zu. Ich stand auf und sprach mit schriller Stimme und wilden Bewegungen von Kleinigkeiten, doch das Geräusch verstärkte sich. Warum *wollten* sie nur nicht gehen? Ich wanderte mit schweren Schritten im Zimmer umher, bis zum Wahnsinn erregt durch die beobachtenden Blicke der Männer – aber das Geräusch schwoll immerzu an. O Gott! was *konnte* ich tun? Ich schäumte – tobte – fluchte! Ich ergriff den Stuhl, auf dem ich gesessen hatte, und schabte mit ihm über die Dielen, doch das Geräusch übertönte alles und schwoll immer mehr an. Es wurde lauter – lauter – *lauter*! Noch immer schwatzten die Männer und lächelten dabei. War es denkbar, dass sie nichts hörten? Allmächtiger Gott! – nein, nein! Sie hörten es ja! – sie schöpften Verdacht! – sie *wussten*! – sie machten sich einen Spaß aus meinem Entsetzen! So dachte ich, so denke ich noch. Alles andere war besser als dieses Grauen! Alles war erträglicher als dieser Hohn! Ich konnte dieses scheinheilige Lächeln nicht länger ertragen! Ich fühlte: schreien musste ich oder – sterben! Und jetzt – wieder! – horch! lauter! lauter! lauter! *lauter*! –

»Halunken!«, schrie ich, »verstellt euch nicht länger! Ich gestehe die Tat! Reißt die Dielen auf! hier, hier! – es ist der Schlag seines grässlichen Herzens!«

# Der Doppelmord in der Rue Morgue

Welches Lied die Sirenen sangen oder welchen Namen Achilles annahm, als er sich unter Weibern verborgen hielt, sind zwar schwierige Rätsel, doch nicht jeder Mutmaßung unzugänglich.

*Sir Thomas Browne, »Urnenbestattung«*

Die Geistesanlage, die man als die analytische bezeichnet, ist selbst nur schwer analysierbar. Wir gewahren sie nur an ihren Wirkungen. Wir wissen von ihr unter anderem, dass sie dem Besitzer, der sie in ungewöhnlichem Maße besitzt, immer eine Quelle des lebhaftesten Vergnügens ist. Wie der Starke über seine körperliche Kraft frohlockt und sich an solchen Übungen ergötzt, die seine Muskeln in Tätigkeit setzen, so erfreut sich der Analytiker jener geistigen Tätigkeit, die etwas *entwirrt*. Er findet Gefallen selbst an den trivialsten Beschäftigungen, die sein Talent ins Spiel bringen. Er liebt Rätsel, Rebusse, Hieroglyphen und entfaltet bei ihrer jeweiligen Lösung einen Grad von Scharfsinn, der dem gewöhnlichen Fassungsvermögen unnatürlich erscheint. Tatsächlich muten seine Ergebnisse, die doch nur auf Grund der strengsten Methode zustande gekommen sind, ganz wie Eingebungen an. Die Fähigkeit zu Rückschlüssen wird möglicherweise sehr durch mathematische Studien verstärkt, besonders durch das Studium jener höchsten Disziplin der Mathematik, die zu Unrecht und bloß ihrer rückschreitenden Operationen wegen Analysis genannt wird, als sei sie Analyse par excellence. Aber kalkulieren heißt an sich noch nicht analysieren. Ein Schachspieler zum Beispiel tut das eine, ohne das andere zu versuchen. Daraus folgt, dass man das Schachspiel in seiner Wirkung auf den Geist sehr falsch einschätzt. Ich möchte hier keine Abhandlung schreiben, sondern nur eine etwas merkwürdige Geschichte mit ein paar beiläufigen Bemerkungen einleiten; ich will daher bei dieser Gelegenheit behaupten, dass die höheren Kräfte des denkenden Geistes viel stärker und viel zweckmäßiger durch das schlichtere Damespiel in Anspruch genommen werden als durch all die ausgeklügelte Nichtigkeit des Schachs. Bei diesem Spiel, bei dem die Figuren verschiedene und wunderliche Bewegungen machen, die verschiedene und veränderliche Werte haben, wird das für tief gehalten, was nur verwickelt ist (ein nicht ungewöhnlicher Irrtum). An die Aufmerksamkeit werden hierbei gewaltige Anforderungen gestellt. Wenn sie nur einen Augenblick erlahmt, begeht der Spieler ein Versehen, das ihn in Nachteil setzt oder zu seiner Niederlage führt. Da die möglichen Züge nicht nur mannigfaltig, sondern auch verzwickt sind, gibt es vielfältige Gelegenheiten zu solchen Versehen, und in neun von zehn Fällen ist es eher der Spieler mit der besseren Konzentration als der scharfsinnigere, der gewinnt. Beim Damespiel dagegen, wo es nur eine Art von Zügen und unter ihnen wenig Abwechslung gibt, sind die Möglichkeiten eines Versehens geringer, und da die bloße Aufmerksamkeit verhältnismäßig wenig beansprucht wird, werden alle Vorteile, die eine Partei erlangt, durch größeren Scharfsinn gewonnen. Um weniger abstrakt zu sein: Nehmen wir an, dass bei einem Damespiel die Steine auf vier Damen reduziert sind und also kein Versehen mehr zu erwarten ist. Es leuchtet ein, dass hier der Sieg (wenn die Spieler einander ebenbürtig sind) allein durch einen sorgfältig überlegten Zug herbeigeführt werden kann – das Ergebnis einer gewissen Anstrengung des Verstandes. Der gewöhnlichen Hilfsmittel beraubt, versetzt sich der Analytiker in den Geist des Gegners, identifiziert sich mit ihm und sieht so nicht selten auf den ersten Blick die einzige Art und Weise (bisweilen eine verblüffend einfache), wodurch er den Gegner irreführen oder zu einem falschen Zug verleiten kann.

Whist war lange wegen seines Einflusses auf das sogenannte Berechnungsvermögen berühmt; und es ist bekannt, dass Männer von höchstem geistigem Rang ein scheinbar unerklärliches Vergnügen daran fanden, während sie Schach als nichtig verschmähten. Zweifellos gibt es nichts ähnlicher Art, was so hohe Ansprüche an das analytische Vermögen stellt. Der beste Schachspieler der Welt braucht nichts weiter zu sein als bloß der beste Schachspieler; aber Tüchtigkeit im Whist deutet auf die Fähigkeit, auch in all den wichtigeren Angelegenheiten, wo der Geist mit dem Geiste ringt, Erfolg zu haben. Wenn ich Tüchtigkeit sage, so meine ich jene vollkommene Beherrschung des Spiels, die ein Verständnis *aller* Quellen einschließt, woraus sich ein rechtmäßiger Vorteil herleiten lässt. Diese sind nicht nur mannigfaltig, sondern verschiedenartig und halten sich häufig in Schlupfwinkeln des Bewusstseins verborgen, die dem gewöhnlichen Verstand ganz und gar unzugänglich sind. Aufmerksam beobachten heißt sich deutlich erinnern; und insoweit taugt der besonnene Schachspieler sehr wohl für Whist, zumal die Regeln von Hoyle (die ihrerseits auf dem bloßen Mechanismus des Spiels beruhen) ausreichend und allgemeinverständlich sind. Ein gutes Gedächtnis zu haben und sich »nach dem Buche« zu richten, hält man deshalb gemeinhin für die Summe all dessen, was einen guten Spieler ausmacht. Aber erst in Dingen, die über die Grenzen der bloßen Regel hinausgehen, erweist sich die Geschicklichkeit des Analytikers. Er macht stillschweigend eine Menge von Beobachtungen und zieht daraus seine Schlüsse. Auch seine Mitspieler tun es vielleicht, aber der Unterschied in der Tragweite der erlangten Kenntnis liegt nicht so sehr in der Richtigkeit der Schlüsse als in der Schärfe der Beobachtung. Notwendig zu wissen ist, was man beobachten muss. Unser Spieler beschränkt sich nicht auf das Spiel selbst; er verschmäht darum, weil es die Hauptsache ist, doch keineswegs, Schlüsse aus Dingen zu ziehen, die außerhalb des Spiels liegen. Er erforscht den Gesichtsausdruck seines Partners und vergleicht ihn sorgfältig mit dem seiner Gegner. Er achtet auf die Art, wie jeder die Karten in der Hand ordnet, und zählt oft Trumpf auf Trumpf und Honneur auf Honneur an den Blicken nach, die ihre Besitzer darauf werfen. Er merkt sich jede Änderung der Miene während des Spielverlaufs und sammelt aus dem unterschiedlichen Ausdruck von Sicherheit, Überraschung, Siegesgefühl oder Ärger eine Menge von Erkenntnissen. Aus der Art, wie jemand einen Stich aufnimmt, schließt er, ob derjenige Spieler in der Folge noch einen anderen machen kann. Er erkennt an der Gebärde, womit jemand eine Karte auf den Tisch wirft, ob es sich um eine Finte handelt. Ein gelegentliches oder unbedachtes Wort, das zufällige Fallenlassen oder Umblättern einer Karte mit der Ängstlichkeit oder Sorglosigkeit, die ihr Verbergen begleitet; das Zählen und Sortieren der Stiche; Eifer, Verlegenheit, Zaudern oder Verzagtheit – all das gibt ihm Hinweise auf den wahren Stand der Dinge, die er scheinbar rein intuitiv erfasst. Wenn die ersten zwei oder drei Runden gespielt sind, weiß er genau, was jeder in der Hand hält, und spielt von nun an sein Blatt mit solch unfehlbarer Sicherheit, als ob die übrigen Mitspieler ihm das ihrige offen zugewendet hätten.

Das Analysierungsvermögen darf indessen nicht mit bloßer Klugheit verwechselt werden; denn während der Analytiker notwendig klug ist, ist der Kluge oft bemerkenswert unfähig zur Analyse. Die Fähigkeit zu folgern oder zu verknüpfen, durch die sich Klugheit gewöhnlich kundgibt und der die Phrenologen (irrtümlich, wie ich glaube) ein besonderes Organ zugebilligt haben, weil sie es für eine ursprüngliche Anlage halten, ist so häufig bei denen beobachtet worden, deren Verstand im Übrigen an Schwachsinn grenzte, dass dieser Umstand die allgemeine Aufmerksamkeit der Moralschriftsteller auf sich gezogen hat. Zwischen Klugheit und analytischer Fähigkeit besteht sogar ein noch weit größerer Unterschied als zwischen echter Einbildungskraft und Phantasie, obwohl ganz ähnlichen Wesens. Tatsächlich wird man finden, dass die Klugen auch immer Phantasie besitzen und die mit wirklicher Einbildungskraft Begabten durchweg Analytiker sind.

Die folgende Geschichte wird dem Leser vielleicht als eine Art Erläuterung der hier vorgetragenen Behauptung erscheinen.

Als ich mich den Frühling und noch einen Teil des Sommers 18.. hindurch in Paris aufhielt, wurde ich mit einem Monsieur C. Auguste Dupin bekannt. Dieser junge Mann entstammte einer angesehenen, sogar sehr hochgestellten Familie, war jedoch durch allerlei widrige

Ereignisse in solche Armut geraten, dass ihr seine ganze Willenskraft erlag und er aufhörte, sich in der Welt umzutun oder um die Wiedererlangung seines Vermögens zu bemühen. Infolge des Entgegenkommens seiner Gläubiger war noch ein kleiner Rest seines väterlichen Erbes in seinem Besitz verblieben; und mit den Zinsen daraus brachte er es durch strengste Sparsamkeit fertig, sich das zum Leben Notwendige zu beschaffen, ohne dessen Annehmlichkeiten nachzutrauern. Bücher waren sein einziger Luxus, und den kann man sich in Paris leicht leisten.

Wir begegneten einander zuerst in einem versteckten Buchladen der Rue Montmartre, wo uns der Zufall, dass wir beide nach demselben sehr seltenen und sehr merkwürdigen Buche suchten, enger zusammenführte. Wir trafen uns nun immer wieder. Ich nahm großen Anteil an der kleinen Familiengeschichte, die er mir ausführlich mit all der Offenheit erzählte, in die der Franzose verfällt, wenn von ihm selbst die Rede ist. Auch war ich erstaunt über seine ungeheure Belesenheit; vor allem aber fühlte ich mich von dem unbändigen Feuer und der erfrischenden Lebendigkeit seiner Einbildungskraft in innerster Seele entflammt. Bei dem, was ich damals in Paris suchte, glaubte ich, dass die Gesellschaft eines solchen Menschen für mich ein unbezahlbarer Schatz wäre, und gestand ihm dies auch ganz freimütig. Es wurde endlich zwischen uns ausgemacht, dass wir während meines Aufenthaltes in der Stadt zusammenwohnen sollten; und da meine Verhältnisse etwas weniger beschränkt waren als die seinen, überließ er es mir, in einer einsamen und öden Gegend des Faubourg St-Germain ein verfallenes, seltsames Haus zu mieten, das infolge eines Aberglaubens, dem wir nicht weiter nachforschten, seit langem leer stand und seinem Einsturz entgegenharrte, und es in einem Stil zu möblieren, der unserer gemeinsamen, etwas phantastisch-düsteren Gemütsart entsprach.

Wäre unsere Lebensweise an dieser Stätte den Menschen bekannt gewesen, so hätten sie uns für Verrückte gehalten – wenn auch vielleicht für harmlose Verrückte. Wir hausten in völliger Abgeschlossenheit von der Welt. Besucher ließen wir nicht ein. Auch hatte ich die Lage unseres Schlupfwinkels vor meinen früheren Gefährten sorgsam geheim gehalten, und Dupin kannte schon seit vielen Jahren in Paris keine Menschenseele mehr, und keine kannte ihn. Wir lebten ganz für uns allein.

Es war eine wunderliche Grille meines Freundes (denn wie anders soll ich es nennen?), in die Nacht um ihrer selbst willen verliebt zu sein, und stillschweigend fügte ich mich dieser Absonderlichkeit wie all seinen anderen, indem ich mich seinen tollen Launen mit vollkommener Selbstverleugnung unterwarf. Die düstere Gottheit wollte freilich nicht immer bei uns weilen; aber wir konnten uns ihre Gegenwart vortäuschen. Beim ersten Morgengrauen schlossen wir sämtliche Fensterläden unseres alten Gebäudes und zündeten ein Paar stark duftende Wachskerzen an, die nur ganz schwache, gespenstische Strahlen warfen. Mit ihrer Hilfe lullten wir unsere Seelen in Träume ein – lasen, schrieben oder plauderten, bis der Schlag der Uhr uns den Anbruch der wirklichen Dunkelheit verkündete. Dann eilten wir Arm in Arm auf die Straßen hinaus, setzten die Gespräche des Tages fort oder schweiften bis zu später Stunde umher, wobei wir inmitten der romantischen Lichter und Schatten der bevölkerten Stadt jene unendliche Anregung des Geistes suchten, die stilles Beobachten zu gewähren vermag.

Ich konnte bei solcher Gelegenheit nicht umhin, Dupins eigentümliche analytische Fähigkeit zu bemerken und zu bewundern (obwohl ich durch seine reichen Geistesgaben schon darauf vorbereitet war). Auch bereitete es ihm ein lebhaftes Vergnügen, sie anzuwenden – wenn nicht geradezu, sie zur Schau zu stellen –, und er scheute sich nicht, sein Gefallen daran zu bekennen. Er rühmte sich mir gegenüber mit leisem Kichern, dass die meisten Menschen für ihn Fenster in der Brust trügen, und pflegte solche Behauptungen durch unmittelbare und sehr verblüffende Beweise seiner genauen Kenntnis meiner innersten Regungen zu erhärten. In diesen Augenblicken war sein Gebaren geistesabwesend und kalt, sein Blick ausdruckslos, während seine Stimme, sonst ein voller Tenor, sich zu einem Diskant erhob, der gereizt geklungen hätte, wäre seine Redeweise nicht so bedacht und völlig bestimmt gewesen. Wenn ich ihn in dieser Gemütsverfassung beobachtete, kam mir oft die alte philosophische Lehre von der Zweiteiligkeit der Seele in den Sinn, und ich belustigte mich, mir einen doppelten Dupin vorzustellen – einen schöpferischen und einen zergliedernden.

Man möge aus dem soeben Gesagten nun nicht etwa folgern, dass ich hier eine geheimnisvolle Geschichte erzählen oder einen phantastischen Roman schreiben will. Das geschilderte Gebaren des Franzosen war bloß der Ausfluss eines erregten oder vielleicht eines krankhaften Verstandes. Aber ein Beispiel wird am besten einen Eindruck von der Art seiner Bemerkungen in solchen Augenblicken vermitteln.

Eines Abends schlenderten wir eine lange schmutzige Straße in der Nähe des Palais Royal hinunter. Da wir beide, wie es schien, mit unseren Gedanken beschäftigt waren, hatte wenigstens fünfzehn Minuten lang keiner von uns eine Silbe gesprochen. Plötzlich brach Dupin in die Worte aus:

»Er ist wirklich ein kleiner Kerl und würde besser aufs Varietétheater passen.«

»Das lässt sich nicht bestreiten«, erwiderte ich unwillkürlich und ohne zunächst zu bemerken (so tief war ich in Gedanken versunken), auf welch außergewöhnliche Weise sich der Sprecher in meinen Gedankengang eingeschaltet hatte. Einen Augenblick später besann ich mich, und nun war mein Erstaunen groß.

»Dupin«, sagte ich ernst, »das geht über meinen Verstand. Ich muss gestehen, ich bin höchst überrascht und kann kaum meinen Sinnen trauen. Wie ist es möglich, dass Sie wissen konnten, ich dachte an …?« Hier hielt ich inne, um mich zu vergewissern, ob er wirklich wusste, an wen ich dachte.

»… an Chantilly«, sagte er, »warum halten Sie inne? Sie dachten darüber nach, dass seine kleine Gestalt ihn für die Tragödie untauglich macht.«

Das war genau das, womit ich mich in Gedanken beschäftigt hatte. Chantilly war ein ehemaliger Flickschuster aus der Rue St-Denis, der von der Theaterleidenschaft besessen war und sich an der Rolle des Xerxes in Crébillons gleichnamiger Tragödie versucht, für seine Mühe aber nur öffentliche Schmähschriften geerntet hatte.

»Erklären Sie mir um Himmels willen«, rief ich aus, »nach welcher Methode – wenn darin eine Methode ist – Sie imstande sind, derart in meiner Seele zu lesen.« In der Tat war ich verblüffter, als ich hätte zugeben wollen.

»Es war der Obsthändler«, erwiderte mein Freund,

»der Sie zu dem Schluss brachte, der Sohlenflicker sei nicht groß genug für Xerxes et id genus omne.«

»Der Obsthändler! – Sie setzen mich in Erstaunen – ich kenne überhaupt keinen Obsthändler.«

»Der Mann, der Sie anrannte, als wir in die Straße einbogen – es mag fünfzehn Minuten her sein.«

Ich erinnerte mich jetzt, dass tatsächlich ein Obsthändler, der einen großen Korb Äpfel auf seinem Kopfe trug, mich zufällig beinahe umgerannt hätte, als wir aus der Rue C… in die Hauptstraße einbogen, wo wir jetzt standen; aber was dies mit Chantilly zu tun hatte, konnte ich nicht recht begreifen.

Dupin hatte keine Spur von einem Scharlatan. »Ich will es Ihnen erklären«, sagte er, »und damit Sie alles genau verstehen, wollen wir zuerst Ihren Gedankengang rückwärts verfolgen, von dem Augenblick an, wo ich zu Ihnen sprach, bis zu jenem Zusammenstoß mit dem besagten Obsthändler. Die hauptsächlichen Glieder der Kette sind die: Chantilly, Orion, Dr. Nichols, Epikur, Stereotomie, die Pflastersteine, der Obsthändler.«

Es gibt wohl nur wenige Menschen, die sich nicht irgendwann in ihrem Leben einmal vergnügt haben, die Schritte rückwärts zu verfolgen, durch die ihr Verstand zu bestimmten Schlüssen gelangt war. Diese Beschäftigung hat ihren eigenen Reiz; und wer sie zum erstenmal versucht, ist erstaunt über die scheinbar unbegrenzte Entfernung und Zusammenhangslosigkeit zwischen dem Ausgangspunkt und dem Ziel. Wie groß erst musste mein Erstaunen sein, als ich den Franzosen so sprechen hörte und nicht anders als zugeben konnte, dass er die Wahrheit gesagt hatte.

Er fuhr fort: »Wir hatten von Pferden gesprochen,

wenn ich mich recht entsinne, kurz bevor wir die Rue C… verließen. Dies war das letzte Thema, über das wir uns unterhielten. Als wir in die Straße einbogen, strich ein Obsthändler mit einem großen Korb auf dem Kopfe rasch an uns vorüber und stieß Sie gegen einen Haufen Pflastersteine, der an einer Stelle aufgestapelt war, wo der Bürgersteig ausgebessert werden soll. Sie traten auf eins der lockeren Bruchstücke, glitten aus, verstauchten sich leicht den Knöchel, schienen ärgerlich oder verdrießlich, murmelten ein paar Worte, drehten sich nach dem Steinhaufen um und gingen dann schweigend weiter. Ich gab nicht sonderlich acht darauf, was Sie taten; aber Beobachten ist mir nachgerade zum Bedürfnis geworden.

Sie hielten die Augen auf den Boden geheftet und blickten mit unwilligem Ausdruck auf die Löcher und Risse im Pflaster (so dass ich sah, Sie dachten noch an die Steine), bis wir die kleine, nach Lamartine genannte Gasse erreichten, die man versuchsweise mit gefugten und verklammerten Holzblöcken gepflastert hat. Hier hellte sich Ihr Gesicht auf, und als ich bemerkte, dass Sie die Lippen bewegten, konnte ich nicht zweifeln, dass Sie das Wort ›Stereotomie‹ murmelten, einen Ausdruck, der mit Vorliebe auf diese Art der Pflasterung angewandt wird. Ich wusste, dass Sie den Begriff ›Stereotomie‹ nicht gebrauchen konnten, ohne alsbald an Atome und somit an die Lehre Epikurs zu denken; und da ich, als wir unlängst diesen Gegenstand erörterten, erwähnt hatte, welch einzigartige, freilich wenig beachtete Bestätigung die unbestimmten Mutmaßungen jenes edlen Griechen durch die neue Nebularkosmogonie gefunden haben, so dachte ich mir, dass Sie Ihre Augen unweigerlich nach oben auf den großen Nebel im Orion richten würden, und ich wartete geradezu darauf. Sie blickten tatsächlich hinauf, und ich war nun sicher, dass ich Ihrem Gedankengang getreulich gefolgt war. Aber in jenem bitteren Ausfall gegen Chantilly, der in der gestrigen Ausgabe des ›Musée‹ erschien, machte der Satiriker einige abfällige Anspielungen auf die Namensänderung des Schusters beim Besteigen des Kothurns und zitierte einen lateinischen Vers, über den wir uns oft unterhalten haben. Ich meine den Vers

Perdidit antiquum litera prima sonum.

Ich hatte Ihnen gesagt, dass sich dies auf den Orion bezöge, der früher Urion geschrieben wurde; und da ich diese Erklärung mit ein paar bissigen Bemerkungen begleitet hatte, war ich gewiss, dass Sie es nicht vergessen haben konnten. Es war daher klar, dass Sie nicht verfehlen würden, die beiden Begriffe Orion und Chantilly miteinander zu verbinden. Dass Sie es taten, erkannte ich an der Art des Lächelns, das über Ihre Lippen glitt. Sie dachten an die Abschlachtung des armen Schusters. Bis dahin waren Sie in gebeugter Haltung gegangen, aber jetzt sah ich, wie Sie sich zu Ihrer vollen Größe aufrichteten. Ich war nun sicher, dass Sie an die kleine Gestalt Chantillys dachten. Hier unterbrach ich Ihren Gedankengang und bemerkte, dass Chantilly, da er tatsächlich ein sehr kleiner Kerl ist, sich besser für das Varietétheater eignen würde.«

Nicht lange danach blätterten wir in einer Abendausgabe der »Gazette des tribunaux«, als folgende Stelle unsere Aufmerksamkeit fesselte:

»AUFSEHENERREGENDER DOPPELMORD – Heute morgen gegen drei Uhr wurden die Bewohner des Viertels St-Roch durch eine Folge grässlicher Schreie aus dem

Schlaf geschreckt, die anscheinend aus dem vierten Stockwerk eines Hauses in der Rue Morgue kamen, das, wie verlautet, allein von einer gewissen Madame L'Espanaye und ihrer Tochter, Mademoiselle Camille L'Espanaye, bewohnt wurde. Nach einigem Aufenthalt, der durch den vergeblichen Versuch verursacht wurde, sich auf dem gewöhnlichen Weg Einlass zu verschaffen, wurde die Haustür mit einem Brecheisen aufgebrochen, und acht oder zehn Nachbarn, begleitet von zwei Polizisten, drangen in das Haus ein. Das Geschrei hatte inzwischen aufgehört; als aber die Gesellschaft die erste Treppe hinaufrannte, vernahm sie einen heftigen Wortwechsel von zwei oder mehr rauen Stimmen; sie schienen vom oberen Stockwerk des Hauses herzukommen. Als man den zweiten Treppenabsatz erreichte, hatten auch diese Laute aufgehört, und alles blieb vollkommen still. Die Gesellschaft teilte sich und eilte von Raum zu Raum. Als man in ein großes Hinterzimmer des vierten Stockwerks gelangte (die Tür musste aufgebrochen werden, da sie von innen verschlossen war), bot sich den Anwesenden ein Anblick, der jeden ebenso sehr mit Erstaunen wie mit höchstem Entsetzen erfüllte.

Das Zimmer befand sich in wüstester Unordnung – die Möbel zertrümmert und in alle Richtungen verstreut. Es stand nur ein Bettgestell darin, und aus diesem war das Bett entfernt und mitten auf den Fußboden geworfen worden. Auf einem Stuhl lag ein blutbeschmiertes Rasiermesser. Auf dem Kamin lagen zwei oder drei lange und dicke Strähnen grauen menschlichen Haares, die ebenfalls mit Blut besudelt und scheinbar mit den Wurzeln ausgerissen worden waren. Auf dem Fußboden fand man vier Napoleons, einen Ohrring aus Topas, drei große

Silberlöffel, drei kleinere aus Métal d'Alger und zwei Beutel, die nahezu viertausend Franc in Gold enthielten. Die Schübe einer Kommode, die in einer Ecke stand, waren herausgezogen und offenbar ausgeraubt worden, obgleich sich noch viele Dinge darin befanden. Eine kleine eiserne Geldkassette wurde unter dem Bett entdeckt (nicht unter der Bettstelle). Sie war offen, der Schlüssel steckte noch im Schloss. Sie enthielt nichts als ein paar alte Briefe und andere unwichtige Papiere.

Von Madame L'Espanaye war hier keine Spur zu sehen; da man aber auf der Feuerstelle eine ungewöhnliche Menge von Ruß bemerkte, suchte man im Schornstein nach und zog (schrecklich zu berichten!) die Leiche der Tochter, mit dem Kopf nach unten, heraus; sie war bis zu beträchtlicher Höhe in die enge Öffnung hineingezwängt worden. Der Körper war noch ganz warm. Bei näherer Untersuchung bemerkte man mehrere Hautabschürfungen, die zweifellos durch die Gewalt verursacht worden waren, womit er erst in den Schornstein hochgeschoben und dann wieder herabgezogen worden war. Das Gesicht wies viele schwere Kratzwunden auf und der Hals dunkle Quetschmale und tiefe Eindrücke von Fingernägeln, so, als sei die Tote erwürgt worden.

Nach einer gründlichen Durchsuchung aller Teile des Hauses, wobei nichts weiter entdeckt wurde, gelangte die Gesellschaft auf einen kleinen gepflasterten Hof hinter dem Hause. Hier lag die Leiche der alten Dame; ihre Kehle war völlig durchgeschnitten, so dass bei dem Versuch, sie aufzuheben, der Kopf herunterfiel. Der Rumpf war, ebenso wie der Kopf, fürchterlich verstümmelt – der Erste so sehr, dass er kaum noch etwas Menschenähnliches an sich hatte.

Es ist, glauben wir, bisher noch nichts bekannt geworden, was auch nur den geringsten Aufschluss über dies schreckliche Rätsel geben könnte.«

Anderntags brachte die Zeitung noch folgende nähere Einzelheiten:

»Das Trauerspiel in der Rue Morgue. – Viele Personen sind bereits in Verbindung mit dieser höchst ungewöhnlichen und fürchterlichen Affäre vernommen worden« (das Wort »affaire« hat in Frankreich noch nicht jenen leichtfertigen Sinn wie bei uns), »doch ist bisher nicht das Geringste bekannt geworden, was Licht darauf werfen könnte. Wir geben in Folgendem die wesentlichsten Zeugenaussagen.

*Pauline Dubourg*, Wäscherin, sagt aus, dass sie die beiden Verstorbenen seit drei Jahren kannte, da sie während dieser Zeit für sie gewaschen habe. Die alte Dame und ihre Tochter schienen sich gut zu vertragen – waren einander sehr zugetan. Sie zahlten gut. Konnte nichts darüber aussagen, wie und wovon sie lebten. Glaubt, dass Madame L. ihren Lebensunterhalt mit Wahrsagerei verdiente. Man erzählte sich, sie hätten Geld zurückgelegt. Hat nie irgendwelche anderen Personen im Hause angetroffen, wenn sie Wäsche holte oder zurückbrachte. Ist sicher, dass sie keinen Dienstboten hielten. Außer im vierten Stock schien es im ganzen Hause keine Möbel zu geben.

*Pierre Moreau*, Tabakhändler, sagt aus, dass er Madame L'Espanaye seit fast vier Jahren kleine Mengen Tabak und Schnupftabak zu verkaufen pflegte. Wurde in der Nachbarschaft geboren und hat immer dort gewohnt. Die Tote und ihre Tochter bewohnten das Haus, in welchem die Leichen gefunden wurden, seit mehr als sechs Jahren.

Vorher wohnte ein Juwelier darin, der die oberen Räume an verschiedene Personen weitervermietete. Das Haus war Eigentum von Madame L. Sie wurde unzufrieden über den Missbrauch des Grundstücks durch ihren Mieter und bezog es selbst, wobei sie sich weigerte, einen Teil davon zu vermieten. Die alte Dame war kindisch. Zeuge hat die Tochter etwa fünf- oder sechsmal während der sechs Jahre gesehen. Die beiden führten ein äußerst zurückgezogenes Leben – man sagte, sie hätten Geld. Hat die Nachbarn davon reden hören, dass Madame L. wahrsage – glaubt nicht daran. Hat niemals irgendeine andere Person das Haus betreten sehen als die alte Dame und ihre Tochter, ein- oder zweimal einen Dienstmann und etwa acht- oder zehnmal einen Arzt.

Viele andere Personen, Nachbarn, machten Aussagen desselben Inhalts. Von niemandem hieß es, dass er im Hause verkehre. Es war nicht bekannt, ob Madame L. und ihre Tochter irgendwelche lebenden Verwandten hatten. Die Läden der vorderen Fenster wurden selten geöffnet. Die nach hinten hinaus waren immer geschlossen mit Ausnahme derjenigen des großen Hinterzimmers im vierten Stock. Das Haus war gut gebaut – nicht sehr alt.

*Isidore Muset*, Schutzmann, sagt aus, dass er gegen drei Uhr morgens zu dem Hause gerufen worden sei und vor der Tür etwa zwanzig oder dreißig Personen vorgefunden habe, die sich Eingang zu verschaffen suchten. Brach die Tür schließlich mit dem Seitengewehr auf – nicht mit einer Brechstange. Hatte nur geringe Schwierigkeit, sie zu öffnen, da es eine Doppel- oder Flügeltür war und man sie weder oben noch unten verriegelt hatte. Die Schreie dauerten fort, bis die Tür erbrochen war – und hörten dann plötzlich auf. Sie schienen von einer Person oder mehreren in großer Todesangst zu stammen – waren laut und lang gezogen, nicht kurz und rasch. Zeuge lief den anderen voran die Treppe hinauf. Als er den ersten Treppenabsatz erreicht hatte, hörte er zwei Stimmen in lautem und zornigem Wortwechsel; die eine war eine barsche Stimme, die andere viel schriller – eine sehr seltsame Stimme. Konnte einige Worte der ersten verstehen, die einem Franzosen gehörte. Ist sicher, dass es keine Frauenstimme war. Konnte die Worte ›sacre‹ und ›diable‹ verstehen. Die schrille Stimme war die eines Ausländers. Kann nicht mit Bestimmtheit sagen, ob es die Stimme eines Mannes oder einer Frau war. Konnte nicht verstehen, was sie sagte, glaubt aber, dass sie spanisch sprach. Den Zustand des Zimmers und der Leichen schilderte dieser Zeuge genau so, wie wir ihn gestern geschildert haben.

*Henri Duval*, ein Nachbar und von Beruf Silberschmied, sagt aus, dass er zu denen gehört habe, die das Haus als Erste betraten. Bestätigt im Allgemeinen das Zeugnis Musets. Sobald sie den Eintritt erzwungen hatten, schlossen sie die Tür wieder, um die Menge fernzuhalten, die sich trotz der späten Stunde sehr schnell ansammelte. Die schrille Stimme, glaubt der Zeuge, war die eines Italieners. Ist sicher, dass es nicht Französisch war. Kann nicht mit Bestimmtheit sagen, dass es eine Männerstimme war. Könnte auch die einer Frau gewesen sein. Ist des Italienischen unkundig. Konnte die Worte selbst nicht verstehen, aber der Tonfall überzeugte ihn, dass der Sprecher Italiener war. Kannte Madame L. und ihre Tochter. Hatte mit beiden häufig gesprochen. Ist sicher, dass die schrille Stimme nicht die einer der beiden Verstorbenen war.

… *Odenheimer*, Gastwirt. Dieser Zeuge meldete sich freiwillig zum Wort. Da er nicht Französisch sprach, wurde er mit Hilfe eines Dolmetschers vernommen. Ist aus Amsterdam gebürtig. Kam zur Zeit der Schreie am Hause vorbei. Sie dauerten mehrere Minuten an – ungefähr zehn. Sie waren lang und laut – ganz entsetzlich und furchtbar. Gehörte zu denen, die das Haus betraten. Bestätigt die vorangegangenen Aussagen in jeder Hinsicht bis auf eine. Ist sicher, dass die schrille Stimme die eines Mannes war – eines Franzosen. Konnte die geäußerten Worte nicht verstehen. Sie waren laut und schnell – ungleichmäßig –, offenbar sowohl in Angst wie im Zorn gesprochen. Die Stimme war heiser – mehr heiser als schrill. Könne es keine schrille Stimme nennen. Die barsche Stimme sagte wiederholt ›sacre‹, ›diable‹ und einmal ›mon Dieu‹.

*Jules Mignaud*, Bankier, von der Firma Mignaud et Fils, Rue Deloraine. Ist der ältere Mignaud. Madame L'Espanaye besaß etwas Vermögen. Hatte sich im Frühling des Jahres … (acht Jahre vorher) ein Konto bei seiner Bank eröffnen lassen. Machte oft Einzahlungen in kleinen Summen. Hat nie Geld zurückgezogen, bis drei Tage vor ihrem Tode, wo sie in Person die Summe von 4000 Franc abhob. Diese Summe wurde in Gold ausgezahlt und von einem Kassenboten überbracht.

*Adolphe Le Bon*, Kassenbote bei Mignaud et Fils, sagt aus, dass er am fraglichen Tage gegen Mittag Madame L'Espanaye mit den 4000 Franc, die in zwei Beuteln verpackt waren, zu ihrer Wohnung begleitet habe. Als die Tür geöffnet wurde, erschien Mademoiselle L. und nahm den einen Beutel in Empfang, während die alte Dame ihm den anderen abnahm. Er verbeugte sich dann und ging.

Hat keinen Menschen zu der Zeit in der Straße gesehen. Es ist eine Nebenstraße – sehr einsam.

*William Bird*, Schneider, sagt aus, dass er zu denen gehört habe, die das Haus betraten. Ist Engländer. Lebt seit zwei Jahren in Paris. Lief als einer der Ersten die Treppe hinauf. Hörte den Wortwechsel. Die barsche Stimme war die eines Franzosen. Konnte mehrere Worte verstehen, kann sich aber nicht an alle erinnern. Hörte deutlich ›sacre‹ und ›mon Dieu‹. Man hörte in dem Augenblick ein Geräusch, als ob mehrere Personen miteinander kämpften – ein kratzendes und schlurrendes Geräusch. Die schrille Stimme war sehr laut – lauter als die barsche. Ist sicher, dass es nicht die Stimme eines Engländers war. Schien die eines Deutschen zu sein. Könnte eine Frauenstimme gewesen sein. Versteht kein Deutsch.

Vier der obengenannten Zeugen sagten auf nochmaliges Befragen aus, dass die Tür der Kammer, worin die Leiche von Mademoiselle L. gefunden wurde, von innen verschlossen war, als man dort ankam. Alles war vollkommen still – kein Stöhnen oder irgendwelches Geräusch mehr. Als man die Tür aufgebrochen hatte, war niemand zu sehen. Die Fenster sowohl des Hinter- wie des Vorderzimmers waren heruntergelassen und von innen fest verriegelt. Eine Tür zwischen den beiden Räumen war eingeklinkt, aber nicht verschlossen. Die Tür, die vom Vorderzimmer auf den Korridor führte, war verschlossen, der Schlüssel stak innen. Ein kleines, nach vorn gelegenes Zimmer im vierten Stock am vorderen Ende des Korridors war offen, die Tür angelehnt. Dieser Raum war mit alten Betten, Schachteln und so weiter vollgestopft. Sie wurden sorgfältig weggeräumt und durchsucht. Es gab kein Stück des Hauses, das nicht Zoll für Zoll gründlich durchsucht wurde. Besen wurden in den Schornsteinen hinauf- und heruntergezogen. Das Haus war ein vierstöckiger Bau mit Mansarden. Eine Falltür zum Dach war sehr fest vernagelt – schien seit Jahren nicht geöffnet worden zu sein. Die Zeit, die zwischen den beiden Augenblicken verstrichen war, als man die streitenden Stimmen vernahm und die Zimmertür erbrach, wurde von den Zeugen verschieden angegeben. Einige schätzten sie auf nur drei – andere sogar auf fünf Minuten. Die Tür konnte nur mit Mühe erbrochen werden.

*Alfonzo Garcio*, Leichenbestatter, sagt aus, dass er in der Rue Morgue wohne. Ist gebürtiger Spanier. Gehörte zu denen, die das Haus betraten. Ging die Treppe nicht mit hinauf. Ist nervenschwach und fürchtete die Folgen einer Erregung. Hörte die streitenden Stimmen. Die barsche Stimme war die eines Franzosen. Konnte nicht verstehen, was sie sagte. Die schrille Stimme war die eines Engländers – ist dessen sicher. Versteht die englische Sprache nicht, urteilt aber nach dem Tonfall.

*Alberto Montani*, Konditor, sagt aus, dass er mit als einer der Ersten die Treppe hinauflief. Hörte die besagten Stimmen. Die barsche Stimme war die eines Franzosen. Verstand mehrere Worte. Der Sprecher schien zu schelten. Konnte die Worte der schrillen Stimme nicht deutlich verstehen. Sprach schnell und ungleichmäßig. Hält sie für die Stimme eines Russen. Bestätigt die allgemeine Aussage. Ist Italiener. Hat nie mit einem gebürtigen Russen gesprochen.

Mehrere Zeugen bekundeten hier auf erneutes Befragen, dass die Kamine aller Räume im vierten Stock zu eng seien, um ein menschliches Wesen durchzulassen. Mit

›Besen‹ sind zylindrische Kehrbürsten gemeint, wie sie von den Schornsteinfegern benutzt werden. Diese Bürsten sind in allen Essen des Hauses auf- und niedergezogen worden. Es gibt keine Hintertreppe, über die jemand hinuntergelaufen sein könnte, während die Zeugen hinaufstiegen. Die Leiche von Mademoiselle L'Espanaye sei so fest in den Schornstein eingezwängt gewesen, dass sie erst herabgezogen werden konnte, als vier oder fünf der Leute ihre Kräfte vereinten.

*Paul Dumas*, Arzt, sagt aus, dass er gegen Tagesanbruch gerufen worden sei, um die Leichen zu besichtigen. Sie lagen damals beide auf der Matratze der Bettstelle in der Kammer, wo man Mademoiselle L. gefunden hatte. Der Leichnam des jungen Mädchens war sehr zerkratzt und zerschunden. Der Umstand, dass er in den Kamin gezwängt worden war, erklärte diese Erscheinungen zur Genüge. Die Kehle war ganz aufgerieben; gerade unter dem Kinn befanden sich mehrere tiefe Kratzwunden und eine Reihe blauer Flecken, die offensichtlich von Fingern stammten. Das Gesicht war fürchterlich verfärbt und die Augäpfel vorgequollen. Die Zunge war teilweise durchbissen. Eine große Quetschung wurde in der Magengrube entdeckt, anscheinend durch den Druck eines Knies hervorgerufen. Nach Ansicht von Monsieur Dumas ist Mademoiselle L'Espanaye durch eine oder mehrere Personen erwürgt worden. Der Leichnam der Mutter war schrecklich zugerichtet. Alle Knochen des rechten Arms und Beins waren mehr oder weniger zerschmettert. Das linke Schienbein mehrmals gesplittert, ebenso alle Rippen der linken Seite. Der ganze Körper fürchterlich zerschunden und verfärbt. Es war nicht möglich zu sagen, wovon diese Verletzungen herrührten. Ein schwerer Holzknüppel oder eine dicke Eisenstange, ein Stuhl – irgendeine große, schwere und stumpfe Waffe hätte sie hervorbringen können, wenn ein sehr kräftiger Mann sie gehandhabt hätte. Keine Frau hätte solche Schläge mit irgendeiner Waffe zufügen können. Der Kopf der Toten war, als der Zeuge sie sah, ganz vom Rumpf getrennt und ebenfalls völlig zerschmettert. Die Kehle war augenscheinlich mit einem sehr scharfen Instrument durchschnitten worden – vermutlich mit einem Rasiermesser.

*Alexandre Etienne*, Wundarzt, wurde mit Monsieur Dumas geholt, um die Leichen zu besichtigen. Bestätigt die Aussage und die Ansichten von Monsieur Dumas.

Sonst kam nichts weiter von Belang zutage, obwohl noch mehrere andere Personen vernommen wurden. Ein so geheimnisvoller und in all seinen Einzelheiten so verwirrender Mord ist noch niemals zuvor in Paris begangen worden – wenn nämlich überhaupt ein Mord begangen worden ist. Die Polizei tappt bisher völlig im dunkeln – in derartigen Fällen ein ungewöhnliches Vorkommnis. Es zeigt sich jedoch noch nicht der geringste Anhaltspunkt.«

Die Abendausgabe der Zeitung berichtete, dass noch immer die größte Erregung im Viertel St-Roch herrsche – dass das betreffende Grundstück nochmals gründlich durchsucht und neue Zeugen vernommen worden seien, doch alles ohne Ergebnis. Ein Nachsatz meldete allerdings noch, dass Adolphe Le Bon festgenommen sei und sich in Untersuchungshaft befinde – obwohl ihn nichts über die schon erwähnten Tatsachen hinaus zu belasten scheine.

Dupin schien den Verlauf der Angelegenheit mit großer Anteilnahme zu verfolgen – wenigstens schloss ich das aus seinem Benehmen, denn er verlor darüber kein

Wort. Erst nach der Meldung, dass Le Bon verhaftet worden sei, fragte er mich nach meiner Meinung über die Morde.

Ich konnte nur der Ansicht von ganz Paris beipflichten, dass sie ein unlösbares Rätsel seien. Ich sah keine Möglichkeit, dem Mörder auf die Spur zu kommen.

»Wir dürfen die Möglichkeiten nicht nach der tauben Hülse solcher Untersuchung beurteilen«, sagte Dupin. »Die Pariser Polizei, so sehr wegen ihres Scharfsinns gerühmt, ist schlau – nichts weiter. Es liegt keine Methode in ihrem Vorgehen außer der Methode, die ihr der Augenblick eingibt. Sie prunkt mit einem großen Aufwand von Maßnahmen; aber nicht selten entsprechen diese dem beabsichtigten Zweck so wenig, dass man an Monsieur Jourdain erinnert wird und seinen Ruf nach der Robe de chambre – pour mieux entendre la musique. Die Ergebnisse, zu denen sie dadurch gelangt, sind zuweilen überraschend, aber sie verdankt sie meistens nur ihrem Fleiß und ihrer Rührigkeit. Wo diese Eigenschaften nicht ausreichen, scheitern ihre Pläne. Vidocq zum Beispiel besaß viel Ausdauer und Spürsinn. Aber da er kein geschulter Denker war, irrte er beständig gerade infolge der Eindringlichkeit seiner Nachforschungen. Er schadete seiner Einsicht, indem er die Dinge zu sehr aus der Nähe betrachtete. Er sah vielleicht ein oder zwei Punkte mit ungewöhnlicher Klarheit, verlor aber dabei notwendig den Blick für die Sache als Ganzes. So geht es, wenn man zu tief sein will. Die Wahrheit ruht nicht immer in einem Brunnen. Tatsächlich glaube ich, dass sie, was die wichtigeren Erkenntnisse betrifft, ständig an der Oberfläche liegt. Tief sind nur die Täler, wo wir sie suchen, und nicht die Berggipfel, wo sie gefunden wird. Art und Ursache dieses Irrtums zeigen sich in musterhafter Weise bei der Betrachtung der Himmelskörper. Wenn man einen Stern nur mit den Augen streift, ihn von der Seite ansieht, indem man ihm den äußeren Teil der Netzhaut zuwendet (der für schwächere Eindrücke empfänglicher ist als der innere Teil), so sieht man den Stern deutlich, gewahrt ihn in seinem ganzen Glanz – einem Glanz, der sich im selben Verhältnis trübt, wie wir unseren Blick voll auf ihn richten. Zwar fällt nunmehr eine größere Anzahl Strahlen in das Auge, aber vorher bestand die bessere Aufnahmefähigkeit dafür. Durch unangebrachte Tiefgründigkeit verwirren und schwächen wir das Denken, und es ist möglich, durch zu anhaltendes, zu scharfes und zu unmittelbares Anstarren sogar die Venus selbst vom Firmament verschwinden zu lassen.

Was diese Morde angeht, so lassen Sie uns erst unsererseits die Sache etwas näher untersuchen, ehe wir uns darüber eine Meinung bilden. Die Untersuchung wird uns Spaß machen« – ich dachte, der Ausdruck sei nicht eben glücklich gewählt, sagte aber nichts –, »und außerdem hat mir Le Bon einmal einen Dienst erwiesen, für den ich ihm dankbar bin. Wir wollen uns das Grundstück mit eigenen Augen ansehen. Ich kenne G., den Polizeipräfekten, und werde keine Schwierigkeiten haben, die nötige Erlaubnis zu erhalten.«

Wir erhielten die Erlaubnis und begaben uns sogleich zur Rue Morgue. Dies ist eine der elenden Gassen, welche die Rue Richelieu mit der Rue St-Roch verbinden. Es war spät am Nachmittag, als wir sie erreichten, da dies Viertel sehr weit entfernt von dem liegt, wo wir wohnten. Das Haus war bald gefunden, denn noch immer standen viele Menschen davor und gafften von der gegenüberliegenden Seite der Straße aus mit zweckloser Neugier zu den geschlossenen Fensterläden empor. Es war ein gewöhnliches Pariser Haus mit einem Torweg, an dessen einer Seite sich ein verglastes Pförtnerhäuschen befand, mit einem Schiebefenster, das es als Loge de concierge auswies. Ehe wir eintraten, gingen wir die Straße hinauf, bogen in eine Quergasse ein und kamen dann, nochmals um die Ecke biegend, zur Rückseite des Gebäudes – wobei Dupin die ganze Nachbarschaft ebenso wie das Haus mit einer eindringlichen Aufmerksamkeit musterte, deren Sinn ich nicht recht einsah.

Wir kehrten um und gelangten wieder zur Vorderseite des Gebäudes, klingelten und wurden, nachdem wir unsere Ausweise vorgezeigt hatten, von den wachhabenden Beamten eingelassen. Wir gingen die Treppe hinauf in die Kammer, wo man die Leiche von Mademoiselle L'Espanaye gefunden hatte und wo die beiden Toten noch lagen. Die Unordnung im Zimmer hatte man, wie üblich, so belassen. Ich gewahrte nichts weiter, als was die »Gazette des tribunaux« bereits berichtet hatte. Dupin untersuchte alles – die Leichen der Opfer nicht ausgenommen. Dann gingen wir in die anderen Räume und auf den Hof; ein Polizist begleitete uns überallhin. Die Untersuchung beschäftigte uns bis zum Anbruch der Dunkelheit; dann gingen wir. Auf dem Heimweg trat mein Begleiter für einen Augenblick in die Redaktion einer Tageszeitung ein.

Ich habe gesagt, dass die Grillen meines Freundes mannigfaltig waren und dass je les ménageais – für diesen französischen Ausdruck gibt es kein entsprechendes Wort. Nun entsprach es seiner Laune, jedes Gespräch über die Mordtaten abzulehnen bis gegen Mittag des nächsten

Tages. Da fragte er mich plötzlich, ob ich etwas Besonderes an jenem Schauplatz des Schreckens bemerkt hätte.

Es lag etwas in der Art, wie er das Wort »Besonderes« betonte, das mich schaudern ließ, ohne dass ich wusste, warum.

»Nein, nichts Besonderes«, sagte ich, »wenigstens nichts, was wir beide nicht schon aus der Zeitung ersehen haben.«

»Die ›Gazette‹«, erwiderte er, »ist, fürchte ich, nicht auf das ungewöhnlich Grauenvolle der Sache eingegangen. Aber lassen wir die müßigen Meinungen dieses Blattes. Es scheint mir, dass dies Rätsel gerade aus dem Grunde als unlösbar betrachtet wird, der seine Lösung als leicht erscheinen lassen sollte – ich meine, wegen des outré Charakters seiner Umstände. Die Polizei ist ratlos, weil scheinbar jedes Motiv fehlt – nicht für den Mord selbst, sondern für die Scheußlichkeit des Mordes. Auch ist sie durch die scheinbare Unmöglichkeit verwirrt, den Umstand, dass man einen Wortwechsel hörte, mit der Tatsache in Einklang zu bringen, dass man im oberen Stockwerk nur die ermordete Mademoiselle L'Espanaye entdeckte und dass es keine Möglichkeit gab, unbemerkt von den hinaufeilenden Leuten zu entkommen. Das wüste Durcheinander im Zimmer, der Körper, der mit dem Kopf nach unten in den Kamin gezwängt wurde, die furchtbare Verstümmelung des Körpers der alten Dame, diese Umstände mit den eben erwähnten und anderen, die ich nicht zu erwähnen brauche, haben genügt, die Kräfte der Polizeibeamten zu lähmen, indem sie ihren gerühmten Scharfsinn vollständig verwirrten. Die Polizei ist in den groben, aber verbreiteten Irrtum verfallen, das Ungewöhnliche mit dem Unverständlichen zu verwechseln. Aber gerade durch dieses Abweichen vom gewöhnlichen planen Wege lässt sich die Vernunft, wenn überhaupt, auf ihrer Suche nach der Wahrheit leiten. Bei solchen Untersuchungen, wie wir sie jetzt anstellen, sollte man nicht so sehr fragen: ›Was ist geschehen?‹ als vielmehr: ›Was ist geschehen, was noch nie zuvor geschehen ist?‹ In der Tat steht die Leichtigkeit, mit der ich zu der Lösung dieses Rätsels gelangen werde oder vielmehr schon gelangt bin, im gleichen Verhältnis zu seiner scheinbaren Unlösbarkeit in den Augen der Polizei.«

Ich starrte den Sprecher in stummem Erstaunen an.

»Ich erwarte jetzt«, fuhr er fort und blickte nach der Tür unseres Zimmers, »ich erwarte jetzt eine Person, die, wenn sie auch vielleicht diese Metzeleien nicht selbst begangen hat, so doch mit ihrer Ausführung in gewissem Maße im Zusammenhang gestanden haben muss. Am schlimmsten Teil des Verbrechens ist sie wahrscheinlich unschuldig. Ich hoffe, dass ich mit dieser Annahme recht habe, denn darauf stützt sich meine Zuversicht, das ganze Rätsel zu lösen. Ich erwarte den Mann jeden Augenblick – hier, in diesem Zimmer. Es ist möglich, dass er nicht kommt, aber es ist wahrscheinlich, dass er kommt. Sollte er kommen, so wird es nötig sein, ihn festzuhalten. Hier sind Pistolen; wir beide wissen ja damit umzugehen, wenn die Gelegenheit es erfordern sollte, Gebrauch davon zu machen.«

Ich nahm die Pistolen, ohne recht zu wissen, was ich tat, oder zu glauben, was ich hörte, während Dupin fortfuhr, gerade so, als hielte er ein Selbstgespräch. Ich habe schon von seiner geistesabwesenden Art in solchen Augenblicken gesprochen. Seine Rede war an mich gerichtet, aber seine Stimme, obwohl keineswegs laut, hatte jenen Ton, dessen man sich gewöhnlich nur dann bedient, wenn man zu jemandem über eine große Entfernung hin spricht. Seine Augen sahen mit leerem Blick nur auf die Wand.

»Dass die von den Leuten auf der Treppe gehörten streitenden Stimmen«, sagte er, »nicht die Stimmen der Frauen selbst waren, ist völlig durch die Zeugenaussagen erwiesen. Das enthebt uns aller Zweifel hinsichtlich der Frage, ob die alte Dame etwa erst die Tochter umgebracht und nachher Selbstmord verübt haben könnte. Ich spreche von diesem Punkt hauptsächlich aus methodischen Gründen, denn die Kraft von Madame L'Espanaye hätte ganz und gar nicht hingereicht, die Leiche ihrer Tochter so in den Schornstein zu zwängen, wie sie darin vorgefunden wurde; und die Art ihrer eigenen Verletzungen schließt den Gedanken an Selbstmord vollkommen aus. Es ist also Mord von einer dritten Partei begangen worden; und die Stimmen dieser dritten Partei waren es, die man streiten hörte. Hinweisen möchte ich nun – nicht auf alle Aussagen über die Stimmen, sondern nur darauf, was an diesen Aussagen Besonderes war. Haben Sie etwas Besonderes daran bemerkt?«

Ich erwiderte, dass zwar alle Zeugen in der Annahme übereinstimmten, die barsche Stimme sei die eines Franzosen gewesen, die Ansichten über die schrille Stimme oder, wie ein Zeuge sie nannte, die heisere Stimme jedoch weit auseinandergingen.

»Das wären die Aussagen selbst«, sagte Dupin, »aber nicht ihre Besonderheit. Sie haben also nichts Eigentümliches bemerkt. Dennoch *gab* es etwas zu bemerken. Die Zeugen stimmten, sagen Sie, betreffs der barschen Stimme überein; hierin waren sie einig. Was jedoch die schrille Stimme angeht, so liegt die Besonderheit darin – nicht, dass sich die Zeugen widersprachen, sondern dass, als ein Italiener, ein Engländer, ein Spanier, ein Holländer und ein Franzose sie zu beschreiben versuchten, jeder von der Stimme eines Ausländers sprach. Jeder ist sicher, dass es nicht die Stimme eines seiner eigenen Landsleute war. Jeder vergleicht sie – nicht der Stimme des Angehörigen einer Nation, deren Sprache er kennt – im Gegenteil. Der Franzose vermutet, es sei die Stimme eines Spaniers gewesen, und ›hätte sogar einige Worte verstehen können, wäre er nur mit dem Spanischen vertraut‹. Der Holländer behauptet nun von ihr, sie sei die eines Franzosen gewesen; aber es wurde festgestellt, dass dieser Zeuge, ›da er kein Französisch versteht, mit Hilfe eines Dolmetschers vernommen wurde‹. Der Engländer hält sie für die Stimme eines Deutschen und ›versteht kein Deutsch‹. Der Spanier ›ist sicher‹, dass es die Stimme eines Engländers war, ›urteilt‹ aber ganz und gar ›nach dem Tonfall, weil er keine Kenntnis des Englischen besitzt‹. Der Italiener glaubt, es sei die Stimme eines Russen gewesen, ›hat aber niemals mit einem gebürtigen Russen gesprochen‹. Ein zweiter Franzose überdies behauptet, abweichend von dem ersten, mit Bestimmtheit, dass die Stimme die eines Italieners war, ›da er aber der Sprache unkundig ist‹, urteilt er wie der Spanier ›nach dem Tonfall‹. Wie ungewöhnlich fremdartig also muss jene Stimme wirklich geklungen haben, über die solche Aussagen wie diese gemacht werden konnten! – in deren bloßem Tonfall sogar Angehörige von fünf großen Nationen Europas nichts Vertrautes erkennen konnten! Sie werden sagen, es könnte die Stimme eines Asiaten, eines Afrikaners gewesen sein. Es gibt nicht allzu viele Asiaten oder Afrikaner in Paris; aber ohne eine derartige Möglichkeit auszuschließen, möchte ich Sie bloß auf drei Punkte aufmerksam machen. Ein Zeuge nennt die Stimme ›eher heiser als schrill‹. Zwei andere schildern sie als ›schnell und ungleichmäßig‹. Keine Worte – keine wortähnlichen Laute – konnten von Zeugen unterschieden werden.

Ich weiß nicht«, fuhr Dupin fort, »welchen Eindruck meine bisherigen Ausführungen auf Sie gemacht haben; aber ich zögere nicht zu sagen, dass man allein schon aus diesem Teil der Aussagen – dem, der sich auf die barsche und die schrille Stimme bezieht – berechtigte Schlüsse ziehen kann, die an sich hinreichend sind, einen Verdacht zu erregen, der richtungweisend für den ganzen weiteren Gang der Untersuchung sein sollte. Ich sage ›berechtigte Schlüsse‹; aber ich habe damit noch nicht alles ausgedrückt, was ich meine. Ich wollte damit sagen, dass diese Schlüsse die *allein* richtigen sind und der Verdacht sich aus ihnen *unvermeidlich* als einziges Resultat ergibt. Was für ein Verdacht das ist, will ich einstweilen noch nicht sagen. Ich möchte Ihnen bloß ins Gedächtnis prägen, dass er für mich zwingend genug war, meinen Nachforschungen in der Kammer eine endgültige Form, eine bestimmte Richtung zu geben.

Versetzen wir uns im Geiste in diese Kammer. Wonach werden wir hier zuerst suchen? Nach dem Fluchtweg, den die Mörder benutzten. Es heißt nicht zu viel sagen, dass keiner von uns an übernatürliche Ereignisse glaubt. Madame und Mademoiselle L'Espanaye wurden nicht von Geistern umgebracht. Die Täter waren irdische Wesen und entkamen auf irdische Weise. Aber wie? Glücklicherweise gibt es nur eine Art, diese Frage zu durchdenken, und diese Art muss uns zu einer endgültigen Entscheidung leiten. – Prüfen wir also Punkt für Punkt die möglichen Fluchtwege. Es ist klar, dass die Mörder in dem Raum waren, wo Mademoiselle L'Espanaye gefunden wurde, oder wenigstens in dem angrenzenden Raum, als die Leute die Treppe heraufkamen. Nach Ausgängen brauchen wir also lediglich in diesen beiden Zimmern zu suchen. Die Polizei hat die Dielen, das Mauerwerk der Wände und die Zimmerdecken überall bloßgelegt. Kein *geheimer* Ausgang hätte ihrer Wachsamkeit entgehen können. Da ich aber ihren Augen nicht traute, prüfte ich mit meinen eigenen. Es gab also keinen geheimen Ausgang. Beide Türen, die aus den Zimmern auf den Gang führten, waren fest verschlossen, die Schlüssel steckten innen. Wenden wir uns den Kaminen zu. Diese haben zwar acht bis zehn Fuß über der Feuerstelle die übliche Weite, lassen jedoch höher hinauf keine große Katze mehr durch. Da also durch diese Ausgänge, wie wir festgestellt haben, ein Entweichen völlig unmöglich war, bleiben uns nur noch die Fenster. Durch die vorderen konnte niemand entwichen sein, ohne dass er von der Menge in der Straße bemerkt worden wäre. Die Mörder müssen also durch die des Hinterzimmers entkommen sein. Nachdem wir nun auf solch unzweideutige Art und Weise zu diesem Schluss gelangt sind, ist es nicht unsere Sache als Denker, ihn wegen anscheinender Unmöglichkeiten zu verwerfen. Es ist lediglich an uns, zu beweisen, dass diese anscheinenden Unmöglichkeiten in Wirklichkeit nicht bestehen.

Es gibt zwei Fenster in der Kammer. Eins davon ist nicht mit Möbeln verstellt und vollständig sichtbar. Der untere Teil des anderen wird dem Blick durch das Kopfteil der schweren Bettstelle entzogen, die dicht herangeschoben ist. Das erste Fenster war von innen fest verschlossen. Es widerstand der äußersten Anstrengung derer, die sich bemühten, es hochzuschieben. Ein großes Loch war links in seinen Rahmen gebohrt, und ein sehr starker Nagel stak fast bis zum Kopfe darin. Beim Prüfen des anderen Fensters fand man einen ähnlichen Nagel darin stecken; und ein kräftiger Versuch, dieses Schiebefenster zu heben, schlug ebenfalls fehl. Die Polizei war nun völlig davon überzeugt, dass niemand auf diesem Wege entkommen war. Und deshalb hielt man es für überflüssig, die Nägel herauszuziehen und die Fenster zu öffnen.

Meine eigene Nachprüfung war etwas genauer, und zwar aus dem eben angegebenen Grunde – weil hier, wie ich wusste, der Punkt lag, wo bewiesen werden musste, dass alle anscheinenden Unmöglichkeiten in Wirklichkeit nicht bestanden.

Ich schloss nun weiter – a posteriori. Die Mörder *waren* durch eins dieser Fenster entkommen. Wenn sich dies so verhielt, konnten sie die Schiebefenster nicht wieder von innen so befestigt haben, wie man sie vorfand; – diese Erwägung war so einleuchtend, dass eben sie den weiteren Nachforschungen der Polizei in dieser Richtung ein Ende machte. Aber die Fenster waren geschlossen. Dann mussten sie imstande sein, sich selbsttätig zu schließen. Es gab kein Ausweichen vor diesem Schluss. Ich ging zu dem unverstellten Fenster, zog den Nagel mit einiger Mühe heraus und versuchte, das Fenster in die Höhe zu schieben. Es widerstand all meinen Anstrengungen, wie ich vorausgesehen hatte. Ich wusste nun, es musste eine verborgene Feder vorhanden sein; und diese Bestätigung meiner Meinung überzeugte mich, dass wenigstens meine

Voraussetzungen richtig waren, wie rätselhaft auch der Umstand mit den Nägeln noch erscheinen mochte. Eine sorgfältige Suche brachte bald die verborgene Feder ans Licht. Ich drückte darauf, unterließ es jedoch, befriedigt von der Entdeckung, das Fenster hochzuschieben.

Ich setzte nun den Nagel wieder ein und betrachtete ihn aufmerksam. Eine Person, die durch dieses Fenster entwichen wäre, hätte es wohl wieder schließen können, und die Feder wäre eingeschnappt – aber den Nagel hätte sie nicht wieder einsetzen können. Der Schluss war klar und engte das Feld meiner Untersuchungen weiter ein. Die Mörder *mussten* durch das andere Fenster entkommen sein. Angenommen nun, die Federn an jedem Fenster seien gleich, wie es wahrscheinlich war, so musste ein Unterschied zwischen den Nägeln oder wenigstens in der Art ihrer Befestigung gefunden werden. Ich stieg auf die Matratze der Bettstelle und besah mir über das Kopfende hinweg genau das zweite Fenster. Als ich mit der Hand über das Brett fasste, entdeckte ich sogleich die Feder und drückte darauf; sie war, wie ich angenommen hatte, von gleicher Beschaffenheit wie ihr Gegenstück. Ich betrachtete nun den Nagel. Er war ebenso stark wie der andere und anscheinend in der gleichen Art befestigt – nämlich fast bis zum Kopf hineingetrieben.

Sie werden vielleicht annehmen, dass ich nun in Verlegenheit gewesen wäre; aber wenn Sie das glauben, müssen Sie das Wesen der Induktionsschlüsse missverstanden haben. Um einen Jagdausdruck zu gebrauchen, ich war kein einziges Mal auf ›falscher Fährte‹ gewesen. Ich hatte die Spur nicht einen Augenblick verloren. Es gab kein schwaches Glied in der Kette. Ich hatte das Geheimnis bis zu seinem letzten Rätsel verfolgt – und dieses

Rätsel war der Nagel. Er hatte, sage ich, in jeder Hinsicht das Aussehen seines Gesellen im anderen Fenster; aber diese Tatsache war (trotz ihrer scheinbaren Schlüssigkeit) durchaus nichtig, verglichen mit der Erwägung, dass hier, an diesem Punkte, die Spur endete. ›Es muss etwas mit diesem Nagel nicht stimmen‹, sagte ich mir. Ich fasste ihn an – und der Kopf mit ungefähr einem Viertelzoll des Schaftes fiel mir in die Hand. Der Rest des Schaftes stak in dem Bohrloch, worin er abgebrochen war. Der Bruch war alt (denn die Ränder waren mit Rost überzogen) und offenbar durch den Schlag eines Hammers verursacht worden, der das Kopfstück des Nagels teilweise in das Oberteil des unteren Fensterrahmens eingetrieben hatte. Ich steckte nun dieses Kopfstück sorgfältig wieder in die Vertiefung, aus der ich es genommen hatte, und die Ähnlichkeit mit einem heilen Nagel war vollständig – der Bruch war nicht zu sehen. Ich drückte auf die Feder und schob das Fenster sacht einige Zoll hoch; das Kopfteil ging mit und blieb fest in seinem Bett. Ich schloss das Fenster, und der Anschein des ganzen Nagels war wiederhergestellt.

Das Rätsel war nun insoweit enträtselt. Der Mörder war durch das Fenster entkommen, an dem das Bett stand. Es war nach seinem Entweichen von selbst gefallen (oder vielleicht vorsätzlich geschlossen) und dann durch die Feder befestigt worden; und der Widerhalt dieser Feder war es, der von der Polizei irrtümlich für den des Nagels gehalten worden war – so hatte man eine weitere Untersuchung für unnötig erachtet.

Die nächste Frage ist die nach der Art des Abstiegs. Über diesen Punkt hatte ich mir schon bei meinem Gang mit Ihnen rund um das Gebäude Gewissheit verschafft.

Ungefähr fünfeinhalb Fuß von dem besagten Fenster entfernt verläuft ein Blitzableiter. Von diesem Blitzableiter aus wäre es für jedermann unmöglich gewesen, das Fenster selbst zu erreichen, geschweige dadurch einzudringen. Ich bemerkte indessen, dass die Fensterläden des vierten Stockwerks von einer besonderen Art waren, die von den Pariser Tischlern Ferrades genannt werden – eine heutzutage selten gebrauchte Art, die man aber in Lyon und Bordeaux an sehr alten Häusern häufig sieht. Sie haben die Gestalt einer gewöhnlichen Tür (einer einfachen Tür, nicht einer Flügeltür), nur ist die obere Hälfte als Gitter oder Lattenwerk gearbeitet – das den Händen einen ausgezeichneten Halt gewährt. Im gegenwärtigen Fall sind diese Fensterläden volle dreieinhalb Fuß breit. Als wir sie von der Hinterseite des Hauses aus sahen, standen beide halb offen – das heißt, sie standen rechtwinklig von der Mauer ab. Wahrscheinlich hat die Polizei ebenso wie ich die Rückseite des Hauses untersucht; aber wenn dem so ist, so sah sie die Breite dieser Ferrades nur längs (konnte sie nur so sehen) und bemerkte die große Breite selbst nicht oder unterließ es jedenfalls, ihr die gehörige Beachtung zu schenken. Nachdem sie einmal die Überzeugung gewonnen hatte, dass an dieser Stelle niemand entwichen sein könne, hat sie in der Tat hier natürlich nur eine sehr flüchtige Untersuchung vorgenommen. Es war mir jedoch klar, dass der Fensterladen, der zu dem Fenster am Kopfende des Bettes gehörte, wenn man ihn völlig an die Mauer zurückklappte, dem Blitzableiter bis auf zwei Fuß nahe kommen würde. Es war ebenfalls einleuchtend, dass jemand bei Entfaltung eines sehr ungewöhnlichen Grades von Gewandtheit und Mut sich so vom Blitzableiter aus Eingang in das Fenster verschafft haben könnte. Über eine Entfernung von zweieinhalb Fuß hin (wir nehmen jetzt an, der Fensterladen sei ganz aufgeklappt) hätte der Räuber einen festen Griff in das Gitterwerk tun können. Ließ er dann den Blitzableiter los, stemmte er seine Füße fest gegen die Mauer und stieß sich kühn von ihr ab, so hätte er den Fensterladen so drehen können wie beim Schließen, und wenn wir uns das Fenster zu der Zeit offenstehend denken, hätte er sich sogar in das Zimmer schwingen können.

Ich bitte Sie, fest im Gedächtnis zu behalten, dass ich gesagt habe, es war ein *sehr* ungewöhnlicher Grad von Gewandtheit erforderlich, ein solch gewagtes und schwieriges Kunststück auszuführen. Es ist meine Absicht, Ihnen erstens zu zeigen, dass es möglicherweise ausgeführt worden sein könnte; zweitens jedoch und hauptsächlich möchte ich Ihnen den *ganz außerordentlichen* – den fast unnatürlichen Charakter jener Behändigkeit begreiflich machen, die es fertiggebracht haben kann.

Sie werden gewiss sagen, dass ich, ›um meinen Fall zu begründen‹, wie es in der Rechtssprache heißt, die in dieser Sache erforderliche Gewandtheit lieber geringer bewerten sollte, als auf ihrer vollen Würdigung zu bestehen. Das mag die Gepflogenheit der Gerichte sein, entspricht aber nicht dem Brauch der Vernunft. Mir geht es einzig und allein um die Wahrheit. Ich möchte Sie zunächst dazu bringen, diese ganz ungewöhnliche Gewandtheit, von der ich gerade gesprochen habe, und jene ganz besonders schrille (oder heisere) und ungleichmäßige Stimme nebeneinander zu betrachten, über deren Nationalität nicht zwei Personen übereinstimmend aussagten und in deren Lauten sie keinerlei Silbenbildung entdecken konnten.«

Bei diesen Worten beschlich mich eine noch ungestalte,

verschwommene Ahnung von dem, was Dupin meinte. Ich schien an der Schwelle des Begreifens angelangt zu sein, ohne die Kraft zu verstehen – so wie man sich bisweilen am Rande der Erinnerung befindet, ohne schließlich imstande zu sein, sich wirklich zu erinnern. Mein Freund fuhr in seiner Rede fort.

»Sie sehen«, sagte er, »dass ich die Frage nach der Art des Entkommens in die nach der Art des Hereingelangens umgewandelt habe. Es war meine Absicht, damit anzudeuten, dass beides an derselben Stelle und in derselben Weise stattfand. Kommen wir nun auf das Innere des Zimmers zurück. Schauen wir uns an, wie es hier aussah. Die Schubladen der Kommode waren geplündert, heißt es, obwohl noch viele Kleidungsstücke darin lagen. Diese Schlussfolgerung ist unsinnig. Es ist eine bloße Vermutung – eine sehr dumme und nichts weiter. Woher sollen wir wissen, dass die Sachen, die in den Schubladen gefunden wurden, nicht alles waren, was die Schubladen ursprünglich enthielten? Madame L'Espanaye und ihre Tochter führten ein äußerst zurückgezogenes Leben, bekamen keinen Besuch, gingen selten aus – hatten wenig Verwendung für vielerlei Kleider. Die gefundenen waren mindestens ebenso gut wie die besten, die diese Damen besitzen konnten. Wenn ein Dieb welche genommen hätte, warum nahm er nicht die besten – warum nicht alle? Mit einem Wort, warum ließ er viertausend Franc in Gold liegen, um sich mit einem Bündel Wäsche zu beschweren? Das Gold *ließ* er liegen. Fast die ganze von Monsieur Mignaud, dem Bankier, genannte Summe hat man ja in Beuteln auf dem Fußboden gefunden. Ich möchte deshalb, dass Sie aus Ihren Gedanken die irrige Vorstellung von einem ›Motiv‹ verbannen, die in den Köpfen der

Polizei durch jene Aussagen entstanden ist, die von der Ablieferung des Geldes an der Haustür sprechen. Zufälle, zehnmal merkwürdiger als dieser (die Ablieferung von Geld und drei Tage darauf Ermordung des Empfängers), erleben wir doch alle stündlich, ohne ihnen auch nur einen Augenblick lang Beachtung zu schenken. Zufälle sind im Allgemeinen große Steine des Anstoßes auf dem Wege jener Klasse von Denkern, die man nichts von der Theorie der Wahrscheinlichkeit gelehrt hat – jener Theorie, der die glorreichsten Gegenstände menschlicher Forschung ihre glorreichste Erhellung verdanken. Wäre im gegenwärtigen Fall das Gold verschwunden, so wäre der Umstand seiner Ablieferung drei Tage vorher etwas mehr als ein Zufall gewesen. Es würde den Gedanken an ein Motiv bekräftigen. Wenn wir aber unter den wirklichen Umständen des Falles annehmen wollten, Gold sei das Motiv zu dieser Gräueltat gewesen, so müssten wir auch annehmen, der Täter sei ein so wankelmütiger Idiot gewesen, dass er sein Gold und sein Motiv zugleich im Stich ließ.

Behalten wir nun die Punkte, auf welche ich Ihre Aufmerksamkeit gelenkt habe, fest im Sinn – jene sonderbare Stimme, jene ungewöhnliche Gewandtheit und jene wunderliche Abwesenheit des Motivs bei einem so einzigartig schrecklichen Mord wie diesem –, und werfen wir einen Blick auf die Metzelei selbst. Hier ist also eine Frau mit den Händen erdrosselt und mit dem Kopf nach unten in einen Kamin hineingezwängt worden. Gewöhnliche Mörder bedienen sich nicht solcher Methoden. Am allerwenigsten schaffen sie den Ermordeten so beiseite. Die Art, wie der Leichnam in den Kamin gepresst wurde, ist, wie Sie zugeben werden, äußerst outré – ganz und gar unvereinbar mit unseren gewöhnlichen Begriffen von menschlicher Handlungsweise, selbst wenn wir annehmen, die Täter seien die verworfensten aller Menschen. Bedenken Sie auch, wie groß die Kraft gewesen sein muss, die den Körper *aufwärts* in eine solch enge Öffnung gezwängt hat, dass die vereinten Anstrengungen mehrerer Personen gerade genügten, ihn wieder *herabzuziehen*!

Wenden wir uns nun anderen Anzeichen der Anwendung einer höchst erstaunlichen Kraft zu. Auf dem Herd lagen dicke Strähnen – sehr dicke Strähnen – grauen menschlichen Haares. Diese waren mit den Wurzeln ausgerissen worden. Sie wissen, welch große Kraft dazu gehört, um auch nur zwanzig bis dreißig Haare so aus dem Kopfe auszureißen. Sie haben die besagten Strähnen so gut gesehen wie ich. Ihre Wurzeln (ein scheußlicher Anblick!) waren mit Fleischfetzen der Kopfhaut zu Klumpen verklebt – ein sicheres Zeichen der furchtbaren Gewalt, die angewendet worden war, um vielleicht eine halbe Million Haare gleichzeitig auszureißen. Die Kehle der alten Dame war nicht bloß durchgeschnitten, sondern der Kopf ganz und gar vom Rumpf getrennt: das Werkzeug war ein bloßes Rasiermesser. Beachten Sie bitte auch die tierische Rohheit dieser Taten. Von den Quetschungen am Körper von Madame L'Espanaye rede ich nicht. Monsieur Dumas und sein würdiger Gehilfe Monsieur Etienne haben erklärt, dass sie mit einem stumpfen Werkzeug zugefügt wurden, und insoweit haben diese Herren ganz recht. Das stumpfe Werkzeug war offenbar das Steinpflaster im Hofe, worauf das Opfer aus dem Fenster gefallen war, an dem das Bett stand. Dieser Gedanke, so einfach er jetzt scheinen mag, entging der Polizei aus demselben Grunde, aus dem ihr die Breite der

Fensterläden entging – weil ihr Wahrnehmungsvermögen durch den Umstand mit den Nägeln hermetisch gegen die Möglichkeit verschlossen war, dass die Fenster überhaupt jemals geöffnet worden seien.

Wenn Sie jetzt zu alledem noch das wüste Durcheinander in der Kammer gehörig in Betracht ziehen, sind wir so weit gelangt, dass wir folgende Vorstellungen miteinander verbinden können: eine erstaunliche Gewandtheit, eine übermenschliche Kraft, eine tierische Wildheit, eine Metzelei ohne Motiv, eine groteske Schreckenstat, durchaus bar aller Menschlichkeit, und eine Stimme, die den Ohren von Angehörigen vieler Nationen fremd klang und jeder deutlichen oder verständlichen Silbenbildung entbehrte. Was für ein Ergebnis folgt nun daraus? Welchen Eindruck habe ich auf Ihre Phantasie gemacht?«

Mich überlief ein Schauder, als Dupin mir die Frage stellte. »Ein Wahnsinniger«, sagte ich, »hat die Tat begangen – ein tobsüchtiger Verrückter, entsprungen einem benachbarten Irrenhaus.«

»In gewissem Sinne«, erwiderte er, »ist Ihr Gedanke nicht abwegig. Aber die Stimmen von Verrückten, selbst in ihren wildesten Anfällen, lassen sich doch niemals mit jener eigentümlichen Stimme vergleichen, die man auf der Treppe hörte. Irre gehören irgendeiner Nation an, und ihre Sprache, wie unzusammenhängend sie auch in ihren Worten sein mag, wahrt doch immer den Zusammenhang von Silben. Außerdem hat kein Irrer solches Haar, wie ich es hier in der Hand halte. Ich löste dieses kleine Büschel aus den fest verkrampften Fingern von Madame L'Espanaye. Sagen Sie mir, wofür Sie es halten.«

»Dupin«, sagte ich völlig verstört, »dieses Haar ist höchst ungewöhnlich – es ist kein Menschenhaar.«

»Das habe ich auch nicht behauptet«, sagte er; »aber ehe wir diesen Punkt entscheiden, möchte ich Sie bitten, einen Blick auf die kleine Skizze zu werfen, die ich hier auf dieses Papier gepaust habe. Es ist ein Faksimile von dem, was in einem Teil der Aussagen als ›dunkle Quetschungen und tiefe Eindrücke von Fingernägeln‹ auf der Kehle von Mademoiselle L'Espanaye beschrieben worden ist und in einem anderen (von Messieurs Dumas und Etienne) als ›eine Reihe blauer Flecken, offensichtlich von Fingern‹.

Sie sehen wohl«, fuhr mein Freund fort, indem er das Blatt auf dem Tisch vor uns ausbreitete, »dass diese Zeichnung auf einen festen und sicheren Griff schließen lässt. Von einem Abgleiten ist nichts zu bemerken. Jeder Finger hat – wahrscheinlich bis zum Tode des Opfers – den furchtbaren Griff beibehalten, womit er sich anfangs eingekrallt hatte. Versuchen Sie nun, alle Ihre Finger gleichzeitig auf die entsprechenden Abdrücke zu legen, wie Sie sie hier sehen.«

Ich versuchte es vergebens.

»Wir gehen vielleicht in dieser Sache nicht ganz korrekt vor«, sagte er. »Das Papier ist auf einer ebenen Fläche ausgebreitet; aber der menschliche Hals ist zylindrisch. Hier ist eine Holzrolle, deren Umfang ungefähr dem des Halses entspricht. Wickeln Sie die Zeichnung darum, und machen Sie den Versuch nochmals.«

Ich tat es; aber die Schwierigkeit trat sogar noch deutlicher zutage als vorher.

»Das ist nicht der Abdruck einer Menschenhand«, sagte ich.

»Lesen Sie nun«, erwiderte Dupin, »diese Stelle bei Cuvier.«

Es war eine genaue anatomische und allgemeine Beschreibung des großen gelbbraunen Orang-Utans der Ostindischen Inseln. Die gewaltige Gestalt, die erstaunliche Gewandtheit und Kraft, die unbändige Wildheit und der Nachahmungstrieb dieser Säugetiere sind allen zur Genüge bekannt. Ich verstand auf einmal alle Gräuel des Mordes.

»Die Beschreibung der Finger«, sagte ich, als ich zu Ende gelesen hatte, »passt genau zu dieser Zeichnung. Ich sehe, dass kein Tier außer einem Orang-Utan der hier erwähnten Gattung die Male, wie Sie sie gezeichnet haben, hätte eindrücken können. Dieses Büschel lohfarbenen Haares entspricht ebenfalls dem des Tieres bei Cuvier. Aber ich kann die Einzelheiten dieses schrecklichen Rätsels noch nicht recht begreifen. Außerdem hat man zwei Stimmen im Wortwechsel gehört, und eine davon war fraglos die eines Franzosen.«

»Richtig; und Sie erinnern sich wohl an einen Ausdruck, der in den Aussagen fast einmütig dieser Stimme zugeschrieben wird – des Ausrufs ›Mon Dieu!‹. Er ist in diesem Falle von einem der Zeugen (dem Konditor Montani) richtig als ein Ausdruck des Verweises oder Vorwurfs bezeichnet worden. Auf diese zwei Worte habe ich deshalb hauptsächlich meine Hoffnung auf eine völlige Lösung des Rätsels gebaut. Ein Franzose wusste um den Mord. Es ist möglich – es ist sogar mehr als wahrscheinlich –, dass er an den blutigen Vorfällen, die sich ereigneten, unbeteiligt war. Der Orang-Utan mag ihm entflohen sein. Er mag ihn bis zu der Kammer verfolgt haben; aber er konnte ihn unter den aufregenden Umständen, die folgten, nicht wieder einfangen. Er befindet sich noch in Freiheit. Ich will diese Vermutungen – denn ich habe kein

Recht, sie mehr zu nennen – nicht weiterverfolgen, da die unbestimmten Erwägungen, worauf sie gegründet sind, kaum zureichen, um meinem eigenen Verstand annehmbar zu erscheinen, und da ich mir nicht einbilde, sie anderen verständlich machen zu können. Wir wollen sie also Vermutungen nennen und von ihnen als solchen sprechen. Wenn der besagte Franzose in der Tat, wie ich annehme, an dieser Gräueltat unschuldig ist, wird diese Anzeige, die ich gestern Abend auf unserem Heimweg in der Redaktion der Zeitung ›Le Monde‹ aufgab (eines Blattes, das sich der Schifffahrt widmet und von den Seeleuten viel gelesen wird), ihn zu unserer Wohnung bringen.«

Er reichte mir ein Blatt, und ich las:

»Eingefangen – im Bois de Boulogne in den frühen Morgenstunden des … lfd. Mts.« (der Morgen des Mordes) »ein sehr großer gelbbrauner Orang-Utan der Borneo-Spezies. Der Eigentümer (wie ermittelt, ein Matrose eines Malteser Schiffes) kann das Tier nach hinreichender Identifizierung desselben gegen Erstattung der geringen Fang- und Unterhaltskosten in Empfang nehmen. Zu erfragen Faubourg St-Germain, Rue … No …, 3 Treppen.«

»Woher«, fragte ich, »konnten Sie wissen, dass der Mann ein Matrose, und zwar von einem Malteser Schiff, ist?«

»Ich weiß es nicht«, sagte Dupin, »wenigstens bin ich mir dessen nicht sicher. Hier ist jedoch ein Stückchen Band, das seiner Form und seinem speckigen Aussehen nach augenscheinlich dazu gebraucht worden ist, das Haar in einen jener langen Zöpfe zu binden, die bei den Matrosen so beliebt sind. Dieser Knoten ist überdies einer, den fast nur Matrosen knüpfen können und der vornehmlich bei Maltesern üblich ist. Ich hob das Band am Fuße des Blitzableiters auf. Es kann keiner der beiden Toten gehört haben. Sollte ich aber auch am Ende unrecht haben, aus dem Bande zu schließen, dass der Franzose Matrose eines Malteser Schiffes ist, nun, so habe ich doch mit dem, was ich in der Anzeige sagte, niemandem geschadet. Wenn ich im Irrtum bin, wird er nur annehmen, dass mich ein Umstand irreführte, den nachzuprüfen er sich nicht die Mühe machen wird. Habe ich aber recht, so ist ein großer Punkt gewonnen. Da der Franzose um den Mord weiß, wenn er auch daran unschuldig ist, so wird er natürlich zögern, sich auf die Anzeige hin zu melden – sich den Orang-Utan wiederzuholen. Er wird so überlegen: ›Ich bin unschuldig; ich bin arm; mein Orang-Utan ist sehr wertvoll, für einen in meinen Verhältnissen sogar ein Vermögen – warum sollte ich ihn aus törichter Angst vor Gefahr einbüßen? Hier ist er, ich brauche bloß zuzugreifen. Er ist im Bois de Boulogne aufgefunden worden – weit entfernt von dem Schauplatz jener Metzelei. Wie könnte einer auf den Gedanken kommen, ein unvernünftiges Tier habe die Tat begangen? Die Polizei ist ratlos – sie hat nicht die geringste Spur finden können. Sollte sie aber auch auf das Tier verfallen, so wäre es unmöglich, mir zu beweisen, dass ich um den Mord weiß, oder mich wegen dieser Mitwisserschaft zu belangen. Vor allem aber: *man kennt mich*. Der die Anzeige aufgegeben hat, bezeichnet mich als Besitzer des Tieres. Ich bin nicht sicher, wie weit sein Wissen reicht. Wenn ich es unterlasse, ein Eigentum von so großem Wert zurückzufordern, von dem bekannt ist, dass ich es besitze, so werde ich zum mindesten das Tier in Verdacht bringen. Es wäre nicht klug von mir, die Aufmerksamkeit auf mich oder das Tier zu lenken. Ich werde mich auf die Anzeige melden, den Orang-Utan abholen und ihn einsperren, bis Gras über die Sache gewachsen ist.‹«

In diesem Augenblick hörten wir Schritte auf der Treppe.

»Halten Sie die Pistolen bereit«, sagte Dupin, »aber brauchen und zeigen Sie sie nicht eher, als bis ich das Zeichen dazu gebe.«

Die Haustür war offen gelassen worden, und der Besucher war eingetreten, ohne zu klingeln, und mehrere Treppenstufen heraufgestiegen. Jetzt aber schien er zu zögern. Dann hörten wir ihn hinuntergehen. Dupin eilte rasch zur Tür, da hörten wir ihn wieder heraufkommen. Er kehrte nicht ein zweites Mal um, sondern kam mit entschiedenen Tritten die Stufen herauf und klopfte an unsere Zimmertür.

»Herein«, rief Dupin in heiterem und herzlichem Ton.

Ein Mann trat ein. Augenscheinlich war er Matrose – ein großer, kräftiger und muskulös aussehender Mensch mit einem gewissen verwegenen, doch nicht abstoßenden Ausdruck in seinen Zügen. Das Gesicht, stark von der Sonne verbrannt, wurde mehr als zur Hälfte von einem Schnurr- und Backenbart verdeckt. Er trug einen großen Eichenknüttel bei sich, schien aber sonst unbewaffnet zu sein. Er verbeugte sich linkisch und bot uns guten Abend – mit einem Akzent, der zwar etwas nach Neufchâtel klang, doch noch genügend seine Pariser Abstammung verriet.

»Setzen Sie sich, mein Freund«, sagte Dupin. »Ich nehme an, Sie kommen wegen des Orang-Utans. Auf mein Wort, ich beneide Sie fast um ihn; ein auffallend schönes und zweifellos sehr wertvolles Tier. Wie alt schätzen Sie ihn wohl?«

Der Matrose holte tief Atem, wie jemand, der von einer unerträglichen Last befreit ist, und erwiderte dann mit fester Stimme: »Ich kann's nicht sagen – aber er kann nicht älter als vier oder fünf Jahre sein. Haben Sie ihn hier?«

»O nein; wir hatten hier keine passende Unterkunft für ihn. Er ist in einem Mietsstall in der Rue Dubourg, gleich nebenan. Sie können ihn morgen früh holen. Sie können sich natürlich als Eigentümer ausweisen?«

»Gewiss, Herr.«

»Es wird mir leidtun, mich von ihm zu trennen«, sagte Dupin.

»Ich möchte nicht, dass Sie sich all die Mühe umsonst gemacht haben, Herr«, sagte der Mann. »Kann das nicht verlangen. Ich will gern Finderlohn für das Tier zahlen – das heißt, was recht und billig ist.«

»Nun«, sagte mein Freund, »das ist ja sehr schön, sicherlich. Lassen Sie mich nachdenken! – was könnte ich wohl fordern? Oh, ich will es Ihnen sagen. Mein Finderlohn soll der sein: Sie sollen mir alles sagen, was Sie über diese Morde in der Rue Morgue wissen!«

Dupin sprach die letzten Worte ganz leise und ganz ruhig. Ebenso ruhig auch schritt er zur Tür, schloss sie ab und steckte den Schlüssel ein. Dann zog er eine Pistole aus der Brusttasche und legte sie mit größter Gelassenheit auf den Tisch.

Das Gesicht des Matrosen lief rot an, als kämpfe er mit einem Erstickungsanfall. Er sprang auf und griff nach seinem Knüttel; doch im nächsten Augenblick fiel er auf seinen Sitz zurück, heftig zitternd und bleich wie der Tod. Er sprach kein Wort. Ich bemitleidete ihn von ganzem Herzen.

»Mein Freund«, sagte Dupin in gütigem Ton, »Sie regen sich ganz unnötig auf – wirklich. Wir haben durchaus nichts Böses mit Ihnen im Sinn. Ich gebe Ihnen mein Wort als Ehrenmann und Franzose, dass wir nicht beabsichtigen, Ihnen ein Unrecht zuzufügen. Ich weiß sehr wohl, dass Sie an den Gräueltaten in der Rue Morgue unschuldig sind. Es lässt sich jedoch nicht leugnen, dass Sie in gewisser Weise darein verwickelt sind. Aus dem, was ich bereits gesagt habe, müssen Sie entnommen haben, dass ich Mittel und Wege gefunden habe, mich über diese Sache zu unterrichten – Mittel, von denen Sie sich nichts träumen lassen. Nun steht die Sache so: Sie haben nichts getan, was Sie hätten unterlassen können, nichts jedenfalls, was Sie schuldig macht. Sie haben nicht einmal einen Diebstahl begangen, wo Sie ungestraft hätten stehlen können. Sie haben nichts zu verheimlichen. Sie haben keinen Grund zur Heimlichkeit. Andererseits sind Sie durch das Gebot der Ehre in jeder Hinsicht verpflichtet, alles zu bekennen, was Sie wissen. Ein Unschuldiger ist jetzt eingekerkert und wird jenes Verbrechens beschuldigt, dessen Täter Sie namhaft machen können.«

Während Dupin diese Worte äußerte, hatte der Matrose seine Geistesgegenwart in gewissem Maße wiedergefunden; die ursprüngliche Kühnheit seines Gebarens war jedoch ganz und gar dahin.

»So wahr mir Gott helfe«, sagte er nach einer kurzen Pause, »ich will Ihnen alles sagen, was ich von der Sache weiß; aber ich rechne nicht damit, dass Sie mir auch nur die Hälfte von dem glauben, was ich sage – ich wäre ein Narr, wahrhaftig, wenn ich's täte. Aber ich *bin* unschuldig, und ich will reinen Tisch machen, und wenn es mich das Leben kostet.«

Was er angab, war im Wesentlichen Folgendes. Er hatte kürzlich eine Fahrt nach dem Indischen Archipel gemacht. Ein Trupp Matrosen, unter denen auch er sich befand, ging in Borneo an Land und machte einen Vergnügungsausflug in das Innere der Insel. Er und ein Gefährte hatten den Orang-Utan gefangen. Da der Gefährte starb, kam das Tier in seinen alleinigen Besitz. Nach vielen Scherereien, die ihm die unbändige Wildheit seines Gefangenen während der Heimfahrt bereitete, gelang es ihm endlich, das Tier sicher in seiner eigenen Wohnung in Paris unterzubringen, wo er es, um nicht die lästige Neugier der Nachbarn auf sich zu lenken, sorgfältig verwahrt hielt, bis es von einer Fußverletzung, die es sich an Bord des Schiffes durch einen Splitter zugezogen hatte, geheilt sein würde. Seine letzte Absicht war, es zu verkaufen.

Als er in der Nacht oder vielmehr am Morgen des Mordes von einer Seemannsfeier heimkam, fand er das Tier in seiner eigenen Schlafkammer vor, in die es von einem angrenzenden Gelass eingebrochen war, wo er es sicher verwahrt geglaubt hatte. Das Rasiermesser in der Hand und völlig eingeseift, saß es vor einem Spiegel und versuchte, sich zu rasieren, bei welcher Beschäftigung es zweifellos früher seinen Herrn durch das Schlüsselloch seines Gelasses beobachtet hatte. Entsetzt darüber, eine so gefährliche Waffe im Besitz eines so wilden Tieres zu sehen, das sehr wohl fähig war, sie zu gebrauchen, war der Mann einen Augenblick lang ratlos, was zu tun sei. Er war indessen gewohnt, das Tier, selbst wenn es in bösester Laune war, durch den Gebrauch einer Peitsche zu besänftigen, und zu der griff er nun. Als der Orang-Utan sie sah, sprang er mit einem Satz durch die Tür der Kammer, die Treppe hinab und von dort durch ein Fenster, das unglücklicherweise offen stand, auf die Straße.

Der Franzose folgte ihm voller Verzweiflung, während der Affe, das Rasiermesser noch in der Hand, gelegentlich anhielt, sich umblickte und gegen seinen Verfolger gestikulierte, bis dieser ihn beinahe erreicht hatte. Dann hetzte er wieder los. So ging die Jagd eine ganze Weile weiter. Die Straßen lagen in tiefer Ruhe, denn es war fast drei Uhr morgens. Als sie eine Gasse im Rücken der Rue Morgue herunterkamen, wurde, die Aufmerksamkeit des Flüchtlings von einem Lichtschein gefesselt, der aus dem offenen Fenster von Madame L'Espanayes Zimmer im vierten Stock ihres Hauses fiel. Der Affe rannte zu dem Gebäude hin, bemerkte den Blitzableiter, kletterte mit unvorstellbarer Geschwindigkeit daran empor, fasste den Fensterladen, der ganz an die Mauer zurückgeklappt war, und schwang sich mit seiner Hilfe geradewegs auf das Kopfbrett des Bettes. All das dauerte noch keine Minute. Den Fensterladen stieß der Orang-Utan wieder auf, als er in den Raum eindrang.

Der Matrose war unterdessen sowohl erfreut wie bestürzt. Er hatte die feste Hoffnung, das Tier nun wieder zu ergreifen, da es kaum aus der Falle entweichen konnte, in die es sich gewagt hatte, außer am Blitzableiter entlang, wo man es abfangen konnte, wenn es herabkam. Andererseits gab es guten Grund zur Besorgnis, was es in dem Hause anstellen könnte. Diese letzte Erwägung bewog den Mann, dem Flüchtling noch weiter zu folgen. An einem Blitzableiter ist es nicht schwer, hochzuklettern, besonders für einen Matrosen; als er aber in der Höhe des Fensters, das weit zu seiner Linken lag, ankam, konnte er nicht mehr weiter vordringen; alles, was ihm noch gelang, war, sich so weit vorzubeugen, dass er einen Blick in das Innere des Zimmers werfen konnte. Bei diesem Anblick wäre er beinahe von seinem Halt vor Entsetzen herabgestürzt. Nun war es, wo jene grässlichen Schreie durch die Nacht erschollen, welche die Bewohner der Rue Morgue aus dem Schlummer geschreckt hatten. Madame L'Espanaye und ihre Tochter waren, in ihre Nachtkleider gehüllt, anscheinend dabei, einige Papiere in der schon erwähnten eisernen Kassette zu ordnen, die sie in die Mitte des Zimmers geschoben hatten. Sie war offen, und ihr Inhalt lag daneben auf dem Fußboden. Die Opfer müssen mit dem Rücken zum Fenster gesessen haben; und nach der Zeit zu schließen, die zwischen dem Eindringen des Tieres und dem ersten Schrei verstrich, ist es wahrscheinlich, dass sie es nicht sogleich bemerkten. Das Zuklappen des Fensterladens mochten sie wohl dem Wind zugeschrieben haben.

Als der Matrose hineinlugte, hatte das mächtige Tier Madame L'Espanaye am Haare gepackt (das offen war, da sie es eben gekämmt hatte) und schwenkte das Rasiermesser mit den Gebärden eines Barbiers vor ihrem Gesicht hin und her. Die Tochter lag regungslos hingestreckt; sie war ohnmächtig geworden. Das Geschrei und die Gegenwehr der alten Dame (bei der ihr das Haar ausgerissen wurde) hatten die Wirkung, die wahrscheinlich friedlichen Absichten des Orang-Utans in Zorn zu verwandeln. Mit einem entschlossenen Schwung seines muskulösen Armes trennte er beinahe ihren Kopf vom Rumpf. Der Anblick des Blutes entflammte seinen Grimm bis zur Raserei. Feuer aus den Augen sprühend und die Zähne fletschend, stürzte er sich auf den Körper des Mädchens, schlug seine furchtbaren Klauen in ihre

Kehle und ließ nicht eher los, als bis sie verhauchte. Seine wilden, umherschweifenden Blicke fielen in dem Moment auf das Kopfende des Bettes, über dem gerade das Gesicht seines Herrn, starr vor Schrecken, sichtbar wurde. Die Wut des Tieres, das zweifellos noch die gefürchtete Geißel in Erinnerung hatte, verwandelte sich sogleich in Furcht. Wohl wissend, dass es Strafe verdiene, schien es bestrebt, seine blutigen Taten zu verbergen, und sprang in einem Anfall angstvoller Erregung im Zimmer umher; warf dabei die Möbel um und zerbrach sie und zerrte das Bett aus der Bettstelle. Schließlich ergriff es zunächst den Leichnam der Tochter und stopfte ihn so in den Kamin, wie man ihn vorfand; sodann den der alten Dame, den es unverzüglich kopfüber zum Fenster hinausschleuderte.

Als der Affe sich mit seiner verstümmelten Last dem Fenster näherte, fuhr der Matrose entsetzt zum Blitzableiter zurück, glitt mehr, als er kletterte, daran hinunter und eilte sogleich nach Hause – da er die Folgen der Metzelei fürchtete und in seinem Schrecken gern die Sorge um das Schicksal des Orang-Utans fahrenließ. Die Worte, die von den Leuten auf der Treppe gehört wurden, waren die Abscheu- und Entsetzensrufe des Franzosen, vermischt mit dem teuflischen Gekreisch der Bestie.

Ich habe kaum noch etwas hinzuzufügen. Der Orang-Utan muss kurz vor dem Aufbrechen der Tür am Blitzableiter aus dem Zimmer geflohen sein. Er muss das Fenster hinter sich geschlossen haben, als er hinaussprang. Er wurde später von dem Eigentümer selbst wieder eingefangen und für eine sehr hohe Summe an den Jardin des Plantes verkauft. Le Bon wurde sofort auf freien Fuß gesetzt, als wir dem Polizeipräfekten unseren Bericht des Sachverhalts (samt einigen Erläuterungen Dupins) gaben.

Dieser Beamte, obschon meinem Freunde wohlgesinnt, konnte doch seinen Ärger über die Wendung, welche die Dinge genommen hatten, nicht ganz verhehlen und sich ein paar spöttische Bemerkungen nicht versagen, wie, dass jeder sich um seine eigenen Angelegenheiten kümmern solle.

»Lassen Sie ihn sprechen«, sagte Dupin, der es nicht für nötig gehalten hatte, etwas zu erwidern. »Lassen Sie ihn reden; es wird sein Gewissen beruhigen. Ich bin zufrieden, ihn auf seinem eigenen Felde geschlagen zu haben. Dass er übrigens bei der Auflösung dieses Rätsels scheiterte, ist kein solches Wunder, wie er annimmt; denn ehrlich gesagt, ist unser Freund, der Präfekt, ein bisschen zu klug, um tief zu sein. In seiner Weisheit steckt kein Mark. Sie ist ganz Kopf und hat keinen Leib, wie die Bilder der Göttin Laverna – oder höchstens hat sie Kopf und Schultern wie der Stockfisch. Aber er ist trotzdem ein guter Kerl. Ich schätze ihn besonders wegen eines Meisterstücks von Maulfertigkeit, wodurch er seinen Ruf als erfindungsreicher Kopf erlangt hat. Ich meine seine Gewohnheit, ›de nier ce qui est, et d'expliquer ce qui n'est pas‹.«

# Das Geheimnis der Marie Rogêt*

## Ein Seitenstück zum »Doppelmord in der Rue Morgue«

> Es gibt eine Reihe idealischer Begebenheiten, die der Wirklichkeit parallel läuft. Selten fallen sie zusammen. Menschen und Zufälle modifizieren gewöhnlich die idealische Begebenheit, so dass sie unvollkommen erscheint und ihre Folgen gleichfalls unvollkommen sind. So bei der Reformation. Statt des Protestantismus kam das Luthertum hervor.
>
> *Novalis*

Es gibt wenige Menschen, selbst unter den kühlsten Denkern, die nicht gelegentlich einem unbestimmten, doch erschütternden Halbglauben an das Übernatürliche verfallen wären, betroffen über ein anscheinend so wunderbares Zusammenfallen von Ereignissen, dass der Verstand ihr Zusammentreffen nicht mehr für bloßen Zufall halten kann. Solcher Gefühle – denn der Halbglaube, von dem ich spreche, hat niemals die volle Stärke des Gedankens –, solcher Gefühle kann man sich selten ganz und gar erwehren, es sei denn, man beruft sich auf die Lehre

* Die Tragödie, auf der die vorliegende Erzählung beruht, liegt schon mehrere Jahre zurück, und es scheint angebracht, einige erklärende Worte über den Zweck der Erzählung hinzuzufügen. Ein junges Mädchen, Mary Cecilia Rogers, wurde in der Nähe New Yorks ermordet; und obgleich ihr Tod eine ungeheure und nachhaltige Aufregung verursachte, war das Geheimnis, in das er gehüllt war, noch zur Zeit, als die vorliegenden Blätter geschrieben und veröffentlicht wurden (November 1842), unaufgeklärt. Hierin hat sich der Verfasser unter dem

vom Kalkül der Möglichkeiten oder, wie sie mit dem Terminus technicus genannt wird, die Wahrscheinlichkeitsrechnung. Nun ist diese Rechnung ihrem Wesen nach rein mathematisch; und so haben wir die Anomalie, dass die allerexakteste Wissenschaft auf die allerungreifbarsten Schatten und Schemen der Spekulation angewandt wird.

Die außerordentlichen Einzelheiten, die bekanntzumachen ich jetzt aufgefordert werde, bilden, wie man finden wird, der zeitlichen Folge nach das erste Glied einer Reihe kaum begreiflicher Ähnlichkeiten, deren zweites und letztes Glied alle Leser in dem kürzlichen Mord an Mary Cecilia Rogers in New York erkennen werden.

Als ich mich vor ungefähr einem Jahr bemühte, in einer Erzählung »Der Doppelmord in der Rue Morgue« einige sehr merkwürdige Züge der Geistesart meines Freundes, des Chevaliers C. Auguste Dupin, zu schildern, dachte ich nicht, dass ich jemals auf diesen Gegenstand zurückkommen würde. Ein Charakterbild zu geben war meine

Vorwand, das Schicksal einer Pariser Grisette zu erzählen, bis in die kleinsten Einzelheiten an die wesentlichen Tatsachen des wirklichen Mordes an Mary Rogers gehalten, während er die unwesentlichen nur ähnlich darstellte. Also ist alle in der Erzählung enthaltene Beweisführung auf die Wahrheit anwendbar: und die Erforschung der Wahrheit war das Ziel.

»Das Geheimnis der Marie Rogêt« wurde fern vom Schauplatz der Untat verfasst und ohne andere Mittel der Untersuchung als die, welche die Zeitungen darboten. So entging dem Schreiber vieles, was ihm von Nutzen gewesen wäre, hätte er am Tatort geweilt und die Lokalitäten besichtigt. Es mag indessen nicht unangebracht sein zu erwähnen, dass die Geständnisse *zweier* Personen (eine davon ist die Madame Deluc der Erzählung), die zu verschiedenen Zeiten lange nach der Veröffentlichung erfolgten, nicht nur die allgemeine Schlussfolgerung völlig bestätigten, sondern auch samt und sonders *alle* hauptsächlichen hypothetischen Einzelheiten, durch die jene Schlussfolgerung erzielt wurde.

Absicht; und diese Absicht war vollkommen durch die seltsame Folge von Begebnissen erreicht, die ich als Belege für Dupins eigentümliche Veranlagung beigebracht hatte. Ich hätte noch andere Beispiele anführen können, aber ich würde damit nicht mehr bewiesen haben. Kürzliche Ereignisse jedoch mit ihren überraschenden Enthüllungen haben mich zu einigen weiteren Mitteilungen bewogen, die vielleicht etwas von einem erzwungenen Bekenntnis an sich haben. Aber nach dem, was ich kürzlich hörte, wäre es seltsam, wenn ich über das, was ich lange vorher hörte und auch sah, stillschweigen wollte.

Nach der Aufklärung der Tragödie, die sich beim Tode von Madame L'Espanaye und ihrer Tochter abgespielt hatte, schenkte ihr der Chevalier keine Aufmerksamkeit mehr und versank sogleich wieder in seine alte Gewohnheit düsterer Träumerei. Da ich seit jeher zum Grübeln neigte, teilte ich seine Stimmung bereitwillig; so bewohnten wir weiterhin unsere Zimmer im Faubourg St-Germain, schlugen den Gedanken an die Zukunft in den Wind und ließen uns von der Gegenwart in sanften Schlummer wiegen, indem wir aus der schalen Welt um uns Träume webten.

Aber diese Träume blieben nicht ganz und gar ungestört. Es lässt sich leicht denken, dass die Rolle, die mein Freund in dem Drama in der Rue Morgue gespielt hatte, nicht verfehlt hatte, Eindruck auf die Gemüter der Pariser Polizei zu machen. Ihren Kommissaren war der Name Dupin ein fester Begriff geworden. Da er den einfachen Charakter der Schlüsse, durch die er das Geheimnis enträtselt hatte, außer mir keinem Menschen, selbst dem Präfekten nicht, enthüllt hatte, so ist es weiter nicht erstaunlich, dass man die Sache fast für ein Wunder hielt oder dass des Chevaliers analytische Geschicklichkeit ihm den Ruf der Intuition erwarb. Seine Freimütigkeit hätte ihn dazu gebracht, jedem Frager ein solches Vorurteil zu benehmen, aber seine träge Gemütsart verwehrte ihm, sich noch weiter mit einem Gegenstand abzugeben, der für ihn längst abgetan war. So kam es, dass sich die Augen der Polizei ständig auf ihn richteten; und der Fälle waren nicht wenige, wo man versuchte, seine Dienste für die Präfektur in Anspruch zu nehmen. Eines der merkwürdigsten Beispiele war das des Mordes an einem jungen Mädchen namens Marie Rogêt.

Dieses Ereignis begab sich etwa zwei Jahre nach der Gräueltat in der Rue Morgue. Marie, deren Tauf- und Familienname wegen ihrer Ähnlichkeit mit denen des unglücklichen »Zigarrenmädchens« sogleich die Aufmerksamkeit des Lesers erregen werden, war die einzige Tochter der Witwe Estelle Rogêt. Der Vater war während ihrer Kindheit gestorben, und von dem Zeitpunkt seines Todes an bis zum achtzehnten Monate vor ihrer Ermordung, die den Gegenstand unserer Erzählung bildet, hatten Mutter und Tochter zusammen in der Rue Pavée St-Andrée gewohnt, wo Madame, unterstützt von Marie, eine Pension unterhielt. Das dauerte, bis Marie ihr zweiundzwanzigstes Jahr erreicht hatte, als ihre große Schönheit die Aufmerksamkeit eines Parfümeriehändlers erregte, der einen der Läden im Erdgeschoss des Palais Royal innehatte und dessen Kundschaft hauptsächlich aus den verwegenen Abenteurern bestand, die jene Gegend unsicher machen. Monsieur Le Blanc war sich über die Vorteile nicht im Unklaren, die sich aus der Anwesenheit der schönen Marie in seinem Parfümladen ziehen ließen; und seine großzügigen Angebote wurden von dem Mädchen voller Eifer angenommen, wenn auch von Madame erst nach einigem Zögern.

Die Erwartungen des Ladeninhabers erfüllten sich; und seine Räume wurden durch den Reiz des munteren Mädchens bald bekannt. Sie hatte etwa ein Jahr in seinem Dienst gestanden, da wurden ihre Verehrer durch ihr plötzliches Verschwinden aus dem Laden in Unruhe versetzt. Monsieur Le Blanc konnte über ihre Abwesenheit keine Auskunft geben, und Madame Rogêt war vor Angst und Schrecken fast von Sinnen. Die Zeitungen griffen die Sache unverzüglich auf, und die Polizei war schon im Begriff, ernstliche Nachforschungen anzustellen, als Marie eines Morgens nach Verlauf einer Woche in bestem Wohlsein, wenn auch mit etwas bedrückter Miene, wieder hinter ihrem gewohnten Ladentisch in der Parfümerie erschien. Alle Untersuchungen, ausgenommen die privaten Charakters, wurden natürlich sofort eingestellt. Monsieur Le Blanc behauptete nach wie vor, nicht das Geringste zu wissen. Marie wie auch Madame erwiderten auf alle Fragen, dass sie die letzte Woche im Hause einer Verwandten auf dem Lande zugebracht habe. So wuchs Gras darüber, und die Geschichte wurde überhaupt vergessen; zumal da sich das Mädchen, offenbar um sich zudringlicher Neugier zu entziehen, alsbald bei dem Parfümeur für immer empfahl und sich in den Schutz der mütterlichen Wohnung in der Rue Pavée St-Andrée zurückzog.

Etwa fünf Monate nach dieser Heimkehr wurden ihre Freunde zum zweiten Mal durch ihr plötzliches Verschwinden beunruhigt. Drei Tage gingen hin, ohne dass man etwas von ihr hörte. Am vierten fand man ihre Leiche, in der Seine treibend, nahe dem Ufer, das dem Stadtteil der Rue Pavée St-Andrée gegenüberliegt, und an einer Stelle unweit der entlegenen Gegend an der Barrière du Roule.

Die Grässlichkeit dieses Mordes (denn es war sogleich klar, dass ein Mord vorlag), die Jugend und Schönheit des Opfers und vor allem ihre frühere Bekanntheit wirkten zusammen, um die Gemüter der empfindsamen Pariser in ungeheure Erregung zu versetzen. Ich kann mich keines ähnlichen Anlasses entsinnen, der eine so allgemeine und tiefe Wirkung hervorgebracht hätte. Mehrere Wochen lang wurden über diesem einen ausschließlichen Gesprächsthema selbst die wichtigsten politischen Tagesfragen vergessen. Der Präfekt machte ungewöhnliche Anstrengungen; und selbstverständlich wurden die Kräfte der gesamten Pariser Polizei bis zum Äußersten beansprucht.

Zuerst, als die Leiche entdeckt wurde, nahm man an, der Mörder könne sich der Nachforschung, die unverzüglich in die Wege geleitet wurde, nur ganz kurze Zeit entziehen. Erst nach Ablauf einer Woche hielt man es für nötig, eine Belohnung auszusetzen; und selbst da noch wurde diese Belohnung auf tausend Franc beschränkt. Inzwischen wurden die Nachforschungen mit Eifer, wenn auch nicht immer mit Umsicht, fortgesetzt, und zahlreiche Personen wurden ohne Ergebnis verhört, während die allgemeine Erregung infolge des andauernden Mangels jeglicher Spur beträchtlich zunahm. Am Ende des zehnten Tages hielt man es für ratsam, die ursprünglich ausgesetzte Summe zu verdoppeln; und endlich, als die zweite Woche verstrichen war, ohne dass sie zu irgendwelchen Entdeckungen geführt hätte, und das Vorurteil, das allezeit in Paris gegen die Polizei besteht, sich in mehreren ernstlichen Emeuten Luft gemacht hatte, nahm es der Präfekt auf sich, die Summe von zwanzigtausend Franc »für die Überführung des Mörders« oder, wenn mehr als einer darin verwickelt sein sollte, »für die Überführung irgendeines der Mörder« auszusetzen. In der Ankündigung dieser Belohnung wurde jedem Mitschuldigen, der gegen seinen Genossen als Zeuge auftreten würde, volle Straffreiheit versprochen; und dem Anschlag war, wo immer er erschien, der private eines Bürgerausschusses hinzugefügt, der den von der Präfektur ausgesetzten Betrag noch um weitere zehntausend Franc erhöhte. Die ganze Belohnung belief sich also auf nicht weniger als dreißigtausend Franc, was als eine außergewöhnliche Summe angesehen werden muss, wenn wir den niedrigen Stand des Mädchens und die Häufigkeit solcher Verbrechen wie des beschriebenen in großen Städten in Betracht ziehen.

Niemand zweifelte nunmehr, dass das Geheimnis dieses Mordes unverzüglich ans Licht gebracht werden würde. Aber obgleich man in ein oder zwei Fällen Verhaftungen vornahm, die Aufklärung zu geben versprachen, wurde dennoch nichts ermittelt, was die verdächtigen Parteien belasten konnte, und sie wurden alsbald wieder auf freien Fuß gesetzt. So seltsam es erscheinen mag, aber die dritte Woche seit Entdeckung der Leiche war verstrichen, und zwar verstrichen, ohne dass irgendwelches Licht auf die Sache geworfen worden wäre, ehe selbst ein Gerücht der Ereignisse, die das Gemüt der Öffentlichkeit so erregt hatten, Dupins und meine Ohren erreichte. In Forschungen vertieft, die unsere ganze Aufmerksamkeit beansprucht hatten, war es nahezu einen Monat her, seit einer von uns ausgegangen war oder Besuch bekommen oder mehr als einen flüchtigen Blick in die politischen Leitartikel einer der Tageszeitungen geworfen hatte. Die erste Nachricht von dem Morde wurde uns von G. persönlich überbracht. Er besuchte uns früh am Nachmittag des 13. Juli 18.. und blieb bis spät in die Nacht bei uns. Das Fehlschlagen all seiner Bemühungen, den Mördern auf die Spur zu kommen, wurmte ihn. Sein Ruf – so sagte er echt pariserisch – stehe auf dem Spiel. Sogar seine Ehre sei betroffen. Die Augen der Öffentlichkeit seien auf ihn gerichtet; und es gäbe kein noch so großes Opfer, das er nicht für die Aufklärung des Geheimnisses zu bringen willens sei. Er beendete seine etwas alberne Rede mit einem Kompliment über das, was er Dupins »Feingefühl« zu nennen beliebte, und machte ihm ohne Umschweife einen gewiss sehr großzügigen Vorschlag, dessen genaue Natur zu enthüllen ich mich nicht berechtigt fühle, die aber auch für den eigentlichen Gegenstand meiner Erzählung ohne Belang ist.

Das Kompliment wies mein Freund, so gut er konnte, zurück, auf den Vorschlag jedoch ging er sofort ein, obgleich seine Vorteile nur bedingte waren. Als dieser Punkt abgemacht war, begann der Präfekt alsbald seine eigenen Ansichten über den Fall auseinanderzusetzen und untermengte sie mit langen Erläuterungen der Zeugenaussagen, die noch gar nicht in unserem Besitz waren. Er redete viel und zweifellos gelehrt; während ich hin und wieder, dieweil die Nacht träge verstrich, eine Andeutung fallenließ. Dupin, der geruhsam in seinem gewohnten Lehnstuhl saß, war die Verkörperung achtungsvoller Aufmerksamkeit. Er trug während der ganzen Unterredung eine Brille; und ein gelegentlicher Blick hinter ihre grünen Gläser genügte, um mich zu überzeugen, dass er während der ganzen sieben oder acht bleifüßigen Stunden, die dem schließlichen Aufbruch des Präfekten vorausgingen, zwar lautlos, doch darum nur umso fester schlief.

Am Morgen besorgte ich auf der Präfektur ein vollständiges Protokoll aller Zeugenaussagen und in den Geschäftsstellen der verschiedenen Zeitungen ein Exemplar jeder Nummer, von der ersten bis zur letzten, worin irgendeine wichtige Mitteilung über diese traurige Begebenheit veröffentlicht worden war. Nach Ausscheiden all dessen, was nachweislich widerlegt wurde, ergab sich in der Hauptsache folgender Tatbestand:

Marie Rogêt verließ die Wohnung ihrer Mutter in der Rue Pavée St-Andrée am Sonntag, dem 22. Juni 18.., gegen neun Uhr morgens. Beim Fortgehen teilte sie einem Monsieur Jacques St-Eustache, und zwar ihm allein, ihre Absicht mit, den Tag bei einer Tante zu verbringen, die in der Rue des Drômes wohnte. Die Rue des Drômes ist eine kurze und enge, aber belebte Verkehrsstraße nicht weit vom Flussufer und auf dem nächsten Wege etwa zwei Meilen von der Pension von Madame Rogêt entfernt. St-Eustache war der anerkannte Bewerber Maries und wohnte und speiste in der Pension. Er sollte seine Verlobte bei Dunkelwerden abholen und heimbegleiten. Am Nachmittage begann es indessen heftig zu regnen; und da er annahm, sie werde bei ihrer Tante bleiben (wie sie es früher unter ähnlichen Umständen getan hatte), hielt er es nicht für nötig, sein Versprechen zu halten. Als die Nacht herankam, hörte man Madame Rogêt (die eine alte, gebrechliche Dame von siebzig Jahren war) die Befürchtung äußern, »sie werde Marie wohl nie wiedersehen«; aber diese Bemerkung wurde damals wenig beachtet.

Am Montag stellte sich heraus, dass das Mädchen nicht

in der Rue des Drômes gewesen war; und als der Tag ohne eine Nachricht von ihr hinging, setzte die verspätete Suche nach ihr an verschiedenen Punkten der Stadt und der Umgebung ein. Aber erst am vierten Tage, vom Augenblick ihres Verschwindens an gerechnet, wurde Gewisses über ihren Verbleib ermittelt. An diesem Tage (Mittwoch, dem 25. Juni) erfuhr ein Monsieur Beauvais, der mit einem Freunde bei der Barrière du Roule nach Marie gesucht hatte, an dem Ufer der Seine, das der Rue Pavée St-Andrée gegenüberliegt, dass soeben von einigen Fischern eine Leiche an Land gezogen worden sei, die sie im Fluss treibend gefunden hätten. Als Beauvais den Leichnam sah, erklärte er ihn nach einigem Zögern für den des Parfümeriemädchens. Sein Freund erkannte ihn etwas schneller.

Das Gesicht war mit geronnenem Blut bedeckt, das teilweise aus dem Munde gekommen war. Kein Schaum war zu sehen, wie das sonst bei bloß Ertrunkenen der Fall ist. Es lag keine Entfärbung des Zellgewebes vor. Am Halse befanden sich blaue Flecke und Fingereindrücke. Die Arme waren über der Brust gekreuzt und steif. Die rechte Hand war geballt, die linke halb geöffnet. Am linken Handgelenk sah man zwei kreisrunde Hautabschürfungen, die augenscheinlich von Stricken herrührten oder von einem Strick in mehr als einer Windung. Ein Teil des rechten Handgelenkes war ebenfalls sehr zerschunden, ebenso der Rücken in seiner ganzen Länge, besonders aber an den Schulterblättern. Die Fischer hatten, um die Leiche an Land zu bringen, einen Strick daran befestigt, aber keine der Abschürfungen rührte davon her. Das Fleisch des Halses war stark geschwollen. Es waren keine Schnitte zu bemerken oder Beulen, die etwa durch

Schläge verursacht sein konnten. Ein Stück Spitze war so fest um den Hals geschlungen, dass sie nicht zu sehen war; sie hatte sich vollständig ins Fleisch eingegraben und war mit einem Knoten befestigt, der gerade unter dem linken Ohr lag. Dies allein hätte genügt, um den Tod herbeizuführen. Das ärztliche Gutachten betonte den tugendhaften Charakter der Toten. Es besagte, sie sei brutaler Gewalt ausgesetzt gewesen. Der Leichnam war, als er gefunden wurde, in solchem Zustande, dass er von Bekannten ohne Schwierigkeit erkannt werden konnte.

Die Kleidung war sehr zerrissen und auch sonst in Unordnung. Vom Oberkleid war ein Streifen, ungefähr einen Fuß breit, vom Saume aufwärts bis zur Taille eingerissen, jedoch nicht abgerissen worden. Er war dreimal um die Taille gewunden und im Rücken zu einer Art Schlinge verknotet worden. Der Rock unmittelbar unter dem Oberkleid war von feinem Musselin; und aus diesem war ein achtzehn Zoll breiter Streifen ganz herausgerissen worden, und zwar sehr gleichmäßig und mit großer Sorgfalt. Er war lose um den Hals geschlungen und fest verknotet. Über diesem Musselinstreifen und dem Spitzenstreifen waren die Bänder eines Hutes befestigt, woran noch der Hut hing. Der Knoten, der die Hutbänder zusammenknüpfte, war keine Schleife, wie sie Damen machen, sondern ein Zieh- oder Seemannsknoten.

Nach Beschau der Leiche wurde sie nicht, wie sonst üblich, nach der Morgue geschafft (diese Formalität war nunmehr überflüssig), sondern eiligst begraben, nicht weit von der Stelle, wo sie an Land gebracht worden war. Dank Beauvais' eifriger Bemühungen wurde die Sache so weit wie möglich vertuscht; und mehrere Tage verstrichen, ehe die öffentliche Meinung sich überhaupt regte.

Ein Wochenblatt griff jedoch endlich die Sache auf; die Leiche wurde ausgegraben und eine neue Untersuchung angeordnet; aber nichts wurde festgestellt, was über das bereits Bekannte hinausging. Doch wurden die Kleider nun der Mutter und anderen Bekannten der Toten vorgelegt und völlig als diejenigen wiedererkannt, die das Mädchen getragen hatte, als sie das Haus verließ.

Inzwischen stieg die Erregung von Stunde zu Stunde. Mehrere Personen wurden festgenommen und wieder freigelassen. St-Eustache besonders geriet in Verdacht; und es gelang ihm zuerst nicht, eine klare Auskunft über seinen Aufenthalt an dem Sonntage zu geben, an dem Marie das Haus verlassen hatte. Später jedoch legte er Monsieur G. eidesstattliche Aussagen vor, die hinreichend Rechenschaft über jede Stunde des fraglichen Tages gaben. Als die Zeit verstrich und keine Entdeckung erfolgte, begannen tausend einander widersprechende Gerüchte umzulaufen, und die Journalisten ergingen sich in Vermutungen. Eine davon, die das meiste Aufsehen erregte, war die Behauptung, dass Marie Rogêt noch lebe – dass die Leiche, die man in der Seine gefunden habe, die einer anderen Unglücklichen sei. Es erscheint angebracht, dem Leser einige Stellen zu unterbreiten, in denen sich die eben erwähnte Vermutung verdichtet. Diese Stellen sind wörtliche Übersetzungen aus der »Etoile«, einem Blatt, das im allgemeinen mit viel Geschick geleitet wird.

»Mademoiselle Rogêt verließ das Haus ihrer Mutter am Sonntagmorgen, dem 22. Juni 18.., angeblich in der Absicht, ihre Tante oder eine andere Bekannte in der Rue des Drômes zu besuchen. Von dieser Stunde an hat sie nachweislich keiner mehr gesehen. Es gibt keine Spur oder sonst eine Nachricht von ihr … Kein Mensch hat sich bisher gemeldet, der sie an diesem Tage, nachdem sie das Haus ihrer Mutter verlassen hatte, überhaupt gesehen hätte ... Wenn wir nun auch keinen Beweis dafür haben, dass Marie am Sonntag, dem 22. Juni, nach neun Uhr noch unter den Lebenden weilte, so haben wir doch einen Beweis dafür, dass sie bis zu dieser Stunde noch lebte. Am Mittwochmittag, zwölf Uhr, wurde ein weiblicher Leichnam im Wasser am Ufer der Barrière du Roule entdeckt. Das war, selbst wenn wir annehmen, dass Marie Rogêt innerhalb von drei Stunden, nachdem sie das Haus ihrer Mutter verlassen hatte, in den Fluss geworfen wurde, nur drei Tage seit der Zeit, als sie das Haus verlassen hatte – auf die Stunde genau drei Tage. Aber es ist töricht anzunehmen, der Mord, wenn ein Mord an ihr begangen wurde, hätte zeitig genug verübt werden können, um es den Mördern zu ermöglichen, den Leichnam vor Mitternacht in den Fluss zu werfen. Diejenigen, die sich solch schrecklicher Verbrechen schuldig machen, wählen lieber die Dunkelheit als das Tageslicht ... Wenn der Leichnam, der in dem Flusse gefunden wurde, wirklich der Marie Rogêts war, so sehen wir, dass er nur zwei und einen halben Tag oder höchstens drei Tage im Wasser gelegen haben konnte. Alle Erfahrung hat gelehrt, dass Leichen Ertrunkener oder Leichen, die unmittelbar nach einem gewaltsamen Tode ins Wasser geworfen wurden, sechs bis zehn Tage brauchen, ehe eine hinlängliche Zersetzung stattgefunden hat, um sie an die Oberfläche des Wassers zu bringen. Selbst wo eine Kanone über dem Leichnam abgefeuert wird und er heraufkommt, ehe er wenigstens fünf oder sechs Tage im Wasser gelegen hat, sinkt er wieder, wenn er sich selbst überlassen bleibt. Wir fragen nun, was denn in diesem Falle eine Abweichung von dem gewöhnlichen Laufe der Natur hätte verursachen sollen? ... Wäre der Leichnam so, wie er zugerichtet war, bis Dienstagnacht am Ufer aufbewahrt worden, so würde man am Ufer eine Spur von den Mördern finden. Ein zweifelhafter Punkt ist auch, ob der Leichnam so bald an die Oberfläche gekommen wäre, wenn er sogar zwei Tage nach dem Tod hineingeworfen worden wäre. Und weiterhin ist es außerordentlich unwahrscheinlich, dass irgendwelche Strolche, die solch einen Mord begangen haben, wie man hier vermutet, den Leichnam hineingeworfen hätten, ohne ihn mit einem Gewicht zu beschweren, um ihn zum Sinken zu bringen, wo doch solche Vorsichtsmaßregel leicht hätte getroffen werden können.«

Der Herausgeber versucht nun zu beweisen, dass der Leichnam »nicht bloß drei, sondern wenigstens fünf mal drei Tage im Wasser« gelegen haben müsse, weil er so weit zersetzt war, dass Beauvais große Mühe hatte, ihn zu erkennen. Dieser letzte Punkt indessen wurde völlig widerlegt. Ich fahre in der Übersetzung fort:

»Was sind das nun für Tatsachen, auf die hin Monsieur Beauvais sagt, er habe keinen Zweifel, dass die Leiche die von Marie Rogêt sei? Er streifte den Ärmel des Kleides auf und sagt, dass er Merkmale fand, die ihn von der Identität überzeugten. Allgemein nahm man bisher an, diese Merkmale hätten in irgendwelchen Narben bestanden. Er strich über den Arm und fand ihn behaart – nach unserer Ansicht etwas so Unbestimmtes, wie man es sich nur vorstellen kann, etwas so wenig Beweiskräftiges wie etwa der Umstand, dass sich überhaupt ein Arm in dem Ärmel befand. Monsieur Beauvais ging in jener Nacht nicht nach Hause, sondern ließ Madame Rogêt am Mittwochabend um sieben Uhr sagen, eine Untersuchung, die ihre Tochter betreffe, sei noch im Gange. Wenn wir einräumen, dass Madame Rogêt wegen ihres Alters und Kummers nicht hingehen konnte (was sehr viel einräumen heißt), so war doch sicherlich irgendjemand da, der es der Mühe für wert gehalten hätte, hinzugehen und der Untersuchung beizuwohnen, wenn sie geglaubt hätten, die Leiche sei die von Marie. Aber keiner ging hin. Man sagte oder hörte in der Rue Pavée St-Andrée über die Sache nichts, das auch nur zu den übrigen Hausbewohnern drang. Monsieur St-Eustache, der Liebhaber und Verlobte Maries, der im Hause ihrer Mutter wohnte, sagt aus, dass er von der Entdeckung der Leiche seiner Verlobten bis zum nächsten Morgen nichts hörte, als Monsieur Beauvais auf sein Zimmer kam und ihm davon berichtete. Bei einer solchen Nachricht wie dieser befremdet es uns, dass sie sehr kühl aufgenommen wurde.«

Auf diese Art und Weise bemühte sich die Zeitung, den Eindruck zu erwecken, als hätten die Angehörigen eine Gleichgültigkeit an den Tag gelegt, die mit der Annahme unvereinbar sei, diese Angehörigen hielten die Leiche für die Maries. Die Andeutungen des Blattes liefen darauf hinaus: dass Marie sich im Einverständnis mit ihren Verwandten aus der Stadt begeben habe, und zwar aus Gründen, die ihre Keuschheit verdächtig machten; und dass die Verwandten auf die Entdeckung eines Leichnams in der Seine hin, der dem Mädchen etwas ähnlich sah, die Gelegenheit genutzt hätten, um die Öffentlichkeit glauben zu machen, sie sei tot. Aber die »Etoile« war wiederum voreilig. Es wurde klar erwiesen, dass von einer Gleichgültigkeit der Angehörigen, wie man sie sich gedacht hatte, nicht die Rede sein konnte; dass die alte

Dame außerordentlich hinfällig und so erregt war, dass sie sich nicht in der Lage befand, irgendwelcher Pflicht zu genügen; dass St-Eustache, weit davon entfernt, die Mitteilung kühl aufzunehmen, vielmehr vor Schmerz außer sich geriet und sich so unsinnig gebärdete, dass Monsieur Beauvais einen Freund und Verwandten bewog, auf ihn achtzugeben und ihn daran zu hindern, der Untersuchung bei der Exhumierung beizuwohnen. Obgleich die »Etoile« ferner behauptete, die Leiche sei auf öffentliche Kosten neu begraben worden, die Familie habe ein vorteilhaftes Angebot eines privaten Begräbnisses schroff abgelehnt und kein Mitglied der Familie habe der Feierlichkeit beigewohnt – obgleich, sage ich, all dies von der »Etoile« versichert wurde, um den beabsichtigten Eindruck zu verstärken –, wurde *all* dies dennoch hinreichend widerlegt. In einer späteren Nummer des Blattes wurde dann der Versuch gemacht, den Verdacht auf Beauvais selbst zu lenken. Der Herausgeber schreibt:

»Aber nun nimmt die Angelegenheit eine neue Wendung. Man berichtet uns, dass bei einer Gelegenheit, als eine Madame B. im Hause von Madame Rogêt weilte, Monsieur Beauvais, der ausgehen wollte, ihr sagte, dass ein Polizist erwartet werde und dass sie, Madame B., dem Polizisten nichts sagen solle, bis er zurückkehre, sondern die Sache ihm überlassen möge … Wie die Angelegenheit jetzt steht, scheint Monsieur Beauvais die ganze Sache in seinem Kopf unter Schloss und Riegel zu halten. Man kann keinen Schritt ohne Monsieur Beauvais unternehmen, denn man gehe, welchen Weg man wolle, immer stößt man auf ihn … Aus irgendeinem Grunde bestimmt er, dass kein anderer etwas mit den Verhandlungen zu tun haben solle als er selbst, und er hat die männlichen Verwandten nach ihren Darstellungen in sehr sonderbarer Weise beiseitegedrängt. Er scheint sehr große Abneigung dagegen gehabt zu haben, den Angehörigen das Anschauen der Leiche zu erlauben.«

Folgender Umstand gab dem so auf Monsieur Beauvais geworfenen Verdacht einiges Kolorit. Jemand, der ihn einige Tage vor dem Verschwinden des Mädchens in seinem Büro aufsuchen wollte, aber nicht antraf, hatte im Schlüsselloch der Tür eine Rose stecken sehen und auf einer daneben hängenden Schiefertafel den Namen »Marie«.

Die allgemeine Anschauung, soweit wir imstande waren, sie den Zeitungen zu entnehmen, schien die zu sein, dass Marie das Opfer einer Bande von Strolchen geworden war – dass sie von diesen über den Fluss geschleppt, misshandelt und ermordet worden war. Der »Commercial« indessen, ein sehr einflussreiches Blatt, bemühte sich eifrig, diese verbreitete Meinung zu bekämpfen. Ich zitiere ein paar Stellen aus seinen Spalten:

»Wir sind überzeugt, dass die Nachforschung bisher auf falscher Fährte gewesen ist, soweit sie sich in Richtung der Barrière du Roule bewegte. Es ist unmöglich, dass eine Person, die Tausenden so wohlbekannt war wie dies junge Mädchen, drei Häuserblocks weit gekommen sein sollte, ohne dass jemand sie gesehen hätte; und jeder, der sie gesehen hätte, hätte sich ihrer erinnert, denn sie zog alle an, die sie kannten. Als sie wegging, waren die Straßen voller Menschen … Es ist unmöglich, dass sie bis zur Barrière du Roule oder zur Rue des Drômes hätte gehen können, ohne von einem Dutzend Menschen erkannt zu werden; doch nicht einer hat sich gemeldet, der sie außerhalb des Hauses ihrer Mutter gesehen hätte, und es gibt, abgesehen von jener Aussage betreffs ihrer *geäußerten Absicht*, keinen Beweis dafür, dass sie wirklich ausgegangen ist. Ihr Kleid war zerrissen, um sie gewunden und verknotet; und daran wurde der Körper wie ein Bündel getragen. Wäre der Mord an der Barrière du Roule geschehen, so hätte keine Notwendigkeit für eine solche Vorrichtung bestanden. Der Umstand, dass die Leiche in der Nähe der Barrière im Wasser treibend gefunden wurde, besagt nichts darüber, wo sie ins Wasser geworfen wurde ... Ein Stück von einem der Unterröcke des unglücklichen Mädchens war, zwei Fuß lang und einen Fuß breit, abgerissen und unterhalb des Kinns rund um den Hinterkopf geknüpft, wahrscheinlich, um sie am Schreien zu hindern. Das taten Burschen, die kein Taschentuch besaßen.«

Einen oder zwei Tage, bevor der Präfekt uns aufsuchte, war der Polizei allerdings eine wichtige Mitteilung zugegangen, die wenigstens den Hauptteil der Beweisführung des »Commercial« zu widerlegen schien. Zwei kleine Jungen, Söhne einer Madame Deluc, drangen beim Umherstreifen in den Wäldern nahe der Barrière du Roule zufällig in ein dichtes Dickicht ein, worin drei oder vier große Steine lagen, die eine Art von Sitz mit einer Rücklehne und Fußbank bildeten. Auf dem oberen Stein lag ein weißer Unterrock; auf dem zweiten ein seidener Schal. Auch ein Sonnenschirm, Handschuhe und ein Taschentuch wurden hier gefunden. Das Taschentuch trug den Namen »Marie Rogêt«. Kleiderfetzen wurden an den Dornbüschen ringsum entdeckt. Die Erde war zertrampelt, die Büsche waren geknickt, und alles zeugte von einem Kampf. Zwischen dem Dickicht und dem Fluss waren die Zäune niedergerissen, und der Boden zeigte

Spuren, als ob eine schwere Last darüber hingeschleift worden sei.

Ein Wochenblatt, der »Soleil«, brachte zu dieser Entdeckung folgende Erläuterungen – Erläuterungen, die die Meinung der gesamten Pariser Presse wiedergaben:

»Die Gegenstände hatten alle augenscheinlich wenigstens drei oder vier Wochen dort gelegen. Sie waren sämtlich durch Einwirkung des Regens völlig verschimmelt und klebten vor Schimmel zusammen. Das Gras ringsum war gewachsen und hatte einige von ihnen überwuchert. Die Seide des Sonnenschirms war stark, aber ihre Fäden innen hatten sich zusammengezogen. Das Oberteil, wo sie gefaltet und doppelt war, war ganz verschimmelt und vermodert und zerriss beim Öffnen. Die von den Büschen ausgerissenen Stücke von Maries Rock waren ungefähr drei Zoll breit und sechs Zoll lang. Ein Teil davon war der Saum des Rockes, und er war ausgebessert; der andere Teil war ein Teil des Unterrocks, nicht des Saums. Sie sahen aus wie abgerissene Streifen und hingen an dem Dornbusch ungefähr einen Fuß über der Erde … Es kann daher kein Zweifel sein, dass der Schauplatz dieses schrecklichen Verbrechens entdeckt worden ist.«

Auf diese Entdeckung hin meldeten sich neue Zeugen. Madame Deluc sagte aus, dass sie gegenüber der Barrière du Roule eine Gastwirtschaft an der Landstraße, nicht weit vom Flussufer, betreibe. Die Gegend ist abgelegen, und zwar in besonderem Maße. Es ist der gewöhnliche Sonntagsausflugsort von allerlei Gesindel aus der Stadt, das in Booten über den Fluss setzt. Am fraglichen Sonntag gegen drei Uhr nachmittags kehrte ein junges Mädchen, begleitet von einem jungen Mann mit dunkler Gesichtsfarbe, im Wirtshaus ein. Die beiden blieben einige

Zeit da. Bei ihrem Aufbruch schlugen sie den Weg zu einem dichten Gehölz in der näheren Umgebung ein. Die Aufmerksamkeit Madame Delucs war durch das Kleid des jungen Mädchens erregt worden, da es einem Kleide ähnelte, das eine verstorbene Verwandte getragen hatte. Ein Schal war ihr besonders aufgefallen. Alsbald nach dem Aufbruch des Paares erschien eine Rotte Rüpel, lärmte, aß und trank, ohne zu bezahlen, ging auf demselben Weg fort wie der junge Mann und das junge Mädchen, kehrte um die Dämmerung zum Wirtshaus zurück und setzte wieder über den Fluss, als ob sie große Eile hätte.

Am selben Abend, bald nachdem es dunkel geworden war, vernahmen Madame Deluc sowie ihr ältester Sohn die Schreie eines weiblichen Wesens in der Nähe des Wirtshauses. Die Schreie waren laut, aber kurz. Madame D. erkannte nicht nur den Schal wieder, den man im Dickicht gefunden hatte, sondern auch das Gewand, womit der Leichnam bekleidet gewesen war, als man ihn entdeckte. Ein Omnibusfahrer, Valence, sagte nun auch aus, er habe am fraglichen Sonntag Marie Rogêt in Begleitung eines jungen Mannes von dunkler Gesichtsfarbe gesehen, wie sie mit einer Fähre über die Seine fuhren. Er, Valence, kannte Marie und konnte sich in ihrer Person nicht irren. Die in dem Dickicht gefundenen Sachen wurden sämtlich von Maries Verwandten wiedererkannt.

Die ganzen Aussagen und Berichte, die ich so auf Anregung Dupins aus den Zeitungen gesammelt hatte, enthielten nur noch einen weiteren Punkt – aber dies war ein Punkt von anscheinend größter Bedeutung. Alsbald nämlich nach der Auffindung der Kleider wurde der leblose oder doch nahezu leblose Körper von St-Eustache, Maries Verlobtem, in der Nähe des Ortes gefunden, der nun allgemein als der Schauplatz der Gewalttat angesehen wurde. Neben ihm lag ein leeres Fläschchen mit der Aufschrift »Laudanum«. Sein Atem roch nach dem Gift. Er starb, ohne ein Wort gesprochen zu haben. Man fand einen Brief bei ihm, der kurz seine Liebe zu Marie und die Absicht des Selbstmordes darlegte.

»Ich brauche Ihnen wohl kaum zu sagen«, sagte Dupin, als er die Durchsicht meiner Notizen beendet hatte, »dass dies ein weit schwierigerer Fall ist als der von der Rue Morgue, von dem er sich in einer wichtigen Hinsicht unterscheidet. Dies ist ein *gewöhnlicher*, wenn auch schrecklicher Fall von Verbrechen. Er hat nichts besonders outré an sich. Sie werden bemerken, dass man aus diesem Grunde die Aufklärung des Geheimnisses als leicht betrachtet hat, wo sie doch aus ebendem Grunde als schwierig hätte betrachtet werden sollen. Darum hielt man es zunächst für unnötig, eine Belohnung auszusetzen. Die Häscher G.s waren gleich imstande zu begreifen, wie und warum eine solche Schreckenstat begangen *worden sein könnte*. Ihre Einbildungskraft vermochte sich eine Art – viele Arten – und ein Motiv – viele Motive – dafür vorzustellen; und weil es nicht ausgeschlossen war, dass eine dieser vielen Möglichkeiten die tatsächliche gewesen sein konnte, haben sie für gewiss genommen, dass es eine davon gewesen sein müsse. Aber die Mühelosigkeit, womit sie zu diesen verschiedenen Vorstellungen gelangten, und die große Wahrscheinlichkeit, die jede für sich hatte, hätten eher auf die Schwierigkeit als die Leichtigkeit hinweisen sollen, die der Aufklärung des Geheimnisses anhaften müssen. Ich habe daher bemerkt, dass es gerade über die Ebene des Gewöhnlichen ragende Merkmale sind, durch die der Verstand sich, wenn überhaupt, bei seiner Suche nach der Wahrheit leiten lassen muss, und dass man in Fällen wie diesem nicht so sehr fragen darf: ›Was ist geschehen?‹ als vielmehr: ›Was ist geschehen, das noch nie zuvor geschah?‹ Bei den Nachforschungen im Hause der Madame L'Espanaye wurden G.s Kommissare gerade durch das *Ungewöhnliche* entmutigt und verwirrt, das einem richtig funktionierenden Verstand gerade das sicherste Vorzeichen des Erfolges gewesen wäre; während dieser selbe Verstand über den gewöhnlichen Charakter all dessen in Verzweiflung geraten könnte, was im Fall des Parfümeriemädchens ins Auge fällt und doch den Beamten der Präfektur nichts als leichten Sieg verhieß.

Im Fall der Madame L'Espanaye und ihrer Tochter gab es gleich von Anfang an bei unserer Nachforschung keinen Zweifel, dass es sich um einen Mord handelte. Der Gedanke an einen Selbstmord war von vornherein ausgeschlossen. Auch hier sind wir sogleich zu Beginn jeglicher Annahme eines Selbstmordes überhoben. Der an der Barrière du Roule gefundene Leichnam wurde unter solchen Umständen aufgefunden, dass uns kein Raum für irgendwelche Unsicherheit über diesen wichtigen Punkt bleibt. Aber es ist behauptet worden, die gefundene Leiche sei nicht die von Marie Rogêt, und nur für die Überführung von deren Mörder oder Mördern ist die Belohnung ausgesetzt und unser Abkommen mit dem Präfekten getroffen worden. Wir kennen beide diesen Herrn sehr gut. Man darf ihm nicht zu viel trauen. Wenn wir bei unseren Nachforschungen von dem gefundenen Leichnam ausgehen und dann einen Mörder ausfindig machen, dabei aber entdecken, dass dieser Leichnam der einer anderen Person als Marie ist; oder wenn wir von der lebenden Marie ausgehen und sie auffinden, doch nicht ermordet – in jedem Fall verschwenden wir unsere Mühe; denn es ist Monsieur G., mit dem wir es zu tun haben. Nicht nur um der Gerechtigkeit willen, sondern auch unsertwegen ist es daher wohl unerlässlich, dass unser erster Schritt der Nachweis der Identität der Leiche mit jener der vermissten Marie Rogêt sein muss.

Auf das Publikum haben die Ausführungen der ›Etoile‹ Eindruck gemacht; und dass die Zeitung selbst von ihrer Wichtigkeit überzeugt ist, geht aus der Art hervor, wie sie einen ihrer Artikel über den Gegenstand beginnt: ›Mehrere der heutigen Morgenblätter‹, schreibt sie, ›sprechen von dem *aufschlussreichen* Artikel in der Montagsnummer der „Etoile".‹ Mir scheint der Artikel höchstens Aufschluss über den Eifer seines Verfassers zu geben. Wir müssen im Auge behalten, dass im Allgemeinen die Absicht unserer Nachrichtenblätter eher ist, Aufsehen zu erregen – Interessantes festzustellen –, als die Sache der Wahrheit zu fördern. Dies geschieht nur dann, wenn es mit dem andern zusammenfällt. Das Blatt, das bloß die allgemeine Ansicht wiedergibt (wie wohlbegründet diese Ansicht auch sein mag), steht bei der Menge in schlechtem Ruf. Die Masse des Volkes hält nur den für tief, der auf schroffe Widersprüche der allgemeinen Meinung hinweist. In der Logik nicht weniger als in der Literatur ist es das Epigramm, das sich der unmittelbarsten und allgemeinsten Wertschätzung erfreut. In beiden hat es den geringsten Wert.

Was ich sagen will, ist, dass es in dem Gedanken, Marie Rogêt lebe noch, mehr die Mischung von Epigramm und Melodram als echte Wahrscheinlichkeit ist, was die ›Etoile‹ zu dieser Vermutung bewogen hat und was ihr eine günstige Aufnahme beim Publikum sicherte. Prüfen wir die Hauptpunkte der Beweisführung dieses Blattes und bemühen wir uns dabei, den Mangel an Zusammenhang zu vermeiden, mit dem sie ursprünglich dargelegt wurde.

Das erste Anliegen des Schreibers ist, zu zeigen, dass wegen der Kürze des Zeitraums zwischen Maries Verschwinden und dem Auffinden des treibenden Leichnams dieser Leichnam nicht der Maries sein kann. Die Verminderung dieses Zeitraums auf das geringstmögliche Maß wird so zugleich ein Zweck des Verfassers. Bei der hitzigen Verfolgung dieses Zwecks verrennt er sich gleich zu Anfang in bloße Vermutungen. ›Es ist töricht anzunehmen‹, schreibt er, ›der Mord, wenn ein Mord an ihr begangen wurde, hätte zeitig genug verübt werden können, um es den Mördern zu ermöglichen, den Leichnam vor Mitternacht in den Fluss zu werfen.‹ Wir fragen sogleich und sehr natürlich, warum? Warum ist es töricht anzunehmen, der Mord sei binnen fünf Minuten begangen worden, nachdem das Mädchen das Haus ihrer Mutter verlassen hatte? Warum ist es töricht anzunehmen, der Mord sei zu einer beliebigen Zeit des Tages verübt worden? Ermordungen sind zu allen Stunden vorgekommen. Aber hätte der Mord irgendwann zwischen neun Uhr am Sonntagmorgen und einer Viertelstunde vor Mitternacht stattgefunden, so wäre noch Zeit genug gewesen, ›den Leichnam vor Mitternacht in den Fluss zu werfen‹. Diese Behauptung läuft also genaugenommen darauf hinaus, dass der Mord überhaupt nicht am Sonntag begangen worden ist, und wenn wir der ›Etoile‹ dies anzunehmen erlauben, so können wir ihr alle möglichen Willkürlichkeiten erlauben. Der Absatz, der mit den Worten beginnt:

›Es ist töricht anzunehmen, der Mord‹ und so weiter, wie er gedruckt in der ›Etoile‹ steht, mag vielleicht ursprünglich im Hirn des Verfassers so gelautet haben: ›Es ist töricht anzunehmen, der Mord, wenn ein Mord an ihr begangen wurde, hätte zeitig genug verübt werden können, um es ihren Mördern zu ermöglichen, den Leichnam vor Mitternacht in den Fluss zu werfen; es ist töricht, sagen wir, dies anzunehmen und gleichzeitig anzunehmen (wozu wir entschlossen sind), der Leichnam sei erst *nach* Mitternacht hineingeworfen worden‹ – ein Satz, der an sich noch unlogisch genug ist, aber nicht so gänzlich widersinnig wie der gedruckte.

Wäre es nur meine Absicht«, fuhr Dupin fort, »einen Beweis gegen diese Stelle aus der Schlussfolgerung der ›Etoile‹ zu führen, so brauchte ich nicht weiter darauf einzugehen. Aber wir haben es nicht bloß mit der ›Etoile‹ zu tun, sondern mit der Wahrheit. Der fragliche Satz hat, so wie er dasteht, nur einen Sinn; und diesen Sinn habe ich redlich festgestellt; es ist jedoch wichtig, dass wir nach dem Gedanken hinter diesen bloßen Worten suchen, den diese Worte offenbar gemeint haben und zu übermitteln verfehlten. Die Absicht der Zeitungsschreiber war, zu sagen, es sei unwahrscheinlich, dass die Mörder, zu welcher Tages- oder Nachtzeit am Sonntag sie auch immer den Mord begingen, es gewagt hätten, den Leichnam vor Mitternacht zum Fluss zu schaffen. Das ist wirklich die Annahme, über die ich mich beschwere. Es wird behauptet, der Mord sei an solcher Stelle und unter solchen Umständen begangen worden, dass es notwendig wurde, den Leichnam zum Fluss zu tragen. Nun könnte die Ermordung aber auch am Flussufer oder auf dem Flusse selbst stattgefunden haben; und so hätte man zu dem Mittel, den Leichnam ins Wasser zu werfen, zu jeder beliebigen Tages- oder Nachtzeit greifen können, als der einleuchtendsten und nächstliegenden Art und Weise der Beseitigung. Wohlverstanden, ich will hier nichts als wahrscheinlich oder mit meiner eigenen Meinung übereinstimmend hinstellen. Meine Ausführungen beziehen sich einstweilen nicht auf die Tatsachen des Falles selbst. Ich möchte Sie nur vor dem ganzen Ton der Behauptung der ›Etoile‹ warnen, indem ich Ihre Aufmerksamkeit auf ihren gleich anfangs zutage tretenden einseitigen Charakter lenke.

Nachdem die Zeitung so eine zeitliche Grenze festgelegt hat, wie sie am besten zu ihrer eigenen voreingenommenen Meinung passt; nachdem sie behauptet hat, der Leichnam, wenn er der Maries war, könne nur sehr kurze Zeit im Wasser gelegen haben, fährt sie so fort:

›Alle Erfahrung hat gelehrt, dass Leichen Ertrunkener oder Leichen, die unmittelbar nach einem gewaltsamen Tode ins Wasser geworfen wurden, sechs bis zehn Tage brauchen, ehe eine hinlängliche Zersetzung stattgefunden hat, um sie an die Oberfläche des Wassers zu bringen. Selbst wenn eine Kanone über dem Leichnam abgefeuert wird und er heraufkommt, ehe er wenigstens fünf oder sechs Tage im Wasser gelegen hat, sinkt er wieder, wenn er sich selbst überlassen bleibt.‹

Diese Behauptungen sind von allen Pariser Blättern stillschweigend hingenommen worden außer vom ›Moniteur‹. Dieser bemüht sich wenigstens, jenen Teil des Abschnitts zu bekämpfen, der sich auf die ›Leichen Ertrunkener‹ bezieht, indem er fünf oder sechs Fälle anführt, in welchen die Leichen von Personen, von denen man wusste, dass sie ertrunken waren, nach Ablauf einer kürzeren Zeit als der, auf der die ›Etoile‹ beharrt, an der Oberfläche treibend gefunden wurden. Aber es liegt etwas äußerst Undurchdachtes in dem Versuch des ›Moniteur‹, die allgemeine Behauptung der ›Etoile‹ durch Anführung einzelner Fälle, die jener Behauptung widerstreiten, zu entkräften. Selbst wenn es möglich gewesen wäre, fünfzig statt fünf Beispiele von Leichen, die nach zwei oder drei Tagen schwimmend aufgefunden wurden, beizubringen, so hätten diese fünfzig Beispiele eigentlich immer noch als bloße Ausnahmen von der Regel der ›Etoile‹ angesehen werden können, bis die Regel selbst widerlegt worden wäre. Wenn man aber die Regel anerkennt (und der ›Moniteur‹ bestreitet sie nicht, sondern beruft sich bloß auf Ausnahmen), so lässt man das Argument der ›Etoile‹ in voller Kraft bestehen; denn dies Argument erhebt nicht den Anspruch, mehr zu besagen, als dass es eine Frage der Wahrscheinlichkeit ist, ob der Leichnam in weniger als drei Tagen an die Oberfläche gekommen sein kann; und diese Wahrscheinlichkeit wird so lange zugunsten des Standpunkts der ›Etoile‹ sprechen, bis die so kindisch angeführten Beispiele so zahlreich sein werden, dass sie genügen, um eine entgegengesetzte Regel aufzustellen.

Sie sehen sogleich, dass man alle Argumente zu diesem Hauptpunkt, wenn überhaupt, dann nur gegen die Regel vorbringen sollte; und dazu müssen wir den Grund der Regel untersuchen. Nun ist der menschliche Körper im Allgemeinen weder viel leichter noch viel schwerer als das Wasser der Seine; das heißt, das spezifische Gewicht des menschlichen Körpers in seiner natürlichen Beschaffenheit ist ungefähr gleich dem Gewicht des Süßwassers, das er verdrängt. Die Körper fetter und fleischiger Personen mit dünnen Knochen, und der Frauen allgemein, sind leichter als die der mageren und starkknochigen und der Männer; auch wird das spezifische Gewicht des Wassers eines Flusses etwas von der Gezeitenwirkung des Meeres beeinflusst. Lassen wir jedoch diese Gezeiten außer Betracht, so können wir sagen, dass *aus eigenem Antrieb* sehr wenige menschliche Körper überhaupt sinken, selbst im Süßwasser. Fast jeder, der in einen Fluss fällt, wird imstande sein, darin zu treiben, wenn er das spezifische Gewicht des Wassers mit seinem eigenen in Ausgleich treten lässt – das heißt, wenn er seinen ganzen Körper so viel wie möglich untertauchen lässt. Die geeignete Haltung für jemanden, der nicht schwimmen kann, ist die aufrechte Haltung des Fußgängers an Land, mit ganz zurückgebogenem und so weit eingetauchtem Kopf, dass nur der Mund und die Nasenlöcher über der Oberfläche bleiben. Unter diesen Umständen, werden wir finden, können wir ohne Mühe und ohne Schwierigkeit im Wasser treiben. Es ist aber klar, dass die Gewichte des Körpers und des verdrängten Wassers sich sehr genau die Waage halten und dass eine Kleinigkeit einem das Übergewicht verschaffen kann. Ein Arm zum Beispiel, der aus dem Wasser gestreckt und so seiner Unterstützung beraubt wird, ist ein zusätzliches Gewicht, das genügt, den ganzen Kopf zu überschwemmen, während die zufällige Hilfe des kleinsten Stückchens Holz uns in den Stand setzen wird, den Kopf so weit zu erheben, dass man umherblicken kann. Nun werden jedoch bei den Anstrengungen eines Menschen, der des Schwimmens unkundig ist, die Arme unabänderlich aufwärtsgestreckt, während versucht wird, den Kopf in seiner gewöhnlichen senkrechten Stellung zu halten. Das Ergebnis ist das Eintauchen von Mund und

Nasenlöchern ins Wasser und, bei dem Bemühen, unter Wasser zu atmen, das Eindringen von Wasser in die Lungen. Viel wird auch in den Magen aufgenommen, und der ganze Körper wird schwerer durch den Unterschied zwischen dem Gewicht der Luft, die ursprünglich diese Hohlräume einnahm, und dem der Flüssigkeit, die sie nun füllt. Dieser Unterschied genügt in der Regel, den Körper untersinken zu lassen; er genügt jedoch nicht in Fällen von Menschen mit leichten Knochen und einer ungewöhnlichen Menge fetten oder schlaffen Fleisches. Solche Personen schwimmen selbst nach dem Ertrinken.

Nehmen wir an, der Körper befinde sich auf dem Grunde des Wassers, so wird er dort bleiben, bis sein spezifisches Gewicht aus irgendwelchen Ursachen wieder geringer wird als das der Wassermenge, die er verdrängt. Diese Wirkung wird von der Zersetzung oder auf andere Weise hervorgebracht. Das Ergebnis der Zersetzung ist die Entstehung von Gas, das alle Hohlräume und das Zellgewebe ausdehnt und der Leiche das gedunsene Aussehen verleiht, das so schrecklich ist. Wenn diese Aufblähung so weit fortgeschritten ist, dass der Körper wesentlich an Umfang zugenommen hat, ohne an Masse und Gewicht entsprechend zuzunehmen, wird sein spezifisches Gewicht geringer als das des verdrängten Wassers, und er erscheint sogleich an der Oberfläche. Aber die Zersetzung wird durch unzählige Umstände verändert – durch unzählige Einwirkungen beschleunigt oder verzögert; zum Beispiel durch die Hitze oder Kälte der Jahreszeit, durch mineralischen Gehalt oder Reinheit des Wassers, durch seine Tiefe oder Seichtheit, durch sein Fließen oder Stehen, durch die Beschaffenheit des Körpers, seine Gesundheit oder Krankheit vor dem Tode. Es ist also klar, dass wir keinen Zeitpunkt mit einiger Genauigkeit angeben können, zu dem der Körper infolge der Zersetzung wieder auftauchen wird. Unter gewissen Bedingungen könnte dies Ereignis innerhalb einer Stunde herbeigeführt werden; unter anderen mag es überhaupt nicht stattfinden. Es gibt chemische Lösungen, wodurch die leibliche Gestalt *für immer* vor dem Verwesen bewahrt werden kann; Quecksilberbichlorid ist eine davon. Aber es kann und wird, abgesehen von der Zersetzung, sehr häufig infolge der sauren Gärung pflanzlicher Stoffe im Magen eine Gaserzeugung erfolgen (oder in anderen Hohlräumen aus anderen Ursachen), die genügt, eine Ausdehnung des Körpers herbeizuführen und ihn dadurch an die Oberfläche zu treiben. Die Wirkung, die vom Abfeuern einer Kanone hervorgebracht wird, ist die einer einfachen Erschütterung. Diese mag entweder den Leichnam aus dem weichen Modder oder Schlamm lösen, worin er eingebettet ist, und ihm so erlauben, aufzutauchen, wenn andere Einwirkungen ihn schon dazu vorbereitet haben; oder sie mag den zähen Zusammenhalt einiger faulender Teile des Zellgewebes überwinden und den Hohlräumen ermöglichen, sich unter dem Einfluss des Gases auszudehnen.

Da wir so die ganze physikalische Theorie dieses Gegenstandes vor Augen haben, können wir an ihr leicht die Behauptungen der ›Etoile‹ nachprüfen. ›Alle Erfahrung lehrt‹, schreibt das Blatt, ›dass Leichen Ertrunkener oder Leichen, die unmittelbar nach einem gewaltsamen Tode ins Wasser geworfen wurden, sechs bis zehn Tage brauchen, ehe eine hinlängliche Zersetzung stattgefunden hat, um sie an die Oberfläche des Wassers zu bringen. Selbst wenn eine Kanone über dem Leichnam abgefeuert wird und er heraufkommt, ehe er wenigstens fünf oder sechs Tage im Wasser gelegen hat, sinkt er wieder, wenn er sich selbst überlassen bleibt.‹

Dieser ganze Absatz erscheint nun als ein Gewebe von Folgewidrigkeit und Zusammenhanglosigkeit. Alle Erfahrung lehrt nicht, dass ›Leichen Ertrunkener‹ sechs bis zehn Tage *brauchen*, ehe eine hinlängliche Zersetzung stattgefunden hat, um sie an die Oberfläche des Wassers zu bringen. Sowohl die Wissenschaft wie die Erfahrung beweisen, dass der Zeitpunkt ihres Auftauchens unbestimmt ist und notwendigerweise unbestimmt sein muss. Auch wenn ein Leichnam infolge eines Kanonenschusses an die Oberfläche gekommen ist, sinkt er *nicht* wieder, ›wenn er sich selbst überlassen bleibt‹, bis die Zersetzung so weit fortgeschritten ist, dass sie dem entstandenen Gase zu entweichen erlaubt. Aber ich möchte Ihre Aufmerksamkeit auf die Unterscheidung lenken, die zwischen ›Leichen Ertrunkener‹ und ›Leichen, die unmittelbar nach einem gewaltsamen Tode ins Wasser geworfen wurden‹, gemacht wird. Obgleich der Schreiber den Unterschied zugibt, schließt er sie alle in dieselbe Kategorie ein. Ich habe gezeigt, wie es kommt, dass der Körper eines Ertrinkenden spezifisch schwerer wird als sein Rauminhalt Wasser und dass er überhaupt nicht sinken würde, wenn er nicht mit den Armen fuchtelte und sie dabei über die Wasseroberfläche erhöbe oder nach Atem ränge, solange er unter Wasser ist – wobei die ursprüngliche Luft in der Lunge durch Wasser verdrängt wird. Aber dieses Atemholen und Armefuchteln würden nicht bei einem Leichnam vorkommen, der ›nach einem gewaltsamen Tode ins Wasser geworfen‹ wird. In diesem Fall *würde, und zwar in der Regel, der Körper überhaupt nicht sinken* – eine Tatsache, die der ›Etoile‹ offenbar unbekannt ist. Wenn die Zersetzung schon sehr weit fortgeschritten wäre – wenn das Fleisch zum großen Teil von den Knochen verschwunden wäre –, dann allerdings, aber nicht eher, würde der Körper unserer Sicht entschwinden.

Und was sollen wir nun mit dem Argument anfangen, die gefundene Leiche könne nicht die der Marie Rogêt sein, weil nur drei Tage verstrichen waren, als man diese Leiche an der Oberfläche treibend fand? Wäre sie ertrunken, so wäre sie, da sie eine Frau war, vielleicht nie gesunken; oder wäre sie gesunken, so wäre sie vielleicht nach vierundzwanzig Stunden oder früher wieder aufgetaucht. Aber niemand nimmt an, dass sie ertrunken ist; und da sie tot war, ehe sie in den Fluss geworfen wurde, so hätte sie zu jeder beliebigen Zeit an der Oberfläche des Wassers treibend gefunden werden können.

›Aber‹, schreibt die ›Etoile‹, ›wäre der Leichnam so, wie er zugerichtet war, bis Dienstagnacht am Ufer aufbewahrt worden, so würde man am Ufer eine Spur von den Mördern finden.‹ Hier ist es zunächst schwierig, die Absicht des Schreibers zu verstehen. Er will vorwegnehmen, was, wie er glaubt, einen Einwand gegen seine Theorie abgeben könnte, nämlich dass der Leichnam zwei Tage am Ufer gelegen und sich dort schnell zersetzt habe – schneller, als wenn er im Wasser gelegen hätte. Er nimmt an, wenn dies der Fall gewesen wäre, könnte er vielleicht am Mittwoch an der Oberfläche erschienen sein, und glaubt, dass er *nur* unter solchen Umständen hätte erscheinen können. Er beeilt sich demgemäß zu zeigen, dass er nicht am Ufer gelegen habe; denn wenn es so wäre, ›so würde man am Ufer eine Spur von den Mördern finden‹. Ich nehme an, Sie lächeln über das sequitur. Sie werden schwerlich einsehen können, wie die bloße längere Anwesenheit des Leichnams an Land dazu führen könnte, die Spuren der Mörder zu vervielfachen. Ich kann es auch nicht.

›Und weiterhin ist es außerordentlich unwahrscheinlich‹, fährt unser Blatt fort, ›dass irgendwelche Strolche, die solch einen Mord begangen haben, wie man hier vermutet, den Leichnam hineingeworfen hätten, ohne ihn mit einem Gewicht zu beschweren, um ihn zum Sinken zu bringen, wo doch solche Vorsichtsmaßregel leicht hätte getroffen werden können.‹ Achten Sie hier bitte auf die lächerliche Gedankenverwirrung! Kein Mensch – selbst die ›Etoile‹ nicht – bestreitet, dass *an dem gefundenen Körper* ein Mord begangen wurde. Die Merkmale der Gewalt sind zu offensichtlich. Die Absicht unseres Schreibers ist bloß zu zeigen, dass dieser Körper nicht die Leiche Maries sei. Er will beweisen, dass Marie nicht ermordet ist – nicht, dass die Leiche es nicht war. Doch seine Bemerkung beweist nur den letzten Punkt. Hier ist ein Leichnam ohne beschwerendes Gewicht. Hätten Mörder ihn hineingeworfen, hätten sie nicht versäumt, ein Gewicht daran anzubringen. Darum wurde er nicht von Mördern hineingeworfen. Das ist alles, was bewiesen wird, wenn überhaupt etwas bewiesen wird. Die Frage der Identität wird gar nicht gestreift, und die ›Etoile‹ hat sich große Mühe gegeben, bloß um das zu bestreiten, was sie nur einen Augenblick vorher zugegeben hat. ›Wir sind vollkommen davon überzeugt‹, schreibt sie, ›dass der gefundene Leichnam der einer ermordeten weiblichen Person war.‹

Das ist auch nicht das einzige Mal, selbst in diesem Teil

seines Artikels, wo der Schreiber sich unwissentlich selbst widerspricht. Seine Absicht, habe ich schon gesagt, ist augenscheinlich, die Zeitspanne zwischen Maries Verschwinden und dem Auffinden der Leiche so sehr wie möglich zu verringern. Aber wir finden, dass er den Punkt betont, kein Mensch habe das Mädchen von dem Augenblick an gesehen, als sie das Haus ihrer Mutter verließ. ›Wir haben keinen Beweis dafür‹, schreibt er, ›dass Marie Rogêt am Sonntag, dem 22. Juni, nach neun Uhr noch unter den Lebenden weilte.‹ Da sein Argument offensichtlich ein einseitiges ist, hätte er wenigstens diesen Umstand außer Betracht lassen sollen; denn wäre jemand bekannt geworden, der Marie gesehen hätte, sei es am Montag oder Dienstag, so hätte sich die fragliche Zeitspanne sehr verkürzt und nach seiner eigenen Schlussfolgerung die Wahrscheinlichkeit sehr verringert, dass die Leiche die des Mädchens war. Es ist schlechterdings erheiternd zu sehen, dass die ›Etoile‹ auf diesem Punkt besteht, im guten Glauben, damit ihre Beweisführung zu fördern.

Lesen Sie nun den Teil des Artikels nochmals durch, der sich auf die Identifizierung der Leiche durch Beauvais bezieht. Was das Haar auf dem Arm betrifft, so wird die ›Etoile‹ offensichtlich unaufrichtig. Monsieur Beauvais, der kein Dummkopf ist, kann bei der Identifizierung der Leiche niemals bloß Haare auf dem Arm festgestellt haben. Kein Arm ist ohne Haar. Die Allgemeinheit der Formulierung der ›Etoile‹ ist bloß eine Verdrehung der Ausdrucksweise des Zeugen. Er muss von einer gewissen Eigenheit dieses Haars gesprochen haben. Es muss eine Eigenheit der Farbe, der Menge, der Länge oder der Lage gewesen sein.

›Ihr Fuß‹, schreibt das Blatt, ›war klein – das sind tausend Füße. Ihr Strumpfband ist überhaupt kein Beweis – ebenso wenig ihr Schuh, denn Schuhe und Strumpfbänder werden in Mengen verkauft. Dasselbe gilt für die Blumen auf ihrem Hute. Etwas, worauf Monsieur Beauvais großen Wert legt, ist, dass die Schnalle des gefundenen Strumpfbandes ein wenig zurückgesetzt worden war, um es enger zu machen. Das bedeutet gar nichts; denn die meisten Frauen finden es schicklicher, ein Paar Strumpfbänder, das sie kaufen, mitzunehmen und daheim nach den Beinen, die sie umschließen sollen, passend zu machen, anstatt sie im Laden anzuprobieren.‹ Hier ist es schwer anzunehmen, der Schreiber spreche im Ernst. Hätte Monsieur Beauvais bei seiner Suche nach der Leiche Maries einen Leichnam entdeckt, der in seiner allgemeinen äußeren Erscheinung der des vermissten Mädchens entsprach, so wäre er (ganz abgesehen von der Frage der Bekleidung) zu der Annahme berechtigt gewesen, dass seine Suche erfolgreich gewesen sei. Wenn zu dem allgemeinen Äußeren der Gestalt nun noch eine eigentümliche Beschaffenheit des Haars auf dem Arm hinzukam, die er an der lebenden Marie bemerkt hatte, so konnte vielleicht seine Ansicht dadurch mit Recht erhärtet werden; und die Gewissheit musste mit der Eigentümlichkeit oder Ungewöhnlichkeit des Haarmerkmals in entsprechendem Verhältnis zunehmen. Waren die Füße Maries klein, so waren die der Leiche auch klein: damit wuchs die Wahrscheinlichkeit, dass die Leiche die Maries war, nicht bloß im arithmetischen, sondern geometrischen oder beschleunigten Verhältnis. Nimmt man zu alldem noch Schuhe, wie sie Marie bekanntermaßen am Tage ihres Verschwindens getragen hatte, so verstärkt sich, mögen solche Schuhe auch ›in Mengen‹ verkauft werden, die Wahrscheinlichkeit derart, dass sie der Gewissheit nahekommt. Was an sich noch kein Zeugnis der Identität wäre, wird durch seine erhärtende Wirkung zum höchst sicheren Beweis. Kommen nun noch Blumen auf dem Hut hinzu, die denen entsprechen, die das vermisste Mädchen getragen hat, so suchen wir nach nichts weiter. Wäre es nur eine Blume, so suchten wir schon nach nichts weiter – um wie viel weniger, wenn es zwei, drei oder mehr sind. Jede weitere ist ein vielfaches Zeugnis – Beweis, der nicht einfach zu Beweis addiert wird, sondern ihn hundert- oder tausendmal vervielfacht. Finden sich gar an der Toten noch solche Strumpfbänder, wie sie die Lebende benutzte, so ist es fast Torheit, noch weiterzuforschen. Aber diese Strumpfbänder sind durch Versetzen einer Schnalle enger gemacht worden – ganz in der Art und Weise, wie Marie ihre eigenen enger gemacht hatte, kurz bevor sie das Haus verließ. Nun wird es Wahnsinn oder Heuchelei, zu zweifeln. Was die ›Etoile‹ darüber schreibt, dass dieses Engermachen der Strumpfbänder kein ungewöhnliches Vorkommnis sei, beweist nichts als die Hartnäckigkeit, mit der sie sich auf ihren Irrtum versteift. Die elastische Natur solcher Schnallenstrumpfbänder ist an sich schon ein Beweis für die Ungewöhnlichkeit der Verengerung. Was gemacht ist, sich selbst anzupassen, erfordert notwendigerweise nur selten Anpassung durch fremde Hand. Es muss ein Zufall im strengsten Sinne des Wortes sein, dass diese Strumpfbänder Maries das beschriebene Engermachen nötig hatten. Sie allein hätten hinreichend ihre Identität bewiesen. Aber es handelt sich nicht darum, dass man an dem Leichnam nur die Strumpfbänder des vermissten Mädchens fand oder nur ihre

Schuhe oder ihren Hut oder die Blumen ihres Hutes oder ihre Füße oder ihr besonderes Merkmal auf dem Arm oder ihre allgemeine äußere Erscheinung – es handelt sich darum, dass die Leiche jedes dieser Merkmale aufwies, alle zusammen. Könnte man beweisen, dass der Herausgeber der ›Etoile‹ bei diesem Tatbestand wirklich Zweifel hegte, so bedürfte es in seinem Falle nicht erst einer Kommission de lunatico inquirendo. Er hielt es für scharfsinnig, das dürftige Gerede der Rechtsgelehrten nachzuplappern, die sich ihrerseits zumeist damit begnügen, die groben Regeln der Gerichtshöfe nachzuplappern. Ich möchte hier bemerken, dass sehr viel von dem, was als Beweismittel von einem Gericht verworfen wird, das beste Beweismittel für den Verstand ist. Denn das Gericht, das sich von den allgemeinen Grundsätzen der Beweisführung leiten lässt – den anerkannten und niedergelegten Grundsätzen –, geht auch in besonderen Fällen nur ungern davon ab. Und dieses starre Festhalten am Grundsatz bei strenger Missachtung der widerstreitenden Ausnahme ist ein sicheres Mittel, im Laufe der Zeit das *Höchstmaß* an erlangbarer Wahrheit zu erlangen. Die Praktik, en masse, ist daher vernünftig, aber es ist nicht weniger gewiss, dass sie im Einzelnen zu großen Irrtümern führt.*

* »Eine Theorie, die auf den Eigenschaften eines Gegenstandes aufgebaut ist, verhindert, dass er nach seinen Zwecken erklärt wird; und wer Gegenstände in Hinsicht auf ihre Ursachen anordnet, hört auf, sie nach ihren Ergebnissen zu würdigen. Darum erweist die Rechtsprechung eines jeden Volkes, dass das Gesetz, das zur Wissenschaft und zum System wird, aufhört, Recht zu sein. Die Irrtümer, in die eine blinde Anbetung der Grundsätze der Klassifikation das gemeine Recht geführt hat, erkennt man, wenn man betrachtet, wie oft die Gesetzgebung dazu schreiten musste, die Billigkeit wiederherzustellen, die ihr Schema verloren hatte.« – Landor.

Was die gegen Beauvais gerichteten Verdächtigungen betrifft, so sind Sie wohl einverstanden, sie in Kürze abzutun. Sie haben den wahren Charakter dieses guten Herrn bereits erkannt. Er ist ein Wichtigtuer mit viel romantischem Sinn und wenig Witz. Jeder, der so veranlagt ist, wird sich bei einer wirklich aufregenden Gelegenheit genau so aufführen und sich bei den Überklugen oder Übelwollenden in Verdacht bringen. Monsieur Beauvais hatte (wie aus Ihren Notizen hervorgeht) ein paar persönliche Unterredungen mit dem Herausgeber der ›Etoile‹ und stieß ihn vor den Kopf, weil er trotz der Theorie des Herausgebers zu behaupten wagte, es sei nüchterne Tatsache, dass der Leichnam der Maries sei. ›Er blieb dabei‹, schreibt das Blatt, ›zu versichern, der Leichnam sei der Maries, kann aber keinen Umstand außer denen, die wir oben angeführt haben, nennen, um andere davon zu überzeugen.‹ Nun, ohne auf die Tatsache zurückzukommen, dass ein stärkerer Beweis, ›um andere zu überzeugen‹, niemals hätte erbracht werden können, mag bemerkt werden, dass ein Mensch in einem Fall dieser Art sehr wohl von etwas überzeugt sein kann, ohne imstande zu sein, einer zweiten Partei einen einzigen Grund für seine Überzeugung anzugeben. Nichts ist unbestimmter als die Merkmale persönlicher Identität. Jedermann erkennt seinen Nachbarn, doch sind es wenige Fälle, wo jemand in der Lage wäre, einen Grund für sein Erkennen anzugeben. Der Herausgeber der ›Etoile‹ hatte kein Recht, Anstoß an Monsieur Beauvais' unlogischer Überzeugung zu nehmen.

Es wird sich zeigen, dass Umstände, die ihn verdächtig gemacht haben, viel besser mit meiner Hypothese romantischer Geschäftigkeit übereinstimmen als mit des

Verfassers Andeutung von Schuld. Nehmen wir einmal die harmlosere Auslegung an, so werden wir keine Schwierigkeit haben, die Rose im Schlüsselloch zu erklären, das ›Marie‹ auf der Schiefertafel, das ›Beiseiteschieben der männlichen Verwandten‹, die ›Abneigung, ihnen das Anschaun der Leiche zu erlauben‹, die Madame B. gegebene Verhaltungsmaßregel, sich bis zu seiner (Beauvais') Rückkehr in keine Unterhaltung mit dem Polizisten einzulassen, und endlich seine angebliche Bestimmung, ›dass kein anderer etwas mit den Verhandlungen zu tun haben solle als er selbst‹. Es scheint mir außer Frage zu stehen, dass Beauvais ein Verehrer Maries war, dass sie mit ihm kokettierte und dass er den Anschein zu erwecken suchte, als genösse er ihre intime Gunst und ihr volles Vertrauen. Ich sage nichts weiter über diesen Punkt; und da die Behauptung der ›Etoile‹ hinsichtlich der Gleichgültigkeit der Mutter und der anderen Verwandten – einer Gleichgültigkeit, die unvereinbar mit der Annahme sei, dass sie die Leiche für die des Parfümeriemädchens hielten – durch die Zeugenaussagen völlig widerlegt wird, so wollen wir nun weitergehen, als sei die Frage der Identität zu unserer vollkommenen Zufriedenheit erledigt.«

»Und was«, fragte ich hier, »halten Sie von den Meinungen des ›Commercial‹?«

»Dass sie dem Gehalt nach weit mehr Beachtung verdienen als alle anderen, die über diesen Gegenstand vorgebracht worden sind. Die Folgerungen aus den Voraussetzungen sind logisch und scharfsinnig; aber die Voraussetzungen selbst beruhen mindestens in zwei Fällen auf mangelhafter Beobachtung. Der ›Commercial‹ will den Glauben erwecken, Marie sei nicht weit vom Hause ihrer Mutter einer Bande Strolche in die Hände gefallen. ›Es ist unmöglich‹, behauptet er, ›dass eine Person, die Tausenden so wohlbekannt war wie dies junge Mädchen, drei Häuserblocks weit gekommen sein sollte, ohne dass jemand sie gesehen hätte.‹ Das ist die Vorstellung eines Mannes, der lange in Paris gelebt hat – eines Mannes, der im öffentlichen Leben steht – und eines Menschen, dessen Gänge hin und her im Stadtinneren sich auf die Gegend der öffentlichen Gebäude beschränken. Er weiß, dass er sich kaum ein Dutzend Häuserblocks weit von seinem Büro entfernen kann, ohne erkannt und begrüßt zu werden. Und da er den Umfang seiner persönlichen Bekanntschaft mit anderen und anderer mit ihm kennt, vergleicht er seine Bekanntheit mit der des Parfümeriemädchens, findet keinen großen Unterschied zwischen ihnen und kommt so alsbald zu dem Schluss, dass sie auf ihren Gängen ebenso leicht erkannt werden müsse wie er selbst auf seinen. Das könnte jedoch nur der Fall sein, wenn ihre Gänge von demselben geregelten, unveränderlichen Charakter wären und sich innerhalb eines ähnlich bestimmten Gebietes bewegten wie seine eigenen. Er geht in regelmäßigen Abständen innerhalb eines festbegrenzten Umkreises hin und her, der von Menschen wimmelt, deren Aufmerksamkeit auf seine Person durch eine Anteilnahme erregt wird, die von der ähnlichen Art seiner Beschäftigung mit ihrer eigenen herrührt. Aber die Gänge Maries kann man sich im allgemeinen unregelmäßig vorstellen. In diesem besonderen Fall muss man als höchst wahrscheinlich annehmen, dass sie einen Weg einschlug, der sich von denen ihrer gewohnten Gänge mehr als durchschnittlich unterschied. Die Parallele, die, wie wir glauben, im Geist des ›Commercial‹ bestanden hat, könnte nur dann aufrechterhalten werden, wenn es vorkäme, dass beide Personen die ganze Stadt durchquerten. In diesem Fall würden, angenommen, der persönliche Bekanntenkreis sei gleich groß, auch die Chancen gleich sein, dass eine gleiche Anzahl Personen ihnen begegneten. Ich meinerseits würde es nicht nur für möglich, sondern für mehr als wahrscheinlich halten, dass Marie sich zu irgendeiner Zeit auf irgendeinem der vielen Wege zwischen ihrer eigenen Wohnung und der ihrer Tante bewegt haben könnte, ohne auch nur einem einzigen Menschen zu begegnen, den sie kannte oder dem sie bekannt war. Wollen wir diese Frage im richtigen Licht betrachten, so müssen wir immer des großen Missverhältnisses eingedenk sein, das zwischen der Zahl der persönlichen Bekanntschaften auch des bekanntesten Menschen in Paris und jener der ganzen Bevölkerung von Paris selbst besteht.

Aber welche Beweiskraft auch immer die Behauptung des ›Commercial‹ haben mag, sie wird sehr vermindert, wenn wir die Stunde in Betracht ziehen, zu der das Mädchen ausging. ›Die Straßen waren voller Menschen‹, schreibt der ›Commercial‹, ›als sie wegging.‹ Das stimmt nicht. Es war neun Uhr morgens. Nun sind allerdings an jedem Tage der Woche, mit Ausnahme des Sonntags, um neun Uhr morgens die Straßen der Stadt gedrängt voll Menschen. Um neun Uhr sonntags jedoch sind die meisten Leute zu Hause und bereiten sich für den Kirchgang vor. Keinem, der zu beobachten versteht, kann es entgangen sein, wie eigentümlich verödet die Stadt an jedem Sonntagmorgen von etwa acht bis zehn Uhr aussieht. Zwischen zehn und elf sind die Straßen wieder voller

Menschen, aber nicht zu so früher Stunde wie der bezeichneten.

Es gibt noch einen anderen Punkt, wo ein Mangel an Beobachtung seitens des ›Commercial‹ vorzuliegen scheint. ›Ein Stück‹, schreibt er, ›von einem der Unterröcke des unglücklichen Mädchens war, zwei Fuß lang und einen Fuß breit, abgerissen und unterhalb des Kinns rund um den Hinterkopf geknüpft, wahrscheinlich, um sie am Schreien zu hindern. Das taten Burschen, die keine Taschentücher besaßen.‹ Ob dieser Gedanke wohlbegründet ist oder nicht, werden wir hernach untersuchen; aber mit ›Burschen, die keine Taschentücher besitzen‹, meint der Herausgeber die unterste Klasse von Strolchen. Das ist aber gerade diejenige Sorte von Leuten, bei denen man immer Taschentücher finden kann, selbst wenn sie keine Hemden besitzen. Sie haben gewiss schon Gelegenheit gehabt zu bemerken, wie absolut unentbehrlich in den letzten Jahren dem niedrigsten Gesindel das Taschentuch geworden ist.«

»Und was sollen wir von dem Artikel im ›Soleil‹ halten?«, fragte ich.

»Dass es jammerschade ist, dass sein Verfasser nicht als Papagei geboren wurde – in welchem Falle er der hervorragendste Papagei seiner Art geworden wäre. Er hat bloß die einzelnen Punkte der schon veröffentlichten Meinung wiederholt; sie aus diesem und jenem Blatt mit löblichem Fleiß zusammengestellt. ›Die Gegenstände hatten alle augenscheinlich wenigstens drei oder vier Wochen dort gelegen‹, schreibt er, ›es kann daher kein Zweifel sein, dass der Schauplatz dieses schrecklichen Verbrechens entdeckt worden ist.‹ Die vom ›Soleil‹ hier wieder vorgebrachten Tatsachen sind freilich weit davon entfernt, meine eigenen Zweifel über diesen Gegenstand zu beseitigen, und wir wollen sie ausführlich nachher im Zusammenhang mit einem anderen Teil des Themas prüfen.

Gegenwärtig müssen wir uns mit anderen Nachforschungen befassen. Ihnen ist gewiss die außerordentliche Nachlässigkeit bei der Untersuchung der Leiche aufgefallen. Gewiss, die Frage der Identität war schnell entschieden oder hätte es sein können; aber man hätte sich über andere Punkte vergewissern müssen. War die Leiche in irgendeiner Hinsicht *beraubt* worden? Hatte die Tote irgendwelche Schmucksachen bei sich, als sie das Haus verließ, und wenn, wurden welche bei ihr gefunden? Das sind wichtige Fragen, die in den Aussagen nicht einmal berührt werden; und es gibt andere von gleicher Wichtigkeit, denen man keine Aufmerksamkeit geschenkt hat. Wir müssen uns bemühen, uns durch persönliche Untersuchung darüber klar zu werden. Der Fall St-Eustaches muss nachgeprüft werden. Ich hege keinen Verdacht gegen diese Person; aber lassen Sie uns methodisch vorgehen. Wir wollen die Gültigkeit der eidesstattlichen Aussagen über seinen Aufenthalt am Sonntag vor jedem Zweifel sicherstellen. Derartige eidesstattliche Aussagen werden gern zur Irreführung benutzt. Sollte indessen hieran nichts auszusetzen sein, so werden wir St-Eustache aus unseren Untersuchungen fortlassen. Sein Selbstmord, so verdächtig er sein würde, wenn sich die Aussagen als Fälschung erwiesen, ist ohne solche Fälschung in keiner Hinsicht ein unerklärlicher Umstand oder einer, der uns nötigen würde, von der Linie unserer gewöhnlichen Analyse abzuweichen.

Bei dem, was ich nun vorschlage, werden wir von den inneren Gesichtspunkten dieser Tragödie absehen und unsere Aufmerksamkeit auf die Randerscheinungen konzentrieren. Nicht der geringste gewöhnliche Fehler bei solchen Nachforschungen wie dieser ist es, die Untersuchung auf das unmittelbare Ereignis zu beschränken und die Begleit- oder Nebenumstände zu missachten. Es ist die schlechte Gepflogenheit der Gerichte, Beweisaufnahme und Verhandlung auf die Grenzen des anscheinend Wesentlichen zu beschränken. Aber die Erfahrung lehrt, und eine wahre Philosophie wird es immer lehren, dass ein großer, vielleicht der größere Teil der Wahrheit dem scheinbar Unwesentlichen entspringt. Dem Geist dieses Grundsatzes, wenn auch nicht genau dem Buchstaben entsprechend, hat die moderne Wissenschaft sich entschlossen, das Unvorhergesehene in Rechnung zu stellen. Aber vielleicht verstehen Sie mich nicht. Die Geschichte der menschlichen Erkenntnis hat so ununterbrochen bewiesen, dass wir den begleitenden oder nebensächlichen oder zufälligen Ereignissen sehr zahlreiche und wertvolle Entdeckungen verdanken, dass es endlich zur Förderung des Fortschritts notwendig geworden ist, nicht nur in weitem, sondern weitestem Umfang Erfindungen zu berücksichtigen, die sich zufällig ergeben werden und ganz außer dem Bereich der gewöhnlichen Erwartung liegen. Es ist nicht länger philosophisch, auf das, was gewesen ist, eine Vorstellung von dem, was sein wird, zu bauen. Der Zufall ist als ein Teil der Grundlage zugelassen. Wir machen die Wahrscheinlichkeit zu einer Sache reiner Berechnung. Wir unterwerfen das Unvorhergesehene und Unvermutete den mathematischen Formeln der Schulen.

Ich wiederhole, es ist eine unumstößliche Tatsache, dass der größere Teil aller Wahrheit den Begleitumständen entsprungen ist; und es entspricht nur dem Geist des Grundsatzes, um den es bei dieser Tatsache geht, wenn ich die Untersuchung des vorliegenden Falles nunmehr von dem breitgetretenen und bisher unfruchtbaren Boden des Ereignisses selbst auf die gleichzeitigen Nebenumstände lenke. Während Sie die eidesstattlichen Aussagen auf ihre Stichhaltigkeit prüfen, werde ich die Zeitungen nochmals eingehender, als Sie es schon getan haben, durchsehen. Bisher haben wir nur das Feld der Untersuchung erkundet; aber es wäre wirklich seltsam, wenn ein eindringliches Studium aller öffentlichen Blätter, wie ich es vorschlage, uns nicht einige genaue Anhaltspunkte dafür liefern würde, welche Richtung wir bei der Untersuchung einzuschlagen haben.«

Dupins Anregung folgend, prüfte ich die eidesstattlichen Aussagen mit größter Sorgfalt. Das Ergebnis war die feste Überzeugung von ihrer Stichhaltigkeit und demzufolge der Unschuld St-Eustache's. Inzwischen vertiefte mein Freund sich mit einer Sorgfalt, die mir ganz zwecklos erschien, in das Studium der verschiedenen Zeitungsspalten. Nach einer Woche legte er mir folgende Auszüge vor:

»Vor etwa dreieinhalb Jahren entstand eine der gegenwärtigen ganz ähnliche Unruhe durch das Verschwinden derselben Marie Rogêt aus der Parfümerie von Monsieur Le Blanc im Palais Royal. Nach Verlauf einer Woche indessen erschien sie wieder hinter ihrem gewohnten comptoir, so wohl wie immer, abgesehen von einer leichten, etwas ungewöhnlichen Blässe. Monsieur Le Blanc und ihre Mutter verbreiteten, dass sie bloß bei einer Freundin auf dem Lande zu Besuch gewesen sei; und die Geschichte wurde alsbald vertuscht. Wir nehmen an, dass es sich bei der gegenwärtigen Abwesenheit um eine Grille ähnlicher Art handelt und wir sie nach Verlauf einer Woche oder vielleicht eines Monats wieder unter uns haben werden.« – »Abendzeitung«, Montag, 23. Juni.

»Ein Abendblatt bezieht sich in seiner gestrigen Ausgabe auf ein früheres geheimnisvolles Verschwinden von Mademoiselle Rogêt. Es ist wohlbekannt, dass sie sich während der Woche ihrer Abwesenheit aus Le Blancs Parfümerieladen in Gesellschaft eines jungen Marineoffiziers befand, der wegen seiner Ausschweifungen übel beleumdet ist. Es wird angenommen, dass ein Streit glücklicherweise zu ihrer Rückkehr führte. Wir kennen den Namen des fraglichen Lothario, der gegenwärtig in Paris stationiert ist, unterlassen es jedoch aus naheliegenden Gründen, ihn bekanntzugeben.« – »Le Mercure«, Dienstagmorgen, 24. Juni.

»Eine Gewalttat abscheulichster Art wurde vorgestern in der Nähe der Stadt verübt. Ein Herr in Begleitung von Frau und Tochter ließ sich in der Dämmerung von sechs jungen Leuten, die am Seineufer mit einem Boot ziellos hin und her ruderten, über den Fluss setzen. Am anderen Ufer angekommen, stiegen die drei Fahrgäste aus und waren schon außer Sichtweite des Bootes, als die Tochter bemerkte, dass sie ihren Sonnenschirm darin hatte liegenlassen. Sie lief zurück, um ihn zu holen, wurde von der Bande ergriffen, auf den Fluss entführt, geknebelt, brutal misshandelt und endlich unweit der Stelle, wo sie vorher mit den Eltern das Boot bestiegen hatte, an Land gesetzt. Die Schurken sind vorläufig entkommen, aber die Polizei ist ihnen auf der Spur, und einige von ihnen werden bald gefasst sein.« – »Morgenzeitung«, 25. Juni.

»Wir haben ein oder zwei Zuschriften erhalten, die darauf abzielen, das jüngst begangene Verbrechen Mennais* zur Last zu legen; aber da dieser Herr durch eine gerichtliche Untersuchung völlig entlastet worden ist und die Argumente der verschiedenen Einsender mehr von Eifer als Gründlichkeit zeugen, halten wir es nicht für ratsam, die Zuschriften zu veröffentlichen.« – »Morgenzeitung«, 28. Juni.

»Wir haben anscheinend von verschiedenen Einsendern mehrere Zuschriften erhalten, die mit großer Entschiedenheit abgefasst sind und es fast zur Gewissheit machen, dass die unglückliche Marie Rogêt das Opfer einer der zahlreichen Banden von Strolchen geworden ist, die sonntags die Umgebung der Stadt unsicher machen. Unsere eigene Ansicht spricht entschieden für diese Vermutung. Wir werden uns bemühen, einigen dieser Einsendungen demnächst hier Raum zu geben.« – »Abendzeitung«, Dienstag, 31. Juni.

»Am Montag sah einer der Schiffer, die im Zolldienst stehen, ein leeres Boot auf der Seine treiben. Die Segel lagen auf dem Boden des Bootes. Der Schiffer vertäute es beim Schifffahrtsamt. Am nächsten Morgen war es von dort ohne Wissen eines der Beamten weggeschafft worden. Das Ruder befindet sich noch auf dem Schifffahrtsamt.« – »La Diligence«, Donnerstag, 26. Juni.

Als ich diese verschiedenen Auszüge gelesen hatte, erschienen sie mir nicht nur unwichtig, sondern ich vermochte nicht einzusehen, auf welche Art und Weise irgendeine von ihnen mit der fraglichen Angelegenheit in

* Mennais war eine der anfänglich verdächtigten und verhafteten, später aber wegen vollständigen Mangels an Beweisen wieder freigelassenen Personen.

Verbindung gebracht werden könnte. Ich wartete auf Dupins Erklärung.

»Es ist gegenwärtig nicht meine Absicht«, sagte er, »bei dem ersten und zweiten dieser Auszüge zu verweilen. Ich habe sie hauptsächlich deswegen abgeschrieben, um Ihnen die außerordentliche Nachlässigkeit der Polizei zu zeigen, die, soviel ich vom Präfekten in Erfahrung bringen kann, sich in keiner Hinsicht um eine Vernehmung des Marineoffiziers, auf den hier angespielt wird, bemüht hat. Dennoch ist es bloße Torheit zu sagen, zwischen dem ersten und zweiten Verschwinden Maries bestehe kein *denkbarer* Zusammenhang. Nehmen wir einmal an, das erste Entweichen Maries habe mit einem Streit zwischen den Liebenden und der Rückkehr der Verführten geendet. Wir sind nun darauf vorbereitet, in dem zweiten Entweichen (und wir wissen ja, dass wiederum ein Entweichen stattgefunden hat) eher einen Hinweis auf erneute Annäherungsversuche des Verführers zu erblicken als auf neue Anträge einer zweiten Person – wir sind darauf vorbereitet, sage ich, es eher als eine Auffrischung der alten Liebschaft zu betrachten denn als Beginn einer neuen. Die Wahrscheinlichkeit spricht zehn zu eins dafür, dass eher der, der einmal Marie zur Flucht verleitete, eine neue Flucht antrüge, als dass derselbe Antrag, der ihr von einer Person gemacht wurde, nun von einer anderen gemacht werden sollte. Und hier lassen Sie mich Ihre Aufmerksamkeit auf die Tatsache lenken, dass die Zeit, die zwischen der ersten gewissen und der zweiten vermutlichen Entführung verstrichen ist, ein paar Monate mehr beträgt, als gewöhnlich die Ausfahrten unserer Kriegsschiffe dauern. War der Liebhaber bei seiner ersten Schurkerei dadurch, dass er auf See musste, gestört worden und hat er nun den ersten Augenblick nach seiner Rückkehr ergriffen, um die gemeinen Anschläge wiederaufzunehmen, die damals nicht mehr ausgeführt werden konnten – oder nicht mehr *von ihm* ausgeführt werden konnten? Von alledem wissen wir nichts.

Sie werden hier einwenden, dass es sich im zweiten Fall um keine Entführung handelte, wie wir annahmen. Gewiss nicht – aber dürfen wir behaupten, dass nicht die Absicht dazu bestand und nur vereitelt wurde? Außer St-Eustache und vielleicht Beauvais finden wir keinen anerkannten, keinen ehrlichen, keinen ehrenhaften Bewerber um Marie. Von keinem andern ist je die Rede. Wer also ist der heimliche Liebhaber, von dem die Verwandten (wenigstens die meisten von ihnen) nichts wissen, mit dem sich aber Marie am Sonntagmorgen trifft und dem sie so großes Vertrauen schenkt, dass sie kein Bedenken hat, mit ihm in den einsamen Gehölzen an der Barrière du Roule zu verweilen, bis die Abendschatten sich herabsenken? Wer ist dieser heimliche Liebhaber, frage ich, von dem wenigstens die *meisten* Verwandten nichts wissen? Und was bedeutet die sonderbare Prophezeiung von Madame Rogêt am Tage von Maries Weggang: ›Ich fürchte, ich sehe Marie nie wieder‹?

Aber wenn wir auch nicht annehmen können, dass Madame Rogêt um den Fluchtplan wusste, dürfen wir nicht wenigstens vermuten, das Mädchen selbst habe einen solchen Plan gehegt? Als sie das Haus verließ, gab sie an, dass sie ihre Tante in der Rue des Drômes besuchen wolle, und bat St-Eustache, sie bei Dunkelwerden abzuholen. Auf den ersten Blick zwar spricht diese Tatsache stark gegen meine Vermutung – aber lassen Sie uns nachdenken. Dass sie sich wirklich mit einem Begleiter traf, mit ihm über den Fluss setzte und erst um drei Uhr nachmittags an der Barrière du Roule ankam, ist bekannt. Aber als sie darin einwilligte, diesen Menschen zu begleiten (aus welchem Grund auch immer – der ihrer Mutter bekannt oder unbekannt war), muss sie daran gedacht haben, welche Absicht sie geäußert hatte, als sie fortging, und an die Verwunderung und den Verdacht, der sich im Herzen ihres anverlobten Verehrers St-Eustache regen musste, wenn er beim Abholen zur verabredeten Stunde in der Rue des Drômes erfahren würde, dass sie gar nicht dort gewesen sei, und wenn er überdies bei seiner Rückkehr zur Pension mit dieser beunruhigenden Nachricht gewahr werden würde, dass sie noch immer ausbleibe. Sie muss an diese Dinge gedacht haben, sage ich. Sie muss den Verdruss St-Eustache's, den Argwohn aller vorausgesehen haben. Sie konnte nicht daran gedacht haben, zurückzukehren, um dem Argwohn zu trotzen; aber der Argwohn bekommt für sie geringe Bedeutung, wenn wir annehmen, dass sie beabsichtigte, nicht zurückzukehren.

Wir können uns ihren Gedankengang so vorstellen: ›Ich will mich mit einem gewissen Menschen treffen, um mit ihm zu entfliehen oder sonst etwas zu tun, was nur mir bekannt ist. Es ist nötig, dass jede Möglichkeit einer Störung vermieden wird; wir müssen Zeit genug haben, einer Verfolgung zu entgehen; ich werde angeben, dass ich meine Tante in der Rue des Drômes besuchen und den ganzen Tag bei ihr zubringen will; ich werde St-Eustache sagen, er solle mich nicht vor Dunkelwerden abholen; auf diese Art und Weise wird meine Abwesenheit von zu Hause für die längstmögliche Zeit erklärt sein, ohne Argwohn oder Besorgnis zu erregen, und ich werde dadurch mehr Zeit gewinnen als auf jede andere Art und Weise.

Wenn ich St-Eustache bitte, mich bei Dunkelwerden abzuholen, wird er sicherlich nicht vorher kommen; aber wenn ich es ganz und gar unterlasse, ihn zu bitten, mich abzuholen, so wird mir weniger Zeit zur Flucht bleiben, da man dann erwartet, dass ich umso früher heimkehre, und meine Abwesenheit wird umso eher Besorgnis erregen. Wenn es nun meine Absicht wäre, *überhaupt* zurückzukehren – wenn ich bloß einen Ausflug mit dem betreffenden Menschen im Sinne hätte –, so würde es für mich nicht klug sein, St-Eustache zu bitten, dass er mich abholt; denn wenn er mich abholte, würde er sicherlich erfahren, dass ich mit ihm ein falsches Spiel getrieben habe – eine Tatsache, über die ich ihn für immer in Unkenntnis halten könnte, wenn ich das Haus verließe, ohne ihm meine Absicht mitzuteilen, vor Einbruch der Dunkelheit zurückkehrte und dann sagte, ich sei bei meiner Tante in der Rue des Drômes gewesen. Aber da es meine Absicht ist, niemals zurückzukehren – oder nicht vor einigen Wochen oder nicht, bis gewisse heimliche Dinge geschehen sind –, so muss Zeit zu gewinnen meine einzige Sorge sein.‹

Sie haben aus Ihren Notizen ersehen, dass die allgemeine Ansicht über diese traurige Geschichte die ist und von Anfang an war, dass das Mädchen das Opfer einer Bande von Strolchen geworden sei. Nun ist die öffentliche Meinung unter gewissen Bedingungen nicht zu missachten. Wenn sie von selbst entsteht – wenn sie sich in einer streng spontanen Art und Weise kundgibt –, sollten wir sie als der Intuition ähnlich ansehen, die das eigentümliche Wesen des genialen Menschen ausmacht. In neunundneunzig Fällen von hundert würde ich mich auf ihr Urteil verlassen. Aber es ist wichtig, dass sich keine handgreiflichen Spuren von Beeinflussung finden. Die Meinung muss strengstens die eigene der Öffentlichkeit sein; und der Unterschied ist oft außerordentlich schwer zu bemerken und zu behaupten. Im gegenwärtigen Fall scheint es mir, dass diese ›öffentliche Meinung‹ betreffs einer ›Bande‹ durch das begleitende Ereignis beeinflusst worden ist, das im dritten meiner Auszüge berichtet wird. Ganz Paris ist erregt über die Entdeckung der Leiche Maries, eines jungen, schönen und bekannten Mädchens. Diese Leiche trägt, als man sie findet, Spuren einer Gewalttat und treibt im Flusse. Aber nun wird bekannt, dass genau oder ungefähr um dieselbe Zeit, in der vermutlich das Mädchen ermordet wurde, eine ähnliche Gewalttat wie jene, der die Tote zum Opfer fiel, wenn auch in geringerem Ausmaß, an der Person eines zweiten jungen Mädchens von einer Bande junger Strolche verübt wurde. Ist es nun zu verwundern, dass die eine bekannte Untat die öffentliche Meinung über die andere unbekannte beeinflusste? Die öffentliche Meinung wartete auf einen Hinweis, und die bekannte Untat schien ihn so bequem zu geben! Hatte man Marie nicht auch im Fluss gefunden; und war nicht auf diesem selben Flusse die bekannte Gewalttat verübt worden? Die Ähnlichkeit der beiden Ereignisse hatte so viel Handgreifliches an sich, dass es wahrhaft verwunderlich gewesen wäre, wenn die Leute versäumt hätten, sie aufzugreifen und zu würdigen. Aber in Wirklichkeit ist die eine Gewalttat, von der bekannt ist, dass sie so begangen wurde, wenn überhaupt etwas, ein Beweis dafür, dass die andere, fast zur selben Zeit verübte, nicht so begangen wurde. Es wäre in der Tat ein wirkliches Wunder gewesen, hätte eine Bande von Strolchen an einem bestimmten Ort etwas unerhört Schändliches getan, während eine andere Bande an einem ähnlichen Ort in derselben Stadt unter denselben Umständen mit denselben Mitteln und Praktiken eine Schandtat genau derselben Art zu genau demselben Zeitpunkt verübte! Aber woran, wenn nicht an diese wunderbare Folge der Übereinstimmung, fordert die vom Zufall beeinflusste öffentliche Meinung uns auf zu glauben?

Ehe wir weitergehen, wollen wir den angeblichen Schauplatz der Ermordung im Dickicht an der Barrière du Roule betrachten. Dies Dickicht, obwohl fast undurchdringlich, befand sich in nächster Nähe einer Landstraße. Darinnen lagen drei oder vier große Steine, die eine Art von Sitz mit einer Rücklehne und Fußbank bildeten. Auf dem oberen Stein entdeckte man einen weißen Unterrock; auf dem zweiten einen seidenen Schal. Auch ein Sonnenschirm, Handschuhe und ein Taschentuch wurden hier gefunden. Das Taschentuch trug den Namen ›Marie Rogêt‹. Kleiderfetzen sah man an den Zweigen ringsum. Die Erde war zertrampelt, die Büsche waren geknickt, und alles zeugte von einem heftigen Kampf.

Trotz des lauten Beifalls, mit dem die Entdeckung dieses Dickichts von der Presse begrüßt wurde, und der Einmütigkeit, mit der man annahm, es zeige den tatsächlichen Schauplatz des Verbrechens an, muss doch gesagt werden, dass man guten Grund zu zweifeln hatte. Dass es der Schauplatz *war*, kann ich glauben oder auch nicht – jedenfalls hatte man triftigen Grund, daran zu zweifeln. Hätte sich der wirkliche Schauplatz, wie der ›Commercial‹ behauptete, in der Nähe der Rue Pavée St-Andrée befunden, so wären die Verbrecher, sofern sie sich noch in Paris aufhielten, natürlich darüber in Schrecken geraten, dass die öffentliche Aufmerksamkeit so scharf auf der richtigen Spur war; und Geister eines gewissen Schlages hätten sogleich die Notwendigkeit begriffen, die Aufmerksamkeit durch irgendeine Maßnahme abzulenken. Und da nun das Dickicht an der Barrière du Roule ohnehin schon verdächtig war, konnten sie ganz natürlich auf den Gedanken kommen, die Sachen dort, wo sie später gefunden wurden, niederzulegen. Es gibt, obgleich der ›Soleil‹ das annimmt, keinen wirklichen Beweis dafür, dass die gefundenen Gegenstände länger als einige Tage in dem Dickicht gelegen haben; während viele Umstände dafür sprechen, dass sie dort nicht, ohne die Aufmerksamkeit auf sich zu ziehen, die zwanzig Tage hindurch gelegen haben können, die zwischen dem verhängnisvollen Sonntag und dem Nachmittag verstrichen, an dem die Jungen sie fanden. ›Sie waren sämtlich durch Einwirkung des Regens völlig verschimmelt‹, schreibt der ›Soleil‹, indem er sich die Ansichten seiner Vorgänger zu eigen macht, ›und klebten vor Schimmel zusammen. Das Gras ringsum war gewachsen und hatte einige von ihnen überwuchert. Die Seide des Sonnenschirms war stark, aber ihre Fäden innen hatten sich zusammengezogen. Das Oberteil, wo sie gefaltet und doppelt war, war ganz verschimmelt und vermodert und zerriss beim Öffnen.‹ Was das Gras angeht, das ›ringsum gewachsen war und einige von ihnen überwuchert hatte‹, so ist es klar, dass die Tatsache nur aus den Worten und also den Erinnerungen zweier kleiner Knaben erschlossen werden konnte; denn diese Knaben hoben die Sachen auf und brachten sie nach Hause, ehe sie von einer dritten Person gesehen worden waren. Aber das Gras wächst, besonders bei warmem und feuchtem Wetter (wie es zur Zeit des Mordes herrschte) immerhin zwei bis drei Zoll an einem einzigen Tage. Ein

Sonnenschirm, der auf neuem Rasen liegt, kann von dem aufsprießenden Gras in einer einzigen Woche gänzlich der Sicht entzogen werden. Und was den Schimmel betrifft, bei dem der Herausgeber des ›Soleil‹ so hartnäckig verweilt, dass er das Wort nicht weniger als dreimal in dem eben angeführten kurzen Absatz gebraucht – weiß er wirklich nichts von der Natur dieses Schimmels? Muss man ihm erst sagen, dass er eine der vielen Arten von Fungus ist, dessen gewöhnlichste Eigenschaft es ist, dass er innerhalb von vierundzwanzig Stunden entsteht und vergeht?

So sehen wir also mit einem Blick, dass all das, was man mit großem Triumph angeführt hat, um die Ansicht zu stützen, die Sachen hätten ›wenigstens drei oder vier Wochen‹ in dem Dickicht gelegen, höchst albern und als Beweismittel wertlos ist. Andererseits ist es überaus schwer zu glauben, diese Sachen hätten in dem besagten Dickicht länger als eine einzige Woche – länger als von einem Sonntag bis zum nächsten – liegen können. Diejenigen, die etwas von der Umgebung von Paris kennen, wissen, wie außerordentlich schwer es ist, einen abgesonderten Ort zu finden, es sei denn in größerer Entfernung von den Vorstädten. An so etwas wie ein unentdecktes oder nicht häufig besuchtes Fleckchen in seinen Gehölzen und Wäldern ist auch nicht einen Augenblick lang zu denken. Lassen Sie irgendjemanden, der die Natur von Herzen liebt, den aber die Pflicht in die Hitze und den Staub dieser großen Metropole verbannt – lassen Sie einen solchen Menschen selbst während der Wochentage versuchen, seinen Durst nach Einsamkeit an den Schauplätzen der lieblichen Natur, die uns unmittelbar umgibt, zu stillen. Auf Schritt und Tritt wird sein aufkeimendes Entzücken durch die Stimme und persönliche Erscheinung eines aufdringlichen Taugenichts oder einer Rotte betrunkener Strolche gestört werden. Er wird Zurückgezogenheit im dichtesten Laubwerk vergebens suchen. Hier gerade sind die Schlupfwinkel, wo es von schmutzigem Gesindel am meisten wimmelt; hier sind die am meisten entweihten Tempel. Mit krankem Herzen wird der Wanderer zu dem verderbten Paris zurückfliehen als zu einem weniger abscheulichen, weil weniger widerspruchsvollen Pfuhl der Verderbnis. Aber wenn die Umgebung von Paris schon während der Werktage der Woche so überlaufen ist, um wie viel mehr erst am Sonntag! Gerade dann sucht der Abschaum der Stadt, erlöst von der Arbeitsfron und beraubt der gewohnten Gelegenheiten zum Verbrechen, die Umgebung der Stadt auf – nicht aus Liebe zur ländlichen Natur, die er von Herzen verachtet, sondern um den Fesseln und Gewohnheiten der Gesellschaft zu entfliehen. Ihn gelüstet es weniger nach frischer Luft und grünen Bäumen als nach der äußersten Ungebundenheit auf dem Lande. Hier, im Wirtshaus an der Straße oder unter dem Laubdach der Wälder, tobt er sich unbehelligt von anderen Augen als denen seiner lustigen Kumpane im tollsten Ausbruch einer falschen Fröhlichkeit aus – der gemeinsamen Ausgeburt von Zügellosigkeit und Schnaps. Ich sage nicht mehr, als was jedem unbefangenen Beobachter einleuchten muss, wenn ich wiederhole, dass die Möglichkeit, die besagten Gegenstände könnten länger als von einem Sonntag zum ändern in jedem beliebigen Gebüsch in der unmittelbaren Umgebung von Paris unentdeckt geblieben sein, geradezu als ein Wunder betrachtet werden müsste.

Aber es fehlt nicht an anderen Gründen für den Verdacht, dass die Gegenstände in der Absicht, die Aufmerksamkeit vom wirklichen Schauplatz des Verbrechens abzulenken, in dem Dickicht niedergelegt wurden. Achten Sie bitte zunächst auf das Datum der Entdeckung der Sachen. Vergleichen Sie es mit dem Datum des fünften Auszuges, den ich aus den Zeitungen gemacht habe. Sie werden finden, dass die Entdeckung fast unmittelbar den drängenden Zuschriften folgte, die dem Abendblatt eingesandt wurden. Diese Zuschriften, obgleich verschieden lautend und scheinbar von verschiedenen Einsendern, zielten alle auf denselben Punkt, nämlich, die Aufmerksamkeit auf eine *Bande* Strolche als Täter des Gewaltverbrechens und auf die Umgebung der Barrière du Roule als seinen Schauplatz zu lenken. Nun verhält es sich natürlich nicht so, dass die Sachen erst infolge dieser Zuschriften oder der durch sie gelenkten öffentlichen Aufmerksamkeit von den Jungen gefunden wurden; sondern hier lag oder liegt der Verdacht nahe, dass die Sachen darum nicht früher von den Jungen gefunden wurden, weil die Sachen vorher nicht in dem Dickicht gelegen hatten, da sie erst zu einem späteren Zeitpunkt, dem des Datums der Zuschriften oder kurz zuvor, dort hingelegt wurden, und zwar von den schuldigen Verfassern dieser Zuschriften selber.

Dieses Dickicht war ein eigenartiges – ein ganz eigenartiges. Es war ungewöhnlich dicht. Innerhalb seiner natürlichen Umwallung lagen drei seltsame Steine, die einen Sitz mit einer Rücklehne und einem Fußschemel bildeten. Und dieses so kunstvoll ausgestattete Dickicht lag in nächster Nähe, nur wenige Ruten entfernt, von der Behausung der Madame Deluc, deren Knaben die umliegenden Gebüsche nach der Rinde des Sassafras gründlich abzusuchen pflegten. Wäre es unbesonnen, eine Wette einzugehen – eine Wette von tausend zu eins –, dass kein Tag vorüberging, wo nicht wenigstens einer der Knaben in die schattige Halle eingedrungen wäre und sich auf ihren natürlichen Thron gesetzt hätte? Wer zögern würde, eine solche Wette einzugehen, ist entweder nie selbst Junge gewesen oder hat vergessen, was Jungenart ist. Ich wiederhole, es ist außerordentlich schwer zu verstehen, wie die Sachen in diesem Dickicht länger als einen oder zwei Tage hätten unentdeckt bleiben können; und daher besteht trotz der hartnäckigen Unwissenheit des ›Soleil‹ aller Grund zu dem Verdacht, dass sie dort, wo man sie fand, erst zu einem verhältnismäßig späten Zeitpunkt hingelegt wurden.

Aber es gibt noch andere und triftigere Gründe zu glauben, dass sie dort hingelegt wurden, als alles, was ich bis jetzt vorgebracht habe. Und nun lassen Sie mich Ihre Aufmerksamkeit für die überaus künstliche Anordnung der Sachen erbitten. Auf dem oberen Steine lag ein weißer Unterrock; auf dem zweiten ein seidener Schal; rundumher verstreut waren ein Sonnenschirm, Handschuhe und ein Taschentuch, das den Namen ›Marie Rogêt‹ trug. Das ist gerade eine solche Anordnung, wie sie dem natürlichen Sinn eines nicht übermäßig scharfsinnigen Menschen entspricht, der die Sachen ›natürlich‹ hinlegen wollte. Ich hätte lieber gesehen, die Sachen hätten alle auf der Erde gelegen und wären zertrampelt gewesen. In den engen Grenzen jener Laube wäre es kaum möglich gewesen, dass der Unterrock und der Schal ihre Lage auf den Steinen behalten hätten, wenn sie dem hin und her wogenden Ringen vieler kämpfender Personen ausgesetzt gewesen wären. ›Alles zeugte von einem Kampf‹, heißt es, ›und die Erde war zertrampelt, die Büsche waren geknickt‹ – aber den Unterrock und den Schal findet man wie in einem Regal aufbewahrt. ›Die von den Büschen ausgerissenen Stücke des Rockes waren ungefähr drei Zoll breit und sechs Zoll lang. Ein Teil davon war der Saum des Rockes, und er war ausgebessert. Sie sahen aus wie abgerissene Streifen.‹ Hier hat der ›Soleil‹ unabsichtlich eine äußerst verdächtige Wendung gebraucht. Die eben beschriebenen Stücke sehen in der Tat ›wie abgerissene Streifen‹ aus – aber vorsätzlich und mit der Hand abgerissene. Es kommt höchst selten vor, dass ein Dorn von einem Gewand, wie es hier in Rede steht, ein Stück ›abreißt‹. Derartige Gewebe sind so beschaffen, dass sie, wenn sie an einem Dorn oder Nagel hängenbleiben, rechtwinklig zerreißen, das heißt durch zwei Längsrisse zertrennt werden, die zueinander im rechten Winkel stehen und sich an einem Scheitelpunkt treffen, dort, wo der Dorn eingedrungen ist – aber es ist kaum denkbar, dass dadurch das Stück ›abgerissen‹ wird. Ich habe das noch nie gehört und Sie wohl auch nicht. Um von solchem Gewebe ein Stück abzureißen, bedarf es fast in jedem Falle zweier gesonderter Kräfte, die in verschiedenen Richtungen wirken. Wenn das Gewebe zwei Kanten hat – wenn es zum Beispiel ein Taschentuch ist und man einen Streifen davon abzureißen wünscht –, dann und nur dann wird die eine Kraft dazu genügen. Aber im gegenwärtigen Fall handelt es sich um ein Kleid, das nur eine Kante aufweist. Ein Stück aus der inneren Stoffbahn zu reißen, die keine Kante aufweist, könnte von Dornen nur durch ein Wunder bewirkt werden, und kein einzelner Dorn kann es vollführen. Aber selbst wo sich eine Kante darbietet, sind zwei Dornen erforderlich, von denen der eine in zwei verschiedenen Richtungen und der andere in einer wirkt. Und auch das nur unter der Voraussetzung, dass die Kante ungesäumt ist. Wenn sie gesäumt ist, kann davon kaum die Rede sein. Wir sehen also, welch große und zahlreiche Hindernisse dem ›Abreißen‹ von Stücken durch die einfache Einwirkung von ›Dornen‹ im Wege stehen; dennoch will man uns glauben machen, nicht nur ein Stück, sondern viele seien so abgerissen worden. ›Und ein Teil‹, noch dazu, ›war der Saum des Rockes‹! Ein anderes Stück war ›ein Teil vom Unterrock, nicht des Saums‹ – das heißt, war durch die Einwirkung von Dornen vollständig aus der kantenlosen Stoffbahn des Kleides losgerissen worden! Das sind, sage ich, Dinge, die nicht zu glauben sehr verzeihlich ist; doch geben sie, zusammengenommen, vielleicht weniger verständlichen Grund zum Argwohn als der eine verblüffende Umstand, dass die Sachen überhaupt in dem Dickicht zurückgelassen wurden – von Mördern, die vorsichtig genug waren, an das Fortschaffen der Leiche zu denken. Sie würden mich indessen nicht richtig verstanden haben, wenn Sie annehmen, ich beabsichtige, das Dickicht als Schauplatz der Untat überhaupt auszuschalten. Es mag hier etwas Unrechtes geschehen sein oder, wahrscheinlicher, ein Unfall bei Madame Deluc. Doch das ist im Grunde ein Punkt von geringerer Wichtigkeit. Wir wollen ja nicht versuchen, den Tatort zu entdecken, sondern die Täter des Mordes herauszubekommen. Was ich angeführt habe, ist, trotz der Ausführlichkeit, womit ich es angeführt habe, in der Absicht geschehen, erstens die Torheit der bestimmten und unbesonnenen Behauptungen des ›Soleil‹ zu erweisen, zweitens aber und hauptsächlich, um Sie auf die natürlichste Art und Weise zu einer weiteren

Erwägung der Zweifelsfrage zu veranlassen, ob diese Ermordung das Werk einer Bande war oder nicht.

Wir wollen diese Frage damit wiederaufnehmen, dass wir kurz auf die empörenden Einzelheiten eingehen, die der Wundarzt bei der gerichtlichen Untersuchung vorbrachte. Es braucht nur gesagt zu werden, dass seine veröffentlichten Schlussfolgerungen bezüglich der Anzahl der Schurken von allen namhaften Pariser Anatomen als völlig unbegründet und unrichtig gebührend lächerlich gemacht worden sind. Nicht, dass die Sache sich nicht so verhalten haben *könnte*, wie er sie darstellte, aber es gab keinen Grund für diese Schlussfolgerung – und gab es nicht viele Gründe für eine andere?

Lassen Sie uns nun auf ›die Spuren eines Kampfes‹ eingehen; und lassen Sie mich fragen, worauf diese Spuren angeblich hindeuten sollen. Auf eine Bande. Aber beweisen sie nicht eher, dass es keine Bande war? Was für ein *Kampf* könnte stattgefunden haben – was für ein so anhaltender und so heftiger Kampf, dass er in allen Richtungen ›Spuren‹ hinterlassen konnte – zwischen einem schwachen und wehrlosen Mädchen und der angeblichen Bande von Strolchen? Der lautlose Griff weniger rauer Arme, und alles wäre vorbei gewesen. Das Opfer hätte ihnen ganz und gar zu Willen sein müssen. Halten Sie fest, dass die Gründe, die gegen das Dickicht als Schauplatz geltend gemacht wurden, in der Hauptsache nur dann stichhaltig sind, wenn man es als den Schauplatz einer Gewalttat betrachtet, die von *mehr als einem* Menschen begangen worden ist. Wenn wir nur einen Täter annehmen, können wir begreifen, und nur so begreifen, dass der Kampf heftig und hartnäckig genug war, um die sichtbaren ›Spuren‹ zu hinterlassen.

Und nochmals. Ich habe schon erwähnt, wie verdächtig es ist, dass die fraglichen Gegenstände überhaupt in dem Dickicht zurückgelassen wurden, wo man sie entdeckte. Es scheint fast unmöglich, dass diese Schuldbeweise hier an der Fundstelle zufällig zurückgelassen wurden. Man hatte (angeblich) Geistesgegenwart genug, die Leiche wegzuschaffen; und doch lässt man einen eindeutigeren Beweis als die Leiche selbst (deren Gesichtszüge infolge Verwesung vielleicht schnell unkenntlich geworden wären) sichtbar auf dem Schauplatz der Untat liegen – ich meine das Taschentuch mit dem Namen der Toten. Wenn dies ein Versehen war, so war es nicht das Versehen einer Bande. Wir können es nur als Versehen eines Einzelnen erklären. Lassen Sie uns sehen. Ein Einzelner hat den Mord begangen. Er ist allein mit dem entseelten Leichnam. Er ist entsetzt über das, was regungslos vor ihm liegt. Die Wut seiner Leidenschaft ist vorbei, und es ist Raum genug in seinem Herzen für das natürliche Grauen vor seiner Tat. Für ihn gibt es keine Ermutigung, wie sie die Gegenwart von vielen unvermeidlich einflößt. Er ist allein mit der Toten. Er zittert und ist verstört. Aber es wird nötig, die Leiche wegzuschaffen. Er schleppt sie zum Flusse und lässt die andern Beweise seiner Schuld hinter sich zurück; denn es ist schwer, wenn nicht unmöglich, die ganze Last auf einmal zu tragen, und er kann ja leicht zurückkehren, um das zu holen, was er zurückließ. Aber auf seinem mühsamen Wege zum Wasser verdoppelt sich seine Angst. Die Geräusche des Lebens umgeben seinen Pfad. Ein dutzend Mal hört er oder glaubt er den Tritt eines Beobachters zu hören. Sogar die bloßen Lichter der Stadt verstören ihn. Endlich jedoch und nach langen und häufigen Pausen tiefer Seelenqual erreicht er das Flussufer und entledigt sich seiner grausigen Last – vielleicht mit Hilfe eines Bootes. Aber nun – welche Macht der Erde könnte den einsamen Mörder bewegen – welche Drohung mit Strafe würde hinreichen – welche Schätze der Welt könnten ihn dazu bringen, den gefährlichen und beschwerlichen Pfad zum Dickicht mit seinen Erinnerungen, die das Blut erstarren lassen, noch einmal zurückzulegen? Er kehrt *nicht* zurück, mögen die Folgen sein, welche sie wollen. Er könnte nicht mehr zurückkehren, selbst wenn er wollte. Sein einziger Gedanke ist sofortige Flucht. Er kehrt dem schrecklichen Gebüsch für immer den Rücken und flieht wie vor der kommenden Rache.

Aber wie verhält es sich nun mit einer Bande? Ihre Menge würde ihnen Mut gemacht haben, wenn es einem Erzschurken jemals wirklich an Mut fehlte; und aus Erzschurken allein bestehen die bewussten Banden immer. Ihre Anzahl schon, sage ich, würde sie vor dem unvernünftigen und verstörenden Schrecken bewahrt haben, der, wie ich geschildert habe, den Einzelnen lähmt. Selbst wenn wir annehmen, dass einer die Sachen vergessen hätte, oder zwei oder drei, so wäre dies Versehen von einem vierten wiedergutgemacht worden. Sie würden nichts zurückgelassen haben; denn ihre Zahl hätte sie in den Stand gesetzt, alles auf einmal zu tragen. Sie hätten es nicht nötig gehabt zurückzukehren.

Denken Sie nun an den Umstand, dass im Oberkleid der Leiche, als sie gefunden wurde, ›ein Streifen, ungefähr einen Fuß breit, vom Saume aufwärts bis zur Taille eingerissen, dreimal um die Taille gewunden und im Rücken zu einer Art Schlinge verknotet war‹. Das war in der offensichtlichen Absicht geschehen, eine Handhabe zu schaffen, an der man den Körper tragen konnte. Aber hätte eine Anzahl von Männern daran gedacht, sich eines solchen Hilfsmittels zu bedienen? Dreien oder vieren hätten die Gliedmaßen des Leichnams nicht nur eine genügende, sondern die bestmögliche Handhabe geboten. Der Einfall ist der eines einzelnen Menschen; und dies bringt uns auf die Tatsache, dass ›zwischen dem Dickicht und dem Fluss die Querlatten der Zäune niedergerissen waren und der Erdboden offensichtliche Spuren zeigte, als ob eine schwere Last darüber hingeschleift worden sei‹. Aber würde eine Anzahl von Leuten sich die überflüssige Mühe gemacht haben, einen Zaun niederzureißen, um einen Körper hindurchzuschleifen, den sie in einem Augenblick über jeden beliebigen Zaun hätten heben können? Hätte eine Anzahl von Leuten einen Körper überhaupt so geschleift, dass er offensichtliche Schleifspuren hinterließ?

Und hier müssen wir auf eine Bemerkung des ›Commercial‹ zurückkommen; eine Bemerkung, auf die ich schon in einigem Maß eingegangen bin. ›Ein Stück von einem der Unterröcke des unglücklichen Mädchens war abgerissen und unterhalb des Kinns rund um den Hinterkopf geknüpft, wahrscheinlich, um sie am Schreien zu hindern. Das taten Burschen, die keine Taschentücher besaßen.‹

Ich habe schon früher angedeutet, dass ein echter Strolch niemals ohne ein Taschentuch ist. Aber nicht diese Tatsache ist es, auf die ich jetzt besonders hinweise. Dass es nicht aus Mangel an einem Taschentuch für den vom ›Commercial‹ angenommenen Zweck geschah, dass diese Binde gebraucht wurde, wird offensichtlich durch das Taschentuch bewiesen, das im Dickicht zurückgelassen wurde; und dass ihr Zweck nicht der war, das Opfer ›am Schreien zu hindern‹, erhellt auch daraus, dass die Binde dem vorgezogen wurde, was so viel besser dem Zweck entsprochen hätte. Aber die Aufnahme des Tatbestandes spricht davon, der fragliche Streifen sei ›lose um den Hals geschlungen und fest verknotet‹ gewesen. Diese Worte sind reichlich unklar, unterscheiden sich aber wesentlich von denen des ›Commercial‹. Der Streifen war achtzehn Zoll breit und konnte daher, obwohl aus Musselin, einen starken Strick abgeben, wenn er der Länge nach zusammengefaltet oder zusammengedreht wurde. Und so zusammengedreht wurde er entdeckt. Meine Folgerung ist diese. Als der einzelne Mörder die Leiche an der um die Mitte befestigten Binde eine Strecke weit getragen hatte (sei es aus dem Dickicht oder sonst woher), fand er das Gewicht bei dieser Art des Verfahrens zu schwer für seine Kraft. Er beschloss, die Last zu ziehen – die Beweisaufnahme spricht davon, dass sie gezogen wurde. Diese Absicht machte es nötig, etwas wie einen Strick an einem der Gliedmaßen zu befestigen. Er konnte am besten um den Hals befestigt werden, wo der Kopf sein Abgleiten verhindern würde. Und nun dachte der Mörder fraglos an die Binde um die Hüften. Er würde sie gebraucht haben, wäre sie nicht um den Körper gewunden und die Schlinge hinderlich gewesen; auch fiel ihm ein, dass sie ja nicht vom Kleid ›abgerissen‹ war. Es war leichter, einen neuen Streifen aus dem Unterrock zu reißen. Er riss ihn ab, schlang ihn fest um den Hals und zog sein Opfer daran zum Flussufer. Dass diese ›Binde‹, die nur mit Schwierigkeit und Zeitverlust zu erlangen war, überhaupt benutzt wurde, beweist, dass die Notwendigkeit zu ihrer Benutzung Umständen entsprang, die zu einer Zeit auftraten, als das Taschentuch nicht mehr erreichbar war – das heißt auftraten, wie wir angenommen haben, als der Mörder das Dickicht (wenn es das Dickicht war) bereits verlassen hatte und sich auf dem Wege zwischen dem Dickicht und dem Flusse befand.

Aber die Aussage von Madame Deluc(!), werden Sie sagen, spricht ausdrücklich von der Anwesenheit einer Bande in der Nähe des Dickichts um die Zeit des Mordes. Das gebe ich zu. Ich zweifle, ob es nicht ein Dutzend Banden, wie Madame Deluc sie beschrieben hat, in der Umgebung der Barrière du Roule genau oder etwa zur Zeit dieser Tragödie gab. Aber die Bande, die sich den scharfen Tadel und das freilich etwas verspätete und sehr verdächtige Zeugnis Madame Delucs zugezogen hat, ist die einzige Bande, der diese ehrenwerte und gewissenhafte alte Dame nachsagen kann, dass sie ihre Kuchen gegessen und ihren Branntwein getrunken habe, ohne sich die Mühe zu machen, dafür zu zahlen. Et hinc illae irae?

Aber was besagt die Aussage von Madame Deluc wirklich? ›Eine Bande von Bösewichtern erscheint, benimmt sich lärmend, isst und trinkt, ohne zu bezahlen, schlägt denselben Weg ein wie der junge Mann und das Mädchen, kehrt in der Dämmerung zum Wirtshaus zurück und setzt wieder über den Fluss, als habe sie große Eile.‹

Nun, diese ›große Eile‹ erschien den Augen von Madame Deluc vielleicht nur darum so groß, weil sie wartend und wehklagend bei ihrem vergewaltigten Kuchen und Bier verweilte – Kuchen und Bier, auf deren Bezahlung sie immer noch im Stillen gehofft haben mochte. Warum sonst, da es Dämmerung war, brauchte sie die Eile so zu betonen? Es gibt gewiss keinen Grund zum Verwundern, dass eine Bande von Strolchen sich beeilt heimzukehren, wenn ein breiter Fluss in kleinen Booten zu überqueren ist, wenn Sturm heraufzieht und die Nacht naht.

Ich sage: naht; denn die Nacht war noch nicht gekommen. Es war erst Dämmerung, als die unziemliche Eile dieser ›Bösewichter‹ die nüchternen Augen von Madame Deluc beleidigte. Aber man sagt uns, dass an demselben Abend Madame Deluc sowie ihr ältester Sohn ›die Schreie eines weiblichen Wesens in der Nähe des Wirtshauses hörten‹. Und mit welchen Worten bezeichnet Madame Deluc die Zeit des Abends, zu der sie dies Geschrei hörten? ›Es war bald nach Dunkelwerden‹, sagt sie. Aber ›bald nach Dunkelwerden‹ ist zum mindesten schon Dunkelheit; und ›in der Dämmerung‹ ist ganz gewiss noch bei Hellem. Es ist also zur Genüge klar, dass die Bande die Barrière du Roule eher verließ, als Madame Schreie hörte (?). Und obgleich in all den vielen Berichten über die Zeugenaussagen die betreffenden Ausdrücke bestimmt und unverändert gebraucht werden, genauso, wie ich sie in dieser Unterhaltung mit Ihnen gebraucht habe, so hat doch bisher keine der öffentlichen Zeitungen und keiner der Kommissare der Polizei diesen groben Widerspruch bemerkt.

Ich will den Argumenten gegen eine Bande nur noch eins hinzufügen; aber dies eine hat, wenigstens nach meinem Dafürhalten, eine nahezu unwiderstehliche Kraft. In Anbetracht der ausgesetzten hohen Belohnung und der verheißenen vollen Straflosigkeit für einen Kronzeugen ist es nicht auch nur einen Augenblick lang denkbar, dass irgendein Mitglied einer Bande gemeiner Schurken oder sonst einer menschlichen Vereinigung nicht schon längst seine Spießgesellen verraten hätte. Jeder Angehörige einer

Bande ist in solchem Fall nicht so sehr nach Belohnung begierig oder auf Entwischen bedacht als um Verrat besorgt. Er verrät leicht und schnell, *um nicht selbst verraten zu werden*. Dass das Geheimnis noch nicht gelüftet worden ist, beweist am besten, dass es wirklich ein Geheimnis ist. Die Schrecken dieser dunklen Tat sind nur einem oder zwei lebenden menschlichen Wesen und Gott bekannt.

Lassen Sie uns nun die mageren, doch reifen Früchte unserer langen Analyse ernten. Wir sind zu der Ansicht gekommen, dass es sich entweder um einen tödlichen Unfall unter dem Dache von Madame Deluc handelt oder einen im Dickicht an der Barrière du Roule von einem Liebhaber oder wenigstens geheimen nahen Freund der Toten verübten Mord. Der Freund ist von dunkler Gesichtsfarbe. Diese Gesichtsfarbe, der ›Henkel‹ am Tragband und der ›Schifferknoten‹, womit das Hutband geknüpft ist, weisen auf einen Seemann. Sein Verhältnis zu der Verstorbenen – einem lebenslustigen, aber nicht verworfenen jungen Mädchen – deutet darauf hin, dass er im Rang über einem gemeinen Matrosen stand. Hierin können uns auch die gut geschriebenen bündigen Zuschriften an die Zeitungen nur bestärken. Der Umstand der ersten Flucht, wie er vom ›Mercure‹ erwähnt wird, legt den Gedanken nahe, diesen Seemann mit jenem ›Marineoffizier‹ in Verbindung zu bringen, von dem man weiß, dass er die Unglückliche zuerst zum Fehltritt verleitet hat.

Und hier kommt uns die Erwägung sehr gelegen, warum dieser Mensch mit der dunklen Gesichtsfarbe wie von der Bildfläche verschwunden ist. Ich will innehalten, um zu bemerken, dass die Hautfarbe dieses Mannes dunkel und braun ist; es ist keine gewöhnliche Sonnenbräune, die den einzigen Punkt der Ähnlichkeit in den Aussagen von Madame Deluc und Valence ausmacht. Aber warum ist dieser Mann verschwunden? Wurde er von der Bande ermordet? Wenn ja, warum fand man nur Spuren von dem ermordeten Mädchen? Der Schauplatz der beiden Verbrechen wird vermutlich derselbe gewesen sein. Und wo ist seine Leiche? Die Mörder würden sich doch höchstwahrscheinlich beider auf dieselbe Weise entledigt haben. Aber man darf sagen, dieser Mann lebt noch und schrickt davor zurück, sich zu melden, weil er fürchtet, man könne den Mord ihm zur Last legen. Diese Erwägung könnte ihn jedoch allenfalls erst jetzt davon abhalten – zu diesem späten Zeitpunkt, nachdem durch die Aussagen bezeugt ist, dass er mit Marie gesehen wurde, aber sie hätte zum Zeitpunkt der Tat keine Kraft gehabt. Der erste Impuls eines Unschuldigen wäre der gewesen, das Verbrechen anzuzeigen und dabei mitzuwirken, die Halunken festzustellen. Dies würde ihm schon die Klugheit geraten haben. Er war mit dem Mädchen gesehen worden. Er war mit ihr in einem offenen Fährboot über den Fluss gefahren. Die Mörder anzuzeigen hätte sogar einem Blödsinnigen als das sicherste und einzige Mittel erscheinen müssen, sich selbst vom Verdacht zu reinigen. Wir können nicht annehmen, dass er an der in der Nacht des verhängnisvollen Sonntags begangenen Gewalttat zugleich unschuldig wie damit unbekannt ist. Doch nur unter solchen Umständen wäre es möglich, sich vorzustellen, dass er, wenn er am Leben ist, unterlassen hätte, die Mörder anzuzeigen.

Und welche Mittel haben wir, die Wahrheit zu ergründen? Wir werden diese Mittel finden, mehr und mehr Klarheit zu gewinnen, je weiter wir fortschreiten. Lassen

Sie uns dieser Geschichte der ersten Entführung auf den Grund gehen. Lassen Sie uns die ganze Geschichte des ›Offiziers‹ kennenlernen, samt seinen gegenwärtigen Lebensumständen und seinem Aufenthalt zum genauen Zeitpunkt des Mordes. Lassen Sie uns sorgfältig die verschiedenen Zuschriften an das Abendblatt miteinander vergleichen, deren Zweck es war, eine Bande zu beschuldigen. Danach lassen Sie uns diese Zuschriften sowohl hinsichtlich des Stils wie der Handschrift mit denen vergleichen, die zu einem früheren Zeitpunkt an das Morgenblatt gesandt wurden und Mennais so heftig beschuldigten. Und nach alledem lassen Sie uns nochmals diese verschiedenen Zuschriften mit vorhandenen Schriftstücken des Offiziers vergleichen. Wir müssen versuchen, durch wiederholte Vernehmungen sowohl Madame Delucs und ihrer Knaben wie des Omnibusfahrers Valence etwas mehr über die persönliche Erscheinung und das Benehmen des ›Mannes mit der dunklen Gesichtsfarbe‹ zu erfahren. Geschickt gestellte Fragen werden nicht verfehlen, von der einen oder anderen dieser Parteien Aufschlüsse über diesen besonderen Punkt (oder über andere) zu erhalten – Aufschlüsse, die geben zu können die Parteien selbst sich vielleicht gar nicht einmal bewusst sind. Und lassen Sie uns nun den Spuren des Bootes nachgehen, das von dem Schiffer am Montagmorgen, dem 23. Juni, aufgebracht wurde und ohne Wissen des diensthabenden Beamten und ohne Steuerruder wieder vom Schifffahrtsamt weggeholt wurde, kurz bevor die Leiche entdeckt wurde. Mit einiger Beharrlichkeit und Umsicht werden wir dies Boot unfehlbar ausfindig machen; denn nicht nur kann der Schiffer, der es aufbrachte, es identifizieren, sondern auch das Steuerruder ist vorhanden. Das

Steuerruder eines Segelbootes lässt keiner, der ein reines Gewissen hat, ohne Nachfrage im Stich. Und hier lassen Sie mich innehalten, um eine Frage zu stellen. Es wurde nicht bekanntgemacht, dass dies Boot aufgebracht worden war. Es wurde schweigend zum Schifffahrtsamt gebracht und ebenso schweigend wieder weggeholt. Aber wie konnte sein Eigentümer oder Benutzer zu einem so frühen Zeitpunkt wie Dienstag Morgen ohne die Hilfe einer Bekanntmachung darüber unterrichtet sein, wo das am Montag aufgebrachte Boot sich befand, wenn wir nicht eine Verbindung mit der Schifffahrt voraussetzen – eine persönliche fortwährende Verbindung, die zur Kenntnis ihrer kleinsten Angelegenheiten führt – ihrer geringsten lokalen Neuigkeiten?

Als ich von dem einzelnen Mörder sprach, der seine Last an das Ufer schleifte, habe ich schon angedeutet, dass er sich wahrscheinlich eines Bootes bediente. Nun sollen wir begreifen, dass Marie von einem Boot aus in den Fluss geworfen *wurde*. Das wäre ganz natürlich gewesen. Die Leiche konnte nicht dem seichten Wasser am Ufer anvertraut werden. Die eigentümlichen Male auf Rücken und Schultern des Opfers rühren von den Bodenrippen des Bootes her. Dass kein Gewicht an dem Leichnam gefunden wurde, verstärkt unsere Vermutung. Hätte man ihn vom Ufer aus hineingeworfen, so wäre ein Gewicht daran angebracht worden. Wir können sein Fehlen nur dadurch erklären, dass wir annehmen, der Mörder habe die Vorsichtsmaßregel versäumt, sich damit zu versehen, ehe er vom Ufer abstieß. Als er dann die Leiche dem Wasser übergeben wollte, wird er fraglos sein Versehen bemerkt haben; aber da war keine Abhilfe mehr zu schaffen. Jedes Risiko war der Rückkehr an das verfluchte Ufer vorzuziehen. Als er sich seiner grausigen Last entledigt hatte, beeilte sich der Mörder, zur Stadt zurückzurudern. Dort, an einer versteckten Anlegestelle, sprang er ans Land. Aber was geschah mit dem Boot – hat er es angebunden? Er wird in zu großer Eile gewesen sein, um sich damit abzugeben, ein Boot anzubinden. Überdies, wenn er es an der Anlegestelle festlegte, musste es ihm vorkommen, als lege er damit selbst Zeugnis gegen sich ab. Sein natürliches Bestreben muss gewesen sein, sich so weit wie möglich alles dessen zu entledigen, was in Beziehung zu seinem Verbrechen stand. Er wird nicht nur selbst von der Anlegestelle geflohen sein, er durfte auch das Boot nicht dort zurücklassen. Sicherlich hat er es treiben lassen. Fahren wir in unserem Gedankengang fort. Am Morgen erfasst den Elenden unaussprechliches Entsetzen, als er das Boot aufgefangen und an einem Ort verwahrt findet, den er nach täglicher Gewohnheit aufsucht – an einem Ort vielleicht, den sein Dienst ihn häufig aufzusuchen zwingt. In der nächsten Nacht schafft er es fort, ohne dass er wagt, nach dem Steuerruder zu fragen. Wo ist nun das steuerlose Boot? Es muss eine unserer ersten Aufgaben sein, es ausfindig zu machen. Mit dem ersten Schimmer, den wir davon erhalten, beginnt die Morgendämmerung unseres Erfolges. Dies Boot soll uns mit einer Schnelligkeit, die selbst uns überraschen wird, zu dem führen, der es in der Mitternacht des verhängnisvollen Sonntags benutzte. Eine Feststellung wird sich an die andere reihen, und der Mörder wird entdeckt werden.«

(Aus Gründen, auf die wir hier nicht näher eingehen wollen, die aber vielen Lesern einleuchten werden, haben wir uns die Freiheit genommen, von dem uns übergebenen Manuskript den Teil auszulassen, der im Einzelnen davon handelt, wie die von Dupin entdeckte anscheinend geringfügige Spur weiterverfolgt wurde. Wir halten es nur für ratsam, kurz festzustellen, dass es zu dem gewünschten Ergebnis kam; und dass der Präfekt pünktlich, wenn auch widerwillig, die Bedingungen seines Vertrages mit dem Chevalier erfüllte; Mr. Poes Artikel schließt mit folgenden Worten. – Die Herausgeber.)*

Es versteht sich von selbst, dass ich von zufälligen Übereinstimmungen spreche und nichts weiter. Was ich oben über diesen Gegenstand gesagt habe, muss genügen. In meinem eigenen Herzen lebt kein Glaube an das Übernatürliche. Dass die Natur und ihr Gott zweierlei sind, wird kein denkender Mensch leugnen. Dass dieser, der die erste erschaffen hat, sie willkürlich regieren und verändern kann, steht ebenfalls außer Frage. Ich sage ›willkürlich‹; denn es handelt sich hier um eine Frage des Willens und nicht, wie eine unsinnige Logik anmaßend behauptet hat, der Macht. Nicht, dass die Gottheit ihre Gesetze nicht ändern könnte, aber wir beleidigen sie, wenn wir für möglich halten, dass eine Änderung sich als notwendig erweise. Diese Gesetze wurden von Anfang an so geschaffen, dass sie alle Möglichkeiten umfassen, die in der Zukunft liegen. Für Gott ist alles Gegenwart.

Ich wiederhole also, dass ich von diesen Dingen nur als von Übereinstimmungen spreche. Und weiterhin: Aus dem, was ich berichte, ist zu ersehen, dass zwischen dem Geschick der unglücklichen Mary Cecilia Rogers, soweit dies Geschick bekannt ist, und dem Geschick einer gewissen Marie Rogêt bis zu einem gewissen Zeitpunkt in

* Von Snowdens »Lady's Companion«.

ihrer Geschichte eine Parallele von wunderbarer Genauigkeit besteht, bei deren Betrachtung der Verstand in Verlegenheit gerät. Ich sage, all dies ist zu ersehen. Aber man möge auch nicht einen Augenblick lang annehmen, es sei meine versteckte Absicht gewesen, als ich in der traurigen Geschichte Maries von dem eben erwähnten Zeitpunkt an fortfuhr und dem Geheimnis, das sie umgab, bis zu seiner Entwirrung nachspürte, nahezulegen, dass die Parallele weiter auszudehnen sei, oder auch nur anzudeuten, die in Paris ergriffenen Maßregeln zur Entdeckung des Mörders einer Grisette oder Maßregeln, die auf einer ähnlichen Schlussfolgerung beruhen, würden auch ein ähnliches Ergebnis hervorbringen.

Denn was den letzten Teil der Annahme betrifft, sollte man bedenken, dass die geringste Abweichung in den Tatsachen der beiden Fälle Anlass zu den größten Fehlschlüssen geben würde, da hierdurch die beiden Ereignisse in ihrem Verlauf immer weiter voneinander abweichen würden; geradeso wie in der Arithmetik ein Irrtum, der an sich unerheblich sein mag, schließlich kraft der Vervielfachung auf allen Punkten des Prozesses ein Resultat hervorbringt, das gewaltig von der Wahrheit abweicht. Und was den ersten Teil betrifft, so müssen wir immer im Auge behalten, dass gerade die Wahrscheinlichkeitsrechnung, auf die ich mich bezogen habe, jeden Gedanken an die Ausdehnung der Parallele ausschließt – sie mit umso größerer und entschiedenerer Strenge ausschließt, als diese Parallele schon genau und weitgehend gezogen worden ist. Dies ist eine jener ausgefallenen Behauptungen, die anscheinend eine der mathematischen fernstehende Denkweise anspricht, die aber gerade nur der Mathematiker völlig begreifen kann. Nichts ist zum

Beispiel schwieriger, als den einfachen Leser davon zu überzeugen, der Umstand, dass ein Würfelspieler zweimal hintereinander Sechsen geworfen hat, sei Grund genug, die höchsten Wetten zu bieten, dass er beim dritten Mal keine Sechsen werfen werde. Ein Hinweis darauf wird gewöhnlich sogleich vom Verstand zurückgewiesen. Es will nicht einleuchten, dass die beiden Würfe, die schon abgetan sind und die nun ganz und gar der Vergangenheit angehören, Einfluss haben könnten auf den Wurf, der erst in der Zukunft liegt. Die Chance, Sechsen zu werfen, scheint genau dieselbe zu sein, wie sie zu jeder beliebigen Zeit war – das heißt, nur dem Einfluss der verschiedenen anderen Würfe unterworfen zu sein, die überhaupt mit Würfeln möglich sind. Und dies ist eine Erwägung, die so äußerst einleuchtend zu sein scheint, dass Versuche, sie zu bestreiten, häufiger mit einem spöttischen Lächeln als mit so etwas wie achtungsvoller Aufmerksamkeit aufgenommen werden. Den Irrtum, der darin liegt – ein grober Irrtum, der nach Unfug riecht –, kann ich in den Grenzen, die mir gegenwärtig gezogen sind, nicht aufklären; und dem philosophischen Leser brauche ich ihn nicht zu erklären. Es mag hier genügen zu sagen, dass er einen in einer unendlichen Reihe von Irrtümern darstellt, die auf dem Pfade der Vernunft durch ihren Hang entstehen, die Wahrheit im Einzelfall zu suchen.

# Der entwendete Brief

Nil sapientiae odiosius acumine nimio.
*Seneca*

In Paris gab ich mich an einem stürmischen Herbstabend des Jahres 18.. kurz nach Dunkelwerden in Gesellschaft meines Freundes C. Auguste Dupin in seinem kleinen, nach hinten gelegenen Bücherzimmer oder Lesekabinett im dritten Stock des Hauses Nr. 33 der Rue Dunôt, Faubourg St-Germain, dem doppelten Genuss des Nachdenkens und einer Meerschaumpfeife hin. Eine Stunde lang mindestens hatten wir schon in tiefem Schweigen verharrt, wobei ein zufälliger Beobachter hätte glauben können, jeder von uns beschäftige sich angelegentlich und ausschließlich mit den sich ringelnden Rauchwolken, die den ganzen Raum erfüllten. Ich indessen sann über gewisse Dinge nach, die den Gegenstand unserer Unterhaltung zu einer früheren Stunde des Abends gebildet hatten: die Geschichte in der Rue Morgue nämlich und das Geheimnis um den Mord an Marie Rogêt. Ich betrachtete es deshalb fast als einen Zufall, als plötzlich die Tür unseres Zimmers aufging und unseren alten Bekannten einließ: Herrn G., den Präfekten der Pariser Polizei.

Wir hießen ihn herzlich willkommen; denn an dem Manne war fast halb so viel Unterhaltsames wie Verächtliches, und wir hatten ihn mehrere Jahre lang nicht gesehen. Wir hatten im Dunkeln gesessen, und Dupin erhob sich nun, um die Lampe anzuzünden, unterließ es aber und setzte sich wieder, als G. sagte, er sei gekommen, uns um Rat zu fragen oder vielmehr die Meinung meines Freundes über eine amtliche Angelegenheit einzuholen, die schon viel Schererei gemacht habe.

»Wenn es etwas zum Nachdenken ist«, bemerkte Dupin und ließ den Docht unangezündet, »so verhandeln wir darüber besser im Dunkeln.«

»Das ist wieder eine Ihrer wunderlichen Ansichten«, sagte der Präfekt, der die Gewohnheit hatte, alles wunderlich zu nennen, was über seinen Horizont ging, und der daher in einer Welt voller Wunderlichkeiten lebte.

»Ganz richtig«, sagte Dupin, während er seinen Gast mit einer Pfeife versorgte und ihm einen bequemen Sessel hinschob.

»Was gibt's denn diesmal?«, erkundigte ich mich. »Hoffentlich nicht wieder so was wie Mord und Totschlag?«

»O nein; nichts dergleichen. Die Geschichte ist die: die Sache ist eigentlich ganz einfach, und ich zweifle nicht, dass wir allein damit fertig werden; bloß dann dachte ich, Dupin würde vielleicht gern Näheres darüber erfahren, weil sie so außerordentlich wunderlich ist.«

»Einfach und wunderlich«, sagte Dupin.

»Nun ja; genaugenommen auch das nicht einmal. Die Geschichte ist die, dass wir alle ein bisschen darüber verblüfft sind, weil die Sache gar so einfach ist und uns doch allesamt narrt.«

»Vielleicht ist es gerade die Einfachheit der Sache, die Sie irreführt«, sagte mein Freund.

»Was für dummes Zeug Sie da schwatzen!«, erwiderte der Präfekt und lachte herzlich.

»Vielleicht ist das Geheimnis etwas zu durchsichtig«, sagte Dupin.

»Du lieber Himmel, hat man je so etwas gehört?«

»Ein bisschen zu selbstverständlich.«

»Hahaha! – Hahaha! – Hohoho!«, lachte unser Gast höchst belustigt aus vollem Halse. »O Dupin, Sie werden noch mal mein Tod sein.«

»Und um was handelt es sich denn eigentlich?«, fragte ich.

»Nun, ich will es Ihnen erzählen«, erwiderte der Präfekt, wobei er einen langen, tiefen und beschaulichen Zug tat und es sich in seinem Sessel bequem machte. »Ich will es Ihnen mit ein paar Worten erklären; aber ehe ich beginne, muss ich Sie darauf aufmerksam machen, dass es sich um eine Angelegenheit handelt, die größte Verschwiegenheit verlangt; es würde mich höchstwahrscheinlich meine jetzige Stellung kosten, wenn es herauskäme, dass ich sie irgendjemandem anvertraut habe.«

»Weiter«, sagte ich.

»Oder auch nicht«, sagte Dupin.

»Also gut; ich habe von sehr hoher Stelle die vertrauliche Mitteilung erhalten, dass ein gewisses äußerst wichtiges Dokument aus den königlichen Gemächern entwendet wurde. Der Mensch, der es entwendete, ist bekannt; daran ist nicht zu zweifeln, denn man hat ihn gesehen, wie er es nahm. Es ist auch bekannt, dass es noch in seinem Besitz ist.«

»Woher ist das bekannt?«, fragte Dupin.

»Es geht klar aus der Art des Dokuments hervor«, erwiderte der Präfekt, »und daraus, dass gewisse Weiterungen nicht eingetreten sind, die sogleich eintreten würden, wenn der Dieb es aus den Händen gäbe – das heißt, wenn er den Gebrauch davon machte, den zu machen er schließlich vorhaben muss.«

»Sprechen Sie etwas deutlicher, bitte«, sagte ich.

»Gut; so viel darf ich vielleicht sagen, dass das Papier seinem Besitzer eine gewisse Macht an einer gewissen Stelle verleiht, wo solche Macht ungeheuer viel wert ist.« Der Präfekt liebte die gewundene Ausdrucksweise der Diplomatie.

»Ich verstehe noch nicht ganz«, sagte Dupin.

»Nicht? Nun; wenn das Dokument einer dritten Person, die ich nicht nennen möchte, ausgehändigt würde, wäre die Ehre einer Person höchsten Standes gefährdet; und dieser Umstand gibt dem Besitzer des Dokuments Gewalt über die erlauchte Person, deren Ehre und Ruhe so bedroht sind.«

»Aber diese Gewalt«, warf ich ein, »würde davon abhängen, dass der Dieb weiß, dass der Bestohlene weiß, wer der Dieb ist. Wer würde wagen …«

»Der Dieb«, sagte G., »ist der Minister D., der alles wagt, was sich für einen Mann schickt und nicht schickt. Die Art und Weise, wie er den Diebstahl ausführte, war nicht weniger geschickt als dreist. Das fragliche Dokument – ein Brief, um es offen zu sagen – war der bestohlenen Person zuhandengekommen, als sie allein in ihrem königlichen Boudoir weilte. Während sie ihn las, wurde sie plötzlich durch den Eintritt der anderen hohen Person gestört, der sie ihn gerade zu verheimlichen wünschte. Nach einem hastigen und vergeblichen Versuch, ihn in eine Schublade zu werfen, war sie genötigt, ihn offen, wie er war, auf einen Tisch zu legen. Die Adresse indessen lag oben, und da der Inhalt somit nicht sichtbar war, blieb der Brief unbeachtet. In diesem heiklen Augenblick tritt der Minister D. ein. Sein Luchsauge gewahrt sofort das Papier, erkennt die Handschrift der Adresse, bemerkt die Verwirrung der Person, an die der Brief gerichtet war, und errät ihr Geheimnis. Nach Erledigung einiger Staatsgeschäfte, die er in seiner gewohnten eiligen Weise abtut, zieht er einen Brief hervor, der dem bewussten einigermaßen ähnlich sieht, öffnet ihn, stellt sich, als ob er ihn läse, und legt ihn dann dicht neben den andern. Wieder redet er etwa fünfzehn Minuten lang über Staatsgeschäfte. Als er sich endlich verabschiedet, nimmt er zugleich den Brief vom Tisch, auf den er kein Anrecht hat. Die rechtmäßige Eigentümerin sah es, wagte aber natürlich in Gegenwart der dritten Person, die dicht neben ihr stand, kein Aufsehen davon zu machen. Der Minister ging fort und ließ seinen eigenen – unwichtigen – Brief auf dem Tische zurück.«

»Hier also haben Sie genau das«, sagte Dupin zu mir, »was Sie forderten, um die Gewalt vollständig zu machen: dass der Dieb weiß, dass der Bestohlene weiß, wer der Dieb ist.«

»Ja«, erwiderte der Präfekt, »und die so erlangte Macht ist schon seit mehreren Monaten in höchst gefährlichem Maße zu politischen Zwecken ausgeübt worden. Die bestohlene hohe Person ist täglich mehr von der Notwendigkeit überzeugt, ihren Brief wiederzuerlangen. Aber dies kann natürlich nicht offen geschehen. Endlich hat sie, zur Verzweiflung getrieben, die Sache mir übertragen.«

»Vermutlich«, sagte Dupin aus einem wahren Wirbel von Rauch heraus, »kann man sich keinen scharfsinnigeren Sachwalter wünschen oder auch nur vorstellen.«

»Sie schmeicheln«, erwiderte der Präfekt; »aber es ist

wohl möglich, dass man eine solche Meinung von mir hegt.«

»Es ist klar«, sagte ich, »dass der Brief, wie Sie bemerken, noch im Besitz des Ministers ist; da es der Besitz und nicht der Gebrauch des Briefes ist, worin die Macht besteht. Sobald Gebrauch davon gemacht wird, ist es mit der Macht aus.«

»Jawohl«, sagte G.; »und auf diese Überzeugung hin handelte ich. Meine erste Sorge war, das Haus des Ministers von oben bis unten zu durchsuchen; und hier bestand die Hauptschwierigkeit in der Notwendigkeit, die Suche ohne sein Wissen vorzunehmen. Außerdem hat man mich vor der Gefahr gewarnt, die daraus entstehen würde, wenn ich ihm Anlass gäbe, unsere Absicht zu argwöhnen.«

»Aber«, sagte ich, »Sie sind ganz au fait in diesen Untersuchungen. Die Pariser Polizei hat das schon oft gemacht.«

»O ja; und aus diesem Grunde verzweifelte ich nicht. Die Gewohnheiten des Ministers boten mir auch einen großen Vorteil. Er ist oft die ganze Nacht hindurch nicht zu Hause. Seine Dienerschaft ist keineswegs zahlreich. Sie schläft ziemlich weit entfernt von den Gemächern ihres Herrn, und da sie hauptsächlich aus Neapolitanern besteht, ist sie leicht betrunken gemacht. Wie Sie wissen, besitze ich Schlüssel, mit denen ich jedes Zimmer und jedes Fach in Paris öffnen kann. Seit drei Monaten ist keine Nacht vergangen, deren größeren Teil ich nicht dazu verwandt habe, mich in eigener Person an der Suche in D.s Haus zu beteiligen. Meine Ehre steht auf dem Spiel, und – um ein großes Geheimnis zu verraten – die Belohnung ist ungeheuer groß. Darum gab ich auch die Suche nicht eher auf, als bis ich mich vollkommen davon überzeugt hatte, dass der Dieb schlauer ist als ich selbst. Ich bilde mir ein, dass ich jede Ecke und jeden Winkel des Hauses durchsucht habe, in dem sich ein Papier verstecken lässt.«

»Aber ist es nicht möglich«, gab ich zu überlegen, »dass der Brief, mag er auch noch im Besitze des Ministers sein, woran kaum zu zweifeln ist, anderswo versteckt sein kann als in seinem eigenen Hause?«

»Das ist kaum möglich«, sagte Dupin. »Die gegenwärtig eigentümliche Lage der Dinge bei Hofe und besonders jene Intrigen, in die D. bekanntlich verwickelt ist, machen es nötig, dass über das Dokument jederzeit verfügt, es jederzeit vorgewiesen werden kann – ein Punkt, der fast ebenso wichtig ist wie der Besitz selbst.«

»Vorgewiesen werden kann?«, sagte ich.

»Das heißt vernichtet werden kann«, sagte Dupin.

»Richtig«, bemerkte ich, »das Papier befindet sich also offenbar noch in dem Hause. Dass der Minister es persönlich bei sich trägt, dürfen wir wohl als ausgeschlossen betrachten.«

»Allerdings«, sagte der Präfekt. »Ich habe ihn zweimal von angeblichen Straßenräubern überfallen und unter meiner eigenen Aufsicht von Kopf bis Fuß durchsuchen lassen.«

»Die Mühe hätten Sie sich sparen können«, sagte Dupin. »D., nehme ich an, ist ganz und gar kein Narr und muss daher diese Überfälle als eine übliche Sache vorhergesehen haben.«

»Ganz und gar kein Narr«, sagte G., »aber doch ein Dichter – von dem es, denke ich, nur ein Schritt bis zum Narren ist.«

»Richtig«, sagte Dupin nach einem langen und bedächtigen Zug aus seiner Meerschaumpfeife, »obwohl ich selbst etliche Knittelverse verbrochen habe.«

»Schildern Sie uns doch«, sagte ich, »die näheren Einzelheiten Ihrer Suche.«

»Nun, die Geschichte ist die, dass wir uns Zeit nahmen und überall suchten. Ich habe in diesen Dingen eine lange Erfahrung. Ich nahm das ganze Haus vor, Raum für Raum, und widmete jedem die Nächte einer ganzen Woche. Wir untersuchten zuerst die Möbel jedes Zimmers. Wir öffneten alle nur möglichen Schubladen; und Sie wissen wohl, dass es für einen gut geschulten Polizeibeamten so etwas wie ein Geheimfach nicht gibt. Jeder, der sich bei einer derartigen Suche ein Geheimfach entgehen lässt, ist ein Tölpel. Die Sache ist ganz einfach. Es gibt einen gewissen Raum – Rauminhalt –, der bei jedem Schreibtisch oder Schrank in Rechnung zu stellen ist. Dann haben wir genaue Maßstäbe. Nicht der fünfzigste Teil eines Strichs könnte uns entgehen. Nach den Schränken nahmen wir die Stühle vor. Die Kissen wurden mit den dünnen langen Nadeln untersucht, die Sie mich schon haben gebrauchen sehen. Von den Tischen nahmen wir die Platten ab.«

»Warum das?«

»Manchmal entfernt die Person, die einen Gegenstand verbergen will, den Oberteil eines Tisches oder ähnlich eingerichteten Möbelstücks; dann wird das Tischbein ausgehöhlt, der Gegenstand in der Höhlung verborgen und die Platte wieder aufgelegt. Die Ober- und Unterteile der Bettpfosten werden ebenso benutzt.«

»Aber kann man den Hohlraum nicht durch Abklopfen entdecken?«, fragte ich.

»Keineswegs, wenn man den Gegenstand beim Hineinstecken gut mit Watte umwickelt. Außerdem waren wir in unserem Fall genötigt, geräuschlos vorzugehen.«

»Aber Sie können doch nicht alle Möbel abgerückt – Sie können nicht jedes Stück auseinandergenommen haben, in denen es möglich gewesen wäre, etwas in der Weise, wie Sie erwähnen, zu verstecken. Ein Brief kann zu einer dünnen Spirale zusammengerollt werden, die in Gestalt und Dicke nicht von einer großen Stricknadel abweicht, und in dieser Form kann er zum Beispiel in die Lehne eines Stuhls hineingesteckt werden. Sie nahmen doch nicht alle Stühle auseinander?«

»Natürlich nicht; aber wir taten etwas Besseres – wir untersuchten die Holzteile jedes Stuhls und sogar die Fugen jedes Möbelstücks mit Hilfe einer sehr starken Lupe. Wären irgendwelche Spuren kürzlich vorgenommener Veränderung da gewesen, so hätten wir sie unfehlbar sofort entdeckt. Ein einziges Körnchen Holzmehl zum Beispiel wäre uns in der Größe eines Apfels erschienen. Irgendeine Unregelmäßigkeit der Verleimung – irgendwelche Ritzen in den Fugen hätten genügt, die Entdeckung herbeizuführen.«

»Ich nehme an, Sie sahen auch die Spiegel zwischen Rückwand und Scheibe nach und untersuchten die Betten und das Bettzeug ebenso wie die Teppiche und Vorhänge.«

»Selbstverständlich; und als wir mit jedem Möbelstück auf diese Art und Weise bis ins Kleinste verfahren waren, untersuchten wir das Haus selbst. Wir teilten seine ganze Fläche in Felder ein, die wir nummerierten, damit keins übergangen würde; dann untersuchten wir jeden einzelnen Quadratzoll des ganzen Hauses sowie der beiden

unmittelbar angrenzenden Häuser wie vorher mit der Lupe.«

»Der beiden angrenzenden Häuser!«, rief ich aus, »das muss Sie ja große Mühe gekostet haben.«

»Allerdings; aber die ausgesetzte Belohnung ist ungeheuer.«

»Haben Sie auch den Grund und Boden um die Häuser einbezogen?«

»Der Erdboden ist überall mit Ziegelsteinen gepflastert. Er machte uns verhältnismäßig wenig Mühe. Wir untersuchten das Moos zwischen den Steinen und fanden es unversehrt.«

»Sie haben natürlich auch D.s Papiere und die Bücher seiner Bibliothek durchgesehen?«

»Gewiss; wir öffneten jeden Pack und jedes Päckchen; wir öffneten nicht nur jedes Buch, sondern blätterten jede Seite in jedem Band um und begnügten uns nicht mit bloßem Schütteln wie manche unserer Vollziehungsbeamten. Wir maßen auch die Dicke jedes Buchdeckels mit größter Sorgfalt nach und untersuchten jeden peinlichst genau mit der Lupe. Wäre mit einem der Einbände kürzlich etwas vorgegangen, so hätte die Tatsache unmöglich unserer Beobachtung entgehen können. Etwa fünf oder sechs Bände, die frisch vom Buchbinder gekommen waren, durchstachen wir sorgfältig der Länge nach mit den Nadeln.«

»Sie untersuchten auch den Fußboden unter den Teppichen?«

»Selbstredend. Wir nahmen jeden Teppich auf und prüften die Dielen mit der Lupe.«

»Auch die Tapeten an den Wänden?«

»Ja.«

»Sie suchten in den Kellern?«

»Jawohl.«

»Dann«, sagte ich, »haben Sie sich verrechnet, und der Brief befindet sich nicht, wie Sie vermuten, in dem Hause.«

»Ich fürchte, Sie haben da recht«, sagte der Präfekt. »Und nun, Dupin, was würden Sie mir raten?«

»Nochmals eine gründliche Haussuchung vorzunehmen.«

»Das ist ganz und gar zwecklos«, erwiderte G. »Dass der Brief nicht im Hause ist, weiß ich ebenso sicher, wie ich atme.«

»Einen besseren Rat kann ich Ihnen nicht geben«, sagte Dupin. »Sie haben natürlich eine genaue Beschreibung des Briefes?«

»O ja!« – Und hier zog der Präfekt ein Notizbuch hervor und las einen genauen Bericht über das Innere und besonders das Äußere des vermissten Dokuments vor. Alsbald, nachdem er damit fertig war, verabschiedete er sich, so völlig niedergeschlagen, wie ich den guten Mann noch nie gesehen hatte.

Etwa einen Monat später besuchte er uns wieder und fand uns fast genauso beschäftigt wie damals. Er nahm eine Pfeife und einen Stuhl und begann eine gewöhnliche Unterhaltung. Endlich sagte ich: »Ach ja, G., wie steht's mit dem entwendeten Brief? Ich nehme an, Sie sind inzwischen zur Einsicht gekommen, dass der Minister sich nicht überlisten lässt?«

»Hol ihn der Teufel, sage ich – ja; ich habe zwar, wie Dupin vorschlug, nochmals eine Haussuchung vorgenommen – aber es war verlorene Mühe, ich wusste es vorher.«

»Wie groß war die ausgesetzte Belohnung, sagten Sie?«, fragte Dupin.

»Nun, ein sehr großes Geschäft – eine sehr großzügige Belohnung – wie hoch, möchte ich nicht genau sagen; aber das eine kann ich sagen: ich würde mich nicht besinnen, dem, der mir den Brief wiederschafft, einen privaten Scheck über fünfzigtausend Franc zu geben. Die Sache wird nämlich von Tag zu Tag wichtiger, und die Belohnung ist kürzlich verdoppelt worden. Aber wenn sie auch verdreifacht würde, ich könnte nicht mehr tun, als ich getan habe.«

»Je nun«, sagte Dupin gedehnt, zwischen den Zügen aus seiner Meerschaumpfeife, »ich meine – wirklich, G. – Sie haben in dieser Sache – noch nicht das Äußerste versucht. Sie könnten – ein wenig mehr tun – meine ich, wie?«

»Wie – auf welche Weise?«

»Nun« – paff, paff – »Sie könnten« – paff, paff – »jemand um Rat fragen, wie?« – paff, paff, paff. »Erinnern Sie sich an die Geschichte, die man von Abernethy erzählt?«

»Nein; zum Henker mit Abernethy!«

»Gewiss! dann eben zum Henker mit ihm. Aber es war einmal ein gewisser reicher Geizhals, der kam auf den Gedanken, bei diesem Abernethy medizinischen Rat zu schmarotzen. Er fing also in einer Gesellschaft ein Gespräch mit ihm an und trug dem Arzt seinen Fall als den einer erfundenen Person vor.

›Angenommen‹, sagte der Geizhals, ›die Symptome seien die und die; was, Doktor, würden Sie ihm verordnen?‹

›Verordnen?‹, sagte Abernethy. ›Nun, einen Arzt natürlich.‹«

»Aber«, sagte der Präfekt etwas betroffen, »ich will ja gern einen Arzt nehmen und ihn bezahlen. Ich würde wirklich dem, der mir in dieser Sache helfen kann, fünfzigtausend Franc geben.«

»Wenn das so ist«, erwiderte Dupin, indem er eine Schublade aufzog und ein Scheckbuch herausnahm, »dann können Sie mir auch einen Scheck auf die genannte Summe ausstellen. Sobald Sie ihn unterschrieben haben, gebe ich Ihnen den Brief.«

Ich war verblüfft. Der Präfekt schien vollends wie vom Donner gerührt. Einige Minuten lang saß er sprachlos und regungslos da und starrte meinen Freund mit offenem Mund und Augen, die förmlich aus ihren Höhlen quollen, ungläubig an; dann, nachdem er sich anscheinend wieder etwas gefasst hatte, ergriff er eine Feder und füllte, mehrmals innehaltend und leer vor sich hinstarrend, schließlich einen Scheck über fünfzigtausend Franc aus, unterschrieb ihn und reichte ihn Dupin über den Tisch. Dieser prüfte ihn sorgfältig und steckte ihn in seine Brieftasche; dann schloss er ein Schreibpult auf, entnahm ihm einen Brief und gab ihn dem Präfekten. Der Beamte ergriff ihn in einem wahren Freudentaumel, öffnete ihn mit zitternder Hand, überflog schnell seinen Inhalt, krabbelte und krebste zur Tür und rannte schließlich unhöflich aus dem Zimmer und aus dem Haus hinaus, ohne eine Silbe geäußert zu haben, seitdem Dupin ihn ersucht hatte, den Scheck auszufüllen.

Als er gegangen war, gab mein Freund mir einige Erklärungen.

»Die Pariser Polizei«, sagte er, »ist auf ihre Art ungemein geschickt. Sie ist ausdauernd, gewitzt, pfiffig und kennt sich durch und durch in allen Dingen aus, die ihr

Dienst hauptsächlich zu verlangen scheint. Als G. uns daher schilderte, wie er die Räume im Hause D.s durchsuchte, war ich vollkommen davon überzeugt, dass er seine Sache gut gemacht hat – so weit sich seine Suche erstreckte.«

»So weit sich seine Suche erstreckte?«, sagte ich.

»Ja«, sagte Dupin. »Die ergriffenen Maßnahmen waren nicht nur die besten ihrer Art, sondern wurden auch bis zu absoluter Vollkommenheit durchgeführt. Hätte sich der Brief im Bereich ihrer Suche befunden, so hätten ihn die Burschen zweifellos auch gefunden.«

Ich lachte bloß – aber ihm schien es mit allem, was er sagte, Ernst zu sein.

»Die Maßnahmen also«, fuhr er fort, »waren in ihrer Art gut und wurden gut durchgeführt; ihr Fehler lag darin, dass sie auf diesen Fall und diesen Mann nicht anwendbar waren. Für den Präfekten sind gewisse sehr sinnreiche Hilfsmittel eine Art Prokrustesbett, in das er seine Pläne gewaltsam hineinzwängt. Aber er irrt sich beständig, weil er in dem jeweils gegebenen Fall entweder zu gründlich oder zu oberflächlich verfährt; und mancher Schuljunge ist ein besserer Denker als er. Ich kannte einen ungefähr Achtjährigen, dessen Glück im Raten bei dem Spiel ›Gerad oder ungerad‹ allgemeine Bewunderung erregte. Dieses Spiel ist einfach und wird mit Murmeln gespielt. Ein Spieler hält eine Anzahl dieser Kügelchen in der Hand und fragt einen anderen, ob die Zahl gerade oder ungerade ist. Rät der Gefragte richtig, gewinnt er eine Murmel; rät er falsch, verliert er eine. Der Knabe, von dem ich rede, gewann alle Murmeln seiner Mitschüler. Natürlich hatte er ein System des Ratens; und dies lag in bloßer Beobachtung und Berechnung der

Klugheit seiner Gegner. Ein Beispiel: Ein rechter Dummkopf ist sein Gegner und fragt, die geschlossene Hand hinhaltend: ›Gerade oder ungerade?‹ Unser Schuljunge erwidert: ›Ungerade‹ und verliert; aber beim zweiten Mal gewinnt er, denn er sagt sich: ›Dieser Dummkopf hatte beim ersten Mal eine gerade Anzahl von Murmeln, und seine Schlauheit reicht gerade hin, dass er beim zweiten Mal ungerade nimmt, ich werde daher ungerade raten‹; – er rät ›ungerade‹ und gewinnt. Bei einem Dummkopf nun, der ein wenig klüger ist als der erste, würde er so überlegt haben: ›Dieser Bursche weiß, dass ich beim ersten Mal ungerade geraten habe, und wird sich deshalb beim zweiten Mal im ersten Augenblick vornehmen, in einfacher Abwechslung von Gerade zu Ungerade überzugehen, wie der erste Dummkopf; aber dann wird ihm der Gedanke kommen, dass diese Abwechslung zu einfach ist, und so wird er gerade wählen wie vorher. Ich werde daher gerade raten‹; – er rät ›gerade‹ und gewinnt. Worin besteht nun die Art, wie dieser Schuljunge, den seine Kameraden einen ›Glückspilz‹ nannten, überlegte – wenn wir sie genau analysieren?«

»Es ist bloß eine Gleichsetzung«, sagte ich, »seines eigenen Verstandes mit dem seines Gegners.«

»Richtig«, sagte Dupin; »und als ich den Schuljungen fragte, wie er denn diese vollkommene Gleichsetzung, in der sein ›Glück‹ bestand, fertigbringe, erhielt ich die folgende Antwort: ›Wenn ich herausbekommen will, wie klug oder wie dumm oder wie gut oder wie böse einer ist oder was er in dem Augenblick denkt, suche ich den Ausdruck meines Gesichts so genau wie möglich dem Ausdruck seines Gesichts anzugleichen und warte dann ab, was für Gedanken und Gefühle in meinem Kopf oder

Herzen aufsteigen, die zu dem Ausdruck passen oder mit ihm übereinstimmen.‹ Diese Antwort des Schuljungen liegt all dem unechten Tiefsinn zugrunde, den man Rochefoucauld, La Bougive, Machiavelli und Campanella zuschreibt.«

»Und die Gleichsetzung«, sagte ich, »des eigenen Verstandes mit dem des Gegners hängt, wenn ich Sie recht verstehe, von der Genauigkeit ab, mit der des Gegners Verstand eingeschätzt wird.«

»Praktisch hängt ihr Wert davon ab«, erwiderte Dupin; »und der Präfekt und seine Schar gehen so häufig fehl, erstens, weil sie diese Gleichsetzung versäumen, und zweitens, weil sie schlecht oder gar nicht ermessen, mit welchem Verstand sie es zu tun haben. Sie gehen von ihren *eigenen* Vorstellungen von Klugheit aus; und bei der Suche nach einem versteckten Gegenstand richten sie ihr Augenmerk nur auf die Art und Weise, wie sie selbst ihn versteckt hätten. Sie haben ganz recht damit – dass nämlich ihr eigener Verstand ein gutes Beispiel für jenen der Masse ist; aber wenn die Schlauheit des einzelnen Missetäters sich wesentlich von ihrer eigenen unterscheidet, führt sie der Missetäter natürlich an der Nase herum. Dies geschieht immer, wenn er ihnen an Schlauheit überlegen, und nicht selten, wenn er ihnen unterlegen ist. Sie kennen keine grundsätzliche Abwechslung bei ihren Untersuchungen; bestenfalls, wenn sie durch einen ungewöhnlichen Anlass – durch eine außerordentliche Belohnung – angestachelt werden, wenden sie ihre alten Praktiken gründlicher an oder übertreiben sie, ohne sie jedoch grundsätzlich zu ändern. Was ist zum Beispiel in diesem Fall mit D. geschehen, um die Art und Weise des Vorgehens grundsätzlich zu verändern? Was ist all dies Bohren und Klopfen und Sondieren und Suchen mit der Lupe und das Einteilen der Fläche des Hauses in nummerierte zollgroße Vierecke – was ist all dies anders als eine Übertreibung in der Anwendung des einen Untersuchungsprinzips oder eines Komplexes solcher Prinzipien, die auf dem einen Vorstellungskomplex beruhen, an den sich der Präfekt im Laufe seiner langen Dienstzeit gewöhnt hat? Merken Sie nicht, dass er es für ausgemacht hielt, *alle* Menschen würden, um einen Brief zu verbergen, darauf verfallen, ihn – nicht gerade in ein Loch zu stecken, das sie in ein Stuhlbein gebohrt haben, aber wenigstens in einem abseitigen Loch oder Winkel zu verstecken, aus dem gleichen Gedankengang heraus, der einen Menschen veranlassen würde, ihn in einem Loch zu verbergen, das er in ein Stuhlbein gebohrt hat? Und merken Sie nicht auch, dass solche ausgeklügelten Verstecke nur bei gewöhnlichen Gelegenheiten anwendbar sind und nur von gewöhnlichen Geistern angewendet werden; denn in allen Fällen, wo ein Gegenstand versteckt werden soll, ist seine Aufbewahrung – eine Aufbewahrung in dieser ausgeklügelten Art – ohne weiteres zu erraten und wird erraten; und daher hängt seine Auffindung ganz und gar nicht vom Scharfsinn, sondern lediglich von der bloßen Geduld, Entschlossenheit und Sorgfalt des Suchenden ab; und diese Eigenschaften haben noch nie versagt, wo der Fall von Wichtigkeit oder – was in den Augen der Polizei auf dasselbe hinausläuft – wenn die Belohnung sehr groß ist. Sie werden nun verstehen, was ich mit der Bemerkung meine, dass der entwendete Brief, wäre er irgendwo innerhalb des Untersuchungsbereiches des Präfekten versteckt gewesen – mit anderen Worten, hätten die Prinzipien des Präfekten das Prinzip umfasst, nach dem er versteckt wurde –, fraglos gefunden worden wäre. Dieser Beamte ist indessen gründlich gefoppt worden; und der letzte Grund seines Misserfolgs liegt in der Annahme, dass der Minister ein Narr sei, weil er sich als Dichter einen Namen gemacht hat. Alle Narren seien Dichter; so denkt der Präfekt; und er macht sich nur einer Non distributio medii schuldig, wenn er daraus schließt, dass *alle* Dichter Narren sind.«

»Aber handelt es sich denn hier wirklich um den Dichter?«, fragte ich. »Es sind zwei Brüder, soviel ich weiß; und sie beide haben sich einen Ruf als Schriftsteller erworben. Der Minister hat, glaube ich, gelehrt über die Differentialrechnung geschrieben. Er ist Mathematiker und nicht Dichter.«

»Sie irren sich; ich kenne ihn gut, er ist beides. Als Dichter *und* Mathematiker weiß er gut, logisch zu denken; als bloßer Mathematiker hätte er überhaupt nicht logisch gedacht und wäre so dem Präfekten ausgeliefert gewesen.«

»Sie erstaunen mich mit diesen Ansichten«, sagte ich, »denen die Meinung der ganzen Welt widerspricht. Sie wollen doch nicht etwa die wohlerwogene Anschauung von Jahrhunderten für nichtig erklären? Der mathematische Verstand gilt seit langem als der Verstand par excellence.«

»›Il y a à parier‹«, erwiderte Dupin, indem er Chamfort zitierte, »›que toute idee publique, toute convention reçue, est une sottise, car elle a convenu au plus grand nombre.‹ Die Mathematiker, versichere ich Ihnen, haben ihr Bestes getan, den allgemeinen Irrtum zu verbreiten, auf den Sie anspielen, der jedoch darum nicht weniger ein Irrtum ist, weil er als Wahrheit verbreitet wird. Mit einer

Geschicklichkeit, die einer besseren Sache würdig gewesen wäre, haben sie zum Beispiel den Begriff ›Analysis‹ in die Algebra eingeschmuggelt. Die Franzosen sind die Urheber dieser ungewöhnlichen Täuschung; aber wenn ein Begriff einige Bedeutung hat – wenn Worte irgendwelchen Wert durch ihre Anwendbarkeit erhalten –, dann bedeutet ›Analysis‹ ebenso wenig Algebra, wie im Lateinischen ›ambitus‹ Ambition, ›religio‹ Religion oder ›homines honesti‹ eine Anzahl ehrenwerter Männer.«

»Sie werden mit einigen Algebraikern von Paris Streit bekommen, scheint mir«, sagte ich, »aber fahren Sie fort.«

»Ich bestreite die Verwendbarkeit und damit den Wert eines Verstandes, der in irgendeiner anderen speziellen Form als der abstrakt logischen gepflegt wird. Ich bestreite insbesondere den durch das Studium der Mathematik entwickelten Verstand. Die Mathematik ist die Wissenschaft von Form und Menge; mathematisches Schließen ist bloß auf die Anschauung von Form und Menge angewandte Logik. Der große Irrtum liegt in der Annahme, selbst Wahrheiten der sogenannten reinen Algebra seien abstrakte oder allgemeingültige Wahrheiten. Und dieser Irrtum ist so verbreitet, dass ich mich nicht genug über die allgemeine Bereitwilligkeit wundern kann, mit der er hingenommen wird. Mathematische Axiome sind keine Axiome von allgemeingültiger Wahrheit. Was als Beziehung – von Form und Menge – wahr ist, ist oft ganz falsch zum Beispiel hinsichtlich der Ethik. In letzterer Wissenschaft ist es meistens unwahr, dass die Summe der Teile dem Ganzen gleich sei. In der Chemie ist das Axiom ebenso falsch. Es ist falsch im Bereich der Bewegung; denn zwei Bewegungen, jede von gegebenem Wert, haben, vereinigt, nicht notwendigerweise einen

Wert, welcher der Summe ihrer einzelnen Werte gleichkommt. Es gibt noch zahlreiche andere mathematische Wahrheiten, die nur in den Grenzen ihrer Beziehungen Wahrheiten sind. Aber der Mathematiker schließt aus Gewohnheit nach seinen begrenzten Wahrheiten, als ob sie Wahrheiten von absoluter allgemeingültiger Anwendbarkeit wären – wofür die Welt sie denn auch wirklich hält. Bryant erwähnt in seiner sehr gelehrten ›Mythologie‹ eine ähnliche Fehlerquelle, wenn er sagt, dass wir ›zwar an die heidnischen Fabeln nicht glauben, uns jedoch beständig vergessen und aus ihnen Schlüsse ziehen, als beständen sie in Wirklichkeit‹. Die Algebraiker indessen, die selbst Heiden sind, *glauben* an die ›heidnischen Fabeln‹ und ziehen Schlüsse daraus, nicht so sehr aus Gedankenlosigkeit als aus unerklärlicher Unzurechnungsfähigkeit. Kurz, ich bin noch niemals einem reinen Mathematiker begegnet, dem man über seine Wurzelgleichung hinaus hätte Glauben schenken können, oder einem, der es nicht insgeheim für einen Glaubensartikel gehalten hätte, dass $x^2 + px$ absolut und unbedingt gleich q sei. Machen Sie bitte die Probe und sagen Sie einem dieser Herren, Sie hielten Fälle für möglich, wo $x^2 + px$ nicht ganz gleich q sei, und wenn Sie ihm klargemacht haben, was Sie meinen, so nehmen Sie schleunigst Reißaus, denn zweifellos wird er versuchen, Sie niederzuschlagen.

Ich will damit sagen«, fuhr Dupin fort, während ich über seine letzten Bemerkungen bloß lachte, »dass der Präfekt nicht genötigt gewesen wäre, mir diesen Scheck zu geben, wenn der Minister nichts als nur Mathematiker gewesen wäre. Ich kannte ihn indessen als Mathematiker und Dichter zugleich und passte meine Maßnahmen seinen Fähigkeiten an, unter Berücksichtigung der gegebenen

Umstände und Verhältnisse. Ich kannte ihn auch als einen Hofmann und frechen Intriganten. Ein solcher Mann, dachte ich, müsse mit der üblichen Art und Weise polizeilichen Vorgehens vertraut sein. Er musste die Überfälle, die man auf ihn verübte, vorhergesehen haben – und die Ereignisse haben bewiesen, dass er sie voraussah. Seine häufige nächtliche Abwesenheit von zu Hause, die der Präfekt als seinen Absichten so förderlich begrüßte, hielt ich bloß für eine List, der Polizei Gelegenheit zur Haussuchung zu geben und ihr möglichst schnell die Überzeugung beizubringen – zu der G. denn auch schließlich gelangte –, die Überzeugung, dass der Brief sich nicht in dem Hause befinde. Ich fühlte auch, dass der ganze Gedankengang, den ich Ihnen soeben mit einiger Mühe auseinandergesetzt habe, über das unveränderliche Prinzip des polizeilichen Vorgehens bei der Suche nach versteckten Gegenständen – ich fühlte, dass dieser Gedankengang dem Minister selbstverständlich durch den Kopf gehen würde. Er musste ihn notwendigerweise dazu führen, all die gewöhnlichen Verstecke zu verschmähen. *Er*, überlegte ich, konnte nicht so beschränkt sein, nicht zu sehen, dass auch der abseitigste und verborgenste Winkel seines Hauses den Augen, Bohrern, Sonden und Lupen des Präfekten ebenso offen liegen würde wie seine gewöhnlichen Wohnräume. Ich begriff, kurzum, dass er unbedingt zur *Einfachheit* getrieben würde, wenn er sich nicht schon aus freier Wahl dafür entschieden hatte. Sie erinnern sich vielleicht, wie unmäßig der Präfekt lachte, als ich bei unserer ersten Unterredung die Möglichkeit andeutete, dass dieses Geheimnis ihm gerade darum so viel zu schaffen mache, weil es so selbstverständlich sei.«

»Ja«, sagte ich, »ich erinnere mich an seine Erheiterung

sehr wohl. Ich glaubte schon, er würde in einen Lachkrampf verfallen.«

»Die materielle Welt«, fuhr Dupin fort, »ist voll von sehr strengen Analogien zur immateriellen; und das gibt dem rhetorischen Lehrsatz einen Schein von Wahrheit, dass man ein Gleichnis oder eine Metapher verwenden kann, sowohl um ein Argument zu verstärken, als auch um eine Beschreibung auszuschmücken. Der Grundsatz der Vis inertiae zum Beispiel scheint in der Physik wie in der Metaphysik der gleiche zu sein. Die Tatsache, dass ein großer Körper schwerer in Bewegung zu setzen ist als ein kleiner und dass seine daraus folgende Wucht dieser Schwierigkeit entspricht, hat in der erstgenannten Wissenschaft nicht mehr Gültigkeit als in der letztgenannten die Tatsache, dass fähigere Intellekte, wenn auch stärker, beharrlicher und wirksamer in ihren Bewegungen als die geringeren Ranges, doch weniger leicht zu bewegen und viel mehr gehemmt und zaghafter bei den ersten wenigen Schritten auf ihrem Pfade sind. Übrigens, haben Sie schon einmal darauf geachtet, welche Ladenschilder die meiste Aufmerksamkeit auf sich ziehen?«

»Ich habe darüber noch nie nachgedacht«, sagte ich.

»Es gibt ein Rätselspiel«, fuhr er fort, »bei dem man eine Landkarte benutzt. Ein Spieler gibt dem anderen auf, ein gegebenes Wort zu finden – den Namen einer Stadt, eines Flusses, eines Landes oder Staates –, kurz, irgendein Wort auf der buntscheckigen und verworrenen Fläche der Landkarte. Ein Neuling in dem Spiel sucht gewöhnlich seine Gegner dadurch in Verlegenheit zu bringen, dass er ihnen die am kleinsten gedruckten Namen aufgibt; der Eingeweihte dagegen wählt solche Worte, die sich in Großbuchstaben von einem Ende der Karte bis zum andern erstrecken. Diese entgehen wie die übergroßen Buchstaben der Plakate und Schilder auf der Straße der Beachtung, eben weil sie so außerordentlich leicht sichtbar sind; und das physische Übersehen hier ist genau analog der geistigen Unachtsamkeit, mit welcher der Verstand diejenigen Betrachtungen unbemerkt lässt, die zu aufdringlich und zu handgreiflich selbstverständlich sind. Aber dies ist, wie es scheint, ein Punkt, der etwas über oder unter dem Horizont des Präfekten liegt. Er hielt es nicht einen Augenblick lang für wahrscheinlich, dass der Minister den Brief allen Leuten unmittelbar vor die Nase legen würde, als das beste Mittel, jedermann davon abzuhalten, ihn zu bemerken.

Aber je mehr ich über das vermessene, verwegene und verschlagene Wesen D.s nachdachte; über die Tatsache, dass das Dokument immer zur Hand gewesen sein muss, wenn er beabsichtigte, es wirkungsvoll zu gebrauchen; und über die vom Präfekten gewonnene entscheidende Einsicht, dass es nicht im Bereich der üblichen Nachforschungen dieser würdigen Respektsperson versteckt sei – desto mehr wurde ich davon überzeugt, dass der Minister, um den Brief zu verbergen, auf den verständigen und klugen Ausweg verfallen war, das Verstecken gar nicht erst zu versuchen.

Ganz erfüllt von diesen Gedanken, versah ich mich mit einer grünen Brille und sprach eines schönen Morgens wie zufällig im Haus des Ministers vor. Ich fand D. daheim, er gähnte, rekelte sich und faulenzte wie gewöhnlich und tat so, als ob er sich tödlich langweile. Er ist vielleicht der energischste und tätigste Mensch, der lebt, aber nur, wenn ihn niemand sieht.

Um ihm nicht nachzustehen, klagte ich über meine

schwachen Augen und jammerte über die leidige Notwendigkeit, eine Brille zu tragen – unter deren Schutz ich mich genau und vorsichtig in dem Gemach umsah, während ich bloß dem Geplauder meines Wirtes aufmerksam zu lauschen schien.

Ich richtete mein Augenmerk besonders auf den großen Schreibtisch, an dem er saß und auf dem allerlei Briefe und andere Papiere in buntem Durcheinander mit einem oder zwei Musikinstrumenten und einigen Büchern lagen. Hier indessen gewahrte ich nach einer langen und sehr sorgfältigen Musterung nichts, was besonderen Verdacht erregen konnte.

Endlich fielen meine Blicke, die ich durch das Zimmer schweifen ließ, auf einen schäbigen Kartenhalter aus durchbrochener Pappe, der an einem schmutzigen blauen Bande von einem kleinen Messingknopf gerade unter dem Mittelteil des Kaminsimses herabbaumelte. In diesem Halter, der drei oder vier Fächer hatte, staken fünf oder sechs Visitenkarten und ein einzelner Brief. Dieser war sehr beschmutzt und zerknittert. Er war in der Mitte fast entzweigerissen – als ob eine im ersten Augenblick gefasste Absicht, ihn als wertlos ganz zu zerreißen, im nächsten geändert oder verhindert worden wäre. Er trug ein großes schwarzes Siegel mit dem deutlich sichtbaren Monogramm D.s und war in einer zierlichen Damenhandschrift an D., den Minister selbst, adressiert. Er war nachlässig und sogar, wie es schien, geringschätzig in eins der oberen Fächer des Halters gesteckt worden.

Kaum hatte ich diesen Brief erblickt, als es auch schon bei mir feststand, dass es der gesuchte sein müsse. Gewiss, seinem ganzen Aussehen nach unterschied er sich vollständig von dem, dessen so eingehende Beschreibung uns der Präfekt vorgelesen hatte. Hier war das Siegel groß und schwarz mit D.s Monogramm; dort war es klein und rot mit dem Wappen der herzoglichen Familie S. Hier lautete die Adresse an den Minister, in kleiner weiblicher Schrift; dort war die Aufschrift an eine gewisse königliche Person gerichtet, in großen entschiedenen und markigen Zügen; nur in der Größe bestand einige Ähnlichkeit. Aber gerade diese bis zum Äußersten gehende Verschiedenheit, die übertrieben war; der Schmutz; der befleckte und zerrissene Zustand des Papiers, der so gar nicht zu den wirklichen Gewohnheiten der Ordnungsliebe D.s passte und so eindringlich die Absicht verriet, beim Beschauer einen falschen Eindruck von der Wertlosigkeit des Schriftstücks hervorzurufen; diese Dinge zusammen mit der allzu auffälligen Aufbewahrung dieses Dokuments, jedem Besucher offen vor Augen, die genau mit den Schlüssen übereinstimmte, zu denen ich früher gelangt war: diese Dinge, sage ich, konnten jemanden, der schon mit Argwohn gekommen war, nur in seinem Verdacht bestärken.

Ich dehnte meinen Besuch so lange wie möglich aus und richtete mein Augenmerk unverwandt auf den Brief, während ich mich scheinbar höchst angeregt mit dem Minister über einen Gegenstand unterhielt, der, wie ich wusste, noch nie verfehlt hatte, ihn zu fesseln und zu reizen. Bei diesem Beobachten prägte ich meinem Gedächtnis das genaue Aussehen des Briefes ein und die Art, wie er in dem Kartenhalter stak, und machte endlich eine Entdeckung, die den letzten geringfügigen Zweifel, den ich noch gehegt haben mochte, beseitigte. Als ich nämlich die Ränder des Papiers genauer betrachtete, bemerkte ich, dass sie mehr, als es nötig schien, abgeschabt waren;

sie hatten das gebrochene Aussehen, das entsteht, wenn ein steifes Papier, das einmal gefaltet und mit einem Falzbein geglättet worden war, umgedreht und in denselben Brüchen und Kniffen, die den ursprünglichen Falz gebildet haben, wiedergeknifft wird. Diese Entdeckung genügte mir. Es war mir klar, dass man den Brief wie einen Handschuh gewendet, die Innenseite nach außen gekehrt, ihn neu adressiert und gesiegelt hatte. Ich wünschte dem Minister einen guten Morgen und ging sogleich, wobei ich eine goldene Schnupftabaksdose auf dem Tisch zurückließ.

Am nächsten Morgen kam ich wieder, um die Schnupftabaksdose zu holen, und wir nahmen eifrigst das Gespräch vom vorhergehenden Tage wieder auf. Während wir ganz darin vertieft waren, ertönte plötzlich ein lauter Knall, wie von einem Pistolenschuss, unmittelbar unter dem Fenster des Hauses, und ihm folgte ein lautes Geschrei und der Lärm einer erregten Menge. D. eilte an ein Fenster, Riss es auf und blickte hinaus. Inzwischen trat ich zum Kartenhalter, nahm den Brief, steckte ihn in die Tasche und ersetzte ihn durch ein Faksimile (was sein äußeres Aussehen betrifft), das ich sorgfältig zu Hause hergestellt hatte; wobei ich D.s Monogramm ohne große Mühe mit Hilfe eines aus Brot geformten Petschafts nachgemacht hatte.

Der Auftritt auf der Straße war durch das tolle Gebaren eines Mannes mit einem Gewehr verursacht worden. Er hatte es mitten in einen Haufen von Weibern und Kindern abgefeuert. Es erwies sich jedoch, dass es nicht scharf geladen gewesen war, und so ließ man den Kerl als einen Narren oder Betrunkenen laufen. Als er seiner Wege gegangen war, kam D. vom Fenster zurück, wohin ich ihm sogleich gefolgt war, nachdem ich meinen Raub in Sicherheit gebracht hatte. Bald darauf verabschiedete ich mich. Der angeblich Irre war ein Mann in meinem Solde.«

»Aber welche Absicht verfolgten Sie damit«, fragte ich, »dass Sie den Brief durch ein Faksimile ersetzten? Wäre es nicht besser gewesen, Sie hätten ihn gleich beim ersten Besuch ganz offen genommen und wären davongelaufen?«

»D.«, erwiderte Dupin, »ist ein äußerst entschlossener und handfester Mann. Auch fehlt es in seinem Hause nicht an Dienern, die ihm ergeben sind. Hätte ich den Gewaltstreich versucht, den Sie vorschlagen, so hätte ich das Gemach des Ministers kaum lebend verlassen. Die lieben Pariser würden nichts mehr von mir gehört haben. Aber ich hatte außerdem noch einen anderen Grund als diese Überlegungen. Sie kennen meine politischen Ansichten. In dieser Angelegenheit handle ich als Parteigänger der betreffenden Dame. Achtzehn Monate lang hat der Minister sie in seiner Gewalt gehabt. Sie hat ihn jetzt in der ihrigen; denn da er nicht weiß, dass der Brief nicht mehr in seinem Besitz ist, wird er mit seinen Erpressungen fortfahren, als besäße er ihn noch. Dadurch wird er selbst unvermeidlich seine politische Vernichtung herbeiführen. Auch wird sein Sturz ebenso jäh wie schmählich sein. Man hat gut über den Facilis descensus Averni reden; aber bei allen Arten von Kletterkünsten ist es, wie die Catalani vom Singen sagte, weit leichter, hinauf-, als herabzusteigen. Im gegenwärtigen Fall habe ich kein Mitgefühl – wenigstens kein Mitleid – mit dem, der herunterkommt. Er ist das Monstrum horrendum, ein geistreicher, aber gewissenloser Mann. Ich gestehe indessen, dass ich gar zu gern seine Gedanken lesen möchte, wenn er, herausgefordert von ihr, die der Präfekt ›eine gewisse hohe Person‹ zu nennen beliebt, endlich gezwungen wird, den Brief zu öffnen, den ich ihm im Kartenhalter zurückließ.«

»Wie? Haben Sie etwas Besonderes hineingeschrieben?«

»Nun ja, es schien mir nicht ganz recht zu sein, das Innere leer zu lassen – das wäre beleidigend gewesen. D. spielte mir einmal in Wien einen schlimmen Streich, und ich sagte ihm in bester Laune, ich würde es nicht vergessen. Da ich nun wusste, dass er einigermaßen neugierig sein würde zu erfahren, wer der Mensch sei, der ihn überlistet hatte, dachte ich also, es wäre schade, ihm nicht einen kleinen Wink zu geben. Er kennt meine Handschrift sehr gut, und ich schrieb nur mitten auf das leere Blatt die Worte:

Un dessein si funeste,
S'il n'est digne d'Atrée, est digne de Thyeste.

Sie stehen in Crébillons ›Atrée‹.«

# Grube und Pendel

Mir war so elend – zum Sterben elend von dieser langen Qual; und als sie endlich meine Bande lösten, als ich sitzen durfte, fühlte ich, dass mich meine Sinne verließen. Das Urteil – dieses entsetzliche Todesurteil – war das Letzte, was deutlich an mein Ohr drang. Danach schien der Klang der richterlichen Stimmen in ein traumhaft unbestimmtes Murmeln überzugehen. Es weckte in meiner Seele die Vorstellung eines Kreisens – vielleicht, weil es sich mir mit dem Rauschen eines Mühlrads verband. Dies währte jedoch nur kurze Zeit; denn bald hörte ich gar nichts mehr. Doch für eine Weile sah ich – aber wie fürchterlich übertrieben! –, ich sah die Lippen der schwarzgekleideten Richter. Mir schienen sie weiß – weißer als das Blatt, auf das ich diese Worte aufzeichne – und dünn bis zur Lächerlichkeit; ganz dünn in dem angespannten Ausdruck ihrer Härte – ihrer unerschütterlichen Entschlossenheit – ihrer eisernen Nichtachtung menschlicher Leiden. Ich sah noch, wie der Beschluss über das, was mir Schicksal werden sollte, von diesen Lippen ausgesprochen wurde. Ich sah, wie sie sich zu todverkündender Rede verzogen. Ich sah, wie sie die Silben meines Namens formten. Und ich schauderte, weil sie keinen Laut hervorbrachten. Ein paar Augenblicke lang fieberte ich auch in Schrecken, als ich das sanfte und fast unmerkbare Wehen der düsteren Draperien sah, die die Wände des Zimmers verhüllten. Und dann fiel mein Blick auf die sieben hohen Kerzen des Tisches. Anfangs tat ihr Anblick wohl, und sie schienen weiße, schlanke Engel, die mich retten würden; aber dann auf einmal überfiel mich eine tödliche Übelkeit, und ich fühlte jede Fiber meines Körpers beben, als hätte ich den Draht eines galvanischen Elements berührt, während die Engel wesenlose Geister mit Flammenköpfen wurden, und ich sah, dass mir von da keine Hilfe kommen würde. Und dann stahl sich mir wie ein herrlicher Klang von Musik der Gedanke in den Sinn, welch süße Ruhe im Grabe sein würde. Der Gedanke nahte behutsam und heimlich, und es muss wohl lange gedauert haben, bis ich ihn ganz begriffen hatte; aber eben als mein Geist endlich dazu gelangt war, ihn recht eigentlich zu empfinden und zu nähren, verschwanden die Gestalten der Richter vor mir wie durch Zauberei; die hohen Kerzen sanken in nichts zusammen; ihre Flammen verloschen; schwarze Finsternis herrschte; alle Wahrnehmungen schienen verschlungen von einem rasenden Fall, als stürze die Seele in den Hades. Dann war die Welt Stille und Schweigen und Nacht.

Ich war in Ohnmacht gefallen; doch will ich nicht sagen, dass mich das Bewusstsein ganz verlassen hatte; was davon geblieben war, will ich nicht zu bestimmen oder gar zu schildern versuchen; und doch war nicht alles vergangen. Nein – im tiefsten Schlaf – im Fieber – in der Ohnmacht – im Tod – ja! – selbst im Grab ist nicht *alles* vergangen, sonst gäbe es keine Unsterblichkeit für die Menschen. Wenn wir aus dem tiefsten Schlummer auftauchen, zerreißen wir das dünne Gewebe irgendeines Traumes. Doch das Gewebe mag so zart gewesen sein, dass wir uns eine Sekunde später nicht an das erinnern, was wir geträumt haben. Auf der Rückkehr aus der Ohnmacht ins Leben gibt es zwei Abschnitte: der erste ist das Erwachen des gefühlsmäßigen oder geistigen Sinns, der zweite das des körperlichen Sinns, des Daseins. Wenn wir nun das zweite Stadium erreicht haben und uns die Eindrücke des ersten zurückrufen, würden wir wahrscheinlich unter diesen Eindrücken viele Erinnerungen an den Abgrund jenseits finden. Und was ist dieser Abgrund? Wie zumindest sollen wir seine Schatten von denen des Grabes unterscheiden? Denn wenn die Eindrücke dessen, was ich den ersten Abschnitt nannte, nicht mit Absicht zurückgerufen werden – kehren sie nicht doch nach langer Zeit ungerufen wieder, während wir uns wundern, woher sie kommen? Wer nie bewusstlos war, der findet auch nie seltsame Paläste und unendlich vertraute Gesichter im Glühen des Feuers; der sieht nicht die traurigen Gesichte, die in der Luft schweben und die die Menge nicht sehen darf, der sinnt nicht über den Duft einer fremden Blume nach, der lässt sich nicht vom Sinn eines musikalischen Rhythmus verzaubern, der ihn nie zuvor berührt hat.

Während ich immer wieder ernsthafte und bewusste Anstrengungen machte, mich zu besinnen, mitten in dem eifrigen Bemühen, ein Zeichen des scheinbaren Nichts zu erhaschen, in das meine Seele gesunken war, gab es Augenblicke, in denen ich glaubte, es gelinge mir; gab es kurze, sehr kurze Zeiträume, in denen ich Erinnerungen heraufbeschwor, und diese Erinnerungen konnten – so belehrte mich der klare Verstand späterer Zeiten – nur zu jenem Zustand scheinbarer Bewusstlosigkeit eine Beziehung gehabt haben. Diese Erinnerungsschatten erzählen undeutlich von hohen Gestalten, die mich aufhoben und in aller Stille hinabtrugen – hinab – noch tiefer– bis ein widerlicher Schwindel mich fasste bei der bloßen Vorstellung, dass dieses Niedersteigen nie ein Ende nehmen könnte. Sie erzählen auch von einem unbestimmten Schrecken meines Herzens darüber, dass dies Herz so unnatürlich still war. Dann durchdrang ein plötzliches Gefühl der Reglosigkeit alle Dinge, als hätten die, die mich trugen (ein gespenstischer Zug), in ihrem Abstieg die Grenzen des Grenzenlosen überschritten und ruhten nun, müde von ihrer schweren Arbeit; dann erinnere ich mich an Öde und Feuchtigkeit; und dann dieser ganze Irrsinn – dieser Irrsinn einer Erinnerung, die sich mit lauter Unmöglichem abquält.

Ganz plötzlich kehrten meiner Seele Bewegung und Ton zurück: die stürmische Bewegung des Herzens und in mein Ohr der Ton seines Schlagens. Dann eine Pause – alles ist leer. Dann wieder Ton und Bewegung und Berührung – ein bebendes Gefühl, das meinen Körper durchzuckt. Dann das bloße Bewusstsein des Daseins ohne Gedanken – ein Zustand, der lange anhält. Dann ganz plötzlich Gedanken und schaudernder Schrecken und ein ernsthafter Versuch, meinen tatsächlichen Zustand zu begreifen. Dann ein heftiges Verlangen, in Besinnungslosigkeit zu versinken. Dann ein rasches Wiederaufleben der Seele und eine erfolgreiche Anstrengung, sich zu bewegen. Und nun ein volles Erinnern an das Verhör, an die Richter, an die düsteren Draperien, an den Urteilsspruch, an die Übelkeit, an die Ohnmacht. Alles, was darauf folgte, hatte ich vollständig vergessen; erst später gelang es mir nach sehr heftigen Bemühungen, mich an all dies undeutlich zu erinnern.

Bis jetzt hatte ich meine Augen nicht geöffnet. Ich fühlte, dass ich ungefesselt auf dem Rücken lag. Ich streckte meine Hand aus, und sie fiel schwer auf etwas Feuchtes, Hartes. Dort ließ ich sie viele Minuten liegen, während ich mich bemühte, herauszufinden, wo und *was* ich sein könnte. Ich sehnte mich, meine Augen zu gebrauchen, aber ich wagte es nicht. Ich fürchtete den ersten Blick auf die Dinge rund um mich. Nicht, dass ich gefürchtet hätte, Schreckliches zu sehen, sondern mir graute bei dem entsetzlichen Gedanken, gar nichts zu sehen. Endlich, eine wilde Verzweiflung im Herzen, schlug ich schnell meine Augen auf. Meine schlimmsten Vorstellungen wurden bestätigt. Die Schwärze ewiger Nacht umgab mich. Ich rang nach Atem. Die dichte Dunkelheit erdrückte und erstickte mich fast. Die Luft war unerträglich dick. Ich lag noch ruhig und mühte mich, meinen Verstand arbeiten zu lassen. Ich rief mir das Vorgehen der Inquisition ins Gedächtnis zurück, und von diesem Punkt her versuchte ich, meine tatsächliche Lage zu entwickeln. Das Urteil war gesprochen, und es schien mir, als sei sehr lange Zeit seitdem verstrichen. Doch keinen Augenblick lang glaubte ich, dass ich wirklich tot sei. Wenn man davon auch in Geschichten liest, so ist doch solch eine Annahme nicht zu vereinen mit tatsächlichem Dasein; aber wo war ich, und in welchem Zustand befand ich mich? Die zum Tode Verurteilten, das wusste ich, kamen gewöhnlich bei Ketzerverbrennungen ums Leben, und eine solche war gerade in der Nacht vor meinem Urteilstag abgehalten worden. Wurde ich in meinem Kerker in Haft gehalten, um die nächste Verbrennung zu erwarten, die erst in vielen Monaten stattfinden würde? Ich sah sogleich ein, dass dies nicht der Fall sein konnte. Nach Opfern wurde immer sofort verlangt. Überdies hatte mein Kerker, wie die Zellen aller Verurteilten in Toledo, einen

Steinboden gehabt, und das Licht war nicht gänzlich ausgeschlossen gewesen.

Ein furchtbarer Gedanke trieb mir plötzlich alles Blut zum Herzen, und für kurze Zeit sank ich erneut in Besinnungslosigkeit zurück. Als ich wieder zu mir kam, sprang ich sogleich auf die Füße, ein krampfhaftes Zittern in allen Gliedern. Ich warf meine Arme wild über mich und rund um mich in alle Richtungen. Ich fühlte nichts, doch ich fürchtete mich, einen Schritt zu tun, um nicht von den Wänden eines Grabes aufgehalten zu werden. Der Schweiß brach mir aus allen Poren und stand in großen kalten Tropfen auf meiner Stirn. Die Qual der Spannung wurde endlich unerträglich, und ich bewegte mich vorsichtig vorwärts, die Arme ausgestreckt, und die Augen traten mir aus den Höhlen, so strengte ich sie an in der Hoffnung, einen schwachen Lichtstrahl zu erspähen. Ich ging viele Schritte vorwärts; aber noch war alles schwarz und leer. Ich atmete freier! Offenbar hatte mich wenigstens nicht das grauenhafteste aller Schicksale ereilt.

Und nun, als ich noch vorsichtig so weiterging, kamen mir tausend dunkle Gerüchte in den Sinn, die ich über die Schrecken von Toledo gehört hatte. Von den Kerkern dort wurden seltsame Dinge berichtet – ich hatte sie immer für Fabeln gehalten, aber sie waren doch sonderbar und so gespenstisch, dass man sie nur im Flüsterton weitererzählen konnte. Sollte ich denn in dieser unterirdischen Welt der Finsternis Hungers sterben, oder welches Schicksal erwartete mich? War es vielleicht noch furchtbarer? Ich kannte den Charakter meiner Richter zu gut, um daran zu zweifeln, dass das Ende der Tod sein würde, und zwar ein ungewöhnlich bitterer. Mich beschäftigte und quälte nur dies, wie und wann er mich ereilen würde.

Endlich stieß meine ausgestreckte Hand auf ein festes Hindernis. Es war eine Wand, offenbar steinernes Mauerwerk – sehr glatt, schleimig und kalt. Ich ging ihr nach und trat auf mit allem vorsichtigen Misstrauen, das mir gewisse alte Berichte eingeflößt hatten. Dieses Verfahren jedoch erlaubte mir nicht, die Ausmaße meines Kerkers zu bestimmen, da ich ja die Runde machen und zu dem Punkt, von dem ich ausgegangen war, zurückkehren konnte, ohne dessen gewahr zu werden, so vollkommen gleichartig schien die Wand. Deshalb suchte ich nach dem Messer, das in meiner Tasche gewesen war, als ich in den Untersuchungssaal geführt wurde, aber es war fort. Meine Kleider waren gegen einen Rock von grobem Stoff vertauscht worden. Ich hatte daran gedacht, die Klinge in eine kleine Spalte im Mauerwerk zu treiben, um so den Punkt festzulegen, von dem ich ausging. Die Schwierigkeit war zwar nur unbedeutend, doch in der Verwirrung meiner Phantasie kam sie mir zuerst unüberwindlich vor. Endlich riss ich ein Stück vom Rocksaum ab und legte den Fetzen in voller Länge im rechten Winkel zur Wand. Wenn ich mich nun durch mein Gefängnis tastete, müßte ich bei meiner Runde unbedingt auf den Lumpen stoßen. So dachte ich es mir jedenfalls; aber ich hatte nicht mit der Größe des Kerkers gerechnet und nicht mit meiner eigenen Schwäche. Der Boden war feucht und schlüpfrig. Eine Weile war ich vorwärtsgewankt, da stolperte ich und stürzte. Meine übergroße Müdigkeit überwältigte mich, so dass ich auf dem Boden liegen blieb; und wie ich so lag, überkam mich rasch der Schlaf.

Als ich aufwachte und einen Arm ausstreckte, fand ich neben mir einen Brotlaib und einen irdenen Krug mit Wasser. Ich war zu erschöpft, um über diesen Umstand nachzudenken, ich aß und trank nur gierig. Bald darauf nahm ich meinen Gang rund um das Gefängnis wieder auf, und mit vieler Mühe gelangte ich endlich zu dem Stofffetzen. Bis dahin, wo ich gestürzt war, hatte ich zweiundfünfzig Schritte gezählt, und als ich dann meinen Weg weitergegangen war, hatte ich noch achtundvierzig gezählt, bis ich bei dem Fetzen angelangt war. Das gab zusammen hundert Schritte; und wenn ich zwei Schritte auf eine Elle rechnete, konnte ich annehmen, der Kerker habe einen Umfang von fünfzig Ellen. Ich hatte jedoch in der Mauer viele Winkel gefunden, und so konnte ich mir keine Vorstellung von der Form der Gruft machen; denn ich glaubte nichts anderes, als dass es eine Gruft sei.

Diese Nachforschungen hatten wenig Zweck und boten sicherlich keine Hoffnung; aber eine unbestimmte Neugier veranlasste mich, darin fortzufahren. Ich verließ die Mauer und beschloss, die Fläche des Raumes quer zu überschreiten. Anfangs ging ich mit äußerster Vorsicht; denn der Boden war zwar offensichtlich fest gefügt, aber wegen der Schlammschicht sehr gefährlich. Doch endlich fasste ich Mut und zögerte nicht mehr, fest aufzutreten, und so versuchte ich, in einer möglichst geraden Linie hinüberzukommen. Dabei war ich zehn bis zwölf Schritte vorwärtsgegangen, als ich mich mit meinen Füßen in die Reste des zerrissenen Saumes verwickelte. Ich trat darauf und fiel heftig aufs Gesicht.

In der Aufregung über meinen Sturz bemerkte ich nicht sogleich etwas einigermaßen Sonderbares, das jedoch meine Aufmerksamkeit ein paar Sekunden später erregte, während ich noch auf den Boden gestreckt lag. Es war dies, dass mein Kinn auf dem Kerkerboden lag, meine

Lippen jedoch und der obere Teil meines Kopfes gar nichts berührten, obwohl sie doch allem Anschein nach tiefer lagen als das Kinn. Zugleich schien meine Stirn gebadet in einem feuchtkalten Dunst, und der eigentümliche Geruch von moderndem Schwamm stieg mir in die Nase. Ich streckte meinen Arm nach vorn und schauderte, als ich entdeckte, dass ich gerade am Rand einer runden Grube lag, deren Ausmaß ich natürlich im Augenblick nicht feststellen konnte. Ich tastete am Mauerwerk hin, dicht unter dem Rand, und es gelang mir, ein kleines Stück loszulösen und in den Abgrund fallen zu lassen. Ein paar Sekunden lang horchte ich auf seinen Schall, wie es beim Stürzen an die Seiten der Grube schlug, und endlich fiel es ins Wasser mit einem dumpfen Geräusch, dem laute Echos folgten. Im selben Augenblick vernahm ich einen Laut wie das schnelle Öffnen und eilige Schließen einer Tür über mir, und ein schwacher Lichtschimmer schoss plötzlich durchs Dunkel und verschwand ebenso plötzlich wieder.

Klar sah ich das Schicksal, das mir bestimmt gewesen war, und ich gratulierte mir selber zu dem Zufall, durch den ich ihm rechtzeitig entronnen war. Noch ein Schritt, ehe ich stürzte, und die Welt hätte mich nicht mehr gesehen. Und die Art des Todes, dem ich eben entgangen war, entsprach genau dem, was ich in den Geschichten über die Inquisition immer für ungeheuerlich und leichtfertig übertrieben gehalten hatte. Den Opfern ihrer Tyrannei blieb die Wahl zwischen einem Tod mit grässlichen körperlichen Qualen oder einem unter den schaurigsten seelischen Schrecken. Mir war der Letztere bestimmt. Das lange Leiden hatte meine Nerven geschwächt, so dass ich beim Ton meiner eigenen Stimme zusammenfuhr, und in jeder Hinsicht war ich nun ein geeignetes Opfer der Marter geworden, die mich erwartete.

An allen Gliedern zitternd, tastete ich mich zur Wand zurück – entschlossen, eher dort umzukommen, als mich zu den Schrecken jener vielen Gruben zu wagen, die meine Phantasie sich überall im Kerker vorstellte. In einer anderen Geistesverfassung hätte ich wohl den Mut gehabt, meinem Unglück sogleich ein Ende zu machen und mich in eine dieser Gruben zu stürzen; jetzt aber war ich ein jämmerlicher Feigling. Ich konnte auch nicht vergessen, was ich über diese Gruben gelesen hatte – nämlich, dass es nicht ihre grausige Bestimmung war, das Leben *plötzlich* auszulöschen.

Überlegungen hielten mich viele Stunden lang wach; aber endlich schlief ich wieder ein. Als ich erwachte, fand ich neben mir wie zuvor einen Laib Brot und einen irdenen Krug mit Wasser. Ein brennender Durst quälte mich, und ich leerte das Gefäß auf einen Zug. Es musste ein Schlafmittel darin gewesen sein; denn kaum hatte ich getrunken, da überfiel mich eine unwiderstehliche Müdigkeit. Ich sank in einen tiefen, todesähnlichen Schlaf. Wie lange er währte, weiß ich natürlich nicht; aber als ich meine Augen wieder öffnete, waren die Dinge um mich her sichtbar. Ein abenteuerlicher, schwefelfarbener Glanz, dessen Ursprung ich nicht sogleich entdecken konnte, machte es mir möglich, Größe und Aussehen meines Gefängnisses zu überblicken.

In seiner Größe hatte ich mich gewaltig getäuscht. Die ganze Mauerrundung betrug nicht mehr als fünfzig Schritt. Ein paar Minuten lang bereitete mir das unnötige Sorgen; sie waren wahrhaftig unnötig, denn was war unwichtiger als die Größe meines Kerkers, da ich mich einmal in so fürchterlichen Umständen befand? Aber ich erregte mich leidenschaftlich über Kleinigkeiten und quälte mich ab mit Versuchen, mir den Irrtum zu erklären, der mir beim Messen unterlaufen war. Endlich durchzuckte mich die Wahrheit wie ein Blitz. Bei meinem ersten Erforschungsversuch hatte ich zweiundfünfzig Schritte bis zu der Stelle gezählt, wo ich hingefallen war; da musste ich noch einen Schritt oder zwei von dem Stofffetzen entfernt gewesen sein; ich hatte also wirklich die Runde in der Gruft gemacht. Dann hatte ich geschlafen, und als ich aufgewacht war, musste ich wohl denselben Weg wieder zurückgegangen sein; so glaubte ich, die Rundung sei fast doppelt so groß, wie sie wirklich war. In meiner geistigen Verwirrung bemerkte ich nicht, dass ich meine Wanderung mit der Wand zur Linken begonnen hatte und mit der Wand zur Rechten abschloss.

Auch in der Form des Raumes hatte ich mich getäuscht. Als ich meinen Weg ertastete, hatte ich viele Winkel gefunden und deshalb auf eine große Unregelmäßigkeit geschlossen; so ungeheuerlich verwirrt völlige Dunkelheit, wenn man aus Betäubung oder Schlaf erwacht. Die Winkel waren nichts weiter als ein paar geringfügige Vertiefungen oder Unebenheiten in verschiedenen Abständen. Im Allgemeinen war der Kerker rechteckig. Was ich für Mauerwerk gehalten hatte, schien Eisen zu sein oder ein anderes Metall in großen Platten, deren Nähte oder Fugen die Vertiefungen bildeten. Die ganze Oberfläche dieser Metallwände war kunstlos beschmiert mit lauter widerlichen und abstoßenden Zeichnungen, die dem Totenaberglauben der Mönche entsprungen waren. Die Gestalten von Unholden mit drohenden Gesten, Skelette und andere noch furchtbarere Bilder bedeckten und verunstalteten die Wände. Ich sah, dass die Umrisse dieser Missgebilde recht deutlich waren, aber die Farben schienen verblasst und verwischt durch die Wirkung dunstiger Luft. Ich sah nun auch den Boden, und der war von Stein. In der Mitte gähnte der runde Abgrund, dessen Rachen ich entronnen war; aber er war der einzige im Kerker.

Dies alles sah ich undeutlich und mit großer Mühe. Denn mein persönlicher Zustand hatte sich während des Schlafes sehr verändert. Ich lag nun auf dem Rücken ausgestreckt auf einer Art niedrigem Holzgestell. Daran war ich mit einem langen Riemen festgebunden, der aussah wie der Gurt eines Priesterrocks. Er schlang sich in vielen Windungen um meine Glieder und meinen Körper und ließ nur meinen Kopf und meinen linken Arm so weit frei, dass ich mich unter großer Kraftanstrengung mit Essen aus einer irdenen Schüssel versorgen konnte, die neben mir auf dem Boden stand. Zu meinem Schrecken sah ich, dass der irdene Krug weggenommen worden war. Zu meinem Schrecken, sage ich; denn ein unerträglicher Durst quälte mich. Diesen Durst schienen meine Peiniger absichtlich erregen zu wollen; denn das Essen in der Schüssel war scharf gewürztes Fleisch.

Ich sah nach oben und überblickte die Decke meines Gefängnisses. Sie war etwa dreißig bis vierzig Fuß hoch und fast so gebaut wie die Wände. In einem ihrer Felder fesselte eine sonderbare Figur meine ganze Aufmerksamkeit. Es war eine gezeichnete Gestalt der Zeit, wie sie gewöhnlich dargestellt wird, nur hielt sie statt der Sense etwas, was ich beim flüchtigen Hinsehen für das gemalte Bild eines großen Pendels hielt, wie man es an alten Uhren findet. Doch etwas an der Mechanik dieses Pendels veranlasste mich, es aufmerksamer zu betrachten. Während ich so unmittelbar aufwärts und darauf blickte (denn es war genau über mir angebracht), glaubte ich zu sehen, dass es sich bewegte. Einen Augenblick später wurde die Einbildung bestätigt. Sein Schwingen war kurz und natürlich langsam. Ein paar Minuten lang beobachtete ich es etwas ängstlich, aber mehr noch verwundert. Endlich wurde ich es müde, seiner langweiligen Bewegung zuzusehen, und wandte meinen Blick anderen Gegenständen in der Zelle zu.

Ein schwaches Geräusch lenkte meine Aufmerksamkeit auf sich, und als ich auf den Boden sah, gewahrte ich mehrere gewaltige Ratten, die darüber hinliefen. Sie waren aus der Grube herausgekommen, die zur Rechten gerade in meinem Blickfeld lag. Selbst jetzt noch, während ich hinsah, kamen sie in Scharen herauf, eilig, mit gierigen Augen, angelockt vom Geruch des Fleisches, und es kostete viel Mühe und Aufmerksamkeit, sie davon wegzuscheuchen.

Eine halbe Stunde, vielleicht sogar eine Stunde mochte verflossen sein (ich konnte mir von der Zeit nur einen ungenauen Begriff machen), bis ich wieder einen Blick nach oben warf. Was ich nun sah, verwirrte und verwunderte mich. Das Schwingen des Pendels hatte in seinem Ausmaß fast um einen Meter zugenommen. Infolgedessen war natürlich auch seine Geschwindigkeit viel größer geworden. Aber vor allem störte es mich, dass ich mir einbildete, es habe sich merklich *gesenkt*. Ich sah nun – unnötig zu sagen, mit welchem Schrecken –, dass sein unteres Ende aus blitzendem Stahl wie ein Halbmond geformt war, etwa ein Fuß in der Länge von Horn zu Horn; die Hörner waren nach oben gebogen, und der untere Rand war offenbar scharf wie eine Klinge. Auch schien es wie eine Klinge dick und schwer, und von der Schneide lief es nach oben in ein breites, festes Gefüge. Es war an einem schweren Metallstab befestigt, und das Ganze pfiff, wie es so die Luft durchschnitt.

Ich konnte nicht länger darüber im Zweifel sein, welches Schicksal mir mönchische Erfindungsgabe im Foltern zugedacht hatte. Die Diener der Inquisition hatten bemerkt, dass ich von der Grube wusste – jener Grube, deren Schrecken man für mich kühnen Ketzer bestimmt hatte –, jener Grube, die das Sinnbild der Hölle war und von den Gerüchten für die schlimmste all ihrer Strafen gehalten wurde. Durch einen bloßen Zufall hatte ich den Sturz in diese Grube vermieden, und ich wusste, dass Überraschung und Überlistung der Opfer einen wichtigen Bestandteil all dieser ungeheuerlichen Foltermorde bildeten. Da ich den Sturz vermieden hatte, war es ihr teuflischer Plan also nicht mehr, mich in die Grube zu treiben. Nun wartete meiner eine andere und mildere Vernichtung. Eine andere Möglichkeit gab es nicht. Milder! Ich lächelte halb in meiner Qual, als ich diesen Begriff hier brauchte.

Was hilft es, von den langen, langen Stunden übermenschlichen Entsetzens zu erzählen, in denen ich die raschen Schwingungen des Stahls zählte! Millimeter um Millimeter – man konnte es nur in Abständen feststellen, die wie Jahre schienen – sank er tiefer und immer tiefer. Tage vergingen – vielleicht vergingen viele Tage, ehe er so dicht über mir schwebte, dass er mir seinen beißenden Atem zufächelte. Der Geruch des scharfen Stahls drängte mir entgegen. Ich betete – ich machte den Himmel müde mit meinen Gebeten, er möge schnell herabsinken. Ich wurde fast wahnsinnig und quälte mich, um mich dem Schwingen der furchtbaren gekrümmten Schneide entgegenzuheben. Und dann wurde ich plötzlich ruhig und lag da und lächelte über den blitzenden Tod wie ein Kind über ein kostbares Spielzeug.

Wieder verfiel ich für kurze Zeit in völlige Bewusstlosigkeit; es währte nicht lange, denn als ich wieder zur Besinnung kam, hatte sich das Pendel nicht wahrnehmbar gesenkt. Aber es kann auch lange gedauert haben – ich wusste ja, dass Teufel meine Ohnmacht erspähten und die Schwingungen nach Belieben aufhielten. Und während ich zu mir kam, fühlte ich mich doch sehr – nein! unaussprechlich – elend und schwach wie durch lange Entkräftung. Und selbst unter den Qualen dieses Augenblicks verlangte die menschliche Natur nach Nahrung. Unter qualvollen Anstrengungen streckte ich den linken Arm so weit aus, wie meine Bande es erlaubten, und nahm mir die kleinen Reste, die die Ratten übrig gelassen hatten. Als ich ein Stück davon zwischen die Lippen schob, schoss mir ein noch nicht geformter Gedanke der Freude – der Hoffnung durch den Kopf. Und doch – was konnte ich noch für Hoffnung hegen? Wie gesagt, es war ein halbgedachter Gedanke – wie man sie oft hat, ohne sie je zu Ende zu denken. Ich fühlte, dass er Freude und Hoffnung bedeutete; aber ich fühlte auch, dass er sich verlor, während ich versuchte, ihn zu entwickeln. Vergebens mühte ich mich, ihn zu vollenden, ihn wiederzufinden. Das lange Leiden hatte all meine normalen Geisteskräfte fast zerstört. Ich war ein Narr – ein Verrückter.

Das Pendel schwang im rechten Winkel zu meiner Lage. Ich sah, dass die Sichel die Herzgegend durchschneiden sollte. Sie würde den Stoff meines Kleides schlitzen – würde wiederkehren und ihr Werk wiederholen – wieder und wieder. Wenn auch ihr Schwung ungeheuer weit war (einige dreißig Fuß oder noch mehr) und wenn sie auch mit einer zischenden Gewalt niedersauste, die genügt hätte, selbst diese Eisenwände zu zerschneiden, würde sie doch viele Minuten lang nichts weiter tun als mein Gewand zerreißen. Und bei diesem Gedanken hielt ich inne. Ich wagte es nicht, über diese Überlegung hinauszugehen. Ich blieb dabei mit einer Beharrlichkeit, als ob ich den Stahl hindern könnte, noch tiefer zu sinken, indem ich da verharrte. Ich zwang mich, über das Geräusch des Halbmondes nachzudenken, wenn er über das Gewand hingehen würde, über die merkwürdig spannende und erregende Wirkung, die die Reibung von Stoff auf die Nerven hat. Ich dachte nach über all diese Nichtigkeiten, bis es mir darüber in allen Fingerspitzen kribbelte.

Tiefer – unablässig tiefer sank es. Es machte mir einen teuflischen Spaß, seine Abwärtsbewegung mit seiner waagerechten Geschwindigkeit zu vergleichen. Nach rechts – nach links – weit – weit – mit dem Kreischen einer verdammten Seele; immer weiter auf mein Herz zu mit dem schleichenden Schritt eines Tigers. Ich lachte und weinte abwechselnd, je nachdem das eine oder das andere Gefühl eben mächtiger war.

Tiefer – unbeirrbar, unablässig tiefer! Es schwang nun vielleicht drei Zoll über meiner Brust! Ich mühte mich heftig, ja verzweifelt, meinen linken Arm frei zu machen. Er war nur vom Ellbogen bis zur Hand frei. Mit der Hand konnte ich unter großer Mühe von der Schüssel bis zu meinem Mund reichen, aber weiter nicht. Hätte ich den Riemen überm Ellbogen lösen können, dann hätte ich das

Pendel gefasst und anzuhalten versucht. Aber ebenso gut hätte ich wohl versuchen können, eine Lawine aufzuhalten!

Tiefer – immer noch unaufhörlich – unausweichbar tiefer. Bei jeder Schwingung keuchte und mühte ich mich. Bei jedem Schwung zuckte ich krampfhaft zusammen. Meine Augen folgten seinem Auswärts- oder Aufwärtspendeln mit dem Eifer sinnloser Verzweiflung. Sie schlossen sich hastig, wenn es niedersank, und doch wäre mir der Tod eine Erlösung gewesen – oh, wie sehnte ich mich danach! Aber jeder Nerv in mir bebte bei dem Gedanken, um wie wenig das Instrument sich nur noch zu senken brauchte, um mit seiner scharfen, funkelnden Sichel meine Brust zu durchschneiden. Die Hoffnung war es, die den Nerven einflüsterte, so zu beben – die dem Körper befahl zu zittern. Die Hoffnung war es – die Hoffnung, die über die Folter triumphiert –, die dem zum Tode Verdammten noch in den Kerkern der Inquisition Mut zuspricht.

Ich bedachte, dass nach etwa zehn oder zwölf Schwingungen der Stahl mein Gewand unmittelbar berühren würde, und bei dieser Überlegung überkam meinen Geist plötzlich die ganze wache, gesammelte Ruhe der Verzweiflung. Zum ersten Male seit vielen Stunden – oder Tagen vielleicht – *dachte* ich. Es fiel mir jetzt auf, dass das Band oder der Gurt, der mich umschloss, der einzige war. Ich war nicht mit einem besonderen Strick angebunden. Der erste Schnitt des klingengleichen Halbmondes schräg über ein Stück der Fessel würde sie so loslösen, dass ich sie mit Hilfe meiner linken Hand von meinem Körper losbinden könnte. Aber wie furchtbar wäre dann der nahe Stahl! Wie tödlich die geringste Bewegung! Und überdies hatten die Diener meiner Peiniger diese Möglichkeit ja höchstwahrscheinlich vorausgesehen und entsprechende Vorkehrungen getroffen. Würde wohl die Fessel da über meine Brust laufen, wo das Pendel schwang? In der Angst, meine schwache und scheinbar letzte Hoffnung vereitelt zu finden, hob ich meinen Kopf so weit, dass ich meine Brust deutlich sehen konnte. Die Fessel umschnürte meine Glieder und meinen Körper dicht in allen Richtungen, nur da nicht, wo die tödliche Sichel pendelte.

Kaum hatte ich meinen Kopf zurücksinken lassen, da fiel mir etwas ein: es war nichts anderes als die vage Hälfte jener Befreiungsidee, von der ich schon vorhin sprach und deren Anfang mir nur unklar in den Sinn gekommen war, als ich das Essen zu meinen brennenden Lippen führte. Nun war der ganze Gedanke da – schwach, unklar, unbestimmt – aber doch *ganz*. Mit der zitternden Kraft der Verzweiflung machte ich mich sofort daran, seine Ausführung zu versuchen.

Viele Stunden lang drängten sich die Ratten förmlich in unmittelbarer Nähe des niederen Gestells, auf dem ich lag. Sie waren wild, dreist und gierig – ihre roten Augen funkelten mich geradezu an, als warteten sie nur darauf, dass ich mich nicht mehr bewege, um über mich herzufallen. An was für Futter mögen sie in der Grube gewöhnt sein?, dachte ich.

Trotz all meiner Mühe, sie daran zu hindern, hatten sie von dem Inhalt der Schüssel alles vertilgt bis auf einen kleinen Rest. Ich hatte mich daran gewöhnt, mit der Hand über der Schüssel hin und her zu fahren, und endlich verlor die unbewusste Einförmigkeit der Bewegung ihre Wirkung. Die Untiere schlugen in ihrer Gefräßigkeit ein paar Mal ihre scharfen Zähne in meine Finger. Mit den fettigen gewürzten Fleischstückchen, die noch übrig waren, rieb ich nun den Riemen gründlich ein, wo ich ihn nur erreichen konnte; dann hob ich meine Hand vom Boden und lag reglos still.

Die Veränderung erschreckte die gierigen Tiere; sie waren bestürzt, dass die Bewegung aufgehört hatte. Aufgeregt schraken sie zurück: viele suchten ihre Zuflucht in der Grube. Aber das war nur ein Augenblick. Ich hatte nicht umsonst mit ihrer Gefräßigkeit gerechnet. Als sie bemerkten, dass ich reglos lag, sprangen zwei oder drei von den frechsten auf das Gestell und rochen an dem Gurt. Dies schien das Zeichen für einen allgemeinen Ansturm. In neuen Trupps kamen sie aus der Grube. Sie kletterten aufs Holz, rannten darüber hin und sprangen zu Hunderten auf meinen Körper. Die abgemessene Bewegung des Pendels störte sie ganz und gar nicht. Sie wichen seiner Bewegung aus und machten sich an der eingefetteten Fessel zu schaffen. In immer größeren Haufen bedrängten und umschwärmten sie mich. Sie krochen um meinen Hals; ihre kalten Lippen suchten nach den meinen; ich wurde halb erstickt unter ihrem drängenden Druck; ein Abscheu, für den es keine Worte gibt, übermannte mich und ließ mir das Herz zu Eis erstarren. Doch ich fühlte: eine Minute noch, dann war der Kampf vorbei. Ich bemerkte ganz deutlich, wie das Band sich lockerte. Ich wusste, dass es schon an mehr als einer Stelle durchtrennt sein musste. Mit einer übermenschlichen Entschlossenheit hielt ich still.

Ich hatte mich in meinen Berechnungen auch nicht geirrt und nicht umsonst ausgehalten. Ich fühlte schließlich, dass ich frei war. Der Gurt hing mir in Stücken vom Leibe.

Aber der Schlag des Pendels drängte schon zu meiner Brust. Es hatte den Stoff meines Gewandes zerrissen. Es hatte das Linnen darunter zerschnitten. Zweimal schwang es noch, dann zuckte mir ein scharfer Schmerz durch jeden Nerv. Aber der Augenblick der Flucht war gekommen. Eine Handbewegung, und meine Befreier hasteten überstürzt davon. Mit einer stetigen Bewegung – vorsichtig, behutsam und langsam glitt ich seitwärts aus der Umarmung der Fessel und aus der Reichweite der Klinge. Für den Augenblick wenigstens war ich frei!

Frei! – in den Klauen der Inquisition und frei! – Kaum war ich von meinem hölzernen Schreckensbett auf den Steinboden des Kerkers getreten, als die Bewegung der höllischen Maschine aufhörte und ich sah, wie sie von einer unsichtbaren Hand zur Decke hochgezogen wurde. Dies war eine Lehre, die ich mir sehr zu Herzen nahm. Jede meiner Bewegungen wurde überwacht, das stand außer Zweifel. Frei! – Ich war nur einer Form der Todesqual entronnen und würde einer anderen ausgeliefert werden, die noch schlimmer war als der Tod selber. Mit diesem Gedanken ließ ich meine Blicke erregt an den Eisenwänden umherstreifen, die mich umgaben. Etwas Ungewöhnliches, eine Veränderung, die ich anfangs nicht deutlich wahrnehmen konnte, war offensichtlich in dem Raum vor sich gegangen. In unklarer und zitternder Zerstreutheit quälte ich mich viele Minuten lang mit abgerissenen Gedanken. Indessen gewahrte ich zum ersten Male den Ursprung des schwefelfarbenen Lichts, das das Gewölbe beleuchtete. Es entsprang einem Spalt von einem Zentimeter Breite, der rund um den ganzen Kerker lief, und zwar am Fuß der Wände, die auf diese Weise völlig vom Boden getrennt schienen, und das waren sie auch. Ich versuchte, durch die Öffnung zu sehen, aber natürlich vergebens.

Als ich mich von diesem Versuch erhob, brach die Erkenntnis dessen, was das Zimmer so geheimnisvoll veränderte, plötzlich über mich herein. Ich sagte schon, dass die Umrisslinien der Figuren an den Wänden wohl recht deutlich waren, die Farben aber verwischt und unbestimmt schienen. Diese Farben nun nahmen von Augenblick zu Augenblick einen immer erschreckenderen und außerordentlich durchdringenden, starken Glanz an, und dieser Glanz gab den gespenstischen, teuflischen Bildern ein Aussehen, das selbst stärkere Nerven als die meinen wohl hätte erschüttern können. Dämonenaugen von wildem, grausigem Feuer starrten mich von allen Seiten an, aus tausend Richtungen, wo man vorher keine gesehen hatte, und sie leuchteten in einem so unheimlichen, feurigen Glanz, dass ich mich nicht zu der Vorstellung zwingen konnte, dies Feuer sei kein wirkliches.

Kein wirkliches! – Mir stieg ja sogar beim Atmen ein Hauch vom Dampf erhitzten Eisens in die Nase. Eine stickige Luft drang in den Kerker. Das Glühen der Augen, die auf meine Qualen starrten, wurde stärker mit jedem Augenblick. In immer tieferes Rot waren die gezeichneten blutigen Schreckensbilder getaucht. Ich keuchte! Ich rang nach Atem! Nun gab es keinen Zweifel mehr über den Plan meiner Peiniger – oh, diese Unmenschen – diese vom Teufel Besessenen! Ich wich vor dem glühenden Metall zurück in die Mitte des Kerkers. Als ich an den Feuertod dachte, der mir drohte, senkte sich die Vorstellung von der Kühle der Grube wie Balsam auf meine Seele. Ich eilte zu ihrem tödlichen Rand und starrte angestrengt nach unten. Der Glanz der erleuchteten Decke erhellte die innersten Schlupfwinkel der Grube, und doch weigerte sich mein Geist einen wirren Augenblick lang, den Sinn dessen zu erfassen, was ich sah. Endlich erzwang, erkämpfte es sich den Weg in meine Seele – es brannte sich in meinen schaudernden Verstand ein. Ach – keine Stimme kann es aussprechen – oh, Schrecken – oh, jeder Schrecken – nur diesen nicht! Mit einem Schrei wich ich vom Rand zurück, vergrub mein Gesicht in beide Hände und weinte bitterlich.

Die Hitze wuchs schnell, und noch einmal sah ich auf und bebte in fiebrigen Schauern. Noch eine Veränderung war in der Zelle vor sich gegangen, und nun hatte sich offensichtlich die Form verändert. Vergebens – wie zuvor – versuchte ich anfangs zu sehen oder zu verstehen, was geschah. Aber ich wurde nicht lange im Zweifel darüber gelassen. Mein zweimaliges Entkommen hatte die Rache der Inquisition noch angestachelt, und nun wurde es Ernst mit dem König aller Schrecken! Der Raum war rechtwinklig gewesen, nun sah ich, dass zwei seiner Eisenwinkel spitz waren und zwei infolgedessen stumpf. Diese entsetzliche Veränderung nahm schnell zu mit einem leise rollenden oder stöhnenden Geräusch. In einem Augenblick hatte der Raum die Form eines Rhombus angenommen, aber dabei hielt die Verwandlung nicht an – ich hoffte und wünschte auch nicht mehr, dass sie anhalten möge. Ich hätte die roten Wände ans Herz schließen mögen als das Gewand eines ewigen Friedens. »Sterben!«, rief ich, »sterben, nur nicht in der Grube!« Ich Narr! Sah ich nicht, dass das glühende Eisen mich eben in die Grube treiben wollte? Konnte ich seinem Glühen widerstehen? Oder wenn auch das, konnte ich seinem Druck standhalten? Flacher und flacher wurde jetzt der Rhombus mit einer Geschwindigkeit, die mir keine Zeit ließ nachzudenken. Seine Mitte und natürlich seine größte Weite stand gerade über der gähnenden Grube. Ich schrak zurück – aber die Wände, die sich schlossen, drängten mich widerstandslos vorwärts. Endlich blieb meinem verbrannten, gekrümmten Körper kein Fußbreit mehr auf dem festen Boden des Kerkers. Ich kämpfte nicht mehr, aber die Qual meiner Seele befreite sich in einem lauten, langen, letzten Schrei der Verzweiflung. Ich fühlte, dass ich auf dem Rand wankte – ich wandte meine Augen ab.

Da – ein misstönendes Gewirr von Menschenstimmen! Ein lautes Blasen wie von vielen Trompeten, ein schweres Dröhnen wie von tausend Donnern! Schnell schoben sich die Feuerwände zurück. Ein ausgestreckter Arm ergriff den meinen, als ich im Begriff war, bewusstlos in die Grube zu stürzen. Es war General Lasalle. Die französische Armee war in Toledo eingerückt. Die Inquisition war in den Händen der Gegner.

# Eine Flaschenpost

Qui n'a plus qu'un moment à vivre,
N'a plus rien à dissimuler.
*Quinault, »Atys«*

Über mein Vaterland und meine Angehörigen weiß ich nicht viel zu berichten. Lieblosigkeit und jahrelange Trennung haben mich endgültig von der Heimat geschieden und der Familie entfremdet. Ererbter Reichtum sicherte mir eine überdurchschnittliche Erziehung, und meine dem Denken zugewandte Veranlagung machte es mir möglich, die in der Jugend fleißig angehäuften Wissensschätze methodisch zu verarbeiten. Vor allem hatten es mir die Werke der deutschen Moralphilosophen angetan; doch nicht etwa weil ich ihre gewandt und überzeugend vorgetragenen Torheiten blind bewundert hätte, sondern wegen der Genugtuung, die ich empfand, wenn meine unbeirrbare Logik ihre Fehlschlüsse mit souveräner Leichtigkeit bloßlegen konnte. Man hat mir die Nüchternheit meiner Veranlagung oft zum Vorwurf gemacht; ein gewisser Phantasiemangel ist mir als eine Art Verbrechen angekreidet worden, und der Pyrrhonismus meiner Ansichten hat schon seit je Anstoß erregt. Tatsächlich hat bei meiner Vorliebe für physikalische Betrachtungsweise wohl ein sehr verbreiteter Irrtum meiner Zeit auch auf meinen Geist abgefärbt – ich meine die Gewohnheit, alle Vorfälle und Erscheinungen, selbst wenn sie dafür denkbar ungeeignet sind, den Gesetzen jener Wissenschaft unterzuordnen. Im Großen und Ganzen konnte kaum jemand weniger anfällig dafür sein, sich aus den sicheren Bereichen exakter Wissenschaft durch die Ignes fatui des Aberglaubens weglocken zu lassen als gerade ich. Ich halte es für angebracht, so viel über mich selbst vorauszuschicken, damit man die unglaubhafte Geschichte, die ich zu erzählen habe, nicht etwa als den ungezügelten Ausfluss wilder Phantasterei hinnimmt, sondern sie als den exakten Erfahrungsbericht eines nüchternen Geistes würdigt, dem Phantasiegebilde nie auch nur das Geringste bedeutet haben.

Nach vielen Jahren, die ich in der Fremde auf Reisen verbracht hatte, schiffte ich mich im Jahre 18.. im Hafen Batavia auf der wohlhabenden und volkreichen Insel Java zu einer Reise nach dem Sunda-Archipel ein. Ich fuhr als Vergnügungsreisender – und nichts trieb mich dazu als eine Art nervöser Rastlosigkeit, die mich wie ein Dämon verfolgte.

Unser Fahrzeug war ein schönes, ungefähr vierhundert Tonnen großes, mit Kupferschrauben zusammengehaltenes Schiff, das in Bombay aus malabaresischem Teakholz erbaut worden war. Es hatte Baumwolle und Öl von den Lakkadiven geladen. Außerdem hatten wir Kokosfasergarn, Palmenzucker, Büffelmilchbutter, Kokosnüsse und ein paar Schalen Opium an Bord. Die Ladung war unsachgemäß gestaut und das Fahrzeug daher in Gefahr, leicht zu kentern.

Wir liefen unter einem sanften Windhauch aus und segelten viele Tage lang an der Ostküste Javas entlang, ohne dass die Einförmigkeit unserer Fahrt durch etwas Erregenderes als das gelegentliche Zusammentreffen mit einem der kleinen zweimastigen Küstenschiffe aus dem Archipel, den wir ansteuerten, unterbrochen worden wäre.

Als ich eines Abends, an die Heckreling gelehnt, Ausschau hielt, erblickte ich im Nordwesten eine sehr eigenartige, einzeln stehende Wolke. Sie war nicht nur wegen ihrer Farbe bemerkenswert, sondern auch deshalb, weil sie die erste Wolke war, die wir seit unserer Abfahrt aus Batavia zu Gesicht bekamen. Ich beobachtete sie aufmerksam bis zum Sonnenuntergang, wo sie sich unvermittelt nach Osten und Westen ausbreitete und den Horizont mit einem schmalen Dunststreifen umgürtete, der wie eine lange, flache Küstenlinie aussah. Bald darauf wurde meine Aufmerksamkeit durch den düster-roten Anblick des Mondes und die sonderbare Erscheinung des Meeres aufs Neue erregt. Die See veränderte im Handumdrehen ihr Aussehen, und das Wasser schien durchsichtiger als gewöhnlich. Obwohl ich den Meeresgrund deutlich erkennen konnte, sagte mir das ausgeworfene Lot, dass unser Schiff über einer Tiefe von fünfzehn Faden schwamm. Die Luft wurde nun unerträglich heiß und war von spiralförmig aufsteigenden Strömungen durchsetzt, wie man sie ähnlich über erhitztem Eisen beobachten kann. Als die Nacht heraufzog, erstarb jede Luftbewegung – eine vollkommenere Windstille ist nicht mehr vorstellbar. Eine Kerzenflamme brannte ohne die geringste wahrnehmbare Bewegung auf dem Heck, und ein langes, zwischen Zeigefinger und Daumen gehaltenes Haar hing schlaff herab, ohne dass man auch nur ein leichtes Zittern entdecken konnte. Da jedoch nach Meinung des Kapitäns kein Anzeichen einer Gefahr vorlag und wir merklich auf die Küste zutrieben, ließ er die Segel einziehen und den Anker auswerfen. Keine Wache wurde ausgestellt, und die hauptsächlich aus Malaien bestehende Mannschaft streckte sich auf Deck unbesorgt zur Ruhe aus. Ich ging hinunter – nicht ohne das deutliche Vorgefühl eines drohenden Unheils, ließ mich doch jedes Vorzeichen mit vollem Recht einen Wirbelsturm erwarten. Ich teilte dem Kapitän meine Befürchtungen mit, doch er beachtete meine Worte nicht und ließ mich stehen, ohne mich einer Antwort zu würdigen. Meine Unruhe war jedoch so groß, dass ich nicht einschlafen konnte, und ungefähr um Mitternacht ging ich wieder an Deck. Als ich den Fuß auf die oberste Stufe der Kajütentreppe setzte, erschreckte mich ein lautes, brausendes Geräusch, wie es etwa durch die raschen Umdrehungen eines Mühlrads hervorgerufen wird, und ehe ich mir über seine wahre Bedeutung klar werden konnte, spürte ich, wie das Schiff bis ins innerste Gefüge erbebte. Im nächsten Augenblick drückte uns ein wilder Schaumwirbel bis zum Kentern auf die Seite, brandete längsschiffs über uns dahin und fegte das ganze Deck vom Bug bis zum Heck leer.

Der außerordentlichen Gewalt des Windstoßes war die Rettung des Schiffs großenteils zu verdanken. Obwohl es fast völlig ins Wasser gedrückt worden war, hob es sich, als seine Masten über Bord gingen, nach einer Minute schwerfällig aus dem Meere, wankte unter dem ungeheuerlichen Druck des Sturmes eine Weile taumelnd hin und her und richtete sich schließlich wieder völlig auf.

Durch welches Wunder ich der Vernichtung entrann, lässt sich unmöglich sagen. Ich war vom Anprall der Wassermassen betäubt worden und fand mich, als ich wieder zu mir kam, zwischen Achtersteven und Steuerruder geklemmt. Mit großer Mühe kam ich wieder auf die Füße, und als ich mich benommen umblickte, hatte ich zuerst den Eindruck, dass wir mitten in die Brandungswellen geraten seien, so über alle Maßen und Vorstellungen schrecklich war der Wirbel des bergehoch aufgetürmten, schäumenden Ozeans, der uns in seinem Abgrund zu verschlingen drohte. Nach einiger Zeit hörte ich die Stimme eines alten Schweden, der sich im Augenblick, als wir den Hafen verließen, bei uns eingeschifft hatte. Ich machte mich ihm mit aller Stimmkraft bemerkbar, und sogleich kam er nach hinten auf mich zugeschwankt. Bald entdeckten wir, dass wir die einzigen Überlebenden waren. Außer uns waren alle an Deck über Bord gefegt worden. Der Kapitän und die Maaten mussten im Schlaf umgekommen sein, denn ihre Kajüten waren vom Wasser überflutet. Ohne Beistand konnten wir nur wenig für die Sicherheit des Schiffs ausrichten, ganz abgesehen davon, dass wir zunächst von der Erwartung, jeden Augenblick mit dem Schiff zu versinken, wie gelähmt waren und müßig verharrten. Unser Ankertau war natürlich schon beim ersten Sturmanprall des Hurrikans wie Bindfaden gerissen, sonst wären wir sofort verloren gewesen. Wir lenzten mit furchtbarer Geschwindigkeit vor der See, und die Wellen brachen ungehindert über uns hinweg. Die Zimmerung am Bug war schwer zerschlagen, und wir hatten fast in jeder Hinsicht beträchtlichen Schaden genommen; doch fanden wir zu unserer größten Freude die Pumpen unverstopft und stellten fest, dass sich unsere Ladung nicht wesentlich verschoben hatte. Die Hauptwut des Sturmes hatte sich schon ausgetobt, und wir sahen in der Stärke des Windes nur noch wenig Gefahr, doch blickten wir seinem gänzlichen Aufhören mit Verzweiflung entgegen, da wir mit gutem Grund annahmen, dass wir bei unseren beträchtlichen Sturmschäden in der dann folgenden furchtbaren Dünung unvermeidlich untergehen würden. Doch schien sich diese nur allzu berechtigte Befürchtung zunächst nicht so bald erfüllen zu wollen. Volle fünf Tage und Nächte – in denen wir uns kümmerlich von ein wenig Palmenzucker nährten, den wir unter großen Schwierigkeiten vom Vorderdeck holten – flog das entmastete Wrack mit einer sich jeder Berechnung entziehenden Geschwindigkeit vor den rasch aufeinanderfolgenden Böen eines Windes dahin, der, wenn er auch nicht die anfängliche Heftigkeit des Wirbelsturms erreichte, doch immer noch schrecklicher war als jeder Sturm, den ich bisher erlebt hatte. Während der ersten vier Tage lagen wir mit geringfügigen Veränderungen auf südsüdöstlichem Kurs und müssen die ganze Küste Neu-Hollands entlanggerast sein. Am fünften Tage brach außerordentliche Kälte ein, obwohl der Wind um einen weiteren Punkt auf Norden umgesprungen war. Die Sonne ging mit fahlgelbem Schein auf, stieg sehr wenige Grad über den Horizont und sandte nur schwächliches Licht aus. Wolken waren nicht zu erblicken, doch nahm der Wind zu und blies mit böenhafter, ungleichmäßiger Heftigkeit. Um die Mittagszeit, soweit wir sie schätzungsweise feststellen konnten, wurde unsere Aufmerksamkeit wiederum vom Aussehen der Sonne gefesselt. Sie gab kein Licht im eigentlichen Wortsinne von sich, sondern leuchtete in trüber, schwermütiger Glut ohne Widerschein, als hätten sich alle Strahlen auf ihrem Wege totgelaufen. Kurz ehe sie in der aufgeschwollenen See versank, verlosch das Licht in ihrer Mitte, als hätte eine unerklärliche Gewalt es rasch erstickt. Sie war nur noch ein matter, silberartiger Reif, als sie in den unergründlichen Ozean hinabstürzte.

Vergebens erwarteten wir den Anbruch des sechsten Tages – des Tages, der für mich bis jetzt noch nicht angebrochen ist und für den Schweden niemals anbrach. Von nun an waren wir in pechschwarze Finsternis gehüllt, so dass wir zwanzig Schritt vom Schiff entfernte Gegenstände nicht mehr hätten sehen können. Ununterbrochen umgab uns ewige Nacht, und sie wurde nicht einmal durch das phosphoreszierende Meeresleuchten aufgehellt, das wir in den tropischen Gewässern gewohnt gewesen waren. Auch stellten wir fest, dass die vertraute Erscheinung von Gischt und Schaum, die uns bisher begleitet hatte, nicht mehr zu entdecken war, obwohl der Sturm mit unverminderter Heftigkeit wütete. Rings um uns war das Grauen, herrschte undurchdringliche Düsternis, erstreckte sich eine alles Leben erstickende Ebenholzwüste. Abergläubisches Entsetzen ergriff allmählich den Geist des alten Schweden, und meine Seele hüllte sich in stummes Staunen. Wir hielten es für mehr als nutzlos, am Schiff Hand anzulegen, banden uns, so gut es ging, am Stumpf des Besanmasts fest und blickten verzweifelt hinaus in die Wasserwelt. Wir hatten keine Möglichkeit, die Zeit zu berechnen, und konnten auch sonst unsere Lage in keiner Weise abschätzen. Wir waren uns jedoch der Tatsache voll bewusst, dass wir weiter als jeder Vorgänger nach Süden vorgedrungen waren, und wunderten uns sehr, nicht auf die bekannte Eisbarriere zu stoßen. Dabei konnte jeder Augenblick unser letzter sein – jede Einzelne der berghohen Wogen stürmte heran, um uns zu vernichten. Die Dünung übertraf alle Vorstellungen und Befürchtungen, und dass wir nicht sofort unter ihr begraben wurden, ist einfach ein Wunder. Mein Gefährte erwähnte die geringe Last unserer Ladung und hielt mir die ausgezeichneten Eigenschaften unseres Schiffes vor Augen, doch ich sah nur, wie hoffnungslos es war, jetzt noch zu hoffen, und bereitete mich trübsinnig auf den Tod vor, den meiner Ansicht nach nichts in der Welt länger als eine Stunde aufschieben konnte; denn mit jedem zurückgelegten Knoten schwoll die Dünung der schwarzen, gewaltigen Wassermassen immer unheildrohender und entsetzlicher an. Zuweilen sogen wir, bis über die Flugbahn des Albatros emporgehoben, die Luft gierig ein – dann wieder nahm uns die rasende Geschwindigkeit, mit der wir in eine Wasserhölle hinabglitten, wo die Luft dumpfig wurde und kein Laut den Schlummer der Kraken störte, die Besinnung.

Wir waren eben am Boden eines dieser Abgründe angelangt, als plötzlich ein Angstschrei meines Gefährten die Nacht durchgellte. »Sieh doch, sieh!«, schrie er mir gellend in die Ohren. »Allmächtiger! Sieh nur, sieh!« Bei seinen Worten wurde ich eines düsteren trüb-roten Schimmers gewahr, der die Seitenwände der ungeheuren Kluft, in der wir lagen, herabströmte und unserem Deck einen rasch aufleuchtenden Glanz verlieh. Als ich die Augen nach oben richtete, erblickte ich ein Schauspiel, das mir das Blut in den Adern erstarren ließ. In furchtbarer Höhe unmittelbar über uns und am äußersten Rand des Steilabfalls schwebte ein riesiges, vielleicht viertausend Tonnen großes Schiff. Obwohl es auf dem Gipfel einer hundertmal so hohen Woge stand, übertraf seine anscheinende Größe immer noch die eines jeden bekannten Linienschiffs oder Ostindienfahrers. Der mächtige Schiffsrumpf war von einem tiefen, schmutzfarbenen

Schwarz, das durch keine der sonst üblichen Schnitzereien und Verzierungen aufgelockert wurde. Aus den offenen Breitseiten ragte eine Reihe von Bronzekanonen hervor, die mit ihrer polierten Oberfläche das Licht zahlloser, in der Takelage hin und her schwingender Gefechtslaternen zurückwarfen. Doch was uns vor allem mit Entsetzen und Erstaunen erfüllte, war die Tatsache, dass es sich inmitten dieses übernatürlichen Seegangs und des unbeherrschbaren Sturmwinds unter vollem Segeldruck behauptete. Als wir das Schiff zuerst erblickten, war nur der Bug zu sehen, wie er langsam aus dem dahinterliegenden düsteren, entsetzlichen Abgrund emporstieg. Einen Augenblick namenlosen Entsetzens lang hielt das Schiff auf schwindelnder Höhe an, als wollte es seine Erhobenheit betrachtend genießen, dann erbebte es, schwankte und schoss herunter.

Ich weiß nicht, welch plötzliche Geistesgegenwart mich in diesem Augenblick überkam. Ich taumelte so weit nach rückwärts, wie es nur möglich war, und sah dem drohenden Verderben furchtlos entgegen. Unser Fahrzeug gab endlich den Kampf auf und tauchte mit dem Bug ins Meer. Der Anprall der herabsausenden Masse traf demzufolge den Teil des Schiffskörpers, der schon unter Wasser lag, und die unausbleibliche Folge war, dass ich mit unwiderstehlicher Wucht in die Takelage des fremden Schiffs geschleudert wurde.

Während ich dahinflog, ging das Schiff über Stag und wendete, und dem damit verbundenen Durcheinander schrieb ich es zu, dass die Mannschaft meiner nicht gewahr wurde. Ohne große Schwierigkeit gelangte ich unbemerkt zur Hauptluke, die ein Stück offen stand, und fand bald Gelegenheit, mich im Laderaum zu verstecken.

Warum ich dies tat, vermag ich kaum zu erklären. Ein unbestimmtes Gefühl des Grauens, das mich beim Anblick der Seeleute dieses Schiffes sofort ergriffen hatte, war möglicherweise der Grund dafür. Es widerstrebte mir, mich Menschenwesen anzuvertrauen, die mir schon beim ersten, flüchtigen Blick in vieler Hinsicht so seltsam, unheimlich und furchteinflößend erschienen waren. Ich hielt es daher für angebracht, mir ein Versteck im Schiffsraum zu schaffen. Dies bewerkstelligte ich, indem ich ein paar Verschalbretter so weit beiseiteschob, dass zwischen den gewaltigen Schiffsspanten ein geeigneter Zufluchtsraum für mich entstand.

Ich hatte kaum mein Werk vollendet, als mich Schritte im Laderaum zwangen, mein Versteck aufzusuchen. Mit unsicherem, schwankendem Gang kam ein Mann vorbeigewankt. Sein Gesicht konnte ich nicht sehen, doch gelang es mir, einen Gesamteindruck von ihm zu gewinnen. Alles an ihm deutete auf hohes Alter und körperliche Hinfälligkeit. Die Knie zitterten ihm unter der Last der Jahre, wie überhaupt seine ganze Gestalt unter der gleichen Bürde zu beben schien. Leise und stammelnd murmelte er in einer Sprache, die ich nicht verstand, etwas vor sich hin und wühlte dann in einer Ecke in einem Haufen seltsam aussehender Instrumente und zerfetzter Seekarten herum. In seinem Wesen schienen Charakterzüge der zweiten Kindheit mit der feierlichen Würde eines Gottes unharmonisch zusammenzuklingen. Endlich ging er an Deck, und ich sah ihn nicht wieder.

Ein Gefühl, für das ich keinen Namen habe, hält meine Seele umfangen – ein Empfinden, das keiner Analyse zugänglich ist, für das ich in der Vergangenheit keinen hinreichenden Maßstab finde und für das, wie ich fürchte, auch die Zukunft keine Lösung mehr bereithalten wird. Für eine Geistesstruktur wie die meine ist das besonders schlimm. Ich werde also niemals – ich weiß, dass es nie geschehen wird – über die wahre Natur meiner Eindrücke und Vorstellungen Gewissheit erlangen. Doch ist es nicht weiter verwunderlich, dass diese Vorstellungen so nebelhaft sind, da sie aus so völlig neuartigen Quellen herrühren. Ein neuer Bezirk des Erkennens – eine neue Wesenheit hat sich meiner Seele erschlossen.

Nun ist es schon eine ganze Zeit her, seit ich zum ersten Mal das Deck dieses schrecklichen Schiffs betrat, und ich glaube, die Strahlen meines Schicksals finden sich nun in ihrem Brennpunkt zusammen. Unbegreifliche Menschen! In Betrachtungen versunken, deren Wesen ich nicht ahnen kann, gehen sie an mir vorbei, ohne Notiz von mir zu nehmen. Mich vor ihnen zu verstecken wäre reine Torheit, denn die Leute *wollen* mich einfach nicht sehen. Eben erst bin ich unmittelbar vor den Augen des Maats über das Deck gegangen, und es ist noch gar nicht lange her, dass ich mich in die Kajüte des Kapitäns gewagt habe und dort das Schreibmaterial an mich nahm, mit dem ich hier meine Aufzeichnungen mache. Ich werde das Tagebuch von Zeit zu Zeit weiterführen. Gewiss werde ich kaum die Gelegenheit finden, es der Welt zu übermitteln, doch will ich mich auf jeden Fall darum bemühen. Im letzten Augenblick will ich das Manuskript in einer Flasche verschließen und sie ins Meer werfen.

Etwas hat sich ereignet, was mir zu denken gab. Sind solche Vorfälle wirklich nur das Werk blinden Zufalls? Ich hatte mich auf Deck gewagt und mich gänzlich unbeachtet in der dort abgestellten Segeljolle auf einen Stapel unbenutzter Segel und alter Webeleinen niedersinken lassen. Während ich über mein eigenartiges Schicksal nachgrübelte, strich ich geistesabwesend mit einem Teerpinsel über die Kanten eines sauber gefalteten Leesegels, das in meiner Nähe auf einer Tonne lag. Jetzt ist das Leesegel über dem Schiff aufgezogen, und die gedankenlosen Pinselstriche haben sich zu dem Wort ERKENNTNIS ausgebreitet und zusammengeschlossen.

Ich habe letzthin viele neue Beobachtungen über Bau und Art des Schiffes angestellt. Obwohl es gut armiert ist, halte ich es doch nicht für ein Kriegsschiff. Takelage, Bauart und sonstige Ausrüstung würden einer solchen Annahme widersprechen. Was es *nicht ist*, kann ich also leicht feststellen; doch was es wirklich *ist*, wird sich, fürchte ich, kaum jemals sagen lassen. Ich weiß nicht, wie es zugeht, aber wenn ich mir seine fremdartige Bauart und die eigenartige Form der Spieren, seine riesige Größe und den übermäßigen Segelsatz, die strenge Einfachheit seines Bugs und das altertümliche Heck vor Augen halte, kommt mir zuweilen blitzartig das Gefühl, dies alles schon einmal gesehen zu haben, und die undeutlichen Erinnerungsbilder vermischen sich dann mit nicht mehr klar fassbaren Eindrücken aus alten Chroniken ferner Länder und längst entschwundener Zeiten.

Ich habe mir das Spantenwerk des Schiffs gründlich angesehen. Es ist aus einem mir völlig unbekannten Material. Das Holz ist ganz eigentümlicher Art, die umso mehr auffällt, als sie es eigentlich für diesen Verwendungszweck untauglich macht. Ich meine seine außerordentliche *Porosität*, die nichts mit den auf jenen Meeren selbstverständlichen Wurmlöchern und altersbedingter Vermorschung zu schaffen hat. Meine Beobachtung mag als übergenau, meine Schlussfolgerung als voreilig abgetan werden, aber das Holz schien mir alle Eigenschaften der Korkeiche zu besitzen, wenn man Korkeichenholz durch unnatürliche Mittel aufblähen und ausdehnen könnte.

Wenn ich jetzt den eben geschriebenen Satz nochmals überlese, fällt mir die stehende Redensart eines alten, von Wind und Wetter gezeichneten holländischen Fahrensmann Wort für Wort ein. »Das ist genauso sicher«, pflegte er zu sagen, wenn jemand an der Wahrheit seiner Erzählungen zweifelte, »wie es ein Meer gibt, wo das Schiff selber wächst und an Umfang zunimmt wie der lebendige Leib des Seemanns.«

Vor etwa einer Stunde brachte ich den Mut auf, mich in eine Gruppe der Mannschaft zu mischen. Die Leute schenkten mir keinerlei Beachtung, und obwohl ich mitten unter ihnen stand, schienen sie meine Anwesenheit überhaupt nicht wahrzunehmen. Wie der Mann, den ich zuerst im Laderaum gesehen hatte, wiesen sie alle die Kennzeichen ehrwürdigen Alters auf. Die Knie zitterten ihnen, und die Schultern hingen vor Altersschwäche herab; ihre welke, schlaffe Haut knatterte im Wind; sie sprachen mit leiser, zittriger, gebrochener Stimme; ihre Alters-Triefaugen glitzerten, und in ihren grauen Haaren wühlte entsetzlich der Sturm. Um sie herum lagen überall auf dem Deck mathematische Instrumente von wunderlicher und ganz veralteter Bauart.

Ich habe vor einiger Zeit das Aufziehen des Leesegels erwähnt. Von da an hat das Schiff direkt vor dem Wind seinen furchtbaren Südkurs beibehalten; vom Flaggenkopf bis zu den unteren Leesegelspieren hat es jeden Fetzen Leinwand gesetzt und taucht immer wieder seine Bramsegelnocken in die entsetzlichste Wasserhölle, die sich Menschenphantasie nur ausdenken kann. Ich habe soeben das Deck verlassen, wo ich unmöglich festen Stand finden konnte, obwohl die Mannschaft nur wenig Beschwernis zu empfinden schien. Es erscheint mir als das Wunder der Wunder, dass unser riesiger Schiffsrumpf nicht längst ein für allemal verschlungen worden ist. Sicherlich sind wir dazu verurteilt, ständig am Rande der Ewigkeit dahinzuschweben, ohne endgültig im Abgrund versinken zu dürfen. Über tausendmal gewaltigere Wogen, als ich sie je zuvor gesehen habe, gleiten wir mit der Leichtigkeit der pfeilschnellen Seemöwe hinweg; die ungeheuren Wassermassen erheben zwar ihre Häupter über uns wie Dämonen der Tiefe, doch wie Dämonen, die nur drohen und nicht zerstören dürfen. Ich kann diese immer wiederkehrende Rettung vor dem Untergang nur der einzig natürlichen Ursache zuschreiben, die ein solches Verhalten des Fahrzeugs erklärlich macht. Ich muss annehmen, dass unser Schiff sich im Einflussbereich einer starken Meeresströmung oder eines heftigen Unterwassersogs befindet.

Ich habe dem Kapitän Auge in Auge in seiner eigenen Kajüte gegenübergestanden, aber er schenkte mir – wie zu erwarten war – keinerlei Beachtung. Obwohl für den flüchtigen Beobachter in seiner Erscheinung nichts den Eindruck erweckt, er könne mehr oder auch weniger als ein Mensch sein, mischte sich bei mir ein unwiderstehliches Gefühl der Verehrung und Scheu in die staunende Erregung, mit der ich ihn betrachtete. An Größe kommt er mir ungefähr gleich, das heißt, er misst etwa fünf Fuß und acht Zoll. Er ist von ebenmäßigem, kräftigem Körperbau, der weder ungefüge erscheint noch einen sonst wie auffälligen Eindruck hinterlässt. Nein, es ist die Einzigartigkeit des Ausdrucks, der sein Antlitz prägt – es ist die nachdrückliche, die wundervolle, die ergreifende, in ihrer Übersteigerung so eindrucksvolle Erscheinung hohen Alters, die in mir etwas erregt und mitschwingen lässt – ein unaussprechlich inniges Empfinden. Seine Stirn scheint, obwohl sie nur wenig zerfurcht ist, durch Myriaden von Lebensjahren gezeichnet. Seine grauen Haare sind Urkunden der Vergangenheit, seine noch graueren Augen Sibyllen der Zukunft. Der Boden der Kajüte war mit seltsamen, durch eiserne Spangen verschlossenen Folianten, zerfallenden wissenschaftlichen Geräten und veralteten, längst vergessenen Karten übersät. Er stützte das Haupt in die Hände und ließ seine Augen fieberhaft und rastlos über ein Dokument schweifen, das ich für eine Beauftragung, eine Vollmacht hielt und das jedenfalls die Unterschrift eines Monarchen trug. Er murmelte – genau wie der Seemann, den ich im Laderaum sah – leise, verdrossene Worte vor sich hin; und obwohl er dicht neben mir stand, schien seine Stimme aus der Entfernung einer Meile an mein Ohr zu dringen.

Das Schiff und alles darauf atmet den Geist längst vergangener Zeiten. Die Seeleute gleiten hin und her wie Gespenster aus begrabenen Jahrhunderten; ihre Blicke verraten Unruhe und brennendes Verlangen, und wenn ihre Gestalten im grellen Schein der Gefechtslaternen meinen Weg kreuzen, beschleicht mich ein nie zuvor empfundenes Gefühl, obwohl ich mich doch mein Leben lang mit der Vorzeit befasst und den Geist gestürzter Säulen in Baalbek, Palmyra und Persepolis eingesogen habe, bis meine Seele selber zur Ruine wurde.

Wenn ich jetzt um mich blicke, schäme ich mich meiner früheren Ängste. Wenn ich schon vor dem Sturm zitterte, der uns bisher begleitet hat, muss ich da nicht vor Entsetzen erstarren beim Toben eines Windes und beim Aufruhr eines Ozeans, dessen Gewalt mit Worten wie »Tornado« oder »Samum« nur ganz unzulänglich und nichtssagend bezeichnet werden kann? In der unmittelbaren Nähe des Schiffes herrscht tiefe, ewige Nacht und ein Chaos schaumloser Wassermassen; doch etwa in der Entfernung einer Meile tauchen undeutlich und unzusammenhängend auf beiden Seiten vor unseren Blicken riesige Eiswälle auf und verlieren sich hoch oben im trostlosen Himmel; sie scheinen die Grenzmauern des Weltalls zu sein.

Meine Annahme, das Schiff sei von einer Strömung erfasst, bestätigt sich – wenn eine solche Bezeichnung einem Flutstrom gerecht werden kann, der an den weißen Eismassen heulend und kreischend entlangrast und mit der Geschwindigkeit eines hoch herabstürzenden Wasserfalls nach Süden dahindonnert.

Es scheint mir unmöglich, das Entsetzen, das mich erfasst hat, mit Worten begreiflich zu machen; doch ist mein Drang, die Geheimnisse dieser schaudervollen Regionen zu entschleiern, noch stärker als meine Verzweiflung; er wird mir den Tod auch in seiner schrecklichsten Form erträglicher machen. Denn es ist ganz offenbar, dass wir einer unerhörten Erkenntnis entgegenrasen – einem Geheimnis, das wir nicht weitergeben können, weil seine Enthüllung mit unserer Vernichtung Hand in Hand geht. Vielleicht trägt uns die Strömung genau zum Südpol. Es lässt sich nicht leugnen, dass diese scheinbar so unsinnige Annahme alle Wahrscheinlichkeit für sich hat.

Die Mannschaft läuft rastlos und bebend auf dem Deck umher; doch sind die Gesichtszüge der Männer mehr von hoffnungsvoller Erwartung als von lähmender Verzweiflung geprägt.

Der Wind treibt uns immer noch vor sich her, und da wir eine Menge Leinwand gesetzt haben, hebt er zuweilen das Schiff buchstäblich aus dem Meere heraus! O Grauen über Grauen – das Eis öffnet sich plötzlich rechts von uns, nun auch links, und wir wirbeln mit schwindelerregender Schnelligkeit in ungeheuren konzentrischen Kreisen um ein gigantisches Amphitheater, dessen Wände sich oben in dunklen Fernen verlieren. Doch wird mir wenig Zeit bleiben, über mein Schicksal nachzugrübeln! Die Kreise werden rasch kleiner – der Sog des Strudels zieht uns rasend schnell hinab – und inmitten des Gebrülls, Geheuls und Donnergrollens von Ozean und Wind erbebt das Schiff – o Gott! und – es sinkt!

Anmerkung: Die Erzählung »Eine Flaschenpost« wurde im Jahre 1831 zum ersten Male veröffentlicht, und erst viele Jahre später lernte ich die Landkarten von Mercator kennen, auf denen dargestellt ist, wie das Weltmeer sich in vier Mündungen in den (nördlichen) Polarschlund ergießt, um dort von den Eingeweiden der Erde verschlungen zu werden. Der Pol selbst wird durch einen schwarzen Felsen von gewaltiger Höhe dargestellt.

# Im Malström

> Gottes Wege in Natur und Vorsehung gleichen nicht unseren Wegen; und die Schöpfungen unserer Hände sind in keiner Weise vergleichbar der Unendlichkeit, der Erhabenheit und der Unergründlichkeit Seiner Werke, die tiefer sind als der Abgrund des Demokritos.
>
> *Joseph Glanvill*

Endlich hatten wir den Gipfel des höchsten Felsens erreicht. Einige Minuten lang schien der Greis zu sehr erschöpft, um sprechen zu können.

»Es ist noch gar nicht lange her«, sagte er schließlich, »dass ich Sie diesen Weg ebenso gut hätte führen können wie der jüngste meiner Söhne; aber vor drei Jahren ist mir etwas zugestoßen, was gewiss noch keinem Menschen begegnet ist oder was wenigstens niemand überlebte und erzählen konnte; und die sechs Stunden tödlichen Schreckens, die ich damals durchlitt, haben mich körperlich und geistig gebrochen. Sie halten mich wohl für sehr alt, aber das bin ich nicht. In weniger als einem Tag wurden diese einst kohlschwarzen Haare schneeweiß, wurden meine Glieder so schwach und meine Nerven so erschüttert, dass ich schon bei der geringsten Anstrengung zittere und mich vor einem Schatten fürchte. Wissen Sie, dass ich kaum über diese kleine Klippe hinabschauen kann, ohne Schwindel zu bekommen?«

Er hatte sich nachlässig am Rand der »kleinen Klippe«

hingestreckt und ruhte sich aus. Dabei bewahrte ihn nur der auf dem äußersten, schlüpfrigen Rand aufgestützte Ellenbogen vor dem Absturz, so weit hing sein Oberkörper darüber hinaus. Diese »kleine Klippe« ragte als ein glatter, schwarzglänzender Felsen jäh ungefähr fünfzehn- bis sechzehnhundert Fuß über den unter uns liegenden Felsen auf. Nichts in der Welt hätte mich bewegen können, ihrem Rand auf ein halbes Dutzend Yards nahe zu kommen. In der Tat, so sehr wurde ich durch die gefährliche Stellung meines Führers geängstigt, dass ich mich der Länge nach auf den Boden warf, mich an die Sträucher in meiner Nähe klammerte und nicht einmal zum Himmel aufzublicken wagte. Dabei wehrte ich mich vergeblich gegen den Gedanken, dass selbst die Fundamente des Berges durch den rasenden Sturm erschüttert werden könnten. Es dauerte lange, bis ich nach vernünftiger Überlegung wieder so viel Mut fasste, dass ich mich hinsetzte und in die Ferne hinausschaute.

»Solche Angstvorstellungen müssen Sie niederkämpfen«, sagte mein Führer, »denn ich habe Sie hierhergeführt, damit Sie den Ort, wo ich das erwähnte Erlebnis hatte, möglichst gut sehen, und ich will es Ihnen erzählen, während Sie das alles vor sich haben.

Wir sind nun«, fuhr er mit der ihm eigenen Umständlichkeit fort, »dicht an der norwegischen Küste – unter dem achtundsechzigsten Grad nördlicher Breite – in der großen Provinz Nordland und im öden Gebiet der Lofoten. Der Berg, auf dessen Gipfel wir jetzt sitzen, ist der Helseggen, der Wolkige. Richten Sie sich etwas höher auf – halten Sie sich im Gras fest, wenn Sie Schwindel fühlen, gut so – und sehen Sie, über den Dunstgürtel unter uns weg, auf das Meer hinaus.«

Wie ein Mensch, dem es schwindelt, blickte ich in die angegebene Richtung und sah eine weite Meeresfläche, deren Wasser so tintenschwarz war, dass ich unwillkürlich an den Bericht des nubischen Geographen von dem »mare tenebrarum« dachte. Einen traurigeren, düstereren Anblick kann sich menschliche Phantasie nicht ausmalen. Links und rechts, so weit das Auge schweifte, lagen, wie weltbegrenzende Wälle, unheimlich schwarze und jähe Felsenstürze. Ihr finsteres Wesen wurde noch deutlicher durch die Brandung, die in einem fort heulend und pfeifend ihre weißen, gespenstischen Schaumkronen an ihnen emporwarf. Dem Vorgebirge gerade gegenüber, auf dessen Gipfel wir uns befanden, lag draußen in der See, ungefähr fünf bis sechs Meilen entfernt, eine kleine, öde aussehende Insel; man konnte ihre Lage durch die wild sich bäumende Brandung hindurch erkennen, von der sie umgeben war. Etwa zwei Meilen näher zum Land erhob sich ein anderes, noch kleineres, furchtbar ödes und zerklüftetes Inselchen, das an verschiedenen Stellen von Gruppen schwarzer Felsen umgeben wurde.

Der Anblick des Ozeans zwischen der weiter draußen liegenden Insel und dem Ufer hatte etwas sehr Ungewöhnliches. Obgleich ein so starker Wind nach dem Land zu wehte, dass eine Brigg auf offener See mit doppeltgerefftem Gaffelsegel beigedreht hatte und ständig mit ganzem Rumpf in die See tauchte, bis sie darin verschwand, herrschte hier immer noch keine regelmäßige Dünung, nur ein kurzes, rasches, zorniges Spritzen nach jeder Richtung – dem Wind entgegen, wie auch nach anderen Seiten. Das Merkwürdige dabei war, dass das Wasser überall zusammenschlug, aber von Schaum doch nur wenig zu sehen war, höchstens in der unmittelbaren Nähe der Felsen.

»Sehen Sie, die ferne Insel dort wird von den Norwegern Vurrgh genannt«, begann der alte Mann wieder. »Die davor in der Mitte heißt Mosköe. Eine Meile nördlich davon liegt Ambaaren. Das dort sind Islesen, Hotholm, Keildhelm, Suarven und Buckholm. Noch weiter weg – zwischen Mosköe und Vurrgh – liegen Otterholm, Flimen, Sandflesen und Stockholm. Das sind ihre wahren Namen; warum man meint, jeder Einzelnen überhaupt einen Namen geben zu müssen, weiß ich nicht. Hören Sie etwas? Sehen Sie auf der See eine Veränderung?«

Wir waren nun wohl zehn Minuten auf dem Gipfel des Helseggen, den wir vom Innern der Lofoten aus bestiegen hatten, so dass wir die See erst sahen, als wir oben auf dem Gipfel standen. Während der alte Mann sprach, hörte ich ein lautes, allmählich anschwellendes Dröhnen, ähnlich dem Brüllen einer großen Büffelherde in der amerikanischen Prärie; gleichzeitig sah ich, dass die unter uns liegende See sich veränderte, dass sie plötzlich von einer östlichen Strömung erfasst wurde. Und noch während ich hinschaute, nahm die Strömung eine grauenhafte Geschwindigkeit an. Mit jedem Augenblick nahm ihr Ungestüm zu. Innerhalb von fünf Minuten war bis Vurrgh die ganze See in unbeschreiblichem Aufruhr; doch zwischen Mosköe und der Küste war das Toben am ärgsten. Hier teilte sich das riesige Bett des Wassers in tausend entgegengesetzte Kanäle; hier war das Zucken, Kochen, Zischen, Schwellen wirklich toll; hier drehten sich die Wassermassen in zahllosen und gigantischen Wirbeln, und alle Wirbel jagten nach Osten mit einer Geschwindigkeit, die das Wasser sonst nur bei jähen Abstürzen erreicht.

Aber schon nach wenigen Minuten trat wieder eine

völlige Veränderung ein. Die Oberfläche glättete sich, und die Strudel verschwanden einer nach dem anderen. Dagegen zeigten sich nun ungeheure Schaumstreifen an den Stellen, wo einen Augenblick zuvor auch nicht eine Spur davon zu sehen gewesen war. Endlich breiteten sich diese Streifen weit in die Ferne aus, dann vereinigten sie sich miteinander, nahmen die Drehbewegung der verschwundenen Wirbel an und schienen sich zu einem neuen, riesigeren bilden zu wollen. Plötzlich – urplötzlich – sah man einen großen Kreis von mehr als einer Meile im Durchmesser. Am Rand des Wirbels zeichnete sich ein breiter Gürtel blitzenden Schaumes ab; indessen versank auch nicht ein Teilchen davon in dem furchtbaren Trichter, dessen Inneres, soweit man es sehen konnte, eine glatte, glänzende, tiefschwarze Wasserwand war, die mit dem Horizont einen Winkel von etwa fünfundvierzig Grad bildete und sich in grässlicher Hast drehte. Der Sturm trug ein halb schrilles, halb brüllendes Toben herüber, wie es selbst der gewaltige Niagarafall in seiner Qual nicht zum Himmel emporschickt.

In seinem Fundament zitterte der Berg, auf dem wir saßen, und das Felsstück unter uns bebte. Voller Schrecken warf ich mich auf den Boden und klammerte mich an das spärliche Gras.

Endlich sagte ich zu dem alten Mann: »Das kann doch wohl nichts anderes sein als der große Strudel des Malström?«

»So nennt man das Ding zuweilen«, antwortete er. »Wir Norweger nennen ihn Mosköeström, nach der Insel Mosköe, die in der Mitte liegt.«

Ich hatte von dem wunderbaren Strudel schon manches gelesen und gehört, aber das alles hatte mich auf das

Schauspiel, das ich jetzt vor Augen hatte, bei weitem nicht genug vorbereitet. Die Beschreibung von Jonas Ramus, vielleicht die ausführlichste, vermittelt nicht einmal eine leise Ahnung von der Großartigkeit und der Grässlichkeit der Naturerscheinung, geschweige von dem sinnverwirrenden Charakter dessen, was ich hier zum ersten Mal erlebte. Ich weiß zwar nicht, von wo aus oder wann der genannte Schriftsteller den Strudel gesehen hat; aber so viel steht für mich fest, dass er ihn weder vom Gipfel des Helseggen noch während eines Sturmes erblickte. Dennoch finden sich in seiner Beschreibung einige Stellen, die wegen ihrer Einzelheiten zitiert zu werden verdienen, obgleich sie von dem gewaltigen Schauspiel nur einen äußerst schwachen Eindruck geben.

»Zwischen Lofoten und Mosköe«, berichtet er, »erreicht das Wasser eine Tiefe von 36 bis 40 Faden, auf der andern Seite aber, nach Ver (Vurrgh) hin, nimmt die Tiefe so stark ab, dass ein Schiff stets Gefahr läuft, selbst bei stillem Wetter an den Felsen zu zerschellen. Bei Flut läuft der Strom mit rasender Geschwindigkeit zwischen Lofoten und Mosköe gegen das Land; das Rauschen seiner ungestümen Ebbe zur See zurück wird kaum von den lautesten und furchtbarsten Wasserfällen erreicht, denn man hört es mehrere Meilen weit; die Wirbel haben dabei eine solche Ausdehnung und Tiefe, dass ein Schiff, das in ihre Nähe gerät, mit unwiderstehlicher Gewalt erfasst, in die Tiefe gerissen und dort an den Felsen zertrümmert wird. Wenn das Wasser sich wieder beruhigt hat, werden auch die Trümmer ausgeworfen. Solche Ruhepausen aber treten bei Gezeitenwechsel und ruhigem Wetter ein und dauern höchstens eine Viertelstunde, bis es allmählich wieder braust und tobt. Im Sturm ist der Strom besonders heftig, und es ist gefährlich, ihm auf eine norwegische Meile nahe zu kommen. Es sind schon Boote, Yachten, große Schiffe fortgerissen worden, weil sie nicht auf ihrer Hut waren und in seinen Bereich kamen. Es geschieht auch nicht selten, dass Walfische dem Strom zu nahe kommen und von seinem Sog überwältigt werden; wie die armen Tiere dann in ihrem vergeblichen Bemühen, sich wieder frei zu machen, heulen und brüllen – das zu beschreiben geht über Menschenvermögen. Einmal wurde ein Bär, als er von Lofoten nach Mosköe zu schwimmen versuchte, von dem Strom erfasst und hinuntergerissen; dabei brüllte das Tier so furchtbar, dass man es am Ufer hören konnte. Große Massen von Tannen und Fichten werden von der Strömung verschlungen und tauchen dann so zerrissen wieder auf, dass man glauben könnte, sie seien mit Borsten gespickt. Das beweist deutlich, dass der Grund aus zackigen Felsen besteht, zwischen denen die Bäume hin und her geschleudert werden. Der Strom wird von Ebbe und Flut geregelt; alle sechs Stunden lösen Hochwasser und Niedrigwasser einander ab. Am Sonntag Sexagesimä 1645, in aller Frühe, war das Toben so ungestüm, dass an der Küste die Ziegel von den Dächern fielen.«

Was die Tiefe des Wassers betrifft, konnte ich nicht einsehen, wie es überhaupt möglich gewesen sein sollte, sie in der unmittelbaren Nähe des Strudels festzustellen. Die »vierzig Faden« können sich bloß auf Teile des Kanals dicht am Ufer von Mosköe oder Lofoten beziehen. In der Mitte des Mosköeström muss die Tiefe sehr viel größer sein; man überzeugt sich davon leicht, wenn man von der Seite in den Schlund des Wirbels schaut, wie es von der höchsten Spitze des Helseggen möglich ist. Als ich von dem Felsen auf den brüllenden, zischenden Strom unter mir blickte, der sich an Entsetzlichkeit mit jedem Fluss der griechischen Unterwelt messen kann, musste ich über die Einfalt lächeln, mit der der ehrliche Jonas Ramus die Anekdoten von den Walfischen und den Bären als etwas Schwerzuglaubendes erzählt; denn es schien mir einleuchtend, dass selbst das größte Linienschiff, das in den Bereich des verhängnisvollen Strudels gerät, ihm ebenso wenig Widerstand leisten könnte wie eine Feder; es müsste plötzlich mit Mann und Maus darin verschwinden.

Die verschiedenen Versuche, die Naturerscheinung zu erklären – von denen mir einige, wie ich mich erinnere, beim Lesen ziemlich eingeleuchtet hatten –, erschienen mir nun in einem ganz andern Licht und recht unbefriedigend. Gewöhnlich nimmt man an, der Strudel, wie auch drei kleinere zwischen den Färöer-Inseln, habe »keine andere Ursache als den Zusammenstoß von Wassermassen, die bei Ebbe und Flut gegen eine Reihe von Felsen und Bänken anprallen, wodurch das Wasser so zusammengedrängt werde, dass es wasserfallartig hinabstürze; je höher also die Flut steige, umso tiefer müsse der Fall sein, und als natürliches Ergebnis habe man einen Strudel oder Wirbel, dessen ungeheure Saugkraft man aus kleineren Experimenten zur Genüge kenne«. So steht es in der »Britischen Enzyklopädie«. Kircher und andere meinen, dass mitten im Malström-Kanal ein durch die Erde hindurchgehender Schlund beginne, der an einem weit entfernten Ort wieder hervorkomme. Einer der Schriftsteller gibt ohne weiteres den Bottnischen Meerbusen als Endpunkt an. Diese Meinung, die eigentlich ziemlich kindlich ist, gefiel mir, als ich jetzt hinabsah, am besten; aber als ich sie meinem Führer unterbreitete, musste ich zu meinem

Erstaunen hören, dass er die Ansicht nicht teile, obgleich sie in Norwegen ziemlich gang und gäbe sei. Er gestand mir, dass er die erste Theorie überhaupt nicht begreife; und hier stimmte ich ihm bei, denn so annehmbar sie auch auf dem Papier erscheint, inmitten der Donner des Abgrunds wird sie vollkommen unverständlich, ja sogar abgeschmackt.

»Sehen Sie, jetzt ist die beste Gelegenheit, den Strudel zu beobachten«, sagte der alte Mann. »Wenn Sie um diese Klippe herumkriechen, die Sie vor dem Wind schützt und das Toben und Brausen des Wassers dämpft, erzähle ich Ihnen ein Erlebnis, das Ihnen beweist, dass ich wohl etwas vom Mosköeström weiß.«

Ich tat, was er mir geraten hatte; und er fuhr fort:

»Ich und meine zwei Brüder besaßen einen nach Schonerart getakelten Fischkutter von etwa siebzig Tonnen, mit dem wir zwischen den Inseln jenseits Mosköe, unweit Vurrgh, auf Fischfang fuhren. In der Nähe von heftigen Wasserwirbeln ist der Fischfang meist außerordentlich lohnend, wenn man nur genug Mut hat, das Wagnis zu unternehmen; dennoch waren unter allen, die in der Nähe der Lofoten Fischfang trieben, wir drei die Einzigen, die regelmäßig nach den Inseln hinausfuhren. Die üblichen Fangplätze liegen viel weiter südlich. Dort kann man jederzeit ohne große Gefahr fischen, und darum werden diese Plätze bevorzugt. Aber sehen Sie, die besten Plätze liegen hier, uns gegenüber, zwischen den Felsen. Hier werden nicht allein die schönsten und besten Fische gefangen, sondern auch bei weitem die meisten; so dass wir oft an einem einzigen Tage mehr fischten als die Ängstlicheren unter uns in einer ganzen Woche. In der Tat, dieser Fischfang war für uns eine Sache verzweifelter Spekulation, bei der die Lebensgefahr die Arbeit ersetzte und der Mut das Kapital.

Etwa fünf Meilen weiter an der Küste hinauf lag unser Kutter in einer Bucht. Sobald es schönes Wetter war, benutzten wir die etwa fünfzehn Minuten lange Pause ruhiger See, um weit entfernt vom Strudel durch den Hauptkanal des Mosköeström zu fahren. In der Nähe von Otterholm oder Sandflesen gingen wir vor Anker, da die Wirbel dort nicht so heftig sind wie anderswo. Hier blieben wir so lange liegen, bis wieder ruhige See eintrat, worauf wir den Anker lichteten und wieder heimfuhren. Nie gingen wir auf Fischfang, wenn wir nicht für Hin- und Rückfahrt auf beständigen Seitenwind rechnen konnten – und darin verrechneten wir uns selten. In ganzen sechs Jahren geschah es nur zweimal, dass wir wegen völliger Windstille die ganze Nacht vor Anker liegen mussten, und das kommt in unserer Gegend ganz selten vor. Einmal, nur ein einziges Mal, mussten wir fast eine ganze Woche draußen liegen und sind fast verhungert. Daran war ein starker Wind schuld, der sich bald nach unserer Ankunft einstellte und den Kanal in seinen untersten Tiefen aufwühlte, so dass an Heimkehr vorläufig nicht zu denken war. Bei der Gelegenheit wären wir trotz allem auf hohe See verschlagen worden (denn die Strudel trieben uns so heftig im Kreis, dass endlich unser Anker triftig wurde und wir ihn mitschleppten), aber wir gerieten in eine der zahllosen Gegenströmungen, die sich plötzlich irgendwie einstellen und morgen wieder verschwunden sind. Dadurch wurden wir unter Lee von Flimen getrieben, wo wir glücklicherweise vor Anker gehen konnten.

Es ist mir unmöglich, Ihnen auch nur einen kleinen Teil

der Schwierigkeiten zu schildern, denen wir bei unserem gefährlichen Fischfang ausgesetzt waren. Dem Ort ist selbst bei gutem Wetter nicht zu trauen, doch wir wussten es immer so einzurichten, dass wir die Straße des Moskoeström ohne Unfall durchliefen, obgleich mir nie wohl zumute war, wenn wir eine oder ein paar Minuten vor oder nach Eintritt der ruhigen See hinkamen. Zuweilen war der Wind nicht so stark, wie wir beim Auslaufen gedacht hatten, und wir kamen nicht so weit, wie wir wollten, ehe die Strömung unseren Kutter manövrierunfähig machte. Mein ältester Bruder hatte einen Sohn von achtzehn Jahren, ich selbst zwei kräftige Jungen. Sie hätten uns in solchen Augenblicken zweifellos gut helfen können, an den Riemen und nachher beim Fischen, aber obwohl wir selbst bereitwillig unser Leben wagten, hatten wir doch nicht den Mut, auch unsere Söhne der Gefahr auszusetzen; denn letzten Endes war es doch eine grässliche Gefahr, das steht fest.

Es sind bis auf wenige Tage drei Jahre her, da geschah das, was ich Ihnen nun erzählen will. Es war am 10. Juli 18.., ein Tag, den man hierzulande nie vergessen wird, denn damals tobte der furchtbarste Orkan, den die Erde je erlebte. Dabei wehte den ganzen Morgen und noch am späten Nachmittag bei prächtigem Sonnenschein ein schöner beständiger Südwest, so dass selbst der älteste Seemann nicht vorauszusehen vermocht hätte, was bald folgte.

Wir drei, meine beiden Brüder und ich, waren etwa um zwei Uhr nachmittags nach den Inseln hinübergefahren; bald hatten wir eine Ladung wunderschöner Fische, und wir bemerkten, dass unsere Netze noch nie so voll gewesen waren. Es war nach meiner Uhr gerade sieben, als wir den Anker lichteten und uns auf den Heimweg machten, um die schlimmste Strecke des Ström bei ruhigem Wasser zurücklegen zu können. Wir wussten, dass es um acht Uhr eintreten würde.

Wir fuhren bei frischem Steuerbordwind ab, machten eine Zeitlang schnelle Fahrt und dachten an keine Gefahr, da nicht der mindeste Grund zu Befürchtungen vorlag. Aber mit einem Mal wurden wir von einem Wind, der über den Helseggen herwehte, von vorn getroffen. Das war etwas sehr Ungewöhnliches, etwas, was uns noch nie vorgekommen war, und ich empfand allmählich Besorgnis, ohne recht zu wissen, weshalb. Wir drehten unser Schiff genau in den Wind, kamen aber wegen der Strömungen und Wirbel nicht vorwärts, und schon wollte ich den Vorschlag machen, an unseren Ankerplatz zurückzukehren, da sahen wir hinter uns den Horizont mit einer sehr sonderbaren, kupferfarbigen Wolke bedeckt, die sich mit erstaunlicher Geschwindigkeit immer weiter ausbreitete.

Gleichzeitig legte sich plötzlich der Wind, der unser Schiff von vorn gepackt hatte, und völlige Windstille trat ein, wobei wir bald hierhin, bald dahin trieben – das dauerte aber nicht so lange, dass wir zur Besinnung gekommen wären. Kaum eine Minute später hatte uns der Sturm erfasst, unglaublich schnell war der ganze Himmel bezogen, und ungeheure Schaummassen kamen auf uns eingestürmt. Dadurch wurde es bald so finster, dass wir uns auf dem Fischkutter nicht mehr sehen konnten.

Den Orkan, der nun losbrach, beschreiben zu wollen wäre unsinniges Bemühen. Noch nie hat seit Menschengedenken ein solcher Sturm an der norwegischen Küste gerast. Noch ehe er uns packen konnte, hatten wir unsere Segel losgemacht, aber schon bei der ersten Bö gingen unsere beiden Maste über Bord, wie abgehauen. Mit dem Großmast wurde mein jüngerer Bruder fortgerissen, der sich zur Sicherheit mit einem Riemen daran festgebunden hatte.

Unser Schiff war das leichteste Ding, das je auf dem Wasser schwamm. Es besaß ein geschlossenes Glattdeck, nur am Bug war eine kleine Luke, die wir bei der Überfahrt über den Ström zum Schutz gegen die kabbelnde See stets geschlossen hielten. Hätten wir die Vorsicht nicht auch damals gebraucht, wären wir sofort zugrunde gegangen, denn wir waren einige Augenblicke im Wasser vollkommen begraben. Wie mein ältester Bruder dem Tod entging, vermag ich nicht zu sagen, weil ich mir darüber nie Gewissheit verschaffen konnte. Ich selbst warf mich, sobald ich das Focksegel losgemacht hatte, lang auf das Verdeck; dabei stemmte ich beide Füße gegen den schmalen Dahlbord des Bugs und hielt mich mit den Händen an einem Ringbolzen am Fuß des Fockmastes fest. Nur meinem Instinkt habe ich zu verdanken, dass ich das tat, was ohne Zweifel auch das Beste war, denn ich war viel zu betäubt, um denken zu können.

Wie schon gesagt, waren wir einige Augenblicke völlig unter Wasser. Währenddessen hielt ich den Atem an, ohne aber den Bolzen fahrenzulassen. Als ich es nicht länger aushalten konnte, richtete ich mich etwas auf, so dass ich jetzt auf den Knien lag; dabei hielt ich mich mit den Händen immer noch fest. So gelang es mir, den Kopf frei zu bekommen. Bald schüttelte sich unser Schiff wie ein Hund, der aus dem Wasser kommt, und befreite sich einigermaßen von den Fluten. Ich versuchte, die Betäubung zu überwinden, die über mich gekommen war, und mich so weit zu fassen, dass ich das Notwendigste tun konnte; da fühlte ich, wie jemand meinen Arm ergriff. Es war mein ältester Bruder; mir wollte das Herz vor Freude fast zerspringen, da ich ihn schon verloren geglaubt hatte, aber schon im nächsten Augenblick schlug alle Freude in Grauen um, als er mir, den Mund dicht an meinem Ohr, das Wort ›Mosköeström‹ zuschrie.

Wie mir in diesem Augenblick zumute war, kann kein Mensch ermessen. Vom Kopf bis zu den Füßen zitterte ich, als wäre ich plötzlich vom schlimmsten Fieber gepackt worden. Was er mir mit diesem einen Wort sagen wollte, war mir nur zu klar: Mit dem Winde, der uns nun fortriss, trieben wir gerade auf den Strudel des Ström zu, und nichts konnte uns mehr retten!

Ich habe Ihnen wohl gesagt, dass wir immer weit oberhalb des Strudels durch den Ström fuhren. Das taten wir sogar beim stillsten Wetter; wir mussten dazu nur genau das ruhige Wasser abwarten; nun aber trieben wir gerade auf den Strudel selbst zu, und das bei solchem Sturm! Vielleicht, dachte ich, kommen wir gerade beim Eintritt der ruhigen See hin – es ist also noch nicht alles verloren; aber schon im nächsten Augenblick verwünschte ich meine Torheit wieder, weil mir die Hoffnung fast lächerlich erschien. Ich wusste, dass wir dem Tode geweiht waren, und wären wir zehnmal ein Schiff mit neunzig Kanonen gewesen.

Die größte Wut des Sturmes hatte sich gelegt, oder schien es uns nur so, weil wir vor ihm hertrieben; aber nun stieg die See, die der Wind anfänglich flach und schäumend niedergehalten hatte, zu riesigen Bergen an. Eine seltsame Veränderung war über den Himmel gekommen. Rundherum war es noch pechfinster, aber über uns schien mit einem Mal der blaue Himmel durch ein rundes Loch in den Wolken. Die Bläue des Himmels war so schön, wie ich sie kaum jemals gesehen hatte, und durch die Öffnung hindurch glänzte der Vollmond mit einer Pracht, die mir fast übernatürlich vorkam. Alles um uns her wurde jetzt vollkommen beleuchtet, so dass es klar vor uns lag; aber, o Gott, welches Schauspiel sollte der Mond nun erhellen!

Ich machte ein paar Versuche, mit meinem Bruder zu sprechen; unerklärlicherweise hatte das Getöse dermaßen zugenommen, dass ich mich ihm nicht verständlich machen konnte, obgleich ich ihm aus Leibeskräften ins Ohr schrie. Gleich darauf schüttelte er den Kopf und hob totenblass einen Finger in die Höhe, als ob er sagen wollte: Horch, horch!

Anfangs war mir nicht klar, was seine Gebärde bedeuten sollte; aber nur zu bald dämmerte mir ein grässlicher Gedanke. Ich zog meine Uhr aus der Tasche. Sie ging nicht. Beim Mondlicht sah ich auf die Ziffern, brach in Tränen aus und schleuderte sie weit in den Ozean hinaus. Sie war um sieben Uhr stehengeblieben: Wir hatten die Zeit der ruhigen See verpasst, und nun tobte der Strudel des Ström mit voller Gewalt!

Wenn ein Schiff gut gebaut, richtig getrimmt und nicht zu schwer beladen ist, sieht es aus, als ob bei starkem Wind, wenn alle Segel prall sind, die Wogen unter ihm entlanggleiten – das mag einer Landratte eigenartig erscheinen –, wir Seeleute nennen es ›reiten‹.

Nun, bisher hatten wir die Dünung gut abgeritten; jetzt aber kam mit einem Male eine riesige Woge, die uns gerade unter der Gilling des Spiegels packte und mit sich in den Himmel emportrug. Dass eine Woge so hoch steigen kann, hätte ich niemals geglaubt. Und dann glitten und schossen wir in einer Weise wieder herab, dass mir Sehen und Hören verging. Es war mir, als stürzte ich im Traum von einer hohen Bergspitze. Während wir aber von der Woge hinangetragen wurden, hatte ich einen raschen Blick umhergeworfen und genug gesehen. Sofort erkannte ich unsere genaue Position. Der Moskóeström-strudel befand sich gerade vor uns, ungefähr eine Viertelmeile entfernt, allein er glich jetzt dem gewöhnlichen Moskóeström so wenig, wie der Strudel, den Sie vor sich sehen, einem Mühlgraben gleicht. Hätte ich nicht gewusst, wo wir waren und was uns erwartete, ich hätte den Ort gar nicht erkannt. Vor diesem Anblick schlossen sich meine Augen vor Entsetzen. Die Lider pressten sich krampfhaft zusammen.

Nach kaum zwei Minuten fühlten wir plötzlich, dass die Wellen kleiner wurden und wir von Schaum umhüllt waren. Das Schiff machte eine scharfe halbe Wendung nach Backbord und schoss blitzschnell in seiner neuen Richtung fort. Gleichzeitig wurde das ohrenbetäubende Brausen des Wassers von einer Art schrillem Schreien und Pfeifen übertönt – vielleicht können Sie sich einen annähernden Begriff davon machen, wenn Sie sich viele tausend Dampfschiffe vorstellen, die alle zugleich ihre Sirenen heulen lassen. Wir befanden uns nun im Bereich der Brandung, die den Strudel dauernd umgibt; und ich glaubte, dass wir im nächsten Augenblick im Trichter des Strudels verschwinden würden, in den wir nur schlecht hineinsehen konnten, weil wir mit unglaublicher Schnelligkeit fortgerissen wurden. Unser Schiff schien gar nicht mehr im Wasser zu liegen, sondern nur noch wie eine Luftblase an der Oberfläche der See dahinzufliegen. Unser Steuerbord war dem Strudel zugewandt, während an

Backbord das Meer aufgetürmt stand. Es war nicht anders, als hätte eine ungeheure, sich drehende Wand sich zwischen uns und den Horizont gestellt.

Es mag Ihnen seltsam erscheinen, aber dicht vor dem Rachen des Abgrunds war ich gefasster als während der ganzen Zeit, in der wir uns ihm nur näherten. Indem ich aller Hoffnung entsagte, schüttelte ich auch viel von dem Schrecken ab, der mich anfänglich überwältigt hatte. Ich glaube, es war die Verzweiflung, die meine Nerven stählte.

Es mag wie Prahlerei klingen, aber ich sage Ihnen nur die reine Wahrheit: ich begann zu überlegen, dass es herrlich sein müsse, auf solche Weise zu sterben, und dass es eigentlich töricht von mir sei, angesichts einer so wunderbaren Offenbarung der Macht Gottes an etwas so Unbedeutendes wie mein Leben zu denken. Ich glaube fast, dass mir die Schamröte ins Gesicht stieg, als mich der Gedanke durchzuckte. Nach einer kleinen Weile war ich nur noch begierig, den Strudel selbst zu erforschen. Ich wollte seine Tiefen ergründen, selbst wenn es mein Leben kostete; mein größter Kummer war dabei nur, dass es mir nie vergönnt sein würde, meinen Freunden und Bekannten am Ufer von den Geheimnissen zu erzählen, die sich mir nun erschließen würden. Ohne Zweifel waren das sehr seltsame Phantasien in so einer gefährlichen Lage, und oft habe ich seitdem gemeint, dass das Kreisen des Schiffes um den Strudel mich etwas wirr im Kopf gemacht hatte.

Aber noch etwas anderes trug dazu bei, mir meine Besonnenheit zurückzugeben: der Wind hörte auf, weil er uns jetzt nicht mehr erreichen konnte; denn wie Sie selbst sehen, ist der Brandungsgürtel bedeutend niedriger als die übrige Fläche des Meeres; sie bildete nun über uns einen turmhohen schwarzen Berggrat. Wenn Sie noch nie bei schwerem Sturm draußen auf See waren, können Sie sich keinen Begriff von der Geistesverwirrung machen, die von Wind und Schaum zusammen im Menschen ausgelöst wird. Sie blenden, betäuben, ersticken ihn und rauben ihm alle Tatkraft, alle Besinnung. Wir waren nun größtenteils von diesen Übeln befreit: etwa so, wie zum Tode verurteilten Verbrechern in ihrem Gefängnis viele kleine Genüsse gewährt werden, die ihnen versagt bleiben, solange über ihr Schicksal noch nicht entschieden ist.

Wie oft wir den Strudel umkreisten, kann ich unmöglich sagen. Vielleicht flogen wir eine Stunde lang herum – denn von einem bloßen Treiben konnte keine Rede mehr sein –; aber allmählich kamen wir immer mehr mitten in die Brandung hinein, und damit näherten wir uns auch beständig ihrem grässlichen inneren Saum.

Während der ganzen Zeit hatte ich den Ringbolzen keinen Augenblick losgelassen. Mein Bruder befand sich am Heck des Schiffes, wo er sich an ein kleines, mit Riemen sicher befestigtes leeres Wasserfass klammerte, das einzige Ding auf Deck, das bei dem plötzlichen Überfall des Sturmes nicht über Bord gegangen war. Da wir uns aber nun dem Rand des Abgrunds näherten, ließ er das Fässchen fahren, um nach dem Ring zu greifen, von dem er in seiner Todesangst meine Hände wegdrängen wollte, da er nicht groß genug war, um uns beiden einen festen Halt zu gewähren.

Nie in meinem Leben habe ich solchen Kummer gefühlt wie in dem Augenblick, als ich ihn das versuchen sah, obgleich ich wusste, dass ich einen Wahnsinnigen vor mir hatte, einen Rasenden, der aus purer Angst seinen

Verstand verloren hatte. Ich stritt mich nicht mit ihm um den Ring, wusste ich doch, dass es völlig gleichgültig war, ob er oder ich ihn besaß; ich überließ ihm den Ring und kroch nach dem Heck des Schiffes, um mich an dem Fass festzuhalten. Das war nicht schwer, denn der Kutter flog stetig und auf ebenem Kiel im Kreis herum, nur dass der riesige Strudel ihn in eine etwas schwankende Bewegung versetzte.

Kaum hatte ich meine neue Stellung eingenommen, da legte sich unser Schiff plötzlich nach Steuerbord über und stürzte in die Tiefe hinab. Ich hatte kaum noch Zeit für ein kurzes Gebet und dachte, nun sei alles aus.

Während des abscheulichen Hinabschießens hatte ich mich instinktiv noch fester an das Fass geklammert und die Augen geschlossen. Einige Sekunden lang wagte ich nicht, sie zu öffnen, denn ich erwartete den sofortigen Untergang und war überrascht, dass ich noch nicht den letzten, tödlichen Kampf mit dem Meer zu bestehen hatte. Aber ein Augenblick nach dem andern verging, und ich lebte immer noch. Das Gefühl des Fallens hatte aufgehört, und die Bewegung des Schiffes schien ziemlich die gleiche wie bisher, da es in dem Schaumgürtel im Kreise herumgejagt war, nur mit dem Unterschied, dass das Deck jetzt eine starke Neigung zeigte. Ich fasste neuen Mut, öffnete wieder die Augen und sah mich um.

In meinem ganzen Leben werde ich die Gefühle der Furcht, des Grauens und der Bewunderung nicht vergessen, die mich befielen, als ich umherschaute. Wie durch Zauberkraft festgehalten, schien das Schiff auf halber Höhe an der inneren Oberfläche eines ungeheuer weiten und tiefen Trichters zu hängen, dessen vollkommen glatte Wände man hätte für Ebenholz halten können, hätten sie sich nicht mit so betäubender Geschwindigkeit gedreht und ein geisterhaftes Licht ausgeströmt, das die Strahlen des Vollmondes aus dem erwähnten kreisrunden Loch in den Wolken wie eine Flut goldener Pracht über die schwarzen Wände und tief, tief in den Abgrund hineinwarfen.

Anfänglich war ich viel zu sehr verwirrt, um etwas genau zu beobachten. Ich nahm nur die überraschende, grauenhafte Großartigkeit wahr. Als ich mich aber wieder ein wenig gesammelt hatte, fiel mein Blick instinktiv in die Tiefe. Und da, wie schon gesagt, der Kutter an der geneigten Fläche des Strudels hing, versperrte kein Hindernis mir den Blick. Das Schiff lag auf ebenem Kiel, das heißt, sein Deck lag in einer Parallelebene zu der des Wassers; aber die Wasserfläche hatte eine Neigung von über fünfundvierzig Grad, so dass es schien, als wären wir kurz vor dem Kentern. Dennoch konnte ich feststellen, dass es mir jetzt kaum schwerer fiel, mich mit Händen und Füßen festzuhalten, als vorhin auf einer vollkommen ruhigen Fläche; vermutlich rührte das von der rasenden Geschwindigkeit her, mit der wir im Kreis herumjagten.

Die Strahlen des Mondes schienen in die äußerste Tiefe des unermesslichen Abgrundes zu fallen; aber immer noch konnte ich wegen eines dichten Nebels, in den alles gehüllt war, nichts deutlich sehen. Über dem Nebel stand ein großartiger Regenbogen, gleich der schmalen, schwankenden Brücke, von der die Mohammedaner behaupten, dass sie den einzigen Übergang von der Zeit zur Ewigkeit bilde. Ohne Zweifel rührte der Nebel vom Zusammenprall der großen Trichterwände her, die sich tief unten notwendig berühren mussten; das Tosen und Brüllen aber, das aus dem Nebel zum Himmel stieg, vermag ich nicht zu beschreiben.

Nachdem wir einmal aus dem Schaumgürtel in den Abgrund selbst hineingeraten waren, waren wir auch gleich am Abhang ziemlich tief hinuntergestürzt; von nun an aber sanken wir nur noch verhältnismäßig langsam. Wir drehten uns, jedoch nicht gleichmäßig, sondern in Schwindel hervorrufenden Stößen und Schwingungen, die uns bald nur einige hundert Schritt weit fortschleuderten, bald fast um den ganzen Kreis des Strudels herum. Und mit jeder Umdrehung sanken wir tiefer, zwar nur langsam, aber doch merklich.

Als ich meine Blicke über diese weitgedehnte Fläche flüssigen Ebenholzes schweifen ließ, auf dem wir so herumtrieben, gewahrte ich, dass unser Schiff nicht das einzige Ding war, das der Strudel in tödlicher Umarmung festhielt. Über und unter uns waren Schiffstrümmer, riesige Massen von Bauholz und Baumstämmen zu sehen, von kleineren Gegenständen wie zerbrochenen Kisten, Fässern, Dauben und allerlei Hausgerätschaften ganz zu schweigen. Ich habe Ihnen die unnatürliche Neugier, die an die Stelle meines ursprünglichen Schreckens getreten war, schon beschrieben. Und sie schien zu wachsen, je näher der letzte furchtbare Augenblick an mich herantrat. Ich fing an, die vielen Dinge, die sich mit uns im Kreis drehten, mit seltsamem Interesse zu beobachten. Ich muss wohl schon fast wahnsinnig gewesen sein, denn ich suchte und fand sogar Vergnügen an allerlei Mutmaßungen über die verschiedene Geschwindigkeit, mit der sich die Gegenstände dem Abgrund näherten. Ich ertappte mich dabei, wie ich mir sagte, diese Fichte stürzt gewiss zuerst hinab und wird zermalmt – und ich war enttäuscht, als ich sehen musste, wie das Wrack eines holländischen Kauffahrers meine Fichte plötzlich überholte und vor ihr verschwand. Nachdem ich verschiedene Male geraten hatte und immer falsch, brachte mich diese Tatsache – meiner ständigen Fehlberechnung – auf Überlegungen, die meine Glieder wieder zittern und mein Herz heftig pochen ließen.

Was mich so erregte, war keineswegs neuer Schrecken, sondern neue Hoffnung. Und diese Hoffnung schöpfte ich teils aus der Erinnerung, teils aus gegenwärtiger Beobachtung. Ich stellte mir den Zustand der vielen Gegenstände vor Augen, die an der Küste von Lofoten umherlagen, nachdem sie vom Mosköeström verschlungen und wieder ausgeworfen worden waren. Weitaus die meisten waren ganz ungewöhnlich zertrümmert, zerrieben und zerschrammt, dass sie aussahen wie mit Splittern vollgesteckt; zugleich aber erinnerte ich mich ganz deutlich, dass einige überhaupt nicht gelitten hatten.

Ich konnte mir den Unterschied allein durch die Annahme erklären, dass nur die so übel mitgenommenen Trümmer völlig verschlungen worden waren, die übrigen aber so spät in den Strudel hineingerieten oder aus irgendeiner Ursache darin so langsam sanken, dass sie vor der Rückkehr der Flut oder der Ebbe den Boden nicht mehr erreichten. Im einen wie im anderen Fall konnten sie meiner Ansicht nach wieder ausgespien worden sein, ohne dass sie das Schicksal der Gegenstände geteilt hatten, die früher hineingeraten oder rascher gesunken waren.

Ich machte dazu drei wichtige Beobachtungen. Erstens, dass die Körper, je größer sie waren, um so rascher sanken; zweitens, dass bei gleicher Größe zweier Körper ein kugelförmiger schneller sank als jeder anders geformte; drittens, dass bei sonst gleicher Größe ein zylindrischer

Körper langsamer verschlungen wurde als ein anderer. Seit meiner wunderbaren Rettung habe ich mit einem alten Lehrer unseres Bezirks verschiedene Male über die Sache gesprochen; ihm verdanke ich es auch, dass ich jetzt weiß, was man unter dem Wort ›Zylinder‹ versteht. Der gute Schulmeister setzte mir auseinander – ich habe seine Erklärung inzwischen vergessen –, wie das, was ich wahrgenommen hatte, eine natürliche Folge der Form der schwimmenden Trümmer gewesen war; er zeigte mir, wie ein in einem Wasserwirbel treibender Zylinder dem Sog größeren Widerstand entgegensetzt und schwerer hineingezogen wird als ein gleich großer Körper von beliebiger anderer Form.*

Ein weiterer auffallender Umstand bestätigte diese Beobachtungen und erweckte in mir den Wunsch, sie mir zunutze zu machen. Bei jeder Runde schossen wir nämlich an einem Fass, einer Rahe oder einem Schiffsmast vorbei, während von den Gegenständen, die dieselbe Höhe mit uns gehabt hatten, als sich meinen Augen die Wunder des Strudels zum ersten Male erschlossen, viele hoch über uns schwammen und ihren ursprünglichen Ort fast gar nicht verlassen zu haben schienen.

Nun war ich nicht länger im Zweifel, was ich zu tun hatte. Ich beschloss, mich an dem Wasserfass festzuschnallen, an dem ich mich jetzt hielt, es von der Gilling loszumachen und mich dann damit ins Wasser zu werfen. Durch Zeichen suchte ich meinem Bruder begreiflich zu machen, was er tun sollte: ich deutete auf die in unserer Nähe schwimmenden Fässer und zugleich auf mein eigenes Fass. Endlich glaubte ich, dass er mich verstanden

* Man vergleiche Archimedes: De incidentibus in fluido. Lib. II.

hätte; aber mochte dies der Fall sein oder nicht, er hielt an seinem Ringbolzen fest und schüttelte verzweiflungsvoll den Kopf. Zu ihm zu gelangen war unmöglich, im Übrigen erlaubte die nahe Gefahr kein Zögern; ich überließ ihn daher seinem Schicksal, obwohl es mir bitter schwer wurde, schnallte mich mit denselben Riemen, die das Fass an der Gilling gehalten hatten, an ihm fest und stürzte mich, ohne noch einen Augenblick länger zu zögern, in die See.

Das Ergebnis entsprach vollkommen meiner Erwartung. Da ich selbst Ihnen die Geschichte erzähle und Sie also sehen, dass ich davongekommen bin, und da Ihnen klar ist, wie ich davonkam, und Sie sich leicht denken können, was ich noch zu sagen habe, will ich es kurz machen. Der Fischkutter sank immer tiefer. Ungefähr eine Stunde, nachdem ich ihn verlassen hatte, als er schon weit unter mir schwamm, drehte er sich drei- bis viermal hintereinander mit rasender Geschwindigkeit um sich selbst und stürzte mit meinem heißgeliebten Bruder in die chaotischen Schaummassen hinab, die den Grund des Strudels füllten. Das Fass, an das ich mich geschnallt hatte, war indessen nur wenig über die Hälfte der Strecke zwischen dem Grund des Trichters und der Stelle, an der ich über Bord gesprungen war, herabgeglitten, bevor der Strudel mit einem Mal einen ganz anderen Charakter annahm. Mit jeder Sekunde verringerte sich die Abschüssigkeit der riesigen Trichterwände. Die Kreisbewegung wurde allmählich weniger heftig. Nach und nach verschwanden der Schaum und der Regenbogen, und gleichzeitig schien der Boden des Abgrundes sich langsam zu heben.

Der Himmel war klar, der Wind hatte sich gelegt, und

strahlend sank der Vollmond im Westen herab, als ich mich an der Oberfläche des Meeres dem Ufer von Lofoten gegenüber und über der Stelle wiederfand, wo der Strudel des Mosköeström getobt hatte. Meiner Berechnung nach musste zwar jetzt wieder ruhiges Wasser eintreten, aber immer noch ging – als Nachwirkung des furchtbaren Sturmes – die See berghoch. Mit rasender Geschwindigkeit trug sie mich in den Kanal des Ström hinein, und schon nach wenigen Minuten trieb ich mit wilder Eile die Küste entlang. Endlich erreichte ich die Fanggründe der anderen Fischer. Ein Boot nahm mich auf, gänzlich erschöpft und nun, da die Gefahr vorüber war, sprachlos vor Schrecken.

Die Männer, die mich auffischten und an Bord zogen, waren alte Freunde von mir und hatten mich täglich gesehen; aber in diesem Augenblick erkannten sie mich ebenso wenig, wie sie einen Wanderer aus dem Reich der Geister erkannt hätten. Meine Haare, die tags zuvor noch rabenschwarz gewesen waren, schimmerten weiß, wie Sie sie jetzt sehen. Die Leute sagen auch, dass der Ausdruck meines Gesichts sich völlig verändert habe.

Ich erzählte ihnen mein Erlebnis, und sie glaubten mir nicht. Nun habe ich es Ihnen wieder erzählt, aber ich nehme kaum an, dass Sie meinen Worten mehr Glauben schenken als damals die munteren Fischer von Lofoten.«

# Die Maske des Roten Todes

Lange schon hatte der Rote Tod das Land verheert. Nie zuvor war eine Seuche so verderblich, so widerwärtig gewesen. Blut war ihr Zeichen und Siegel – die Röte und Furchtbarkeit des Blutes. Zuerst stellten sich heftige Schmerzen ein; ein Schwindelanfall folgte, und Blut ergoß sich im Übermaß aus allen Poren bis zur Auflösung. Die scharlachroten Flecke, die besonders auf dem Antlitz des Opfers hervortraten, waren der Bannfluch der Pest: wer sie hatte, war vom Mitleid und von der Hilfe seiner Mitmenschen ausgeschlossen. Und Ausbruch, Verlauf und Ende der Krankheit waren das Werk einer halben Stunde.

Fürst Prospero aber war glücklich, furchtlos und weise. Als sein Reich zur Hälfte entvölkert war, rief er tausend gesunde und leichtlebige Ritter und Damen seines Hofes zu sich und zog sich mit ihnen in die tiefe Einsamkeit eines seiner festen Schlösser zurück. Dies war ein weites und herrliches Gebäude, von dem kühnen, aber erlauchten Geschmack des Fürsten geschaffen. Eine hohe und starke Mauer umschloss es. In dieser Mauer befanden sich eiserne Tore. Nach ihrem Einzüge trugen die Höflinge Schmelzöfen und mächtige Hämmer herbei und schmiedeten die Riegel zu. Sie waren entschlossen, plötzlichen Anfällen von Verzweiflung oder Tobsucht weder Ein- noch Ausgang zu gewähren. Das Schloss war mit reichlichen Vorräten versehen. Mit solchen Mitteln konnten die Höflinge der Seuche die Stirn bieten. Die Außenwelt mochte sich um sich selbst kümmern. Einstweilen brauchte man sich nicht unnützen Sorgen oder Grübeleien hinzugeben. Der Fürst hatte für alle Arten von Vergnügungen vorgesorgt. Da gab es Spaßmacher, Stegreifkünstler und Balletttänzerinnen – Musik, Schönheit und Wein. Alles dies war drinnen und dazu die Sicherheit. Draußen war der Rote Tod.

Als der fünfte oder sechste Monat dieser Absonderung zu Ende ging und die Pest draußen am wütendsten tobte, erfreute Fürst Prospero seine tausend Freunde mit einem unerhört prächtigen Maskenfest.

Diese Maskerade bot einen verschwenderischen Anblick dar. Aber lasst mich zuerst von den Räumlichkeiten berichten, in denen sie stattfand. Es waren sieben an der Zahl – eine wahrhaft königliche Zimmerflucht. Nun sind solche Zimmerfluchten in vielen Palästen geradlinig angelegt, so dass der Blick, wenn die Schiebetüren beiderseits fast bis zu den Wänden zurückgleiten, das Ganze auf einmal aufnehmen kann. Hier verhielt es sich jedoch ganz anders – wie man es von dem Fürsten mit seinem Hang zum Absonderlichen füglich erwarten konnte. Die Säle waren so unregelmäßig angeordnet, dass man von einem beliebigen Standort immer nur einen überblicken konnte. In Abständen von einigen zwanzig oder dreißig Ellen gab es eine scharfe Biegung, bei der sich ein neuer Eindruck bot. Rechts und links waren in die Mitte der Wände hohe und schmale gotische Fenster eingefügt, die auf einen Gang, der den Windungen der Zimmerflucht angepasst war, hinaussahen. Diese Fenster bestanden aus buntem Glase, dessen Farbe mit der der Ausstattung des entsprechenden Zimmers übereinstimmte und folglich wechselte. Das Ostzimmer war zum Beispiel blau verhangen – seine Fenster wiesen ein leuchtendes Blau. Der zweite Saal zeigte purpurne Zierrate und Wandbehänge – hier waren die Scheiben purpurrot. Das dritte Zimmer war ganz in Grün gehalten – ebenso die Fenster. Das vierte war orangefarben ausstaffiert und beleuchtet – das fünfte weiß, das sechste violett. Der siebente Raum war gänzlich mit schwarzem Samt verhangen, und zwar sowohl die Decke als auch die Wände, der in schweren Falten auf einen Teppich vom gleichen Stoff und von gleicher Farbe herabfiel. Allerdings stimmte in diesem Zimmer die Farbe der Fenster nicht mit der der Ausschmückung überein. Hier waren die Scheiben scharlachrot – wie dunkles Blut. Unter all den goldenen Ziergegenständen, die hier und da verstreut waren oder von der Decke herabhingen, gab es in den Sälen weder Lampen noch Kandelaber. Nirgends verbreitete eine Ampel oder eine Kerze ihren Schein. Dagegen waren hinter allen Fenstern im Seitengang schwere Dreifüße aufgestellt, auf denen Kohlenbecken loderten. Diese ergossen ihr Licht durch die farbigen Gläser, so dass die Räume flackernd erhellt wurden. Auf diese Weise entstanden viele bunte und abenteuerliche Wirkungen. Im westlichen oder schwarzen Zimmer brachte der Feuerschein, der durch die blutroten Scheiben auf die schwarzen Behänge fiel, einen höchst schauerlichen Eindruck hervor und verlieh den Gesichtern der Eintretenden ein so grausiges Aussehen, dass nur wenige von der Gesellschaft so verwegen waren, den Fuß über die Schwelle dieses Zimmers zu setzen.

Dort ragte an der westlichen Wand eine riesenhafte Standuhr aus Ebenholz empor. Ihr Pendel schwang mit einem einförmigen, dumpfen und schweren Schlag hin und her. Wenn der Minutenzeiger das Zifferblatt einmal umkreist hatte und der Stundenschlag ertönen sollte, drang aus dem ehernen Inneren der Uhr ein klarer, tiefer, starker und sonorer Ton von so besonderer Art und solcher Eindringlichkeit hervor, dass nach jeder Stunde die Musiker der Kapelle ihr Spiel im selben Augenblick unterbrechen mussten, um zu lauschen. Natürlich hielten dann auch die Tänzer in ihren Bewegungen inne, und eine leise Missstimmung beschlich die ganze frohe Gesellschaft. Solange der Schlag der Uhr zu hören war, konnte man sehen, wie die Leichtsinnigsten erbleichten und die Älteren und Gesetzteren wie in wirrem Traum oder Nachsinnen über ihre Stirnen strichen. Wenn aber das Echo verhallt war, lief sogleich wieder ein heiteres Gelächter durch die Versammlung. Die Musiker blickten einander über ihre eigene Torheit und Schwäche lächelnd an und schworen sich leise zu, dass sie sich durch den nächsten Stundenschlag nicht wieder aus der Fassung bringen lassen wollten. Aber nach Ablauf von sechzig Minuten (die dreitausendsechshundert Sekunden der flüchtigen Zeit umfassen) schlug die Uhr wiederum – und das gleiche Unbehagen, das gleiche Zittern und Besinnen stellten sich von neuem ein.

Hiervon abgesehen, war es ein heiteres und großartiges Fest. Der Fürst besaß einen sonderbaren Geschmack. Insbesondere hatte er ein gutes Auge für feine Farbwirkungen. Er verachtete alles, was nur Mode war. Seine Entwürfe waren kühn und feurig, ein wilder Glanz durchglühte seine Phantasien. Manche hielten ihn für wahnsinnig. Sein Gefolge aber wusste, dass er es nicht war. Man musste ihn sehen, ihn hören und mit ihm umgehen, wenn man sich überzeugen wollte, dass er es wirklich nicht war.

Die beweglichen Einrichtungen der sieben Säle hatte

er größtenteils selbst für das Fest angeordnet. Sein bestimmender Geschmack schrieb auch den Masken ihre Rollen vor. Sicherlich waren sie äußerst grotesk. Da war Glänzendes und Gewagtes und Überschwängliches – vieles der Art, wie man es später in der Oper »Ernani« sehen konnte. Da gab es arabeskenhafte Gestalten, deren Glieder etwas Verrenktes hatten. Da waren Gebilde, die aus den Fieberträumen Wahnsinniger zu stammen schienen. Da fehlte es nicht an Schönem und Ausgelassenem, an Fratzenhaftem und Schrecklichem und manchem, was beinahe Abscheu erregen konnte. Diese Masken wogten wie ein Schwarm von Träumen in den sieben Zimmern auf und nieder. Und diese Träume schlangen sich, die Farben der einzelnen Säle annehmend, umeinander und ließen die tolle Musik des Orchesters wie das Echo ihrer Schritte wirken. Und wieder schlägt die Ebenholzuhr in dem samtenen Saale. Und für einen Augenblick herrscht Schweigen bis auf die Stimme der Uhr. Die Träume sind in ihren Stellungen erstarrt. Aber nun verebbt das Echo des Glockenschlages wieder. Es hat ja nur einen Augenblick gewährt – und ein leichtes, halb unterdrücktes Lachen folgt ihm nach. Und jetzt schwillt die Musik wieder an: die Träume beleben sich und gaukeln fröhlicher denn je umher. Sie nehmen die Farben der vielerlei Fenster an, durch die die Lichter der Dreifüße fallen. Aber keine der Masken wagt sich jetzt mehr in das westliche Gemach. Denn die Nacht schwindet; durch die blutroten Scheiben wogt ein noch glühenderes Licht, und die Schwärze der düsteren Behänge ist zum Erschrecken. Und wer den Fuß auf den schwarzen Teppich setzt, hört den dumpfen Klang der Uhr deutlicher als jene, die in den anderen Gemächern in Fröhlichkeit schwelgen.

Aber in diesen anderen Gemächern drängte sich alles, und dort schlug fieberisch der Puls des Lebens. Wirbelnd ging das Fest weiter, bis die Uhr sich endlich zum Schlag der Mitternachtsstunde anschickte. Und wieder hörte, wie ich schon sagte, die Musik auf; die Bewegungen der Tanzenden erstarben, und ein unbehagliches Erstarren befiel alles. Diesmal waren es aber zwölf Schläge, die aus der Uhr ertönen mussten. Und so hatten die Gedanken mehr Zeit, sich in die Überlegungen der Besinnlicheren unter den Festgästen einzuschleichen. Und daher kam es wohl auch, dass viele, ehe der letzte Schlag verstummt war, Muße fanden, die Anwesenheit einer Maske zu bemerken, die vorher noch niemand beachtet hatte. Als sich die Kunde von dieser Erscheinung ringsum im Flüstertone verbreitet hatte, ließ sich ein Summen oder Murmeln aus der Gesellschaft hören, das Missbilligung und Überraschung – ja Furcht, Entsetzen und Ekel ausdrückte.

In einer Versammlung so phantastischer Gestalten, wie sie hier geschildert wurde, konnte eine gewöhnliche Erscheinung niemals solche Aufregung hervorrufen. Die Maskenfreiheit war in jener Nacht nämlich fast unbegrenzt; die bewusste Gestalt aber war zu weit gegangen und hatte selbst die fließenden Grenzen der Auffassung des Fürsten von Schicklichkeit überschritten. Auch in den Herzen der Leichtsinnigsten gibt es Saiten, die nicht ungestraft angeschlagen werden dürfen. Selbst die Verworfensten, die über Leben und Tod spotten, können Scherze über gewisse Dinge nicht vertragen. Hier aber schien die ganze Gesellschaft zu empfinden, dass Gewand und Benehmen des Fremden weder witzig noch anständig waren. Die Gestalt war lang und hager und von Kopf bis Fuß in Grabtücher eingehüllt. Die Larve, die das Antlitz verbarg, ahmte so sehr das starre Gesicht einer Leiche nach, dass man schon genau hinsehen musste, um den Betrug zu entdecken. Und doch wäre dies alles von den tollen Zechern zwar nicht gebilligt, aber ertragen worden. Die Maske war jedoch so weit gegangen, dass sie die Merkmale des Roten Todes angenommen hatte. Ihr Gewand war mit Blut bespritzt, und ihre breite Stirn sowie ihr ganzes Gesicht trug die scheußlichen Scharlachflecke.

Als Fürst Prospero diese spukhafte Erscheinung (die langsam und gemessen, als wolle sie den Charakter ihrer Rolle betonen, durch die Tanzenden hin und her schritt) erspähte, sah man ihn im ersten Augenblick vor Schreck oder Abscheu erschauern; dann aber rötete Zorn seine Stirn.

»Wer wagt es«, fragte er heiser die herumstehenden Höflinge, »wer wagt es, uns mit einer so aberwitzigen Lästerung zu schmähen? Ergreift ihn und reißt ihm die Maske ab – damit wir wissen, wen wir bei Sonnenaufgang an den Zinnen des Schlosses aufhängen sollen!«

Fürst Prospero befand sich im östlichen oder blauen Zimmer, als er diese Worte hervorstieß. Sie hallten laut und klar durch die sieben Säle; denn der Fürst war ein stolzer und stattlicher Mann, und die Musik hatte er mit einem Wink seiner Hand zum Schweigen gebracht.

Er stand also im blauen Zimmer, von einer Schar bleicher Höflinge umgeben. Zuerst schienen sich diese auf den Eindringling, der sich in der Nähe befand und dem Sprecher mit ruhigem und entschlossenem Schritt nahte, stürzen zu wollen. Aber in dem bangen Gefühl, das alle, durch die ungeheuerliche Anmaßung der Maske hervorgerufen, beschlichen hatte, fand sich niemand, der die Hand ausstreckte, sie zu ergreifen. Daraufhin ging sie in einem Abstand von nur einer Elle an dem Fürsten vorüber. Und während die Menge wie unter einem Zwang bis zu den Wänden der Zimmer zurückwich, schritt sie ungestört und so feierlich und gelassen wie vorher weiter – durch das blaue ins purpurne – durch das purpurne ins grüne – durch das grüne ins orangefarbene – durch dieses ins weiße und schließlich ins violette Zimmer, bevor eine entscheidende Bewegung, sie aufzuhalten, erfolgt war. Jetzt aber stürmte Fürst Prospero, vor Wut und Scham über seine anfängliche Feigheit rasend, durch alle sechs Räume, ohne dass ihm ein Einziger aus der von tödlichem Schrecken gebannten Schar gefolgt wäre. Einen Dolch in der hocherhobenen Rechten, hatte er sich der entschreitenden Gestalt in wilder Hast bis auf drei oder vier Schritte genähert, als sich diese, am Ende des Samtzimmers angelangt, plötzlich umdrehte und ihrem Verfolger die Stirn bot. Ein gellender Schrei – und der Dolch fiel blitzend auf den schwarzen Teppich, auf den einen Augenblick später Fürst Prospero entseelt niedersank. Mit dem wilden Mut der Verzweiflung drängte sich sogleich ein Häuflein der Festgäste in das schwarze Zimmer und ergriff die Maske, deren hohe Gestalt aufrecht und bewegungslos im Schatten der Ebenholzuhr stand, taumelte aber in sprachlosem Entsetzen zurück, als es die Grabtücher und die totenähnliche Gesichtsmaske, die es so ungestüm gepackt hatte, als leere Hülle fand.

Und nun erkannten alle, dass der Rote Tod unter ihnen weilte. Wie ein Dieb in der Nacht war er gekommen. Einer nach dem anderen sanken die Gäste in den blutbefleckten Hallen ihrer Vergnügungen dahin, und jeder starb in der verzweifelten Gebärde seines Falles. Und das Leben der Ebenholzuhr entschwand mit dem des Letzten der Sorglosen. Und die Flammen der Dreifüße erloschen. Und Finsternis und Verwesung und der Rote Tod herrschten schrankenlos über allem.

# Der Untergang des Hauses Usher

Son cœur est un luth suspendu:
Sitôt qu'on le touche il résonne.
*Béranger*

Einen ganzen dumpfen, dunklen und stillen Herbsttag lang war ich unter bedrückend niedriger Wolkendecke durch eine eigentümlich öde Landschaft geritten, bis ich, als die Schatten des Abends herabsanken, das schwermütige Haus Usher vor mir liegen sah. Ich weiß nicht, wie es zuging, aber beim ersten Anblick des Gebäudes wurde mein Herz von unerträglicher Betrübnis erfüllt. Unerträglich, sage ich: denn dieses Gefühl wurde durch keine versöhnende, keine poetische Empfindung gemildert, die dem Geist sonst auch die grausamsten Bilder des Trostlosen oder des Schrecklichen annehmbar zu machen pflegt. Die ganze Szene vor mir – das Haus selbst mit seiner einfachen landschaftlichen Umgebung, die nackten Mauern, die leeren Augenhöhlen gleichenden Fenster, die wenigen geil wachsenden Schilfhalme und weißlichen Stämme vermodernder Bäume machten mich dermaßen beklommen, dass ich an die Nachwehen schwelgerischer Opiumträume, an das bittere Zurückgleiten in den Alltag und das furchtbare Fallen des Schleiers denken musste. Dieses Ermatten, Erstarren und Erkranken des Herzens, diese quälende Verdüsterung des Geistes ließen sich durch kein Spiel der Phantasie in ein Gefühl des Erhabenen umwandeln. Woher kam dies – so begann ich zu grübeln –, und was konnte mich beim Anblick des Hauses Usher so verstören? Dies war mir ein völlig unlösbares Rätsel; ich vermochte mit den unheilvollen Bildern, die meine Phantasie bevölkerten, nicht fertig zu werden. Ich musste mich mit dem unbefriedigenden Schluss abfinden, dass es zweifellos Verbindungen einfacher und natürlicher Gegenstände gibt, die uns in der beschriebenen Weise beeinflussen können, ohne dass uns die Macht gegeben ist, diese Zusammenhänge zu ergründen. Ich hielt es durchaus für möglich, dass eine gewisse andere Anordnung der Teile des Bildes genügen würde, den leidigen Gesamteindruck zu verändern oder gar auszulöschen. An diesem Gedanken weiterspinnend, lenkte ich mein Pferd an das abschüssige Ufer des trüben, trostlosen Weihers, dessen spiegelnd glatte Fläche vor dem Hause lag; und es durchschauerte mich noch tiefer als zuvor, als ich darin das fahle Schilf, die gespenstischen Baumstämme und die leeren Augenhöhlen der Fenster umgekehrt noch einmal erblickte.

Dennoch hatte ich vor, einige Wochen in diesem Hause der Schwermut zu verweilen. Sein Besitzer, Roderick Usher, war mir in Kindheitstagen ein lieber Spielgenoss gewesen; aber seit unserer letzten Begegnung waren viele Jahre verflossen. Vor kurzem hatte mich jedoch in einem fernen Teile des Landes ein Brief erreicht – ein Brief Ushers, dessen äußerst dringliche Art lediglich eine persönliche Beantwortung zuließ. Dieser Brief war in offensichtlicher Erregung geschrieben worden. Der Schreiber erwähnte nicht nur eine plötzliche körperliche Erkrankung, sondern auch gewisse seelische Bedrängnisse und äußerte den aufrichtigen Wunsch, mich als seinen besten, ja einzigen Freund wiederzusehen, da er sich von meiner aufheiternden Gesellschaft eine mögliche Linderung seiner Leiden versprach. Die Art, in der dieses und vieles andere gesagt war, sowie die offenbare Herzlichkeit beim Aussprechen dieser Bitte gestatteten mir nicht, lange zu zögern; deshalb willfahrte ich auch sofort einem Wunsche, den ich gleichwohl als eine recht sonderbare Aufforderung ansehen musste.

Obwohl wir einander als Knaben innig zugetan gewesen waren, wusste ich recht wenig von meinem Freunde. Er hatte stets eine übertriebene Zurückhaltung geübt. Allerdings war mir bekannt, dass seine sehr alte Familie seit unvordenklichen Zeiten durch eine Empfindsamkeit des Gemütes ausgezeichnet war, die sich darin offenbarte, dass sie immer wieder erhabene Kunstwerke hervorbrachte; erst in jüngster Zeit hatte sie sich mehrfach nicht nur in der Ausübung einer unaufdringlichen Mildtätigkeit, sondern auch in einer leidenschaftlichen Hingabe an die Probleme der Musik bewährt (wobei freilich die Gesetzmäßigkeiten und leicht fasslichen Schönheiten dieser Kunst vernachlässigt worden waren). Mir war ferner die bemerkenswerte Tatsache zu Ohren gekommen, dass der altehrwürdige Stamm der Usher niemals eine dauernde Seitenlinie hervorgebracht hatte; das heißt, die Familie hatte sich, von wenigen geringen und zeitlich begrenzten Abweichungen abgesehen, immer nur in direkter Linie fortgepflanzt. Wenn ich mir vorstellte, dass sowohl das Besitztum als auch seine Bewohner ihre ursprüngliche Wesensart beibehalten und sich im Ablauf der Jahrhunderte womöglich gegenseitig beeinflusst hatten, so schien mir dieses Fehlen einer Seitenlinie und die unablässige Vererbung des Namens vom Vater auf den Sohn zum Anlass der vollständigen Verschmelzung beider – des Hauses und der Menschen – geworden zu sein; wie denn auch die seltsame und doppelsinnige Bezeichnung »Haus Usher« von der Landbevölkerung so gebraucht wurde, dass man sowohl die Familie als auch ihren Stammsitz darunter verstehen konnte.

Ich sagte bereits, dass mein kindisches Beginnen, in den Pfuhl hinunterzublicken, meinen ersten sonderbaren Eindruck noch vertieft hatte. Es kann kein Zweifel bestehen, dass das Bewusstsein des schnellen Anwachsens meiner abergläubischen Furcht – denn wie sollte ich es sonst nennen? – in der Hauptsache dazu diente, diese Furcht nur noch weiter zu steigern. Wie ich seit langem weiß, ist dies das widerspruchsvolle Gesetz aller Gefühle, die auf dem Schrecken beruhen. Und vielleicht ist es auch so zu erklären, dass mein Geist, als ich den Blick vom Spiegelbilde im Weiher wieder auf das Haus richtete, einer wunderlichen Vorstellung erlag – einer geradezu albernen Vorstellung, die ich überhaupt nur erwähne, um die Lebhaftigkeit der mich bedrängenden Gefühle zu kennzeichnen. Ich bildete mir in der Tat ein, dass das Haus und das Besitztum von einer nur ihnen eigentümlichen Atmosphäre umgeben seien. Mit der Himmelsluft keineswegs verwandt, schien diese den vermodernden Bäumen, den grauen Mauern und dem stummen Pfuhl zu entströmen: ein geheimnisvoller, stinkender Dunst von bleierner Färbung, der kaum sichtbar über dem Ganzen lagerte.

Dieses vermeintliche Trugbild von mir abschüttelnd, prüfte ich jetzt das Haus selbst genauer. Der hauptsächliche Eindruck war der, dass es uralt sein musste. Die Zeiten hatten es in erheblichem Maße entfärbt. Sein ganzes

Äußeres war von winzigen Pilzen überzogen, die wie ein feines Netzwerk von den Dachtraufen herabhingen. Dennoch war hier von einem außergewöhnlichen Zerstörungswerk nichts zu bemerken. Kein Teil des Gebäudes war eingestürzt; aber vollkommen erhaltene Partien stachen von der Brüchigkeit der einzelnen Mauersteine eigentümlich ab. Dieser Umstand erinnerte mich an die scheinbare Unversehrtheit alten Holzes, das lange Jahre in einem verlassenen Gewölbe hatte faulen können, ohne durch den Zutritt der Außenluft beeinträchtigt worden zu sein. Aber außer diesem Anzeichen ausgedehnten Verfalles war dem Gemäuer nichts Baufälliges anzumerken. Der Blick eines aufmerksamen Beobachters hätte allerdings einen kaum wahrnehmbaren Riss entdeckt, der in einer Zickzacklinie vom Dach ausgehend über die ganze Fassade lief, bis er sich in den schwarzen Wassern des Pfuhls verlor.

Nachdem ich dies alles zur Kenntnis genommen hatte, ritt ich über einen kurzen Damm zum Hause hinüber. Ein Diener nahm mir das Pferd ab, und ich betrat den gotischen Bogengang der Vorhalle. Ein schweigender Lakai mit geräuschlosem Schritt führte mich von dort durch ein Labyrinth finsterer und verschlungener Gänge zum Studierzimmer seines Herrn. Vieles, was ich unterwegs bemerkte, trug irgendwie dazu bei, die ahnungsbangen Gefühle, von denen ich schon gesprochen, zu vermehren. Obwohl die Gegenstände rundum, die Schnitzereien der Decken, die düsteren Wandbehänge, die Ebenholzschwärze des Estrichs und die wunderlichen Kriegstrophäen, die bei meinem Vorbeigehen rasselten, durchweg mir seit der Kindheit vertraute Dinge waren, befremdete es mich dennoch, was für ungewöhnliche Phantasien so gewöhnliche Dinge in mir auslösten. Auf einer Treppe begegnete ich dem Arzt des Hauses. Sein Gesicht schien mir zugleich Verlegenheit und gemeine Verschlagenheit auszudrücken. Mit scheuem Gruß ging er an mir vorüber. Der Lakai stieß jetzt eine Tür auf und führte mich zu seinem Herrn.

Das Zimmer, das ich betreten hatte, war sehr hoch und geräumig. Die langen und schmalen Spitzbogenfenster waren von dem schwarzen Eichenfußboden so weit entfernt, dass man nicht zu ihnen hinaufreichen konnte. Ein schwaches, rötliches Licht drang durch die vergitterten Scheiben herein und erlaubte mir, die auffallenderen Gegenstände ziemlich deutlich zu erkennen. Allerdings bemühte sich das Auge vergeblich, die entfernteren Winkel des Zimmers oder die Nischen des mit Schnitzwerk versehenen Deckengewölbes zu durchdringen. Dunkle Drapierungen hingen an den Wänden. Das Mobiliar war größtenteils kostbar und unbehaglich, im Übrigen alt und zerschlissen. Viele Bücher und Musikinstrumente waren ringsumher verstreut, vermochten aber nicht, die Szene zu beleben. Ich fühlte, dass ich sorgenschwere Luft atmete. Ein böses und unauslöschliches Dämmerwesen umgab und durchdrang alles.

Als ich eintrat, erhob sich Usher von einem Sofa, auf dem er lang ausgestreckt gelegen hatte, und hieß mich mit so viel Wärme willkommen, dass ich an die künstliche Herzlichkeit eines blasierten Weltmannes denken musste. Allerdings überzeugte mich ein Blick auf sein Gesicht, dass er es vollkommen ehrlich meinte. Wir setzten uns; und einige Augenblicke lang, in denen kein Wort gesprochen wurde, sah ich ihn teils mitleidig, teils voller Scheu an. Gewiss hatte sich nie zuvor ein Mensch in so kurzer Zeit so schrecklich verändert wie Roderick Usher! Nur mit Anstrengung wollte es mir gelingen, in dem blassen Geschöpf vor mir den Gefährten meiner frühen Kindheit wiederzuerkennen. Freilich war sein Äußeres schon immer bemerkenswert gewesen. Die leichenhafte Blässe des Antlitzes, das unvergleichlich große und feucht glänzende Auge, die dünnen und sehr bleichen, aber überaus schön geschwungenen Lippen, die zarte Nase in hebräischem Schnitt, doch mit ungewöhnlich breiten Nasenflügeln versehen, das fein geformte Kinn, dessen ungenügendes Hervortreten einen Mangel an Willensstärke anzeigte, das spinnwebgleich weiche Haar – alles dies, vermehrt um die ungewöhnliche Breite der Schläfengegend, ergab ein Gesicht, das nicht leicht zu vergessen war. Jetzt aber hatten sich durch bloße Übersteigerung der besonderen Merkmale diese Züge und ihr Ausdruck so weit geändert, dass ich im Ernst zweifelte, wen ich vor mir hätte. Das jetzt so gespenstisch bleiche Antlitz und der wunderbare Glanz des Auges erschreckten und beängstigten mich in äußerstem Maße. Das seidige Haar, das unbehindert hatte wachsen dürfen, fiel oder wogte vielmehr als ein so wirres Gespinst um seine Stirn, dass ich mich des Gedankens, diesem phantastischen Ausdruck sei nichts Menschliches mehr eigen, nicht erwehren konnte.

Im Benehmen meines Freundes machten mich sofort eine gewisse Sprunghaftigkeit und Zwiespältigkeit stutzig. Bald fand ich heraus, dass diese seinen schwachen und erfolglosen Bemühungen entsprangen, ein zur Gewohnheit gewordenes Zittern oder übermäßige Nervosität zu bekämpfen. Auf einiges der Art war ich ja nach seinem Brief und nach Erinnerungen an seine Knabenzeit vorbereitet; auch hatte ich gewisse Schlüsse aus seiner eigentümlichen körperlichen Veranlagung und seiner Gemütsart ziehen können. Sein Verhalten ließ bald Lebhaftigkeit, bald Stumpfheit erkennen. Seine Stimme wechselte rasch von einer zitterigen Unentschiedenheit (wenn die Lebensgeister schliefen) bis zur kühnen Entschlossenheit hinüber. Diesen abgehackten, gewichtigen, hohlen und schleppenden Tonfall, diese schwerfällige, gleichförmige und gutturale Aussprache kann man bei haltlosen Trinkern oder unheilbaren Opiumessern in Zeiten ihrer höchsten Erregung beobachten.

In dieser Weise sprach er vom Zweck meines Besuches, von seinem aufrichtigen Wunsche, mich wiederzusehen, und von dem Trost, den er von mir erwartete. Mit ziemlicher Weitschweifigkeit ließ er sich darüber aus, was er unter seiner Krankheit verstand. Er sagte, sie sei ein angeborenes und ererbtes Leiden, für das es seiner Meinung nach kein Heilmittel gebe. Dagegen fügte er unvermittelt hinzu, es handle sich um eine Affektion der Nerven, die zweifellos bald vorübergehen würde; sie äußere sich in einer Legion widernatürlicher Empfindungen. Einige davon fesselten mich und setzten mich in Erstaunen; aber vielleicht lag dies lediglich daran, wie er sie mir darstellte. Er litt überaus an einer krankhaften Verschärfung der Sinne. Er konnte nur die fadesten Speisen vertragen. Seine Kleider mussten aus einem bestimmten Gewebe verfertigt sein. Die Gerüche sämtlicher Blumen hatten etwas Beklemmendes für ihn, seine Augen wurden selbst durch schwaches Licht gemartert. Schließlich gab es nur wenige Töne (wie etwa den Klang von Saiteninstrumenten), die ihm keinen Schrecken einflößten. Ich fand, dass er von einem gewissen außergewöhnlichen Furchtgefühl förmlich besessen war. »An diesem bedauernswerten Unsinn«, sagte er, »werde, ja muss ich zugrunde gehen. Auf diese und keine andere Weise werde ich einmal enden. Ich fürchte nicht die Ereignisse selbst, die einmal geschehen werden, sondern ihre Begleitumstände. Es schaudert mich bei dem Gedanken an den belanglosesten Vorfall, der sich auf diese unerträgliche seelische Erregung auswirken kann. Mir ist nicht vor wirklichen Gefahren bange, sondern vor ihrem Ergebnis: der Furcht. In diesem entnervten und jammervollen Zustande wird früher oder später die Zeit kommen, da ich Verstand und Leben im Ringen mit dem Schreckgespenst Furcht verliere.«

Noch einen weiteren eigentümlichen Zug seiner geistigen Verfassung lernte ich allmählich und aus seinen halben und leisen Andeutungen kennen. Usher war infolge eines gewissen Aberglaubens an das Haus, das er bewohnte, gebunden. Schon seit vielen Jahren hatte er nicht gewagt, es zu verlassen. Ein Einfluss, von dem er nur in so nebelhaften Ausdrücken sprach, dass ich diese hier nicht wiedergeben kann, habe infolge gewisser Eigentümlichkeiten seines Stammsitzes, wie er mir sagte, nach langer Leidenszeit eine derartige Macht über ihn erlangt, dass das Physische der grauen Mauern und Türme und des trüben Teiches, in den sie hinabblickten, schließlich das Psychische seines Daseins nachhaltig beeinflusst habe.

Allerdings gab er, wenn auch mit Zögern, zu, dass ein großer Teil der Verdunkelung seines Gemütes auf eine viel natürlichere und greifbarere Ursache zurückzuführen sei – auf das schwere und langwierige Siechtum und die sich allmählich ankündigende Auflösung einer zärtlich geliebten Schwester nämlich, seiner einzigen Gefährtin langer Jahre, seiner letzten und einzigen Verwandten auf Erden. Ihr Abscheiden, sagte er in einem mir unvergessenen, bitteren Tone, werde ihn, den Hoffnungslosen und Gebrechlichen, als den Letzten des alten Geschlechtes der Usher zurücklassen. – Während er dies sagte, wandelte Lady Madeline – dies war ihr Name – langsam durch einen entfernten Teil des Zimmers und entschwand, ohne meine Gegenwart beachtet zu haben. Ich betrachtete sie mit geradezu ängstlichem Erstaunen – einem Gefühl, über das ich mir vergeblich Rechenschaft abzulegen suchte. Etwas wie eine Erstarrung bemächtigte sich meiner, während meine Augen ihr nachblickten. Als sich endlich eine Tür hinter ihr geschlossen hatte, suchte mein Blick mit unwillkürlichem Eifer das Gesicht des Bruders; aber er hatte es in den Händen vergraben, und ich sah nur, dass seine abgezehrten Finger viel bleicher waren als sonst und dass leidenschaftliche Tränen unter ihnen hervorrannen.

Die Krankheit der Lady Madeline hatte lange die Kunstfertigkeit der Ärzte getäuscht. Ein anhaltender Erschöpfungszustand, ein allmähliches Hinwelken und häufige, wenn auch vorübergehende Anfälle fast kataleptischen Charakters machten das ungewöhnliche Krankheitsbild aus. Bisher hatte sie der Gewalt der Krankheit tapfer widerstanden und sich nicht zu Bett gelegt; aber in der Nacht nach meiner Ankunft im Hause unterlag sie (wie mir später ihr Bruder in unbeschreiblicher Aufregung erzählte) der vernichtenden Gewalt des Zerstörers. Und ich ahnte, dass das erste Mal, das ich sie gesehen, gleichzeitig das letzte sein würde: die Lady würde mir lebend wohl nicht mehr vor die Augen treten.

An mehreren Tagen, die folgten, wurde ihr Name weder von Usher noch von mir erwähnt. Während dieser

Zeit war ich emsig bestrebt, die Schwermut meines Freundes zu mildern. Wir malten und lasen zusammen, oder ich lauschte wie träumend den tollen Improvisationen seiner Gitarre. Und je inniger er mich bei wachsender Vertrautheit in die Geheimnisse seines innersten Wesens einweihte, um so bitterer erkannte ich die Aussichtslosigkeit aller Versuche, ein Gemüt aufzumuntern, dessen angeborene Verdüsterung alle Gegenstände der körperlichen und geistigen Welt, die ihn umgab, unablässig mit trüben Schatten umhüllte.

Ich werde stets an die vielen feierlichen Stunden denken, die ich mit dem Herrn des Hauses Usher allein verbrachte. Dennoch wäre es eine vergebliche Mühe, wenn ich von den Studien oder Beschäftigungen, denen wir – meist unter seiner Führung – oblagen, einen wahren Eindruck vermitteln wollte. Seine nervöse und sehr zerrüttete Vorstellungswelt verlieh allen Dingen einen schwefligen Schimmer. Seine langen improvisierten Grabgesänge werden mir immer in den Ohren klingen. Unter anderm ist mir eine gewisse einzigartige Variation und Paraphrase der wilden Melodie des letzten Walzers von Weber im Gedächtnis haftengeblieben. Von den Gemälden, über denen seine verfeinerte Phantasie brütete und die mit jedem Pinselstrich mehr ins Unwirkliche ausarteten, so dass ich bei ihrem Anblick umso tiefer erschauerte, als ich den Grund dieses Erschauerns nicht erkannte – von diesen Gemälden, sage ich, könnte ich, wie lebhaft sie mir auch vor Augen stehen, nur einen verschwindend kleinen Teil herausfinden, der sich die Beschreibung durch das Wort gefallen ließe. Durch die äußerste Einfachheit der Mittel, durch die Unmittelbarkeit seiner Bilder erregte und erschreckte er die Aufmerksamkeit. Wenn es je einen Sterblichen gab, der eine Idee zu malen verstand, so war dies Roderick Usher. Jedenfalls beschworen mir in meiner damaligen Lage die reinen Abstraktionen, die der Hypochonder auf die Leinwand zu bannen wusste, ein geradezu unerträgliches Grauen herauf, von dem ich bei Betrachtung der glutvollen, aber allzu greifbaren Träume eines Füßli keinen Hauch verspüren konnte.

Von einem der närrischen, wenn auch weniger ins Gebiet des Abstrakten fallenden Einfälle meines Freundes möge hier eine freilich dürftige Wiedergabe in Worten versucht werden. Ein kleines Bild zeigte das Innere eines unendlich langen, rechteckigen Gewölbes oder Tunnels, der aus niedrigen, glatten weißen Wänden bestand, die weder unterbrochen noch irgendwie geschmückt waren. Gewisse Hinweise in der Ausführung sollten wohl darauf hindeuten, dass diese Höhle in beträchtlicher Tiefe unter der Erdoberfläche lag. In ihrer ganzen Weite war weder ein Ausgang noch eine Fackel oder andere künstliche Lichtquelle zu bemerken; doch ergoss sich eine Flut von Strahlen über das Ganze und tauchte es in einen gespenstischen, unwirklichen Glanz.

Ich habe vorhin von jenem krankhaften Zustand der Gehörnerven gesprochen, der dem Leidenden alle Musik mit Ausnahme gewisser Klangwirkungen von Saiteninstrumenten unerträglich machte. Vielleicht beschränkte er sich deswegen auf die Gitarre, die dem phantastischen Charakter seiner Darbietungen weitgehend gerecht werden konnte. Aber die Inbrunst und Leichtigkeit seiner Improvisationen ist damit noch nicht genügend erklärt. Diese stellten in ihren Tönen und Worten (er begleitete sich nämlich häufig mit gereimten Stegreifdichtungen) das Ergebnis einer angespannten geistigen Sammlung dar, die sich, worauf ich schon vorher hingewiesen habe, nur in besonderen Augenblicken höchster künstlerischer Erregung beobachten ließ. Den Text einer dieser Rhapsodien konnte ich mühelos im Gedächtnis bewahren. Diese musste mich damals umso mehr beeindrucken, als ich in ihrem geheimen Sinn zum ersten Mal zu erkennen glaubte, dass sich Usher voll bewusst war, wie sein Verstand auf seinem Throne wankte. Die Verse, betitelt »Das Geisterschloss«, lauteten, wenn ich nicht irre, ungefähr so:

In der grünsten unsrer Auen,
Von der Engel Huld bewacht,
Ragte, herrlich anzuschauen,
Einst ein Schloss in stolzer Pracht.
Wo der Fürst Gedanke waltet',
Stand es dort.
Seraph nie die Schwing' entfaltet'
Über einem holdern Ort.

Wunderbare Fahnen wallten
Golden glänzend vom Altan
(Aber dies war in den alten
Zeiten, längst vertan);
Jedes Lüftchen, das sich regte
Am wonnigen Tag,
Süße Wohlgerüche hegte
Von der Wälle Blütenhag.

Wandrer in der holden Gegend
Sahn durch zweier Fenster Glanz
Sich zum Lautenschlag bewegend
Geister in gemessenem Tanz

Um den Thron, drauf ohnegleichen,
Porphyrstarr,
Saß, mit seiner Würde Zeichen,
Der des Reiches Herrscher war.

Perlen- und Rubinenschimmer
Glüht' von des Palastes Tor,
Durch das sprühend sprangen immer
Hundert Echos neu hervor,
Und ihr Sang voll süßer Töne
Nah und fern
Pries mit zauberhafter Schöne
Witz und Weisheit ihres Herrn.

Aber im Gewand der Sorgen
Brach der böse Feind ins Land.
Klagt, o klaget, weil kein Morgen
Dämmert ihm, vom Schreck gebannt.
Und es ward des Hauses Glorie
Traurig entweiht
Zur verblichenen Historie
Einer begrabenen Zeit.

Wehe, durch die rot entflammten
Fenster jetzt die Wandrer sehn
Ein Gelichter von Verdammten
Sich in wüstem Reigen drehn;
Sehen aus dem Tore quellen
Gräulicher Gespenster Schar,
Hören ein Gelächter gellen,
Wo einst nur Lächeln war.

Ich erinnere mich genau, dass uns diese Ballade zu Gedankengängen führte, in denen sich eine Meinung Ushers kundtat, die ich nicht so sehr ihrer Neuheit wegen (denn vor ihm hatten schon andere so gedacht) als wegen der Hartnäckigkeit, mit der er sie vertrat, hier erwähne. Diese Meinung bestand – allgemein gesprochen – in der Vermutung, dass alle pflanzlichen Wesen beseelt seien. In seiner krausen Phantasie hatte dieser Gedanke aber eine weit kühnere Form angenommen und gewissermaßen das ganze Reich des Anorganischen mit eingeschlossen. Mir fehlen die Worte, das ganze Ausmaß dieser Überzeugung und seine ernsthafte Hingabe an sie auszudrücken. Wie ich früher einmal angedeutet habe, hing dieser Glaube mit den grauen Mauersteinen seines Erbsitzes zusammen. Wie er sich einbildete, waren hier alle Bedingungen der Beseeltheit erfüllt – das heißt in der Anordnung der Steine selbst sowie in den vielen Pilzen, die auf ihnen wucherten, in den vermodernden Bäumen der Umgebung und – vor allem – in der so lange ungestörten Dauer und in ihrer Widerspiegelung in den schweigenden Wassern des Weihers. Der Beweis, dass sie beseelt seien, ergebe sich, wie er sagte, daraus (ich erschrak, als ich es ihn aussprechen hörte), dass sich langsam, aber bemerkbar eine eigene Atmosphäre um das Wasser und die Mauern verdichte. Das Ergebnis, fügte er hinzu, sei in jenem stillen, doch lästigen und unheilvollen Einfluss zu erkennen, der die Geschicke seines Geschlechtes seit Jahrhunderten gestaltet und ihn selbst zu dem gemacht habe, der er gegenwärtig sei. Solche Ansichten bedürfen keiner Erklärung, und so sehe auch ich davon ab.

Unsere Bücher – die Bücher, die seit Jahren keinen geringen Teil des Lebens des Siechen ausgemacht hatten, stimmten, wie man sich denken kann, mit seinem phantastischen Wesen genau überein. Wir brüteten zusammen über Werken wie: »Ver-vert et Chartreuse« von Gresset, »Belphegor« von Machiavelli, »Himmel und Hölle« von Swedenborg, »Niels Klims unterirdische Reise« von Holberg, »Handlesekunst« von Robert Flud, Jean D'Indaginé und De la Chambre, »Die Reise ins Blaue hinein« von Tieck und »Sonnenstaat« von Campanella. Ein Lieblingsband war die Kleinoktavausgabe des »Directorium Inquisitorium« von dem Dominikaner Eymeric de Gironne. Außerdem gab es Stellen bei Pomponius Mela über altafrikanische Satyrn und Bocksfüßler, über denen Usher lange Stunden in Träumen sitzen konnte. Sein höchstes Entzücken erregte jedoch die Lektüre eines überaus seltenen und seltsamen gotischen Quartbandes, des Handbuchs einer vergessenen Kirche, der »Vigiliae Mortuorum secundum Chorum Ecclesiae Maguntinae«.

Ich musste an das tolle Ritual dieses Werkes und an seinen wahrscheinlichen Einfluss auf den Hypochonder denken, als er mir eines Abends, nachdem er mir das Ableben der Lady Madeline mitgeteilt, seine Absicht offenbarte, ihre Leiche bis zur endgültigen Beisetzung in vierzehn Tagen in einem der zahlreichen Keller innerhalb der Mauern des Hauses aufzubahren. Immerhin war der weltliche Grund, den er für dieses einzig dastehende Vorhaben angab, so geartet, dass ich ihn nicht rügen durfte. Wie er mir versicherte, hatten ihn die ungewöhnliche Krankheit der Verstorbenen, gewisse zudringliche und eifrige Nachfragen ihrer Ärzte und die abgeschiedene Lage des Erbbegräbnisses der Familie zu seinem Entschlusse getrieben. Ich kann nicht leugnen, dass ich, wenn ich an die fatale Miene der Person dachte, der ich am Tage meiner

Ankunft auf der Treppe begegnet war, keinen Anlass sah, mich einer Sache, die ich höchstens als unschädliche und keineswegs widernatürliche Vorsichtsmaßnahme ansah, zu widersetzen.

Auf Ushers Verlangen half ich ihm bei den Vorbereitungen dieser einstweiligen Beisetzung. Nachdem wir die Leiche eingesargt hatten, trugen wir sie gemeinsam zu ihrer Ruhestätte. Das Gewölbe, in welchem wir sie abstellten, war lange verschlossen gewesen, so dass unsere Fackeln, von der drückenden Luft halb erstickt, es nur ungenügend zu erhellen vermochten. Der Raum war klein, moderig feucht und fensterlos; er befand sich ziemlich tief unter dem Gebäudeteil, in welchem mein eigenes Schlafzimmer lag. Vermutlich war er in fernen feudalen Zeiten als Verlies benutzt worden; später hatte man dort Pulver oder einen anderen leicht entzündlichen Stoff gelagert, da ein Teil seines Fußbodens und das ganze Innere eines langen Bogenganges, der dorthin führte, achtsam mit Kupfer ausgelegt waren. Einen ähnlichen Schutz hatte auch die massive eiserne Tür erhalten. Ihr gewaltiges Gewicht brachte, wenn sie sich in ihren Angeln drehte, ein eigentümlich scharfes Knarren hervor.

Nachdem wir an dieser Stätte des Grauens unsere traurige Last auf Böcken abgestellt hatten, schoben wir den noch unverschraubten Deckel des Sarges teilweise zur Seite und betrachteten das Antlitz der darin Liegenden. Erst jetzt schlug eine ergreifende Ähnlichkeit zwischen Bruder und Schwester meine Aufmerksamkeit in Bann; und Usher, der meine Gedanken zu erraten schien, murmelte einige Worte, aus denen ich erfuhr, dass die Tote und er Zwillingsgeschwister gewesen seien und dass Bande zwischen ihnen bestanden hätten, die dem Verstand kaum zugänglich seien. Wir ließen aber unsere Blicke nicht lange auf der Toten ruhen, weil wir sie nicht ohne Schauder ansehen konnten. Das Leiden, das die Lady in der Blüte ihrer Jugend hinraffte, hatte, wie bei allen kataleptischen Erkrankungen üblich, auf Brust und Antlitz einen Hauch schwacher Röte zurückgelassen, und ihr Mund war von jenem verdächtigen Lächeln umspielt, das so schrecklich bei Toten ist. Wir schoben den Deckel zurück, schraubten ihn fest, schlossen die Eisentür und kehrten schweren Herzens in die kaum weniger düsteren Räumlichkeiten im oberen Teile des Hauses zurück.

Nachdem mehrere Tage voll tiefer Betrübnis verflossen waren, begann sich ein sichtlicher Wechsel in der Geisteszerrüttung meines Freundes abzuzeichnen. Sein gewohntes Wesen war verschwunden. Seine üblichen Beschäftigungen waren vernachlässigt oder vergessen. Mit hastigem, ungleichem und ziellosem Schritt irrte er von Zimmer zu Zimmer. Die Blässe seines Antlitzes hatte, soweit das möglich war, eine noch geisterhaftere Färbung angenommen. Der Glanz seines Auges war vollends erloschen. Seine Stimme war nicht mehr wie früher gelegentlich heiser, sondern sie hatte einen zitternden Klang angenommen, der eine sinnlose Angst zu verraten schien. Zuzeiten glaubte ich wirklich, dass er mit irgendeinem ihn marternden Geheimnis kämpfe, das er sich vergeblich preiszugeben mühte. Dann wieder konnte ich mir alles nur als die unbegreiflichen Irrungen des Wahnsinns erklären; denn ich sah ihn stundenlang in gespanntester Aufmerksamkeit ins Leere starren, als lausche er einem nicht wahrnehmbaren Geräusch. Kein Wunder, dass mich sein Zustand erschreckte und – beeinflusste. Ich fühlte, dass seine tollen und doch eindrucksvollen Einbildungen langsam, aber merklich eine furchtbare Macht über mich selbst gewannen.

Die volle Gewalt dieser Gefühle bekam ich besonders deutlich zu verspüren, als ich in der siebenten oder achten Nacht nach der Beisetzung der Lady Madeline im Verliese spät zu Bett ging. Der Schlaf mied mich, während Stunde um Stunde verrann. Ich bemühte mich, meine nervöse Stimmung zu meistern, indem ich ihre Gründe zu zerlegen suchte. Ich zwang mich zu dem Glauben, dass meine Gefühle großenteils auf den beunruhigenden Einfluss der düsteren Ausstattung des Zimmers, der dunklen und in Fetzen herabhängenden Wandbehänge, die sich, vom Atem eines beginnenden Sturmes getroffen, ruckweis bewegten und unheimlich um die Verzierungen meines Bettes raschelten, zurückzuführen seien. Aber alle meine Anstrengungen erwiesen sich als fruchtlos. Allmählich wurde ich von Kopf bis Fuß von einem unbezwingbaren Zittern befallen, und schließlich legte sich mir, aus völlig unbegründeter Unruhe entstanden, ein Alp aufs Herz. Diesen mit kräftigem Atemholen von mir abschüttelnd, richtete ich mich in den Kissen auf. Wie gebannt in das undurchdringliche Dunkel des Zimmers starrend, horchte ich, von einem mir unerklärlichen Instinkt getrieben, auf gewisse leise und unbestimmte Laute, die in langen Zwischenräumen in den Pausen des Sturmes von irgendwoher an mein Ohr drangen. Von einem unbegreiflichen, aber umso unerträglicheren irren Entsetzen übermannt, warf ich mir hastig die Kleider über – denn ich fühlte, dass ich in dieser Nacht keinen Schlaf mehr finden würde – und versuchte, mich aus meiner unwürdigen Lage zu befreien, indem ich mit langen Schritten im Zimmer auf und nieder ging.

Ich hatte den Raum schon mehrere Male durchmessen, als meine Aufmerksamkeit auf ein leichtes Geräusch von einer nahen Treppe her gelenkt wurde. Ich erkannte sogleich den Schritt Ushers. Einen Augenblick später klopfte er sacht an meine Tür und trat, eine Lampe in der Hand, ein. Sein Gesicht war wie gewöhnlich totenbleich; aber eine Art toller Übermut flackerte in seinen Augen, und sein ganzes Benehmen trug eine mühsam zurückgehaltene Hysterie zur Schau. Sein Aussehen entsetzte mich. Aber alles war mir lieber als die so lange erduldete Einsamkeit, so dass ich selbst seine Gegenwart als Erleichterung begrüßte.

»Und du hast es nicht gesehen?«, fragte er unvermittelt, nachdem er einige Augenblicke schweigend um sich gestarrt hatte, »du hast es wirklich nicht gesehen? Aber warte nur, jetzt sollst du es sehen!« Damit schirmte er seine Lampe behutsam ab, eilte zu einem der Fenster und öffnete es dem Sturme.

Die wüste Gewalt des hereindringenden Windstoßes hätte uns fast zu Boden geworfen. Es war eine zwar stürmische, aber grausig schöne Nacht, deren schaurige Erhabenheit einen Zug phantastischer Größe zeigte. Anscheinend hatte ein Wirbelsturm in unserer unmittelbaren Nähe alle seine Kräfte gesammelt; denn ohne Unterlass wechselte die Windrichtung. Die außerordentliche Dichte der Wolken – sie hingen so tief herab, dass sie auf den Türmen des Hauses zu lasten schienen – hinderte uns nicht, die rasche Bewegung zu erkennen, mit der sie gegeneinander andrängten, ohne in die Weite zu entgleiten.

Wahrlich, selbst ihre außerordentliche Dichte hinderte uns nicht, dies zu erkennen; doch waren weder Mond noch Sterne zu sehen, und kein Blitz flammte hernieder.

Dagegen glommen die Unterseiten der ungeheuren bewegten Dampfmassen sowie alle Gegenstände umher im unirdischen Licht einer schwach phosphoreszierenden und deutlich sichtbaren gasartigen Ausdünstung, die das ganze Haus einhüllte.

»Du darfst – du sollst dies nicht sehen«, sagte ich schaudernd zu Usher, indem ich ihn mit sanfter Gewalt zu einem Stuhle führte. »Diese Erscheinungen, die dich beunruhigen, sind natürliche elektrische Phänomene – oder Sumpfgase, die aus diesem Weiher stammen. Lass uns das Fenster schließen! Die Luft ist kühl und könnte deiner Gesundheit schaden. Hier habe ich einen deiner Lieblingsromane. Ich werde jetzt vorlesen, und du musst mir zuhören. Auf diese Weise werden wir zusammen diese schreckliche Nacht verbringen.«

Der altertümliche Band, der mir in die Hände gekommen, war der »Mad Trist« von Sir Launcelot Canning. Wenn ich ihn als Lieblingsbuch Ushers bezeichnet hatte, war dies nur ein trauriger Scherz gewesen; denn tatsächlich fand sich wenig in der barocken und phantasielosen Weitschweifigkeit dieses Buches, was dem hohen Gedankenflug meines Freundes entsprochen hätte. Aber es war das einzige Buch, das ich unmittelbar zur Hand hatte; auch hoffte ich dunkel, dass die Aufregung des Hypochonders selbst durch den tollen Unsinn, den ich zu lesen beabsichtigte, gelindert werden könne; denn die Geschichte der Geisteskrankheiten ist reich an derartigen Widersprüchen. Und wenn ich nach der überaus gespannten Miene urteilte, mit der er den Worten der Erzählung lauschte oder zu lauschen schien, konnte ich mich zum Erfolg meiner Absicht beglückwünschen.

Ich war zu der bekannten Episode gekommen, wo

Ethelred, der Held des »Trist«, nach einem vergeblichen Versuch, auf friedliche Weise in die Behausung des Einsiedlers zu gelangen, dazu übergeht, Gewalt anzuwenden. Hier lauten die Worte der Erzählung, wie man sich erinnern wird, folgendermaßen:

»Und Ethelred, welcher ein gar mannhaft Herz im Busen trug und obendrein gekräftigt war von der Macht des vorher genossenen Weines, stand davon ab, mit dem Eremiten, der halsstarrig und boshaft war, noch länger zu verhandeln. Da er den Regen auf seinen Schultern fühlte und den Ausbruch eines Unwetters besorgte, hob er sogleich seine Keule und machte sich in der bretternen Tür ein Loch für seine gepanzerte Hand. Und dann zog und zerrte und riss er alles kräftiglich auseinander, dass das Geräusch des dumpf krachenden trockenen Holzes weithin durch den Wald schallte und widerhallte.«

An dieser Stelle schrak ich empor und hielt einen Augenblick inne; denn mir schien (obgleich mir nur meine erregte Phantasie einen Streich gespielt haben konnte), dass ich aus irgendeinem entfernten Teile des Hauses ein unbestimmtes Geräusch vernommen hätte, das seinem Wesen nach dem von Sir Launcelot geschilderten Krachen und Brechen auffallend glich, ja ein dumpfes und ersticktes Echo davon hätte sein können. Ohne Zweifel erregte nur dieses zufällige Zusammentreffen meine Aufmerksamkeit; denn inmitten des Rasselns der Fensterläden und des Rauschens des noch immer anschwellenden Sturmes hätte der Laut an sich kaum etwas Besonderes oder Beunruhigendes gehabt. Ich fuhr also in der Erzählung fort:

»Aber der gute Held Ethelred, welcher jetzt durch die Tür eintrat, verwunderte und entrüstete sich gewaltig, als er kein Anzeichen des bösen Eremiten bemerkte. Stattdessen ersah er einen Drachen von schuppiger und wunderbarer Gestalt mit einer feurigen Zunge, welcher als Wächter vor einem goldenen Palast mit silbernem Estrich ruhte. An der Mauer hing ein Schild aus schimmerndem Erz, der die Inschrift trug:

›Gekrönt als Sieger trittst du hier ein,
Erschlag den Drachen – der Schild ist dein.‹

Und Ethelred hob seine Keule und schlug dem Drachen auf den Kopf, so dass dieser vor ihm niederfiel und seinen verpesteten Odem aushauchte. Dabei stieß er einen so schrecklichen, schrillen und durchdringenden Schrei aus, dass sich Ethelred am liebsten die Ohren mit den Händen zugehalten hätte; denn einen so fürchterlichen Laut hatte er niemals vorher vernommen.«

Hier machte ich, von einem Gefühl jähen Erstaunens übermannt, wiederum eine Pause; denn es bestand kein Zweifel, dass ich in diesem Augenblick (aus welcher Richtung, hätte ich unmöglich sagen können) ein leises und fernes, aber schrilles, langgedehntes und seltsam knarrendes Geräusch hörte, das genau dem entsprach, was mir meine Phantasie als das von dem Erzähler beschriebene widernatürliche Geschrei des Drachen heraufbeschworen hatte.

Wie betroffen ich auch durch das zweite sonderbare Zusammentreffen und durch tausend widerspruchsvolle Gefühle, in denen maßloses Erstaunen und Entsetzen überwogen, sein mochte, so behielt ich noch genug Geistesgegenwart, dass ich es vermeiden konnte, die Nervosität meines Freundes durch eine Bemerkung darüber zu reizen. Ich war keinesfalls sicher, dass er die bewussten

Geräusche wirklich gehört hatte; allerdings war in den letzten Minuten in seinem ganzen Gebaren ein sichtlicher Wechsel eingetreten. Aus seiner ursprünglichen Stellung mir gegenüber hatte er seinen Stuhl allmählich immer weiter herumgerückt, so dass er jetzt mit dem Gesicht zur Tür saß. Ich konnte daher nur wenig von seinen Zügen erkennen, obwohl das Zittern seiner Lippen zu verraten schien, dass er unhörbare Laute murmelte. Sein Kopf war auf die Brust herabgesunken; doch wusste ich, dass er nicht schlief. Denn sein Auge war, wie ich von der Seite sehen konnte, weit und starr geöffnet. Auch widersprach seine Körperhaltung dieser Möglichkeit; denn er wiegte sich in einer sachten und einförmigen Bewegung hin und her. Nachdem ich dies alles mit raschem Blick erfasst hatte, las ich in der Erzählung Sir Launcelots weiter:

»Und da der Recke nun der grimmen Wut des Drachen entronnen war, entsann er sich des ehernen Schildes. Um den Bann, welcher auf diesem lag, zu brechen, stieß er die Leiche aus dem Wege und trat mutig über den silbernen Estrich des Palastes auf die Stelle zu, wo der Schild an der Wand hing. Dieser wartete aber sein Kommen nicht ab, sondern fiel mit einem gewaltigen und furchtbar klirrenden Getöse zu seinen Füßen auf den Estrich nieder.«

Kaum waren diese Silben meinen Lippen entfahren, als ich einen deutlichen, metallisch klirrenden, wenn auch gedämpften Laut hörte, als ob tatsächlich in diesem Augenblick ein eherner Schild auf einen silbernen Estrich gefallen wäre. Die Nerven völlig verlierend, schnellte ich empor; aber die einförmig wiegende Bewegung Ushers dauerte fort. Ich rannte zu dem Stuhle, auf dem er saß. Seine Augen waren starr geradeaus gerichtet, und in seinem steinernen Gesicht regte sich nichts. Als ich ihm aber die Hand auf die Schulter legte, ging ein heftiges Zucken durch seine ganze Gestalt. Ein wehes Lächeln umspielte seine Lippen, und ich sah, dass er leise, hastige und schnatternde Worte hervorstieß, als ob er sich meiner Gegenwart nicht bewusst wäre. Als ich mich dicht über ihn beugte, wurde mir endlich die ganze entsetzliche Bedeutung seiner Worte offenbar.

»Und ich hätte es nicht gehört? ... Ja doch, ich höre es und habe es stets gehört ... lange ... lange ... viele Minuten ... viele Stunden ... viele Tage habe ich es gehört ... Aber ich wagte es nicht ... oh, habe Mitleid mit mir Elendem ... ich wagte nicht zu sprechen. Wir haben sie lebend in ihr Grab gelegt! – Sagte ich nicht schon, dass meine Sinne geschärft seien? Jetzt aber sage ich dir, dass ich ihre ersten schwachen Bewegungen im Sarg gehört habe. Ich habe sie gehört ... es ist viele, viele Tage her ... und doch habe ich nicht gewagt ... habe ich nicht gewagt zu sprechen. Jetzt aber in dieser Nacht ... ha ha ... Ethelred ... das Aufbrechen der Tür des Eremiten ... der Todesschrei des Drachen und das Klirren des Schildes ... sage lieber: das Brechen des Sarges, das Knarren der eisernen Torflügel ihres Gefängnisses und ihr Ringen im kupferbeschlagenen Bogengang des Gewölbes! Ach, wohin soll ich jetzt fliehen? Wird sie nicht gleich hier sein? Kommt sie nicht, mich für meinen Eifer zu schelten? Habe ich nicht schon ihren Schritt auf der Treppe gehört? Erkenne ich nicht den schweren und furchtbaren Schlag ihres Herzens? Wahnsinniger!« Damit sprang er wie rasend auf die Füße und schrie in abgehackten Silben, als ob er in diesem Ausbruch seine ganze Seele dahingäbe: »Wahnsinniger! Ich sage dir, dass sie jetzt hier vor der Tür steht!«

Als hätte die übermenschliche Kraft dieser Worte einen

Zauber bewirkt, klafften die mächtigen Ebenholzflügel der gewaltigen alten Tür, auf die der Sprecher deutete, langsam auseinander. Es war ein Werk des tobenden Sturmes – aber die hohe, in Leichentücher gehüllte Gestalt der Lady Madeline Usher stand auf der Schwelle. Blut schimmerte auf ihren weißen Gewändern – und jedes Glied ihrer abgezehrten Gestalt kündete von ihrem verzweifelten Kampfe. Einen Augenblick blieb sie bebend und sich langsam wiegend auf der Schwelle stehen – dann sank sie mit einem leisen Stöhnen schwer auf ihren Bruder; in ihrem wilden und jetzt unwiderruflichen Todeskampf riss sie ihn mit sich nieder – einen Leichnam, das Opfer der von ihm geahnten Schrecken.

Entsetzt floh ich aus dem Zimmer und aus dem Hause. Der Sturm tobte in vollem Zorn, als ich den alten Damm überquerte. Plötzlich schoss ein grausiges Licht den Weg entlang, und ich wandte mich zurück, um zu sehen, von wo es ausging; denn hinter mir befanden sich nur das große Haus und sein Schatten. Es war der Schein des blutrot untergehenden Vollmondes, der hell durch den einst kaum wahrnehmbaren Spalt fiel, der, wie ich zu Anfang sagte, vom Dach des Gebäudes in einer Zickzacklinie bis zu seinen Grundfesten lief. Während meines Hinstarrens erweiterte sich der Spalt zusehends. Ein wütender Hauch des Wirbelsturmes fegte hindurch. Sogleich zeigte sich mir die ganze Scheibe des Gestirns. Mir schwindelte, als ich sah, wie die gewaltigen Mauern zerbarsten. Dann erklang ein langes und wüstes Gebrüll wie von tausend Wassern, und der tiefe und düstere Pfuhl zu meinen Füßen schloss sich schwarz und schweigend über den Trümmern des Hauses Usher.

# IM SCHEIN DER GASLATERNEN

*Christina Salmen*

»Poe – oder irgendein δαίμων – flüstert mir zu:
Die äußerste Grenze – wo verläuft sie?«
Paul Valéry, *Cahiers*

Der Sturm treibt ein Schiff, von Schwärze umhüllt, ins Unbekannte, tiefer und tiefer in ein vor Kälte starrendes Totenreich. Am Horizont tauchen erst undeutlich, dann schemenhaft riesige Eiswälle auf. Mit zittriger Stimme flüstern die Seeleute, wie Gespenster aus begrabenen Jahrhunderten schleichen sie an Deck umher. Nicht lange, da donnert das Schiff schon an den weißen Felsen entlang, und da – plötzlich – öffnet sich das Eis zu einem gefräßigen Schlund. – Ein Knarren dröhnt durch das herrschaftliche Haus, die Beschläge eines Sarges brechen auf. Durch die Flure tobt der Nachtwind, zerrt an Vorhängen, reißt an Türen. Da gehen die mächtigen Ebenholzflügel einer gewaltigen alten Tür auseinander. Eine hohe, in Leichentücher gehüllte Gestalt steht auf der Schwelle. Blut schimmert an den weißen Gewändern. – Ein Todgeweihter spricht aus seiner Kerkerzelle. Gefesselt liegt er auf einem Holzrahmen, neben ihm eine Schüssel mit Fleisch, über das die Ratten herfallen. Der Blick des Gequälten geht an die Decke. In gleichmäßigen Pendelbewegungen senkt sich eine Stahlklinge auf ihn herab. – Ein grausamer Mord ist geschehen. In der Rue Morgue hat man Schreie gehört und die schrille Stimme eines Fremden. Die Leichen der Frauen, Mutter und

Tochter, sind fürchterlich zugerichtet. Durch wen? Wie? Die Fakten sind rätselhaft, die Spuren führen ins Nichts.

Es waren düstere Phantasmagorien, verstörende Nachtstücke und albtraumhafte Szenarien, die Edgar Allan Poe in die Taghelle seines Jahrhunderts zeichnete. Ein ganzes Arsenal von Schreckensbildern bietet sein Werk auf, das nicht nur neue literarische Genres – den Detektivroman, die Horrorstory, die Science-Fiction-Literatur – begründet hat, sondern auch bis heute das kollektive Bewusstsein mit seinen Dämonen und Angstvisionen beliefert. Als die Eisenbahn den Wilden Westen eroberte, die großen Industrien entstanden und Elektrizität und Gasbeleuchtung in die Städte einzogen, wagte sich Poe in das Herz der Finsternis vor und kartographierte die angsterfüllten Seelenräume, die Obsessionen und geheimen Triebkräfte des Menschen.

Im Jahr 1828 wurde die erste Passagierstrecke der Eisenbahn eröffnet, 1837 erfand Morse den Telegraphen, den Dampfschiffen baute man immer neue Kanäle, Amerika expandierte und wurde zum leuchtenden Bild der Verheißung. Doch von seinem Pioniergeist, von den Glücksrittern, Abenteurern, Ingenieuren und Geschäftsleuten, denen die Welt des neunzehnten Jahrhunderts gehörte, findet sich in Poes Erzählungen keine Spur. Denkbar weit entfernen sie sich von einem optimistischen Aufklärungspathos und einem selbstgewissen Fortschrittsglauben. Dem amerikanischen Traum huldigte dieser Dichter nicht, das Leben erschien ihm voll magischer und bedrohlicher Rätsel. Doch das Unheimliche, das Grauen, die Flucht ins Jenseits des Grabes, das Kriminelle, von dem er zu berichten wusste, all das war seinen Zeitgenossen ebenso fremd wie suspekt.

So blieb Edgar Allan Poe ein Paria. Sein Leben war ein Leben in Armut, Elend, Krankheit und Leiden. Schon früh starben die Eltern, ein mittelloses Schauspielerpaar. Der dreijährige Waisenknabe kam in das herrschaftliche Haus des Kaufmannes John Allen. Eine glückliche Fügung, so schien es zunächst. Edgar besuchte in Richmond die Schule, im Sommer 1815 zog die Familie Allen mit ihrem Pflegesohn für einige Zeit nach England. 1826 nahm der 17-Jährige an der Universität in Charlottesville ein Studium auf. Doch schon der junge Poe litt unter Stimmungsschwankungen, immer wieder griff er zum Alkohol, um sich innerlich zu stabilisieren. Das Verhältnis zum Stiefvater war angespannt, Edgar enttäuschte, es mehrten sich die Anlässe für Streit, Verbitterung, Zurückweisung. Am Ende stand das Zerwürfnis und ein sozialer Abstieg ohnegleichen. Ihn eskortierten Krankheit und Tod, die treuen Begleiter seit Kindheitstagen: Im Januar 1842 erlitt Poes Ehefrau Virginia einen Blutsturz, die Ärzte diagnostizierten eine Lungentuberkulose im Anfangsstadium, die fünf Jahre später tödlich endete. Poe bricht zusammen, stirbt wenig später, im Oktober 1849, sozusagen in der Gosse. Ein geheimer Fluch schien auf diesem Leben zu lasten. Vierzig Jahre, mehr waren Poe nicht zugemessen. »Es gibt«, schrieb Charles Baudelaire über diese unglückselige Existenz, »in der Literatur eines jeden Landes Menschen, denen das Wort *Pechvogel* mit geheimnisvollen Lettern in den tiefen Falten ihrer Stirn eingeschrieben steht. Vor einiger Zeit führte man einen Unglücklichen vor Gericht, der eine merkwürdige Tätowierung auf der Stirn hatte: *kein Glück.* [...] Man könnte meinen, dass der blinde Sühneengel sich bestimmter Menschen bemächtigt hat und sie zur Erbauung der anderen tüchtig durchpeitscht.«

So entstand Poes Kunst in der Nachbarschaft zu seelischen Extremsituationen, zu Dämonie, Selbstverlust und Melancholie. Drogenrausch und seelischer Absturz waren die Produktionsbedingungen seines Werks. Den französischen Symbolisten – allen voran Charles Baudelaire – galt er daher als Inbegriff des poète maudit, als ein »Schreckensmann« (Arno Schmidt) der amerikanischen Literatur. In ihm verehrten sie den tragischen Helden einer verhassten Moderne, der seinem Untergang eine radikale ästhetische Position abgewinnen konnte – mit jenen »fiebrigen Fiktionen«, die Baudelaire umsichtig ins Französische übertrug, und einer kristallinen, selbstbewussten Dichtungstheorie, die Paul Valéry nachhaltig beeinflusste.

Die zentrale lebensweltliche Erfahrung des neunzehnten Jahrhunderts war die Entzauberung der Welt, die der ungeheure Modernisierungs- und Rationalisierungsschub und der Anbruch des bürgerlichen Zeitalters gebracht hatten. Fast alle Künstler haben diesen gesellschaftlichen Prozess als Bedrohung empfunden. Denn mit der Auflösung der alten Hierarchien war auch ihr Ort gefährdet. Dass die Masse – jene dubiose Erscheinung der demokratischen, immer stärker nivellierten Welt – die Verfeinerung, die gesteigerte Wahrnehmung und Empfindlichkeit des Künstlers nicht verstehen, dass sie keinerlei Mitleid mit der Isoliertheit und den Qualen des künstlerischen Genies haben würde – all das konnten Autoren wie Baudelaire an Poes Schicksal erfahren. In seinem Untergang sahen sie eine neue, radikalere Poesie aufscheinen.

Wollte man nicht nur Poes Existenz, sondern auch seiner dichterischen Einbildungskraft einen ideelen Ort zuweisen, man müsste sie an jenen Abgrund stellen, der die Erzählung *Im Malström* eröffnet. Nichts kann unbehaglicher und verzweifelter sein als diese Stellung in der Welt: Da lehnen sich zwei auf einer Klippe, in schwindelerregender Höhe über den Abgrund, das immense Schauspiel des Meeres vor Augen. Unter ihnen tobt die See, und inmitten dieser ungeheuerlichen Wasserwüste ist jener gewaltige Strom, der die unglücklichen Boote in die Tiefe reist. Jede Kultur, jede Zeit hat ihre Erzählungen über das Meer. Homer, *Tausendundeine Nacht*, die Logbücher der Seefahrer, später Melville – sie alle haben den erhabenen Schrecken der See und der Seefahrt bewahrt, die Stürme und die Klippen, die tückische Windstille und die Meeresungeheuer. Poe fügt diesen Geschichten seine Bilder und Visionen hinzu.

*Im Malström* beginnt mit einer Art Mauerschau, wie man sie aus Homers *Ilias* kennt, wo Helena von der troischen Festung aus dem Priamos die Helden der heranrückenden Archaier zeigt. Nur dass hier die Festungsmauer ein Felsen ist, den der »rasende Sturm erschüttert«, ein unsicherer Vorposten, Land und schon nicht mehr Land, beinahe Meer und doch noch nicht Meer. An dieser Grenze zwischen Leben und Tod, Wirklichkeit und Traum, an der Schwelle zu Wahnsinn und Untergang siedelt sich Poes Erzählen an. Doch wer spricht in seinen Texten? Mit eigentümlicher Monotonie beharrt Poe auf der Verwendung des Wortes *ich.* Seine Botenberichte aus dem Katastrophengebiet sind Monologe, von Erzählern gehalten, die gerade noch einmal mit dem Schrecken davongekommen sind, Zeugen und Opfern der Gewalt, zuweilen auch Tätern. Nur zögernd, immer wieder stockend kommen sie zu Wort, unfähig, mit den Bildern, die ihre Phantasie bevölkern, fertig zu werden. »Ein Gefühl, für das ich keinen Namen habe, hält meine Seele umfangen«, heißt es in der Erzählung *Eine Flaschenpost*, »ein Empfinden, das keiner Analyse zugänglich ist, für das ich in der Vergangenheit keinen hinreichenden Maßstab finde und für das, wie ich fürchte, auch die Zukunft keine Lösung mehr bereithalten wird. [...] Ich werde also niemals – ich weiß, dass es nie geschehen wird – über die wahre Natur meiner Eindrücke und Vorstellungen Gewissheit erlangen.«

Das zentrale Ereignis dieser Erzählungen ist das Zur-Sprache-Kommen der Traumatisierten und Wahnsinnigen oder – wie in den Detektivgeschichten – die rein logische Denkoperation post festum. Darüber kann auch das blutige Schauspiel aus Mord, Untergang und rauchenden Trümmern nicht hinwegtäuschen: Nicht die Fabel, die das Verbrechen oder die Katastrophe vorantreibt, sondern die Szene des Verarbeitens, der Analyse im Jetzt machen den Gehalt der Geschichte aus. Poes Helden sind Figuren der Hoffnungslosigkeit, ihnen gehört keinerlei Zukunft. Sie haben in den Schlund der Hölle geblickt, und nun tragen sie ein Geheimnis mit sich, das sie »nicht weitergeben können, weil seine Enthüllung mit [ihrer] Vernichtung Hand in Hand geht«. Sie sprechen allein aus dem Grund, um der eigenen Geschichte wieder habhaft zu werden. Doch sie bleiben sich selbst ein Rätsel, ihr Sprechen ist eines mit offenen Nervenenden. Der erlittene Schrecken, den sie zu bannen suchen, der Wahnsinn, der ihr Reden herausfordert und antreibt, verschlingt sie am Ende. Er ergreift sie und zieht sie hinab wie jener gewaltige Mahlstrom die Boote der Fischer.

Dieser Sog, insofern er auch und zuallererst ein literarisch inszenierter ist, ergreift auch den Leser. Wer den ersten Satz einer Poe-Erzählung gelesen hat, ist längst ein

Gefangener dieser Literatur. Poe ist ein Meister der Effekte, zuweilen zieht er gekonnt alle Register der Schauerromantik, um mit größter Lust den Reiz des Grauens auszukosten. Literatur, lautet das Credo, muss nicht lehren und unterhalten, sondern erschüttern. So setzt er dem ehrwürdigen »Prodesse et delectare« eine »unitiy of effect« entgegen, eine kalkulierte Schocktherapie. Die seelische Erschütterung, die von aller Literatur ausgehen müsse, hat er nicht nur theoretisch zu vermessen versucht, sondern auch als Rezitator seines eigenen Werks gekonnt in Szene gesetzt. Im Januar 1845 wurde das Gedicht *The Raven*, Höhepunkt Poe'scher Sprach- und Versartistik, im New Yorker *Evening Mirror* veröffentlicht – es machte schnell Furore und war fraglos der größte Erfolg zu seinen Lebzeiten. Poe selbst beförderte diesen Erfolg, indem er *The Raven* immer wieder öffentlich vortrug. Dabei bemühte er sich um einen höchst effektvollen Vortrag, sein lyrischer Sprechgesang beschwor eindringlich den düsteren Refrain des Gedichtes: »Nevermore«. Im Februar 1845 folgten in der New Yorker Society Library dreihundert Zuhörer gebannt dem zugleich drängenden und elegischen Rhythmus der verstörenden Verse. Es muss ein bizarres Schauspiel gewesen sein. Poe triumphierte, die Kritik bejubelte den Geniestreich, das Gedicht löste ein ungeheures Echo aus. Aus England schrieb die Schriftstellerin Elizabeth Barrett Browning, einige ihrer Freunde habe die Angst überwältigt, »andere die Musik. Ich höre von Menschen, die das ›Nevermore‹ verfolgt.«

In der ein Jahr später erschienenen *Philosophy of Composition* stellte der Magier des Grauens diesen Nährstoff für Träume als Produkt artistischer Berechnung dar. Am Beispiel des *Raven* betrieb Poe eine Art Selbstaufklärung über sein poetisches System, über die technischen Mittel und ästhetischen Bedingungen von Dichtung überhaupt. Dabei legte er eine bis dato unbekannte Ingenieursmentalität und deren Reflexionsgestus an den Tag, indem er die Literatur konsequent von ihrer Wirkung und ihrer ästhetischen Machart her beleuchtete. Sein Schluss: Die dichterische Phantasie ist von der Ratio gelenkt, Dichtung verdankt sich nicht göttlicher Eingebung, sie ist weit eher einer Partie Schach zu vergleichen. Dementsprechend – lautete seine stolze Selbstbehauptung – gehört sie auch nicht in die Hände der Schulmeister und Geistlichen, jener ihm so verhassten Spezies, die mit ihren moralischen Urteilen in der damaligen amerikanischen Literaturkritik den Ton angab. Poes luzide Poetik war eine Provokation und eine Art Selbstmystifizierung. Die Verachtung der literarischen Sittenwächter war ihm damit sicher – und die Bewunderung der Formkünstler von Rimbaud und Mallarmé bis zu Gottfried Benn und Arno Schmidt. Poe, jubelte Baudelaire, habe seinen Stil als Werkzeug benutzt.

Geistige Clarté und das Prinzip einer imaginativ bewegten Rationalität kehrten im April 1841 auch in Poes Erzählungen ein. In einem amerikanischen Magazin erschien *Der Doppelmord in der Rue Morgue (The Murders in the Rue Morgue)*, und damit betrat Poes berühmteste Figur, der Meisterdetektiv Auguste Dupin, die literarische Bühne. Zwei weitere Fälle – *Das Geheimnis der Marie Rogêt (The Mystery of Marie Rogêt)* und *Der entwendete Brief (The Purloined Letter)* – sollte er noch lösen, dann war der moderne Detektivroman geboren. Sir Arthur Conan Doyle kupferte seinen Sherlock Holmes geradezu von ihm ab, Dupins Wiedergänger eroberten in der Folge die gehobene Unterhaltungsliteratur: Agatha Christies Hercule Poirot, Chestertons Pater Brown, Chandlers Philip Marlowe und Simenons Maigret.

Alles beginnt mit einem rätselhaften Verbrechen, »einer Metzelei ohne Motiv, einer grotesken Schreckenstat, durchaus bar aller Menschlichkeit«, mit falschen Spuren und verdeckten Indizien. Die Zeitungen berichten aufgeregt über das grausige Verbrechen in der Rue Morgue, die Polizei ist überfordert und ratlos. Aufklärung wird schließlich ausgerechnet ein Mann bringen, der aus einer Schattenwelt kommt. Monsieur C. Auguste Dupin lebt in einem abgedunkelten stillen Haus irgendwo im Faubourg St. Germain, umgeben von seinen Büchern. Er ist ein intellektueller Feingeist, der nachts lebt und tagsüber seine Fenster gegen das Licht verschließt. Das Aufsehenerregende, das sich in dieser Erzählung ereignet: Dieses Genie löst einen scheinbar unlösbaren Kriminalfall durch reine Verstandesleistung, durch reine Deduktion, ohne Berührung mit der Wirklichkeit. In einer Bibliothek, aus Büchern, Zeitungen und Zeugenaussagen, also lesend, rekonstruiert er den Tathergang. Man muss den Abgrund, die Schreckenskammern erforschen, nüchtern, mit Akribie und Wachheit und Rigorosität – das scheint die Figur des Meisterdetektivs zu bedeuten. Dupin ist zweifellos eine Maske, ein Alter Ego seines Erfinders, denn in dieser Demonstration von analytischer Logik und Imagination spiegeln sich die Triebkräfte des Poe'schen Werks: die atemlosen Phantasiegebilde und die strengen Operationen des Verstandes, das Schaurige und das Kristalline, der Selbstverlust und das Formbewusstsein.

Nicht zufällig ist Paris, die Hauptstadt des neunzehnten Jahrhunderts, Schauplatz der Dupin-Geschichten. In ihnen erhielt Poes Werk vielleicht die deutlichste Signatur seines Zeitalters. Das macht der Text auch an dem eher unscheinbaren Hinweis auf Eugène François Vidocq (1775–1857) kenntlich, jenen Kriminellen, der zum Polizeichef der Stadt Paris aufstieg. Die wissenschaftliche Kriminologie begann in den Großstädten des frühen neunzehnten Jahrhunderts; naturwissenschaftliche Verfahren hielten Einzug in die Polizeiarbeit, man wollte sich ein Bild des Verbrechers machen. Die Erfindung der Photographie fiel in diese Entwicklung. Die neue Technik erlaubte erstmals, den Menschen dingfest zu machen. »Die Detektivgeschichte«, so Walter Benjamin, »entsteht in dem Augenblick, da diese einschneidendste aller Eroberungen über das Inkognito des Menschen gesichert war.«

Die Lebenswirklichkeit der Moderne spiegelt auch die im Jahr 1840, auf dem Höhepunkt von Poes literarischer Karriere, entstandene Erzählung *Der Mann der Menge (The Man of the Crowd)*. Und sie tut es noch weitaus radikaler und schonungsloser als die Dupin-Geschichten. Poe verzichtet hier auf alle Schauerromantik, auf den künstlichen Nervenkitzel und bietet stattdessen das Spektakel der modernen Einsamkeit.

Ein Mann gibt sich eines Abends, nach langer Krankheit, zum ersten Mal wieder dem großstädtischen Treiben hin. Poes Erzähler ist zunächst noch ein souveräner Beobachter der Menschenmenge, er macht in ihr einzelne Gruppen aus und klassifiziert sie mit dem distanzierten Blick des Soziologen. Doch schon bald fühlt er sich immer stärker von dem Gedränge auf der Straße, dem »brausenden Meer der Köpfe« angezogen. Das Gesicht eines alten Mannes erregt »wegen der absoluten Eigenart seines Ausdrucks« seine Aufmerksamkeit. Diesen Fremden, der ziellos durch die Viertel von London streift, wird er verfolgen, eine Nacht und einen Tag lang, beharrlich und immer besessener. Es wird dunkel in Poes Erzählung. Licht geben nur noch die flackernden Gaslaternen, das Mobiliar der Boulevards. Endlich tritt der Erzähler, von seinen Nachforschungen »zu Tode ermattet«, vor den Alten hin und blickt ihm starr ins Gesicht. Doch der andere beachtet ihn nicht, setzt seinen Weg unbekümmert fort. Und die zweifelhafte Einsicht lautet: »In diesem alten Manne [...] sind das Urbild und der Geist des tiefsten Verbrechens verkörpert. Er weigert sich, allein zu sein. *Er ist der Mann der Menge.*« Doch diese Erkenntnis fällt auf Poes Erzähler zurück. Der Umschlag der Handlung, diese irritierende Anagnorisis, besiegelt sein Schicksal. Denn so wie Ödipus sich in der Verbindung mit der Mutter als Mörder seines eigenen Vaters entlarvt, erkennt sich Poes Erzähler schließlich in dem Blick des Fremden als – Mann der Menge. Er selbst ist der Ununterscheidbare, der zum Incognito Verurteilte, an dem kein Blick haften bleibt.

Poes nervöses *Ich*, das durch so viele seiner Erzählungen irrlichtert, ist am Ende ein Untergeher. Kaum geboren, verliert das bürgerliche Subjekt schon wieder seine Identität, denn im Sog der Menge gibt es keine Abgrenzungen, keine identitätsbildenden Distinktionen mehr. Die äußerste Grenze – sie verläuft sich.

# Biographische Notiz

Edgar Allan Poe wurde am 19. Januar 1809 in Boston, Massachusetts, als zweiter Sohn des Schauspielerehepaars David und Elizabeth Arnold Poe geboren. Nach dem frühen Tod der Eltern kam er in die Familie des Kaufmanns John Allen. Zwischen 1815 und 1820 begleitete er seine Pflegeeltern nach England, wo er u. a. die Manor House School in Stoke Newington bei London besuchte. 1826 begann er ein Studium an der University of Virginia, ein Jahr später, nach dem Bruch mit John Allen, trat Poe in die Armee ein, aus der er 1831 entlassen wurde. 1832 erschienen die ersten Erzählungen, 1833 wurde *Die Flaschenpost* (*MS. Found in a bottle*) preisgekrönt. Poe etablierte sich als Kritiker und Schriftsteller, arbeitete als Redakteur und Herausgeber für verschiedene Magazine. Mit dem 1841 erschienenen *Doppelmord in der Rue Morgue (The Murders in the Rue Morgue)* erfand er den modernen Detektivroman, seine berühmten Erzählungen begründeten das Genre der Science Fiction und der Horrorstory, seine poetologischen Essays und Vorlesungen (*The Philosophy of Composition*, 1846; *The Poetic Principle*, 1848) beeinflussten die Symbolisten und die Dichtung der Moderne. 1836 heiratete Poe seine 13-jährige Cousine Virginia Clemm. Im Januar 1845 sorgte die Veröffentlichung des Gedichts *The Raven* für Furore. Nach dem Tod seiner Frau am 30. Januar 1847 erlitt Poe einen Nervenzusammenbruch; er lebte in bitterer Armut und starb am 7. Oktober 1849 in Baltimore unter nicht geklärten Umständen.

# Anmerkungen

7 *Ce grand malheur … seul* – (frz.): Dies große Unglück, nicht allein sein zu können. – Das Zitat stammt aus den *Caractères de Théophraste* (1688) des frz. Schriftstellers Jean de La Bruyère (1645 bis 1696).

*ἀχλὺς ἥ πριν ἐπῆεν* – (griech.) das Dunkel, das früher darüber lag. (Homer, *Ilias*, V. 127)

*Leibniz* – Gottfried Wilhelm Leibniz (1646–1716), dt. Philosoph und Mathematiker der Aufklärung.

*Gorgias* – Griechischer Sophist und Redner; Hauptperson in Platons gleichnamigem Dialog; dort wegen seiner »amoralischen« Redekunst getadelt.

12 *Lukians Statue* – Der griechische Satiriker Lukian (um 120–180) beschrieb eine solche Statue in seinem Dialog *Der Hahn oder Der Traum des Mikyllos.*

13 *Tertullians* – Christlicher Schriftsteller (um 160–um 220).

*Retzsch* – Friedrich August Moritz Retzsch (1779–1857), Zeichner und Radierer in Dresden; schuf vor allem Umrissradierungen zu Goethes *Faust* (1828) und eine *Galerie zu Shakespeares dramatischen Werken* (1840).

20 *Hortulus animae* – *Hortulus animae cum oratiunculis aliquibus superadditis* (Seelengärtlein mit einigen hinzugefügten hübschen Reden). Ein »Seelengärtchen« war ein Erbauungsbuch für das einfache Volk, das Gebete und zuweilen auch einen Kalender mit Bauernregeln und anderen praktischen Hinweisen enthielt.

43 *Sir Thomas Browne* – Englischer Arzt und Gelehrter (1605–1682); *Urn Burial* (Urnenbestattung, 1658) ist eine Abhandlung über Bestattungszeremonien und die Frage der Unsterblichkeit der Seele.

45 *Hoyle* – Edmond Hoyle (1672–1769), engl. Experte für Kartenspiele und Schach, Verfasser von Regelbüchern.

46 *Honneur* – Die Honneurs oder Figuren sind die höchsten Karten beim Whist.

50 *Zweiteiligkeit der Seele* – Nach der Lehre der griechischen Philosophen Platon (427–347 v. Chr.) und Aristoteles (384–322 v. Chr.) zerfällt die Seele in einen vernünftigen und einen nichtvernünftigen Teil.

51 *Crébillons … Tragödie* – Der frz. Dramatiker Prosper Jolyot de Crébillon d. Ältere (1674–1762); seine Tragödie *Xerxes* erschien 1714.

52 *et id genus omne* – (lat.) und dies ganze Geschlecht.

53 *Lamartine* – Alphonse de Lamartine (1790–1869), frz. romantischer Schriftsteller und liberaler Politiker.

*Lehre Epikurs* – Der griechische Philosoph Epikur (341–271 v. Chr.) erklärte alle Erscheinungen der Natur durch die verschiedenen Verbindungen der Atome.

54 *Perdidit antiquum litera prima sonum* – (lat.) Der erste Buchstabe zerstörte den alten Klang.

*Gazette des tribunaux* – Französische Gerichtszeitung (seit 1826), in der neben dem Text der Gesetze und rechtswissenschaftlichen Abhandlungen zahlreiche Gerichtsurteile veröffentlicht wurden.

56 *Métal d'Alger* – (frz.) Neusilber.

59 *sacre* – (frz.) verflucht.

*diable* – (frz.) Teufel.

60 *mon Dieu* – (frz.) mein Gott.

65 *Monsieur Jourdain* – Held der Komödie *Le Bourgeois gentilhomme* (Der Bürger als Edelmann, 1620) von Molière (1622–1673).

*Robe de chambre* – (frz.) Schlafrock.

*pour mieux entendre la musique* – (frz.) um die Musik besser hören zu können.

*Vidocq* – Eugène-François Vidocq (1775–1875), französischer Verbrecher, später Leiter der Pariser Polizei.

67 *Loge de concierge* – (frz.) Pförtnerloge.

*je les ménageais* – (frz.) ich behandelte sie rücksichtsvoll.

68 *outré* – (frz.) ausgefallen.

83 *Cuvier* – George Baron von Cuvier (1769–1832), frz. Naturforscher, machte die vergleichende Anatomie zur Grundlage der Zoo-

logie, beschrieb die Tiere in seinem Werk *Le règne animal* (Das Tierreich, 1817).

93 *Jardin des Plantes* – Botanischer und Zoologischer Garten von Paris.

94 *Göttin Laverna* – Römische Schutzgöttin der Diebe.

*de nier ... pas* – (frz.) zu leugnen, was ist, und zu erklären, was nicht ist. – Zitat aus dem Roman *La nouvelle Héloïse* (Die neue Heloise, 1761) des frz. Schriftstellers und Philosophen Jean-Jacques Rousseau (1712–1778).

100 *Emeuten* – (frz.) Aufstand, Aufruhr.

105 *Morgue* – (frz.) Leichenschauhaus von Paris.

*outré* – (frz.) ausgefallen.

127 *sequitur* – (lat.) Schlussfolgerung.

131 *de lunatico inquirendo* – (lat.) Hier: welche Wahnsinnige untersuchen soll.

*Landor* – Walter Savage Landor (1775–1864), engl. Schriftsteller; verfasste neben Dramen und Versepen *Imaginary Conversations* (Imaginäre Unterhaltungen, 1824–1829) zwischen historischen Gestalten aller Zeitalter.

139 *comptoir* – (frz.) Ladentisch.

141 *31. Juni* – So bei Poe.

151 *Rinde des Sassafras* – Das Fenchelholz des Sassafrasbaumes wird zu Heilmitteln und Parfümerien verwendet.

160 *Et hinc illae irae?* – (lat.) Und daher diese Wut?

170 *Nil sapientiae ... nimio* – (lat.) Nichts ist der Weisheit verhasster als zu viel Scharfsinn.

175 *au fait* – (frz.) wohlunterrichtet.

185 *Rouchefoucauld* – François de la Rouchefoucauld (1613–1680), frz. Schriftsteller und Moralist, Verfasser geistvoller Maximen.

*La Bougive* – Nicht näher bekannt.

*Machiavelli* – Niccolò Machiavelli (1469–1527), ital. Staatsphilosoph und Schriftsteller.

*Campanella* – Tommaso Campanella (1568–1639), ital. Mönch und Philosoph; im Kerker schrieb er die Utopie *Sonnenstaat* (1602).

187 *Non distributio medii* – (lat.) Das Nichtgeltenlassen eines Mittleren (hier: zwischen Dichter und Narr).

187 *Il y a à parier … grand nombre* – (frz.) Man kann wetten, dass jede allgemein bekannte Idee, jede feststehende Übereinkunft Unsinn ist, denn sie hat der größten Zahl (von Menschen) zugesagt.

*Chamfort* – Nicolas-Sébastien Roch, genannt Chamfort (1741 bis 1794), frz. Schriftsteller und Moralist, Verfasser von *Pensées, maximes, anecdotes, dialogues.*

188 *ambitus* – (lat.) Kreislauf, Amtserschleichung, Gunstbuhlerei, Ehrsucht.

*religio* – (lat.) Verpflichtung, Gewissenhaftigkeit, Religion, Glaube, Fluch.

*homines honesti* – (lat.) angesehene, anständige, schöne Menschen.

189 *Bryant* – William Cullen Bryant (1794–1878), amerikanischer Dichter und Journalist, Verfasser romantischer Naturlyrik, literarischer Kämpfer gegen die Sklaverei.

191 *Vis inertiae* – (lat.) Trägheitskraft.

196 *Facilis descensus Averni* – (lat.) Der leichte Abstieg in die Unterwelt.

*Catalani* – Angelica Catalani (1780–1849), ital. Opernsängerin, Koloratursopranistin.

*Monstrum horrendum* – (lat.) schreckliches Ungeheuer.

197 *Un dessein … de Thyeste* – (frz.) Ein Plan so unheilvoll / Wenn nicht des Atreus würdig, so würdig des Thyest. – Anspielung auf die verfeindeten Brüder Atreus und Thyest aus dem Geschlecht der Tantaliden; in der griechischen Mythologie werden die Gräueltaten, die sie einander zufügten, erzählt.

*Crébillons ›Atrée‹* – Das Drama *Atrée et Thyeste* (Atreus und Thyest, 1707) von Prosper Jolyot de Crébillon d. Älteren (1674–1762).

221 *Qui n'a plus … dissimuler* – (frz.) Wer nur noch einen Augenblick zu leben hat, der hat nichts mehr zu verbergen. – Das Zitat stammt aus dem Opernlibretto *Atys* (1676) von Philippe Quinault (1635 bis 1688); die Musik komponierte Jean-Baptiste Lully.

*Pyrrhonismus* – Skeptizismus, Zweifelsucht, nach dem griechischen Philosophen Pyrrhon von Elis (um 360–um 270 v. Chr.).

222 *Ignes fatui* – (lat.) Irrlichter.

237 *Mercator* – Gerhard Mercator (eigtl. Gerhard De Kremer; 1512 bis 1594), Geograph, Kartograph, Mathematiker, Philosoph, Theo-

loge; er schuf 1569 in Duisburg die epochemachende Weltkarte für Seefahrer in der von ihm zuerst angewandten Projektion.

238 *Joseph Glanvill* – Englischer Philosoph (1636–1680); das Zitat stammt aus *Essays on Several Important Subjects in Philosophy and Religion* (1676).

240 *Bericht des nubischen Geographen* – Der sog. Geographus Nubiensis ist der anonyme Verfasser eines Auszugs aus dem Roger-Buch des arabischen Geographen Idrisi, der um 1100–1165 in Ceuta (Spanien) lebte. Das Roger-Buch ist das erste, einzig erhaltene der umfangreicheren Erdbeschreibung Idrisis, die er für den Normannenkönig Wilhelm I. von Sizilien, den Sohn seines Gönners Roger II., verfasste. Der Auszug des Geographus Nubiensis erschien 1592 in Rom im arabischen Urtext im Druck. Poes Kenntnis beruht vermutlich auf der lat. Übersetzung *Geographia Nubiensis id est accuratissima totius orbis in septem climata divisi descriptio … Recens ex Arabico in Latinum versa a Gabriele Sionita et Joanne Hesronita, Parisiis 1619* (Nubische Geographie, d.h. genaueste Beschreibung des ganzen, in sieben »Klimata« eingeteilten Erdkreises).

*mare tenebrarum* – (lat.) Meer der Finsternis; das Nördliche Eismeer.

245 *Jonas Ramus* – Norwegischer Pfarrer (1649–1718), Verfasser der Schrift *Norriges Beskrivselse.*

*Britischen Enzyklopädie* – Die *Encyclopaedia Britannica* erscheint seit 1771 in immer neuen Bearbeitungen.

*Kircher* – Athanasius Kircher (1602–1680), dt. Jesuit und Universalgelehrter, forschte und unterrichtete die meiste Zeit seines Lebens in Rom. Er gab die erste Karte über Meeresströmungen in Druck. Poe verweist vermutlich auf dessen Buch *Mundus subterraneus* (Die unterirdische Welt, 1678).

260 *Archimedes* – Archimedes von Syrakus (um 287–212 v.Chr.), der bedeutendste Physiker, Mathematiker und Ingenieur der Antike.

*De incidentibus in fluido* – (lat.) Über das Verhalten von Gegenständen, die in Flüssigkeit fallen.

267 *Ernani* – (1844), Oper von Guiseppe Verdi (1813–1901).

272 *Son cœur … résonne* – (frz.) Sein Herz ist eine schwebende Laute; / Berühre sie, und sie ertönt.

272 *Béranger* – Pierre-Jean de Béranger (1780–1857), frz. Liederdichter.

283 *Füßli* – Johann Heinrich Füßli (1741–1825), Schweizer Maler, dessen Werk sich immer wieder der Welt der Träume und Visionen, auch des Grauens widmete.

287 *Ver-vert et Chartreuse* – (1734), Versepos des frz. Dichters Jean-Baptist-Louis de Gresset (1709–1777), dessen Titelheld, ein Papagei, in einem Nonnenkloster aufgezogen wird und später in schlechte Gesellschaft gerät.

*Belphegor* – Die *Novelle des Erzteufels Belfagor* von Niccolò Machiavelli (1469–1527) ist eine Satire auf die Frauen: Der Erzteufel wird von seiner Frau, einer Florentinerin, an den Bettelstab gebracht und kann sich vor seinen Gläubigern nur mit Hilfe eines Bauern in die Hölle retten.

*Himmel und Hölle* – (1758), Werk des schwedischen Naturforschers und Theosophen Emanuel Swedenborg (1688–1772), in dem er die Natur des Geisterreichs und dessen Beziehungen zum menschlichen Leben in Visionen darzustellen suchte.

*Niels Klims unterirdische Reise* – (1741), satirisch-utopischer Roman des dänischen Romanciers und Dramatikers Ludwig Holberg (1684–1754).

*Robert Flud* – Robert Fludd (1574–1637), engl. Arzt und Theosoph, Mitglied der Rosenkreuzer.

*Jean D'Indaginé* – Jean d'Indaginé (16. Jh.), elsässischer Geologe, schrieb *Introductiones apotelesmata in Chyromantiam, Physiognomiam, Astrologiam naturalem, complexiones hominum, naturas planetarum* (Vollständige Einführungen in die Handlesekunst, Physiognomie, natürliche Astrologie, den Körperbau des Menschen, die Natur der Planeten, 1522).

*De la Chambre* – Marin Cureau de la Chambre (1596–1669), frz. Forscher, schrieb *L 'art de connoistre les hommes* (Die Kunst der Menschenkenntnis, 1660).

*Die Reise ins Blaue hinein* – *Das alte Buch oder die Reise ins Blaue hinein* (1834) ist eine der späten Novellen des dt. Romantikers Ludwig Tieck (1773–1853).

*Sonnenstaat* – Utopie (1602) des ital. Philosophen Tommaso Campanella (1568–1639).

287 *Directorium Inquisitorium* – Das Handbuch der Inquisition (geschr. 1376; gedruckt 1503) von dem spanischen Dominikaner und Inquisitor Eymeric de Gironne (1320–1399).

*Pomponius Mela* – Römischer Geograph (1. Jh.), verfasste um 50 n. Chr. eine Länderkunde *De Choreographia*.

*Vigiliae Mortuorum secundum Chorum Ecclesiae Maguntinae* – Ein Anfang des 16. Jahrhunderts erschienenes Brevier über die Liturgie der Totenmessen im Bistum Mainz.

292 *»Mad Trist« von Sir Launcelot Canning* – Weder Titel noch Verfasser konnten bisher identifiziert werden; wahrscheinlich von Poe erfunden.

# Textnachweis

Edgar Allan Poe, Erzählungen. Bibliothek der Weltliteratur. Berlin: Rütten & Loening 1988. – Die Texte wurden für diese Ausgabe behutsam den neuen Rechtschreibregeln angepasst.

Übersetzer des Bandes: Werner Beyer (*Eine Flaschenpost*), Felix Friedrich (*Der Doppelmord in der Rue Morgue*; *Das Geheimnis der Marie Rogêt*; *Der entwendete Brief*), Günther Greffrath und Gisela Tronjeck (*Der schwarze Kater*), Elisabeth Seidel (*Grube und Pendel*) und Günther Steinig (*Der Mann der Menge*; *Das verräterische Herz*; *Im Malström*; *Die Maske des Roten Todes*; *Der Untergang des Hauses Usher*).